료마전 2

료마전 2

후쿠다 야스시 원작
아오키 구니코 지음
임희선 옮김

학고재

차례

제14장
쫓기는 자, 료마

1882년. 우편기선 미쓰비시 사장 이와사키 야타로는 요코하마의 고급 음식점인 후키로에 있었다. 사카모토 료마의 발자취를 쫓고 있는 『도요신문』 기자 사카자키 시란은 야타로에게서 료마에 대한 이야기를 듣기 위해 음식점 한쪽에서 기다리고 있었다.

야타로는 이날 오카모토 겐자부로와 만났다. 오카모토는 고토 쇼지로와 이타가키 다이스케의 유럽 시찰 비용을 마련하기 위해 야타로에게 돈을 빌리러 온 것이었다. 야타로, 오카모토, 고토, 이타가키는 모두 다 도사 출신이었다.

"어떻게 좀 부탁할 수 없을까요, 이와사키 씨?"

"힘들겠소. 다른 사람을 알아보도록 하시오."

야타로가 거절하자 오카모토는 자기 귀를 의심했다.

"이타가키 다이스케와 고토 쇼지로의 부탁이라니까요! 미쓰

비시를 세울 때 얼마나 신세를 졌는지 잊었습니까?”

“말이 유럽 시찰이지 반은 놀러 가는 것 아니오? 내다 버리는 것이나 다름없는 비용 따위를 내줄 생각은 없소.”

매몰차게 거절당하자 오카모토는 화를 내면서 나가 버렸다. 야타로는 오카모토의 뒷모습을 한 번 흘깃 보더니, 긴장하며 기다리고 있던 사카자키를 불렀다.

“이제 됐네.”

사카자키가 가까이 다가오자 야타로는 아무 일 없었다는 듯 요리를 먹기 시작했다.

“상대가 누가 되었든 돈이 얽힌 이상 적당히 넘어갈 수 없지. 누가 뭐라 하건 이익이 되는 일만 해야지 그렇지 않으면 다른 회사와의 경쟁에서 살아남을 수 없어. 그게 이와사키 야타로의 경영 방식이야.”

“힘든 업계네요. 사카모토 료마의 책이 완성되면 다음에는 회사 경영을 취재해 보고 싶어졌습니다.”

“사카자키 군. 만약 자네가 료마를 영웅처럼 그릴 작정이라면 난 협력할 수 없네.”

“이와사키 씨는 료마를 정말 싫어하셨다고 그러셨지요?”

“그래.”

“사카모토 료마에 대해 알고 계시는 그대로만 말씀해 주시면 충분합니다.”

료마에 대해 취재하기 위해 사카자키는 도쿄에 있는 이와사키의 저택을 찾아간 적이 있었다. 그때 료마의 탈번과 요시다 도요 암살에 대한 이야기까지 들었다.

"딱 20년 전의 일이군. 정말 최악의 사건이었지."

"료마의 탈번 말씀입니까?"

"아니, 요시다 님께서 살해된 일 말일세! 오직 그분만이 나를 인정해 주셨단 말이야."

매사 거만한 야타로도 요시다 도요의 이름을 입에 올릴 때만은 애도가 섞인 존댓말을 썼다.

도요는 도사 번의 번주였던 야마우치 도요시게(호는 요도)에게 중용되어 참정직이라는 요직에 앉은 뒤, 도사 번을 사실상 움직이며 번의 정치 개혁을 추진하고 있었다. 이에 반발한 것이 양이를 주장하던 도사근왕당이었다.

그러다가 도요의 갑작스러운 죽음으로 도요파는 실각했고, 반도요파가 번의 실권을 장악하게 되었다. 그로 인해 도사는 크게 바뀌었고, 기회를 틈타 갑자기 막부 말기의 무대로 화려하게 등장한 인물이 있었다.

"다케치 한페이타였지."

야타로의 목소리가 싸늘해졌다.

1862년. 다케치 한페이타는 도사 번의 제16대 번주인 야마우치 도요노리를 알현하기 위해 긴주가로(에도 시대에 가장 측근에서 번주를 모시던 중신—옮긴이)인 시바타 빈고를 따라 고치 성으로 들어갔다. 요시다 도요에 의해 측근 중신의 직분에서 쫓겨났던 시바타는 도요가 죽자 번정의 요직으로 복귀했다. 이때 번주 도요노리의 나이는 열여섯 살이었다.

"내가 교토로?"

"예. 번사 2천 명을 이끌고 상경해 주셨으면 합니다."

"무장한 병력이 교토로 들어간다는데 막부에서 순순히 내버려 둘 리가 없다."

도요노리는 시바타가 올린 안건을 거절하려 했다.

"외람되오나……."

시바타 뒤쪽에 고개를 숙이고 엎드려 있던 남자가 시선을 방바닥에 떨어뜨린 채로 천천히 몸을 일으켰다. 도사근왕당을 이끌고 있는 다케치 한페이타였다.

"이미 산조 사네토미 님을 통해 조정에 청을 올린 상태입니다. 우리 번을 천황 폐하의 궁궐 경호 담당으로 임명해 주십사 하고 말입니다."

"무엇 때문에 그렇게까지 해서……?"

이상하게 여기는 도요노리를 한페이타는 자신감에 넘치는 목소리로 설득했다.

"모두 외세의 침략으로부터 일본을 지키기 위해서입니다. 주군께서는 부디 상경하시어 양이 결행을 막부에 하명해 주십사 천황께 청을 올려 주십시오."

도사 특유의 신분제도 때문에 천대를 받았던 하급무사 출신이란 사실을 의심케 할 정도로 당당한 태도였다. 바로 얼마 전까지만 해도 하급무사라 하면 번주를 만나기는커녕 성안에 들어올 수조차 없을 정도로 차별을 받았다. 그러나 이제 한페이타는 시바타를 꼭두각시로 앞세워 도사 번의 정치 중심에서 범접할 수 없는 힘을 발휘하기 시작했다.

―도사는 이미 다케치 한페이타가 움직인다고 해도 과언이 아니었다네. 요시다 도요의 암살을 근왕당이 저질렀다는 증거는 어디에도 없었지.

그 무렵 도사뿐만 아니라 일본 각지에 불온한 움직임이 있었다. 사쓰마 번에서는 존왕양이파가 양분되었고, 교토 후시미의 데라다야라는 여관에 모여 막부 타도를 모의하던 과격파 무사들이 막부와 조정의 합체를 제창한 번주의 아버지 시마즈 히사미쓰에 의해 숙청당하는 사건이 발생했다. 이것이 소위 데라다야 사건이었다.

또한 조슈 번에서는 구사카 겐즈이와 가쓰라 고고로 등이 양이 실행 계획을 추진해 병력을 모아 상경할 준비를 하고 있었다.

이러한 세력에 밀려 드디어 조정이 움직였고, 에도 성으로 조정의 명령장이 보내졌다. 명령장의 내용은 다음과 같았다.

하나, 쇼군 이에모치는 교토로 상경해 조정과 더불어 양이에 대해 논의토록 한다.

하나, 사쓰마(지금의 가고시마 현)의 시마즈, 조슈(지금의 야마구치 현)의 모리, 도사(지금의 고치 현)의 야마우치, 가나자와(지금의 이시카와 현)의 마에다, 우와지마(지금의 에히메 현)의 다테를 막부 중신으로 임명해 정사를 돌보게 한다.

하나, 히토쓰바시 요시노부를 쇼군 후견직, 마쓰다이라 슌가쿠를 정사 총재직으로 임명해 양이를 결행토록 한다.

막부 대신들은 분개했다. 막부 개혁에 조정이 참견을 한다는 것도 용납할 수 없을 뿐더러 더구나 사쓰마, 조슈, 도사, 가나자와, 우와지마까지 하나같이 반막부 성향의 도자마 번주들을 각료로 들이라니 그야말로 있을 수 없는 일이었다.

"사실 양이라는 것 자체가 불가능한 일 아니오?"

"미국이나 영국과 전쟁이라도 하게 되면 막부는 끝장입니다."

"하지만 이 명령이 조정의 본심이라면 모르는 척할 수도 없는 일이오."

대신들 사이에서도 의견이 분분해서 논의는 결국 파행으로 치달았다.

―막부는 점점 힘을 잃어 가고 있었지. 바로 그때 그 남자가 나타났다네. 막부에도 뜻있는 인재가 존재했던 것이지.

"외람되오나 한 말씀 올리겠습니다."

제일 뒤쪽에 엎드려 있던 남자의 목소리가 낭랑하게 울렸다. 남자는 얼굴을 들더니 한 손을 펼쳐 앞으로 불쑥 내밀었다.

"500년! 사방이 바다로 에워싸인 일본에서 그 무엇보다 중요한 것이 해군입니다. 그러나 지금 이대로 가다가는 500년이 지나도 서구 제국들에 필적할 만한 해군을 만들지 못합니다. 그 사이에 일본은 틀림없이 다른 나라의 속국이 되어 버릴 것입니다. 부디 여기 계신 여러분께서는 막부의 안녕에만 급급해하지 마시고 넓은 시야에서 세상을 바라보는 안목을 가져 주시기를 간청드리는 바입니다!"

남자는 말석에서 자신의 의견을 당당하게 주장해 그 자리에 있던 대신들을 놀라게 했다. 이 인물이 군함조련소의 소장인 가쓰 린타로였다. 린타로와 료마는 나중에 운명적으로 조우하게 된다.

도사의 고토가는 어둡게 가라앉아 있었다. 아무도 없는 복도를 따라 안쪽으로 들어가면 고토 쇼지로의 방이 나온다. 방에서는 불평하는 목소리가 흘러나왔다. 쇼지로는 돌아가신 숙부인 요시다 도요의 비호 아래 번의 직위를 맡고 있었다.

"번주께서 교토로 상경하신다고 하더군. 하지만 나에겐 아무 말씀도 없으셨어. 바로 얼마 전까지 측근으로 일하고 있었는데 말이야. 이 모든 게 요시다 도요 님께서, 숙부님께서 돌아가셨기 때문이야……."

쇼지로는 울면서 술을 들이켰다. 봉두난발에 수염도 덥수룩하니 후줄근하고 초췌한 모습이었다.

쇼지로 앞에는 야타로와 이노우에 사이치로가 엎드려 있었다. 야타로와 이노우에는 쇼지로가 자신들을 부른 이유를 알지 못한 채 술에 취한 쇼지로의 눈치만 힐끔힐끔 살피고 있었다.

"에도에 계시는 오토노(귀족 가문 최고 수장의 아버지 혹은 섭정에 대한 존칭―옮긴이)께서 노여워하고 계실 게 틀림없어. 오토노께서는 숙부님을 무척 아끼셨으니까. 막부에서 오토노께 근신을 명하지만 않았어도 이런 일은 벌어지지 않았을 텐데!"

쇼지로는 술주정을 부리면서 막부에 대한 원망까지 거침없이 입에 올렸다.

실제로 에도의 번저에 있는 오토노, 야마우치 요도는 자신의 오른팔이라 여겼던 도요를 잃고 큰 충격에 휩싸여 있었다. 그렇다고 쇼지로가 내린 명령이 요도의 뜻에 따른 것이었다고 할 수는 없을 것이다.

"숙부님을 죽인 놈은 다케치 한페이타다. 보나 마나 그놈이 틀림없다! 이노우에, 이와사키. 다케치의 명령으로 숙부님을 죽인 놈을 찾아내라."

"제, 제가 말입니까?"

야타로는 자기도 모르게 다시 물었다. 사이치로도 놀랐다. 쇼지로가 무슨 소리를 꺼내려는지 짐작도 못하고 있었지만 그래도 설마 누군지도 모르는 하수인을 찾으라는 명령을 내릴 줄은 꿈에도 생각지 못했다.

쇼지로는 술에 취해 시뻘게진 눈으로 야타로와 사이치로를 가만히 노려보았다.

"그게 고마와리가 할 일이 아니더냐! 보나 마나 사카모토 료마일 거다. 오이시 신카게류의 검술을 익히셨던 숙부님을 이길 수 있는 사람은 사카모토밖에 없다. 더구나 놈은 사건 전후에 사와무라 소노조와 함께 자취를 감춰 버리지 않았느냐? 사카모토 료마를 당장 잡아 와라!"

야타로는 할 말을 잃었다. 고마와리가 하급무사들의 움직임을 살피는 밀정이긴 하지만, 하필이면 료마를 붙잡아 오라는 임무를 맡게 된 것이다.

집으로 돌아간 야타로는 어머니 미와와 아내인 기세의 맹렬한 반대에 부딪혔지만 그렇다고 이제 와서 물릴 수도 없는 일이었다.

"고토 님께서 직접 내린 명령이란 말이야."

"고토 님은 이제 끝난 사람이잖아요. 다 끝난 사람 편을 들어서 어쩌자고 그러세요? 이제 도사는 반도요파 천하가 되어 버렸단 말이에요. 이럴 때일수록 처신도 요령껏 해야죠!"

"기세……?"

야타로는 의외라는 표정으로 아내를 쳐다보았다. 바지런하고 눈치 빠르고 사랑스럽기만 한 아내는 가끔씩 이렇게 여자 치고 세상 물정을 지나치게 잘 아는 것처럼 행동할 때가 있었다.

"제발 부탁이니까 이번 일은 하지 마세요."

기세가 이번에는 다소곳한 태도로 간절하게 부탁했다. 동생 야노스케도 형수와 한편이 되어 형 야타로를 나무라듯 바라보았다.

다들 료마의 인품을 잘 알고 있었고, 예전에 신세 진 은혜를 잊지 않고 있었다.

"아무리 그래도 나보고 어쩌라고……? 에도에 계시는 오토노께서도 그걸 바라고 계신다는데……."

사실 야타로도 료마가 남몰래 도요를 기습해서 암살하는 것처럼 비열한 수단을 썼을 것이라는 생각은 도무지 들지 않았다.

"아니지. 그 남자라면 그랬을 수도 있다."

이 와중에 홀로 반대 의견을 내놓은 사람은 술을 마시고 있던 야타로의 아버지 야지로였다.

"료마는 탈번하지 않았느냐. 사람 좋은 것처럼 하고 다녔어도 속에는 무시무시한 도깨비가 살고 있었던 거다!"

"그게 무슨 말도 안 되는 소리예요!"

미와가 남편의 말을 일축했다.

"아버님, 우리가 료마 씨한테 얼마나 신세를 많이 졌는데 어떻게 그런 말씀을 할 수 있으세요?"

며느리 기세한테까지 야단을 맞았다. 사실 야지로는 술에 잔뜩 취한 상태였기 때문에 말도 안 되는 주정을 부리고 있을 뿐

이었다. 아버지의 말에 야타로까지 속이 울컥했지만 야지로는
다른 사람들이 항의를 듣는 둥 마는 둥 곤드레만드레 몸을 흔
들고 있었다.

기세가 시아버지의 말 따위는 신경도 쓰지 않고 남편을 붙잡
고 사정했다.

"이제 고마와리인지 하는 일도 그만두세요, 여보. 저를 행복
하게 해 준다고 약속했잖아요?"

"이봐, 지금 와서 나보고 어떻게 하라고……?"

야타로는 부인의 말이라면 꼼짝도 못했다. 하지만 일단 명령
이 내려졌으니 복종하는 수밖에 없었다.

1862년 7월. 오사카의 거리는 사람들로 북적였다. 사람들의 발
길이 끊이지 않는 대로변에 손님이 스무 명만 들어가도 꽉 찰 정
도로 작은 밥집이 있었다. 가게 안은 취객들이 크게 웃고 떠드는
소리에 주문하는 소리까지 섞여서 시끌벅적했다.

가게 구석에서 스무 살 전후의 젊은 사무라이가 큰 소리로
말했다.

"맛이 기가 막히네! 이게 진짜 가다랑어 맛이지!"

"오사카에서는 제대로 된 가다랑어를 먹을 수 있는 곳을 찾
을래야 찾아 볼 수가 없지. 그래서 이 가게는 냄새를 맡고 들어
오는 도사 사람들이 많다니까."

미조부치 히로노조가 웃으며 말했다. 약 10년 전 료마가 처음 에도로 길을 떠날 때 료마의 형 곤페이의 부탁으로 도사에서부 터 료마와 동행하며 이것저것 신경을 써 주었던 사람 좋은 하급 무사 미조부치였다.

젊은 사무라이는 신 나게 음식을 먹어 치우면서 자기 이름 을 밝혔다.

"사와무라 소노조입니다. 그나저나 동향 출신이라고는 해도 생판 초면인 저한테 이렇게 맛있는 음식을 사 주시다니, 미조부 치 씨는 정말 좋은 분이네요."

"오랜 여정에 빈털터리가 되었다는 말을 듣고 그냥 지나칠 수 가 있어야지. 자, 한잔 마시게."

미조부치가 권하자 소노조는 술을 받아 맛있게 마셨다.

"고맙습니다. 미조부치 씨는 오사카에서 일하고 계시는 겁 니까?"

"그래, 도사 번 스미요시 진저陣邸에서 일하네. 나중에 안내 해 주지. 욕조에 몸을 푹 담그고 여독을 풀면 개운하니 몸도 가 뿐해질 거야."

소노조의 얼굴에서 웃음이 사라졌다.

"……그건 사양해야 할 것 같습니다. 사정이 좀 있어서요."

"무슨 사정?"

"그건 말씀드릴 수 없습니다."

"그게 무슨 서운한 말인가? 우린 이제 친구나 다름없는데. 내가 들어 줄 테니까 무슨 일인지 털어놔 봐."

소노조는 잠시 망설였다. 하지만 같은 하급무사인데다, 친근하게 다가오는 미조부치의 성품이라면 괜찮겠지 싶은 생각에 긴장을 풀고 비밀을 털어놓았다.

"전 도사에서 탈번했거든요."

"뭐라?"

미조부치가 이상한 소리를 크게 내지르는 바람에 소노조는 주위 사람들이 볼까 걱정이었다. 하지만 다행히 미조부치의 괴성은 가게 안의 시끌벅적함에 파묻혀 버렸다.

"그럼 번저 근처에는 얼씬도 하면 안 되지. 잘못하다간 바로 체포될 텐데 말이야."

그런 엄청난 짓을 저지른 주제에 소노조는 태평스러운 얼굴로 맛있게 먹고 마시고 있었다. 미조부치는 소노조에게서 술과 음식 접시를 빼앗았다.

"이리 내! 이것도 먹지 마! 탈번해서 쫓기는 자에게 밥을 사 줬단 걸 들키면 나까지 벌을 받게 된다고. 자기 번을 버리다니, 네가 그러고도 사무라이냐!"

"전 양이를 위해 번에서 나온 거예요."

소노조가 빼앗긴 접시에 있던 가다랑어를 손으로 잡아 입에 넣으며 말했다. 그 가다랑어마저 도로 빼앗으려던 미조부치는 소노조의 입으로 집어넣었던 손가락을 꽉 물려 비명을 질렀다. 남의 손을 깨물면서까지 쟁취한 가다랑어를 고스란히 먹어 치운 소노조는 아주 만족스러운 표정으로 입맛을 다셨다.

"아아, 맛있다!"

"믿을 수가 없군. 이런 멍청이가 도사에 살았다니!"

"나 혼자가 아니라고요. 사카모토도 같이 나왔어요. 사카모토 료마라는 사람이요."

"료마?"

깜짝 놀라면서 되묻는 미조부치를 외면하고서 소노조는 술병에 입을 대고 꿀꺽꿀꺽 술을 마셨다.

"그 사람 알아요?"

"말도 안 되는 소리를 하는군. 료마가 왜 탈번을 해?"

"도사에 계속 있다가는 양이를 못하게 생겼으니까요. 하지만 난 정말 실망했어요. 존왕양이의 뜻을 품었으면 당연히 교토로 가야 하는 것 아닌가요? 그런데 그 녀석은 이요(지금의 에히메 현)를 벗어나자마자 사쓰마로 가겠다고 그러잖아요."

"사, 사쓰마?"

"갑자기 겁이 난 거겠죠. 아무튼 한심하다니까."

"그럼, 료마는 지금……?"

"가다가 어디 길바닥에서 비명횡사했을지도 모르지요."

"……뭐어!"

미조부치를 경악하게 만들어 놓고 소노조는 다시 정신없이 음식을 주워 먹기 시작했다.

─도사의 번주 야마우치 도요노리 공 일행이 오사카에 도착한 것은 7월 12일이었지. 도요노리 공은 황궁 경호 담당으로 임명받아 교토로 향하는 도중에 오사카에 들렀던 것이었네. 여기까지는 모든 일이 다케치의 계획대로 흘러 가고 있었지.

오사카 스미요시 진저로 들어간 야마우치 도요노리는 고열로 앓아눕고 말았다. 의사가 진찰하더니 홍역이라는 진단을 내렸다. 고통스럽게 신음하는 도요노리의 얼굴에 빨간 반점들이 돋아 있었다.

교토를 눈앞에 두고 꼼짝 못하게 되자 한페이타는 발을 구르고 싶을 정도로 안타깝고 초조했다.

그날 밤 한페이타를 중심으로 도사근왕당의 히라이 슈지로, 모치즈키 세이헤이, 그의 동생인 모치즈키 가메야타, 시마무라 에키치, 가와라즈카 모타로가 모였다. 도요노리가 언제 회복될지 알 수 없는 가운데 시간만 낭비하고 있어 다들 초조하고 답답한 얼굴들이었다.

"여기서 하루를 지체할 때마다 양이 실행도 하루씩 늦어지게 된다."

흔들리는 등불의 빛이 초조함에 사로잡힌 한페이타의 얼굴을 비췄다. 모두 속만 태우고 있는데 갑자기 복도 쪽으로 난 문이 열리더니 이조가 "다케치 선생님" 하고 얼굴을 들이밀었다.

"방문을 열 때는 먼저 기척을 하라고 했잖아."

슈지로가 바로 야단을 쳤다. 더구나 이조가 들어온 이유라는 게 고작 목욕탕 쓸 시간을 알아보기 위해서였다.

"우리는 지금 중요한 이야기 중이란 말이야."

슈지로가 이조를 꾸짖었다. 이조는 풀이 죽어서 방에서 나가 복도를 걸어가다가 발걸음을 멈췄다.

"……어째서 나만……."

도사에 있는 다케치 도장에서 검술 수련에 정진하던 무렵 실력이 일취월장하는 이조를 보며 한페이타는 칭찬을 아끼지 않았다.

(너는 검술에 재능이 있어. 열심히 노력하면…… 그래, 료마도 이길 수 있을 거다.)

그때의 감격이 이조를 검술의 길로 빠져들게 했다.

"왜 이렇게 되었냐고……!"

따돌림을 당한 외로움에 흘러나오는 눈물을 이조는 소매로 북북 문질러 닦아 냈다.

점심을 먹기에는 아직 이른 시간이어서인지 며칠 전 소노조와 미조부치가 있던 밥집에는 초라한 행색의 낭인들만 드문드문 앉아 있었다. 가게로 들어온 야타로와 사이치로는 피로에 지친 몸을 잠시 쉬려고 안쪽 자리에 앉았다. 도처를 돌아다녀 보았지만, 료마의 행방은 도무지 알 길이 없었다. 두 사람은 제각기 자기 잔에 술을 따라 마셨다.

"다케치가 숨겨 주고 있는 거야. 그렇게밖에는 생각할 수가 없어."

"그렇다면 더더구나 찾을 수가 없지. 이제 그만 포기하고 도사로 돌아가자."

그렇게 말한 야타로는 사실 할 수만 있다면 료마를 만나고 싶지 않았다. 그렇지만 사이치로의 품속에는 쇼지로한테서 받은 돈이 아직 상당히 남아 있었다. 그 돈을 다 쓸 때까지 찾아보는 것이 의무였다. 야타로도 알고는 있었지만 너무 드러나게 움직이면 골치 아플 것 같아 자꾸만 뒤로 빼는 중이었다.

"요시다 님을 암살한 자를 찾고 있다는 사실이 알려지면 우리가 다케치한테 붙잡히고 말 거다. 스미요시 진저에도 가까이 갈 수 없고, 대낮에도 당당하게 걸어 다닐 수 없어. 이래서 도대체 어떻게 료마를 붙잡아 오라는 거야!"

"야타로, 넌 요시다 님께서 돌아가시는 바람에 출세 길이 막혀 버렸다면서? 그런데도 요시다 님을 암살한 놈이 밉지도 않아?"

"하지만, 료마가 죽였다는 게 영⋯⋯."

"우리는 그저 붙잡아 오라고 명령받은 자를 붙잡아 가면 그만이야. 지금 이렇게 공을 세워 두면 나중에 우리 앞날이 창창하게 열릴 거라고."

사이치로가 일어서서 변소로 갔다. 야타로는 아직도 망설이고 있었다. 출세하고 싶은 마음이야 굴뚝같지만 초췌하니 자기 앞가림도 변변히 하지 못할 것 같은 쇼지로의 모습이 뇌리에 떠오르자 영 미덥지가 않았다.

(다 끝난 사람 편을 들어서 어쩌자고 그러세요? ……이럴 때일수록 처신도 요령껏 해야죠!)

아내의 말이 옳은지도 몰랐다.

"기세……."

야타로는 기가 죽어서는 아내의 이름을 중얼거렸다. 마침 그때 가게로 들어온 손님과 가게 주인이 주고받는 말소리가 귀에 들려왔다.

"이 냄새는 혹시 가다랑어요?"

"예."

"오사카에 제대로 된 가다랑어를 먹을 수 있는 가게가 있었다니……."

귀에 익은 목소리에 야타로는 조심조심 돌아보았다. 멀리 떨어진 자리에 덩치 큰 남자가 막 앉으려는 참이었다. 야타로에게 등을 돌리고 있는 남자는 때가 끼고 허름한 옷을 적당히 주워 입고 있었고 머리는 부스스하니 길었다. 야타로가 설마설마하면서도 가만히 보고 있으니까 남자는 술과 가다랑어를 주문하고는 허리에서 가타나를 뺐다. 소맷자락 사이로 잘 훈련된 단단한 팔이 살짝 들여다보였다. 틀림없었다.

"료마!"

덩치 큰 남자가 천천히 돌아보았다. 야타로는 순간적으로 잘못 본 줄 알았다. 그 정도로 료마는 날카로운 풍모로 바뀌어 있었다. 거칠고 날카롭던 얼굴이 점점 웃는 표정으로 바뀌었다.

"어디서 많이 들어 본 목소리다 싶더니, 역시 야타로 맞구나!"

료마는 함박웃음을 지으며 남의 눈도 아랑곳하지 않고 허공을 헤엄치듯이 두 팔을 허우적거리며 야타로에게 다가왔다.

"건강해 보이네, 야타로! 무슨 일로 오사카에 온 거야?"

료마는 야타로의 어깨를 감싸 안으면서 반가워했다.

"너, 너야말로, 여기서 뭐 하는 짓이야……. 어쩌다가 탈번을 다 하고……!"

야타로가 표정을 딱딱하게 굳히자 료마는 자기 처지가 생각났는지 겸연쩍은 표정으로 우물쭈물 대답했다.

"미안해. 아무 말도 못하고 그렇게 되어서……. 사실 너에게 어떻게 말해야 할지 모르겠더라고."

"그동안 어디 가 있었어, 료마?"

"아아, 사쓰마에 있었지. 도사에 가와다 쇼료라는 선생님이 계셨잖아. 그 선생님한테 들었거든. 사쓰마 번은 한참 전부터 서양과 몰래 교역해 왔기 때문에 철을 주조하는 반사로라는 것도 있고, 자기들이 만든 큰 배를 바다에 띄운 적도 있다고 말이야. 어떻게 해서든 그것을 보고 싶었는데, 거기는 외부인이 절대로 들어갈 수 없어. 산속에까지 망보는 사람이 있더라고. 나도 몇 번이나 들어가려고 시도했지만 결국 들어가지 못했어. 하지만 낯선 땅을 여기저기 돌아다니는 건 상당히 재미있더라."

거리낌 없이 털어놓는 료마에게 탈번이라는 중죄를 저지른 자의 죄책감이라고는 조금도 찾아볼 수 없었다.

"그게 탈번한 이유냐?"

야타로가 묻자 료마는 적당한 말을 찾으려는 듯 더듬거리며 대답했다.

"아니……. 나 나름대로 양이에 뜻이 있었어. 하지만 아무래도 내가 생각하는 양이는 다른 사람들하고 다른 것 같더라. 어디가 어떻게 다르냐고 물어도 뭐라 대답해야 할지는 모르겠지만 말이야."

페리의 함대, 소위 검은 배라 불리는 배를 가까이서 본 료마는 서구 제국의 막강한 군사력을 똑똑히 깨닫게 되었다. 무력으로 외국을 내쫓는다는 안일한 생각만으로 전쟁을 일으키면 상대가 되지 않을 것이다. 그렇다면 양이란 무엇인가? 고민하던 료마는 조슈 번의 구사카 겐즈이라는 사람의 존재를 알게 되었다.

료마는 조슈로 찾아가 겐즈이가 설명해 준 양이라는 개념을 듣고 눈이 번쩍 뜨이는 듯한 느낌을 받았다. 일본을 지키고 싶다면 번이라는 작은 조직에 연연하지 말고 당장 일어서야 한다고 겐즈이는 뜨겁게 주장했다.

"그게 전부냐? 탈번을 할 수밖에 없던 다른 이유가 있었던 건 아냐?"

야타로가 슬쩍 떠 보았다. 료마는 가게 주인이 내준 가다랑어를 정신없이 먹고 있었다.

"대답 좀 해 봐, 료마!"

"요시다 님을 암살한 사람은 내가 아니다."

료마는 이미 야타로가 오사카에 와 있는 목적을 눈치 채고 있었다. 시모노세키에서 만난 도사의 상인으로부터 사카모토 료마라는 남자가 암살의 하수인으로 의심받고 있다는 이야기를 들은 바가 있었기 때문이다.

"나를 찾아오라는 명령을 받고 여기 온 거지? 너는 고마와리니까. 도사로 돌아가, 야타로. 그런 일은 너에게 맞지 않아."

야타로의 마음이 흔들렸다. 그 동요를 꿰뚫어 보는 것처럼 사이치로의 목소리가 끼어들었다. 사이치로는 조금 전에 뒷간에서 돌아와 료마와 야타로의 대화를 엿듣고 있었다.

"야타로, 그놈이 사카모토 료마냐?"

사이치로의 손은 벌써 칼자루에 가 있었고, 가게 주인과 다른 손님들이 무슨 일인가 싶어 료마 일행을 경계하는 눈초리로 바라보고 있었다. 료마는 갑자기 긴박해진 분위기 따위는 전혀 아랑곳하지 하고 오로지 야타로에게만 눈길을 고정하고 있었다.

"너희는 나를 잡을 수 없어, 야타로."

료마의 말 따위는 무시한 채 사이치로가 기세 좋게 칼을 뺐다.

"사카모토!"

"그쪽도 좋은 말로 할 때 그냥 도사로 돌아가지 그래."

료마는 꿈쩍도 하지 않았다. 당황한 사람은 야타로였다. 야타로는 어떻게든 사이치로를 말리려고 했다.

"료마는 요시다 님을 죽이지 않았어! 료마가 한 짓이 아니라고!"

"무슨 소리에 홀랑 속아 넘어간 거야, 이 멍청이가!"

"그만둬! 네가 료마를 어떻게 이긴다고 나서는 거야!"

어떻게든 공을 세우고 싶은 사이치로는 료마를 손가락질하며 손님으로 있던 낭인들에게 도움을 청했다.

"난 도사에서 온 고마와리요. 이놈은 우리 번의 높으신 관리를 죽인 죄인이오. 체포를 도와주면 돈을 주겠소! 한 사람 앞에 한 냥씩! 베어 죽여도 상관없소. 이놈의 목만 가지고 돌아가면 되니까."

낭인들이 웅성거렸다. 출신지는 모두 달라도 돈이 궁한 사정은 마찬가지였다. 사이치로가 품속에서 돈 주머니를 꺼내 흔들어서 쩔렁쩔렁하는 소리를 들려주자 한 냥의 유혹에 넘어간 세 명의 낭인이 자리에서 일어나 칼을 쥐고 료마를 에워쌌다.

살기등등한 가게 안에서 당장이라도 칼부림이 날까 싶어 주인은 안절부절못하고 있었다.

"거 참, 난처하게 되었네."

가게에 폐를 끼치고 싶지는 않았지만 료마는 하는 수 없이 칼을 빼 들려고 했다. 그런데 허리춤에는 와키자시밖에 없었다.

"어엉? 아이고, 내 정신."

처음에 료마가 앉았던 자리에 가타나가 그대로 놓여 있었다.

"멍청한 놈!"

사이치로가 료마의 칼을 걷어찼다. 료마는 화가 나기 시작했다.

"형님께 받은 소중한 칼인데, 발길질하다니……. 이게 뭐 하는 짓이야?"

"시끄럽다! 너도 어서 칼을 뽑아, 이와사키! 네 임무를 잊어버린 거냐?"

사이치로의 강요에 야타로도 일단은 칼을 빼려고 팔에 힘을 주며 버둥거렸다.

"내 칼은 녹슬었단 말이야!"

간신히 뺀 칼은 예전 그대로 잔뜩 녹슬어 있었다. 료마가 야타로를 흘깃 보았다.

"그만둬, 료마! 내가 검술을 못한다는 건 알고 있잖아. 나들 그만두라고. 료마 녀석은 진짜 세단 말이야!"

야타로가 말리는데 그 옆에서 사이치로가 낭인들을 부추겼다.

"아무리 세다 해도 와키자시만으로는 아무것도 할 수 없소."

낭인 중 한 사람은 어딘가의 번에서 검술 사범을 맡은 적도 있어서 나름 실력에 자신이 있었다. 그 남자가 씨익 웃은 다음 순간 료마의 몸이 슥 하고 가까이 다가오더니 와키자시가 번쩍 움직였다. 남자가 간신히 몸을 피했을 때는 두 번째 남자 눈앞에서 칼날이 번쩍였고, 뒤이어 세 번째 남자도 몸을 뒤로 빼면서 비명을 질렀다.

"여기는 좁으니까 이게 더 쓸모가 있지."

료마는 여유만만한 태도로 와키자시를 바라보았다. 야타로와 사이치로도 무슨 일이 벌어졌는지 몰랐다.

"아얏!"

첫 번째 남자의 소매가 싹둑 잘려 있었다. 두 번째와 세 번째 남자의 소매도 자로 잰 것처럼 똑같이 잘려 있었다. 이것이 호쿠신 잇토류의 목록을 받은 료마의 실력이었다.

"겨우 한 냥에 목숨을 버리다니 그건 너무 손해나는 장사 같은데. 그래도 해볼 텐가?"

료마가 살짝 협박하자 세 명의 낭인들은 떵떵거리던 기세는 어디로 갔는지 차례차례 가게를 뛰쳐나가 줄행랑을 쳤다. 사이치로가 필사적으로 막으려고 하는 사이에 료마는 가타나를 찾아 허리에 도로 찼다. 그것을 알아차린 사이치로가 순식간에 겁을 먹었다.

"이런 젠장! 난 절대로 포기 안 한다!"

그 말만 남기고 사이치로도 가게에서 뛰쳐나갔다.

료마는 처음부터 뒤를 쫓아갈 생각이 전혀 없었다. 혼자 남겨진 야타로 쪽을 다시 보았다.

"야타로, 일본은 지금 아직 누구도 경험해 본 적이 없는 시대를 맞이하고 있어. 양이파와 개국파의 싸움은 갈수록 더 심해질 거야. 앞으로는 피비린내 나는 세상이 될지도 모르지. 하지만 너는 그런 일에 말려들어선 안 돼."

료마는 자기 음식 값을 바닥에 놓고 가게에서 나가려 했다.

"나, 나도 이런 일에 말려들고 싶지는 않았단 말이야!"

야타로가 외쳤다.

"네가 탈번 같은 짓을 하니까 이렇게 된 거지. 네가 도망가지 않고 다케치를 막았으면 요시다 님이 살해되지 않았을 것 아냐! 요시다 님은 내 은인이셨다고. 나를 인정해 줬던 오직 한 분이었단 말이야!"

"……그래, 야타로. 너에겐 정말 미안하게 생각하고 있어. 하지만 넌 부모 형제를 위하는 길을 생각하는 게 나을 거야. 여기서 나가면 곧장 도사로 돌아가도록 해."

"넌 앞으로 어떻게 할 생각인데?"

가게에서 나서던 료마가 야타로를 돌아보며 미소를 지었다.

"나한테는 아직도 모르는 일이 너무 많거든. 무엇을 어떻게 할지 아직 정하지 못했어."

료마가 가 버리자 야타로는 온몸에서 힘이 쭉 빠지는 것을 느꼈다.

—난 그저 료마가 떠나는 것을 바라볼 수밖에 없었지. 료마는 마치 별세계 사람처럼 엄청난 저력이 느껴지는 남자로 변했더군. 난 그 길로 배에 올라타 오사카에서 도망쳐 버렸다네.

도요노리의 병세가 회복될 때까지 한페이타 일행은 도사 번의 오사카 스미요시 진저에 발이 묶여 있었다. 번주가 머물고 있었기에 스미요시 진저의 경비는 삼엄했다.

그날 밤 히로노조는 뒷문을 경비하는 당번이었다. 밤을 꼬박

새면서 아침까지 자리를 지켜야 했다.

"여전히 고지식하시군요."

어둠 속에서 목소리가 들렸다.

"료, 료마!"

"오랜만입니다, 미조부치 씨."

료마는 태평스러운 것인지 대담한 것인지 싱긋 웃으며 인사했다.

"네, 네가, 어째서 여기에! 이 바보야, 들키면 바로 잡히잖아!"

"그때는 줄행랑을 쳐야지요. 미조부치 씨, 부탁이 있어요."

"부, 부탁?"

료마는 붙잡힐 위험을 무릅쓰고 굳이 찾아온 것이다. 보나 마나 까다로운 부탁일 것이 뻔했다.

한페이타는 긴장한 얼굴로 복도를 걸어오더니 어느 방 앞에서 발을 멈추고 재빨리 주위를 살펴 아무도 없는지 확인했다. 방에는 등불이 켜져 있지 않았다. 한페이타는 살그머니 방문을 열고 미끄러지듯 안으로 들어갔다.

달빛이 비쳐드는 가운데 료마가 책상다리를 하고 앉아 있었다.

"오오, 다케치 씨. 다케치 씨가 오사카에 있다는 말을 들으니까 얼굴만이라도 잠깐 보고 싶더라고요."

한페이타는 어이없어하면서 료마 앞에 정좌했다.

"참 배짱도 대단하다. 탈번해서 쫓기는 주제에 자기 발로 진저 안으로 들어오다니."

"미조부치 씨를 나무라지는 마세요. 내가 억지 부탁을 해서 그런 거니까."

한페이타는 료마라는 남자가 억지조차 통하게 만드는 사람이라는 것을 잘 알고 있었다. 하급무사로는 보이지 않을 정도로 번듯한 차림의 한페이타에 비해 료마의 남루한 차림새는 참으로 대조적이었다.

"잘 지냈나? 그 머리는 어떻게 된 거야?"

"여기저기 돌아다니다 보니 머리까지 신경을 쓸 수가 없어서요."

료마는 봉두난발이 된 자기 머리를 손으로 쓰다듬으면서 쓰게 웃었다. 머리뿐만 아니라 옷차림도 엉망이었다.

"자신이 저지른 일에 대해 후회하고 있겠지, 료마? 네 생각이 다른 사람과 다르다면서 뛰쳐나갔지만, 도사근왕당은 이제 번주까지도 움직일 수 있는 힘을 가지고 있다. 옳았던 사람은 바로 나였어."

"……그야, 다케치 씨가 했던 말이 맞기는 맞았지요. 요시다 님만 없어지면 만사가 잘될 거라던……."

한페이타는 미소 짓고 있었다.

"누구에게 시켰나요?"

료마가 물었다.

"……요시다 도요를 원망하고 있던 사람은 한두 명이 아니었다. 도요가 죽은 것은 천운이 다했기 때문이야."

한페이타와 료마는 말없이 서로 바라보았다.

"도사에서 추격자가 와 있습니다. 다케치 씨는 의심을 받고 있어요. 이제 그만하세요. 자기 뜻을 위해서 방해가 되는 사람을 죽이는 짓은."

잘못된 일이라고 입 밖으로 내지는 않았어도 무언중에 포함된 료마의 비난이 당연히 한페이타에게 전해졌다.

"나한테 설교하려고 일부러 오사카까지 찾아온 거냐? 지금 네가 무슨 말을 하건 내 귀에는 패배자의 변명으로밖에 들리지 않는다. 돌아와라, 료마. 난 이미 너를 용서했다."

료마와 한페이타는 서로의 마음을 읽으려는 듯이 잠시 눈길을 마주쳤다.

"……도사를 버린 남자잖아요, 나는."

"……유감이구나."

"그렇지요."

더 이상 이야기할 여지가 없을 것 같았다. 한페이타는 방에서 나가려다가 뒤를 돌아보았다.

"참, 네 가족들 말인데."

료마는 내심 흠칫 놀랐다. 탈번이라는 죄를 저지르면 가족들까지 피해를 입게 마련이었다.

"탈번자가 나온 집안은 멸문을 당해도 이상할 것 없는 일인데, 네 형인 곤페이 씨는 대단한 사람이더군. 사이타니야의 대금 장부를 잘 이용해서 상급무사들 입을 막아 버렸다. 그게 통하지 않는 위쪽에는 내가 손을 썼고. 들키지 말고 조심해서 나가라."

한페이타는 료마가 어릴 적부터 익히 보아 온 온화한 미소를
지으며 사라졌다.

료마는 커다란 한숨을 내쉬었다. 아무리 친근하고 익숙한 미
소를 보여도 한페이타는 이제 권력이라는 세상에 사는 사람이
되어 버렸다. 한페이타와 가는 길이 나뉘어 버린 아쉬움이 료마
의 가슴을 아프게 했지만, 도사에 있는 가족들은 한페이타가 권
력을 손에 쥐고 있었기에 무사히 살아남을 수 있었다. 그 소식에
료마가 안도를 한 것도 틀림없는 사실이었다. 상반되는 두 마음
이 엇갈리면서 또다시 한숨이 새어 나왔다.

방에서 나간 한페이타는 미소가 사라진 얼굴로 복도를 걸었다.

스미요시 진저의 또 다른 방에서는 술주정이 흘러나오고 있
었다. 방 안에는 이조가 혼자서 술병을 한 손에 들고 병나발을
불고 있었다.

"그래, 난 머리가 나빠……. 그래서 어려운 말을 들으면 뭔 소
린지 하나도 모르지. 하지만…… 그래도 난 어렸을 때부터 그
누구보다도…… 정말 누구보다도 선생님을 제일…… 으으……
흑흑흑!"

주정을 하면서 울음을 터뜨린 이조의 등 뒤에서 방문이 열렸
다. 깜짝 놀라 돌아보니 한페이타가 서 있었다.

"밖에까지 다 들린다, 이조."

안으로 들어온 한페이타는 방문을 꼭 닫더니 이조 앞에 정좌하고는 방바닥에 나동그라져 있던 술병을 똑바로 세워 놓았다.

이조는 허둥지둥 옷깃을 여미고 자세를 고쳐서 정좌했다.

"어째서……?"

"나에게 화가 난 거냐, 이조? 도사근왕당이 번의 실권을 장악했는데도 너는 아무런 임무도 맡지 못했으니 말이다."

"그, 그런 생각은…….."

"난 말이다, 속 편하게 이야기할 수 있는 동료가 필요했다. 임무나 직위를 떠나서 내 고민을 들어 줄 수 있는 동료 말이다. 그래서 너에게는 아무런 직위도 주지 않았다. 너만큼은 옛날 그대로의 모습으로 남아 있기를 바랐기 때문에."

"선생님……!"

"힘들게 해서 미안하다, 이조."

한페이타의 배려가 마음에 스며들어 이조는 감격의 눈물이 솟구쳤다. 이토록 소중하게 여기고 있었다니, 정말 더 바랄 게 없을 정도로 기뻤다.

"울지 마라, 이조. 넌 아무런 잘못도 없다. 네가 우니 내 마음이 편치 않구나."

"예…… 예!"

이조는 필사적으로 눈물을 참으며 소매로 눈물을 문질러 닦았다. 도요가 암살당한 이후로 노도와 같은 날들을 지내 왔다. 그 사이 한페이타는 근심 걱정이 끊이지 않았을 것이다.

"뭐, 걱정거리라도 있으신가요, 선생님……?"

한페이타는 한숨인지 대답인지 잘 분간되지 않는 소리로 "흠……" 하고 애매하게 대답했다. 이조는 더욱 애가 탔다.

"저에게 말씀해 주세요. 그렇게 하면 선생님의 근심이 조금이라도 덜어질 수 있을지 모르잖아요."

"……도사에서 추격자가 왔다고 한다. 누가 요시다 도요를 죽였는지 알아보려고 우리 주변을 캐고 다니는 모양이다."

아무리 누명이라고는 해도 암살자가 근왕당원이라는 소문이 나면 큰일을 앞두고 교토로 들어갈 수 없다.

"참, 큰일이다……."

한페이타는 힘들어하는 표정으로 한숨을 쉬었다. 한페이타가 도요를 암살하라는 지시를 내렸다는 것을 아는 사람은 극히 한정되어 있었다. 이조는 도요를 죽인 것이 근왕당에 있던 나스 신고, 오이시 단조, 야스오카 가스케라는 소문을 들은 적이 있었다. 하지만 세 사람은 이미 자취를 감춘 후였고, 암살 지령을 한페이타가 내렸다는 사실은 모르고 있었다.

"……그 추격자가 ……없어지면 되는 건가요?"

"그야 그렇지. 지금 근왕당이 무너지면 일본은 외세의 먹잇감이 되고 만다."

한페이타가 고뇌하는 모습을 보고 있으려니까 이조의 가슴에 점점 흥분이 북받쳐 올랐다.

“전 선생님을 위해 일하고 싶습니다. 선생님을 돕게 해 주십시오!”

두 손으로 방바닥을 짚고 고개를 숙이는 이조에게 한페이타의 질책이 쏟아졌다.

“지금 무슨 소리를 하는 거냐!”

“아무에게도 말하지 않겠습니다. 제 멋대로 저지른 일이라 해도 상관이 없습니다. 부탁합니다, 선생님!”

이조의 열의에 한페이타는 가슴이 뭉클해지면서 눈가에 눈물이 맺혔다.

“이조…… 너만이 내 진정한 벗이로구나!”

“선생님!”

한페이타가 손을 잡아 주자 이조는 감격에 겨워서 눈물을 뚝뚝 흘렸다.

1862년 8월 2일 밤. 서쪽 하늘에 가느다란 초승달이 떠올랐다. 별빛에 비친 오사카의 큰길을 이노우에 사이치로는 혼잣말을 중얼거리면서 술기운에 휘청거리는 발걸음으로 걸어가고 있었다.

“이와사키 이 자식……. 임무를 내팽개치고 도망을 쳐……? 돌아가면 너를 가만두나 봐라!”

길가로 난 골목길에는 이조가 숨어 있었다. 이조는 기척을 없애려고 숨을 죽였지만 긴장 때문에 호흡이 거칠어지는 것을 어쩌지 못하고 있었다. 그러나 술에 잔뜩 취한 사이치로는 이조를 알아차리지 못한 채 그 앞을 지나쳤다.

이조는 열심히 자기 자신을 타이르고 있었다.

"침착해…… 침착하라고, 이조. 사람을 베는 게 무슨 대수라고 그래!"

이조가 골목에서 나오자 10미터가량 앞을 갈지자걸음으로 걸어가는 사이치로의 뒷모습이 보였다. 이조는 발소리가 나지 않도록 살금살금 다가갔다.

"저놈은 나쁜 놈이야."

자신을 설득하며 가만히 칼을 빼고 사이치로와의 거리를 좁혀 갔다.

사이치로의 혼잣말이 들렸다.

"이렇게 된 바에는 나 혼자 뒤집어쓰는 게 나아. 내 뒤에는 고토 님과 오토노라는 든든한 분들이 계시니까."

이조는 칼을 곧추세운 채 사이치로의 등 뒤로 가까이 다가갔다. 그 순간 사이치로가 살기를 느끼고 뒤돌았다가 이조를 보고는 "허억!" 하고 비명을 질렀다. 이조가 순간 움찔하며 허둥지둥 칼을 내리쳤지만, 사이치로는 칼을 피하려다가 뒤로 엉덩방아를 찧고 재빨리 몸을 돌려 앞으로 뛰어갔다.

"사람 살려! 사람 살려!"

사이치로가 고함을 지르면서 도망쳤다. 이조는 그 뒤를 쫓아가면서 등에 대고 칼을 내리쳤다. 반응이 있었다. 그러나 사이치로는 필사적이었다. 칼에 맞은 팔을 한 손으로 부여잡고 옆으로 난 골목길로 뛰어들어 한편에 쌓인 통들을 쓰러뜨리면서 죽을힘을 다해 도망쳤다.

"기다려! 거기 서라고!"

이조가 애원하듯이 외쳤다. 그때 뛰어가던 사이치로의 발이 엉켜서 넘어지고 말았다. 지금이다! 이조는 칼을 힘껏 휘둘렀다. 그와 동시에 팔에 충격이 느껴지면서 칼이 움직이지 않았다. 좁은 골목에 서 있는 기둥에 칼이 박히고 말았다.

"사람 살려!"

사이치로는 큰 소리로 도움을 청하며 기어서 도망치려 했다. 이조는 칼에서 손을 떼고 사이치로 위에 올라타 팔로 목을 감고 있는 힘을 다해 조였다.

"빨리! 빨리 죽으라고!"

이조는 눈을 감고 있는 힘을 다해 팔을 조였다. 이윽고 사이치로의 저항이 없어지면서 몸이 축 늘어졌다. 이조는 온몸을 부들부들 떨었다. 흥분과 공포로 눈물이 줄줄 흘러나왔다.

"아아…… 아아…… 죽여 버렸어! 내가 사람을 죽였어!"

기둥에 박힌 칼을 뽑아 들고 이조는 정신없이 그 자리를 벗어났다.

이튿날 아침 한페이타는 스미요시 진저로 도사근왕당 동지들을 불러 모았다.

"주군께서 드디어 회복하셨다. 내일 아침, 교토를 향해 출발한다!"

슈지로, 가메야타, 세이헤이, 에키치, 모타로 등 모두가 흥분해서 일제히 웅성거렸다.

이조는 작게 움츠러든 자세로 복도에 앉아 있었다. 전날 밤의 찝찝함이 남아 있었다. 몰래 한페이타의 눈치를 보자 한페이타가 이조를 향해 살며시 미소 지어 주었다. 순간 이조의 얼굴에 화색이 돌았다.

만사가 한페이타의 계획대로 진행되고 있었다. 솟아오르는 자신감이 한페이타의 마음을 가득 채우고 있었다.

사이치로의 시신은 관리들이 거적에 싸서 나무판자에 싣고 골목에서 들고 나갔다. 그 주위로 구경꾼들이 몰려들어 "도사에서 온 고마와리였대", "살해당한 거야. 쯧쯧, 딱하게 되었군" 하며 수군거렸다.

구경꾼들 뒤에 목숨을 빼앗긴 사이치로의 처참한 시신을 말없이 배웅하는 료마가 서 있었다.

─료마는 알아차렸을 게야. 다케치의 짓이라는 걸 말일세. 다케치는 이제 정말 딴 세상 사람이 되어 버렸다는 걸…….

료마는 분노와 안타까움으로 속을 끓이면서 주검이 되어 버린 사이치로의 명복을 빌어 주었다.

제15장
두 사람의 교토

초가을 하늘 위로 새가 날아갔다. 료마는 하늘을 올려다보며 눈으로 새를 쫓더니 교토를 향해 가벼운 발걸음으로 걸어갔다. 자신이 믿는 길을 찾아 앞으로 나아갈 뿐이다. 그 마음은 누나 오토메에게 보낸 편지 속에도 잘 나타나 있었다.

'예전에 가와다 쇼료 선생님이 보여 주신 세계지도에는 일본이 쌀알만큼이나 작게 그려져 있었지요. 하지만 도사에서 나와 여기저기 걸어 다니다 보니 일본이 참으로 넓다는 생각이 듭니다.'

료마가 보낸 편지를 읽다 보면 오토메는 료마와 함께 일본을 여행하는 기분이 들어 가슴이 두근거렸다.

'오토메 누나, 난 지금 만나고 싶은 사람이 둘 있어요. 한 사람은 나에게 살아갈 길을 가르쳐 줄 누군가. 그리고 또 한 사람은……'

오토메는 료마의 편지를 바라보며 말했다.

"……네가 원하는 삶을 살아라, 료마."

─1862년 8월 25일이었지. 마침내 도사의 번주 야마우치 도요노리 공이 교토에 들어섰다네. 그 일을 실현시킨 사람이 다케치 한페이타였지.

도요노리를 따라 교토의 도사 번저에 자리 잡은 한페이타는 미리 연통을 넣어 둔 산조 사네토미의 저택을 찾았다. 사네토미는 양이파 귀족으로 알려져 있었다. 면회가 허락되자 한페이타는 사네토미 앞에 엎드렸다.

"산조 님께서 일찍부터 과분하게 저희를 돌봐 주시어 그저 황공할 따름입니다. 덕분에 저희 주군이 이렇게 상경하는 영광을 누릴 수 있게 되었습니다."

"고개를 들라, 다케치."

다케치가 황송해하며 마지못해 얼굴을 들자 사네토미는 상석에서 내려다보았다.

"과연 하급무사이면서도 도사 번을 좌지우지할 정도로다. 아주 겁이 없는 얼굴이로고."

"그저 황송할 따름입니다. 하오나 저의 바람은 출세가 아닙니다. 지금의 일본은 외국인들의 발에 짓밟히고 있고, 외세의 속국이 될지도 모르는 위급한 상황에 처해 있습니다. 이는 모두 개국을 결정한 막부의 실책입니다. 아무쪼록 천황 폐하의 힘으로 막부를 올바로 세워 주셨으면 합니다."

"폐하의 심려는 몇 번이고 막부에 전했느니라. 하지만 말로만 하겠다, 하겠다 하면서 도무지 양이를 실행할 기색을 보이지 않는구나."

"……산조 님. 제게 묘안이 있습니다. 도쿠가와 쇼군을 조정으로 불러들여 천황 폐하 앞에서 양이 실행을 약속하게 만드는 것입니다!"

한페이타를 비롯한 하급무사들은 도쿠가와 쇼군 가문에 대해 살짝 꼬인 복잡한 심정을 품고 있었다. 도사 번은 세키가하라 전투에서 도쿠가와 편에 붙어 승리한 야마우치 가문의 통치를 받아 왔는데, 그전에는 도요토미 편에 붙어 패배한 조소카베 가문의 지배 아래 있었다. 한페이타를 비롯한 하급무사들은 옛날에 조소카베 가문을 섬겼던 신하들의 후손이었다.

한편, 히라이 슈지로는 산조 긴무쓰 저택에 있는 여동생 가오를 만나러 갔다.

가오는 4년 전에 사네토미의 형인 산조 긴무쓰에게 시집을 온 야마우치 요도의 여동생 히사히메의 시녀로 교토에 왔다. 하지만 실상은 도사를 양이 일색으로 물들인다는 한페이타의 목적을 위해 교토의 정세를 살피는 첩자였다.

당시 료마와 가오는 평생을 함께하겠다고 언약한 사이였다. 교토로 가지 않겠다고 버티는 가오에게 슈지로는 당장이라도 할복한다는 각오로 결단을 요구했고, 가오는 찢어지는 마음을 억누르며 료마와 헤어져야만 했다.

"드디어 번주의 상경이 이루어졌다. 지금까지 4년 동안 네가 교토의 정세를 소상하게 알려 준 덕분이다. 다케치 선생님도 너에게 고마워하고 계셔."

"다케치 님께는 몇 번 편지를 받았어요. 언젠가 보내신 편지에서는 료마 씨도 근왕당에 참여했다고 기뻐하셨지요. 료마 씨도 이쪽에 와 있나요?"

가오는 그리움과 함께 쓸쓸함이 묻어나는 목소리로 료마의 이름을 입에 올렸다. 그런데 그 이름을 들은 슈지로의 표정이 갑자기 험악하게 변했다.

"그놈은 우리를 배신하고 탈번했어."

"네? ……탈번이요?"

"료마가 너를 만나러 온다 해도 절대 만나면 안 된다. 이제 그놈은 네가 전에 알던 남자가 아니야."

슈지로는 엄하게 가오를 단속했다.

교토의 화류가인 폰토초에 초롱불이 켜지자 돌로 포장된 좁은 골목에 샤미센의 곡조가 흐르기 시작했다. 게이샤들이 오가는 거리 한쪽 구석에 모토무라로라는 술집이 있는데 그곳에서 세이헤이, 에키치, 가메야타, 모타로, 이조는 잠시 숨을 돌린다는 명목으로 술잔치를 벌이고 있었다.

화제의 중심은 한페이타가 산조 사네토미와 대면했을 때의 일이었다. 더구나 그냥 만난 것이 아니었다. 도쿠가와 쇼군이 양이를 약속하도록 하기 위해 천황 폐하께서 도쿠가와 쇼군에게 교토로 상경하라는 칙명을 내려 주십사 진언했던 것이다.

다들 한페이타를 믿고 여기까지 따라온 것을 자랑스럽게 여기며 하루라도 빨리 칙명이 내려질 것을 기다리고 있었다. 그뿐만이 아니었다. 이렇게 교토에서 술을 마음껏 마실 수 있는 것도 한페이타가 여기까지 근왕당을 이끌고 왔기에 가능한 일이었다.

흥겨운 술자리가 이어지는 가운데 게이샤들이 묘한 말을 입에 올렸다.

"좋은 분이 여러분께 힘이 되어 주셔서 정말 다행이에요."

"좋은 분?"

모타로는 웃는 얼굴 그대로 되물었다.

"혼마 씨 말이에요."

"모두가 그분 덕이잖아요."

게이샤들이 입을 모아 칭송하는 '혼마'라는 인물에 대해 아무도 아는 사람이 없었다.

나중에 알아보니 '혼마'란 혼마 세이치로라는 이름의 에치고(지금의 니가타 현) 출신 낭인임이 밝혀졌다. 슈지로와 다른 이들은 혼마에 대해 한페이타에게 보고했다.

"야마우치 도요노리 공의 상경은 자기가 이룬 일이라는 둥,

요시다 도요를 실각시킨 것도 모두 자기가 한 일이라는 헛소리까지……."

새빨간 거짓말을 떠벌이고 다니는 혼마의 짓거리에 에키치가 펄펄 뛰면서 분개했다.

"폰토초의 기생들에게 자랑하고 싶어서 그런 거다. 그런 허풍쟁이들은 어디를 가나 있기 마련이야."

슈지로는 내버려 둘 작정이었다. 그런데 평소 같으면 일을 크게 만들지 않았을 한페이타가 이 이야기를 듣더니 불쾌한 기색을 내비쳤다.

"다른 게 아니라…… 도사 번에 대한 나쁜 소문이 만에 하나라도 천황 폐하의 귀에 들어가기라도 한다면 어쩌겠느냐?"

칙명을 기다리는 중요한 시기인 만큼 한페이타의 지적에 모두 불안해졌다.

"그냥 두고 볼 수가 없구나. 그런 패거리는……."
한페이타는 슬쩍 이조에게 눈길을 주었다.

밖에서 볼일을 보고 돌아온 가오가 산조 저택의 쪽문을 통해 안으로 들어가려는 참이었다. 누군가의 시선이 느껴져 그 시선을 따라가자 료마가 멀찍이 서서 가오를 보고 있었다.

"잘 지내는 모양이네, 가오."
료마가 광대한 산조 저택을 바라보면서 가오를 향해 걸어왔다.

"안 돼요! 오라버니가 료마 씨를 절대 만나지 말라고 하셨어요."

가오는 방망이질 치는 가슴을 부여안고 자꾸 돌아보려는 마음을 끊으려는 듯이 쪽문 안으로 뛰어들어 쾅 소리가 나도록 거칠게 문을 닫았다.

"그래……."

료마는 아쉬웠지만 가오의 태도는 어쩔 수 없었다.

가오는 어떻게 해서든 마음을 진정시키려고 했지만 료마의 얼굴이 자꾸만 떠오르면서 가슴이 더욱 두근거렸다.

(무슨 일이 있어도 우리는 헤어지지 않을 거라고 약속했잖아!)

(제가 없어도…… 료마 씨는 살아갈 수 있어요.)

산조 가문으로 떠나는 것이 결정되었을 때 가오는 료마의 가슴에 얼굴을 파묻고 울었다.

료마는 가오가 세상에서 유일하게 진정으로 사랑한 남자였다. 허둥지둥 쪽문을 열고 뛰어나가 보았지만 료마의 모습은 이미 사라지고 없었다. 가오는 해가 뉘엿뉘엿 저무는 교토의 거리를 뛰어다니며 료마를 찾아 헤맸다. 이제는 포기해야겠다 싶었을 때 길 맞은편에서 키 큰 남자의 뒷모습을 발견했다.

"료마 씨!"

뒤돌아본 료마의 눈이 휘둥그레졌다.

료마와 가오는 남의 눈을 피해서 산조가와라 근처의 나무 그늘
로 갔다. 저녁노을을 받아 강물이 반짝이고 있었다. 가오는 료마
의 얼굴을 마주 볼 수가 없어 반짝거리는 수면에 눈길을 주었다.

"무슨 일이 있었던 거예요? 어째서 탈번을……?"

료마도 강을 바라보았다.

"도사가 좀 갑갑하게 느껴졌거든. 넓은 세상으로 나가고 싶
더라고."

"……지금 다케치 님 일행이 여기 와 있어요."

"……만날 생각 없어. 이제 다케치 씨와 나는 서로 방향이 달
라져 버렸으니까."

"그럼 료마 씨는 어째서 교토에 오신 거예요?"

료마는 쑥스러워하면서 말을 우물거렸다.

"그게…… 너를 만나려고 온 거야."

"네……?"

"아까 무작정 말을 건 것처럼 보였겠지만 사실 나도 한참을
망설였어. 4년 만에 보는 거잖아."

가오는 가슴이 너무 두근거려 숨이 막힐 지경이었다.

"미안해요. 아까 그런 태도로……."

"됐어. 벌써 잊어버렸으니까."

료마는 가오를, 가오도 료마를 얼마나 보고 싶어 했는지 모른
다. 가오는 그런 자신의 속내를 숨기면서 물었다.

"……오늘 밤에는 어디서 묵을 거예요?"

“응? ……아직 안 정했는데.”

“그럼 제가 묵을 곳을 알아봐 줄게요.”

“그건 안 돼. 쫓기는 사람을 숨겨 주면 너까지 벌을 받게 된단
말이야. 나는 그냥 적당한 곳을 찾아 노숙하면 돼.”

“그렇게 할 수는 없어요! ……모처럼 여기까지 와 주었는데.”

가오가 안내한 곳은 나무에 둘러싸인 작은 집이었다. 스에라
는 노파가 혼자 살고 있었다. 가오와 료마를 안으로 들인 스에
는 두 사람이 오붓하게 있을 수 있도록 자기 방으로 들어갔다.

“여기 할머니는 산조 님 댁의 침모예요. 여기라면 남의 눈에
띌 일도 없을 거예요.”

가오는 방문을 열고 료마를 안으로 들였다. 달빛만 비쳐 드는
어둑어둑한 방에 어쩔 줄 모르는 료마의 얼굴이 어렴풋이 보였
다. 가오가 등불을 밝혔다. 가오의 얼굴에 불빛이 비치자 료마
는 그 요염함에 넋을 잃었다.

“정말 예뻐졌다, 가오. 도사에 있을 때하고는 전혀 다른 사람
같아. 이제 완전히 교토 여자가 되어 버렸네.”

“……그렇지도 않아요.”

“이렇게 한 방에 너와 둘이서 있었던 적은 도사에서도 한 번
도 없었는데. 네 얼굴을 제대로 쳐다볼 수 없네.”

“……아무것도 바뀌지 않았어요. 전 그때의 가오 그대로예요.”

확인해 달라는 것처럼 가오가 료마의 눈앞으로 다가왔다. 료
마를 향한 마음은 4년 전과 조금도 다름이 없었다.

"……보고 싶었어요. 료마 씨가 정말 보고 싶었어요."

가오가 눈물을 머금으며 감정을 그대로 드러냈다.

"가오……!"

료마는 힘껏 가오를 끌어안았고, 둘은 그 자세 그대로 방바닥에 쓰러졌다. 숨결이 느껴질 정도로 서로의 얼굴이 가까이 있었다. 가오는 눈물을 흘리며 두 손으로 료마의 볼을 사랑스럽게 감쌌다. 떨어져 있던 4년의 세월이 료마와 가오를 남자와 여자로 자라게 했고, 이 순간 두 사람을 가로막는 것은 아무것도 없었다.

같은 날 밤, 혼마 세이치로는 게이샤의 배웅을 받으며 술집을 나왔다. 도사 번의 번주를 상경하게 한 장본인이라며 떵떵거린 남자는 술을 꽤나 많이 마셨는지 기분이 좋아 보였다. 혼마가 걷기 시작하자 그늘에 숨어 있던 이조가 그림자처럼 따라 움직였다.

혼마는 콧노래를 흥얼거리면서 폰토초에서 가까운 기야마치 골목을 술에 취해 비틀거리는 걸음으로 걸어갔다. 주변에 사람은 아무도 없었다. 혼마 뒤에서 탁탁탁 하고 발소리가 다가왔다. 혼마가 돌아보는 순간 이조는 바로 칼을 내리쳤다. 급하게 달려 오던 이조는 갑자기 발걸음을 멈춘 혼마와 심하게 부딪쳤고, 두 사람은 한데 엉켜서 땅바닥을 굴렀다. 이조의 칼이 혼마의 어깻죽지를 베어 버린 상태였다. 부상을 당한 만큼 혼마의 움직임이 느려졌다.

먼저 일어난 이조는 핏발 선 눈으로 혼마에게 달려들었다. 있는 힘껏 혼마의 칼을 뿌리치고 온 힘을 실어 가슴을 찔렀다. 혼마의 목숨이 끊어지자 이조의 온몸에 심한 흥분이 찾아왔다.

혼마가 칼에 맞아 죽었다는 소식이 이튿날 아침 도사 번저에 있는 한페이타를 비롯한 근왕당 사람들의 귀에까지 들어왔다. 목격자는 없다고 했다. 혼마 이야기가 나온 그날 밤에 일어났던 사건이라 다들 놀라기는 했지만 동정하는 자는 없었다.

"도사근왕당을 희롱한 천벌을 받은 거야!"

모타로가 모두의 생각을 대변하자 그에 동조하는 소리가 이어졌다.

"고맙다고 해야겠구나. 누군지 모르지만 혼마를 죽여 준 사람한테 말이다."

한페이타는 누구인지 모르는 사람에게 말하는 척했지만 그것은 명백하게 이조에게 건넨 말이었다. 이조는 기뻐서 어쩔 줄을 몰랐다.

방에서 나온 한페이타는 복도를 걸어가면서 만족스럽게 중얼거렸다.

"이조는 쓸모가 있어."

이조의 심리는 손에 잡힐 듯이 뻔했다. 더구나 칼 솜씨도 좋았다.

한페이타와 함께 걸어가는 사람은 슈지로였다. 슈지로는 한

페이타가 중얼거리는 소리를 들었지만 그때는 아직 그게 무슨
뜻인지 모르고 있었다.

　가오는 료마에게 먹이려고 손수 만든 도시락을 보자기에 싸
서 스에의 집까지 찾아왔다.
　"음, 이것도 맛있네."
　료마는 감자조림과 두부구이를 먹으며 가오에게 미소를 짓
고 마당을 바라보곤 했다. 마치 부부처럼 느긋하게 함께 지내
는 시간 속에서 가오는 지금까지 살아온 인생 중 최고의 행복
을 맛보고 있었다.
　"가오. 나를 만난 걸 슈지로 씨에게 들키면 안 돼. 공연히 너
만 야단을 맞을 테니까."
　갑작스런 료마의 말에 가오는 꿈에서 쫓겨나 현실로 돌아왔다.
　"오라버니 일행은 조금 지나면 에도로 내려갈 거예요. 도쿠
가와 쇼군을 교토로 불러내서 천황 폐하 어전에서 양이 실행을
약속하게 하려고 다케치 님이 움직이고 있거든요. 조만간 도사
의 번주께서 그 명령을 전하러 에도로 가는 임무를 맡게 되실
거라고 그랬어요."
　"자기 뜻을 하나씩 이뤄 가고 있군, 다케치 씨는……."
　"……료마 씨도 다케치 님과 같이 행동하면 되잖아요. 일본을
외국의 손에서 지키고 싶으면……."

묵묵히 먹고 있던 료마가 젓가락을 멈췄다.

"막부에 양이를 실행하게 해서 어쩌자고?"

"네?"

"일본은 이미 외국과 교역을 시작했어. 시모타에는 이미 미국 총영사관이 들어섰고, 에도의 고텐야마라는 곳에는 영국 공사관도 짓고 있지. 요코하마나 나가사키에도 외국 상인들이 계속 들어와서 일본 상인들과 거래를 하고 있다고 하더군. 그런데 지금 와서 검은 배를 향해 대포를 쏘란 말이야? 독일 사람들이나 프랑스 사람들까지 모조리 칼로 베어 버리라고?"

가오는 그저 놀랄 뿐이었다.

"그건 불가능하지. 전쟁이 일어나면 일본은 이길 수가 없어. 그걸로 끝나는 게 아니라 단숨에 속국이 되어 버리겠지. 난 말이야, 싸우지 않고 일본을 지켜 내려면 어떻게 해야 하는지 그 방법을 찾고 있어. 그걸 알려 줄 사람을 찾아서 돌아다니고 있는 거야."

료마는 다시 도시락에 눈길을 주더니 열심히 먹기 시작했다.

"……그렇다면 ……이제 다케치 님하고는?"

"옛날로 돌아갈 수는 없을 거야."

"저의…… 오라버니와도……."

료마가 우물거리던 입을 멈췄다. 뭐라고 대답하기가 난처했다.

"……할 수 없지, 뭐."

"료마 씨가 찾는 사람은…… 교토에 있나요?"

"……그건 나도 모르겠어."

료마가 다시 음식을 입에 넣었다. 가오는 억지웃음을 지으며
자리에서 일어섰다.

"차를 내올게요."

가오가 방에서 나가자 료마는 젓가락을 놓고 큰 한숨을 내쉬
었다. 한페이타나 슈지로 무리와 갈라섰다는 사실을 분명하게
말해 버린 것이다. 그것이 얼마나 가오의 마음을 아프게 할지는
료마 자신이 그 누구보다 잘 알고 있었다.

도사근왕당 사람들은 천황 폐하의 결단이 내려지기를 학수
고대하고 있었다. 모토무라로에서 게이샤들을 옆에 끼고 맛있
는 술에 취하면서도 번주인 도요노리가 천황 폐하의 말씀을 전
하는 소임을 맡게 되고, 그런 도요노리를 따라 에도로 향할 날
만을 기다리고 있었다.

술을 마시지 못하는 한페이타는 단정하게 정좌한 자세로 차
를 마시면서 슈지로나 가메야타 등이 신 나게 먹고 마시는 것을
보고 있었다. 떠들썩하게 놀고 있는 슈지로나 다른 사람들에 비
해 한페이타는 참으로 조용하고 침착해 보였다. 이조는 게이샤
들에게 한마디 해 주고 싶어서 안달이 났다.

"너희, 여기 계신 이분이 얼마나 대단한 분인지 알아? 도사를
움직이는 진짜 주군은 바로 여기 계신 다케치 선생님이라고!"

"이조, 그런 불손한 말을 하면 안 되지. 우리는 야마우치 도

요노리 공을, 그리고 오토노이신 요도 공을 모시는 신하에 지나지 않는다."

곧바로 한페이타가 주의를 주자 이조의 표정이 굳어졌다.

"제가 무례를 범해 큰일 날 뻔 했습니다."

"괜찮다. 어차피 술자리에서 한 말이니까. 다들 마음껏 마시도록 해라."

모두 신 나게 술을 마셨고, 이조도 단숨에 잔을 비웠다. 술 기운이 오장육부에 스며들었다. 술을 한 방울도 마시지 못하는 한페이타는 놀림을 받다가 우스갯소리에 곁들여 지나가는 말처럼 이야기를 꺼냈다.

"그러고 보니까 메아카시(에도시대에 경찰 관리를 도와 수사를 하던 직위–옮긴이)인 분키치라는 자가 이 근방을 어슬렁거린다고 하던데."

슈지로가 곧바로 반응을 보였다.

"안세이의 대옥 때 막부의 개가 되어서 양이파를 닥치는 대로 잡아들였던 남자야. 우리의 오토노이신 야마우치 요도 공께서 막부의 명령으로 근신을 하게 되었던 그 무렵이지."

모두 "마음에 안 드네" 하며 화를 내고 있는 가운데 이조는 가만히 칼을 끌어당기더니 눈에 띄지 않게 방에서 나갔다.

그런 이조의 행동을 알아차린 사람은 슈지로였다. 뭔가 물어보는 눈길로 한페이타를 보자, 한페이타는 신경도 쓰이지 않는지 게이샤에게 녹차를 더 달라고 부탁하고 있었다.

이튿날 분키치의 시신이 발견되었다. 이런 살인 사건이 자주 일어나자 교토 시내에는 "양이파에게 밉보인 사람들은 죽임을 당한다"라는 소문이 퍼졌다.

피비린내 나는 소동과는 아무 상관이 없다는 듯이 한페이타는 산조 사네토미로부터 부름을 받았다.

"드디어 천황 폐하께서 성단을 내리셨도다. 내가 도쿠가와에게 상경하라는 칙명을 전하러 에도로 내려가게 되었느니라. 그리고 경호를 맡을 자는 다케치, 바로 너다!"

"감사합니다!"

한페이타는 감격의 눈물을 흘리며 머리를 깊숙이 조아렸다.

―무서울 정도로 출세했지. 도사에서 온갖 학대와 멸시를 받던 하급무사가 천황 폐하의 사신으로 발탁되었으니 말이야.

손님들로 시끌벅적한 밥집에서 남들보다 한층 더 기분 좋게 술병을 기울이는 사람이 있었다. 이조였다.

"이건 축하주야. 우리 선생님께서 어마어마하게 출세하시게 되었거든!"

이조는 가게에서 일하는 소녀인 나쓰를 상대로 자랑했다. 너무 기뻐서 자꾸만 웃음이 흘러나오는 것을 참을 수가 없었다. "으히히히" 하고 혼자 히죽거리고 있는데 어딘가에서 사무라이들의 이야깃소리가 들려왔다.

"도사 촌놈들이 조정에 손을 비벼대고 말이야."

"다케치인지 뭔지 하는 놈은 도사에서도 하급무사였다고 하더구먼."

약간 떨어진 자리에서 두 명의 사무라이가 술을 마시고 있었다.

"그런 놈이 감히 주제넘게 쇼군께 진언을 한다니!"

"양이 좋아하시네, 돼먹지 못한 놈들!"

사투리로 보아 아이즈 근방에서 온 사무라이들인 모양이었다. 이조의 취기가 순식간에 가셨다.

이조는 먼저 밥집을 나와 가게 안에 있는 아이즈 사무라이들의 얼굴을 확인해 두었다. 이미 이조의 손은 칼자루를 꽉 쥐고 있었다. 그늘 안으로 몸을 숨기고, 아이즈 사무라이들이 나오기를 기다리며 주변을 살폈다. 그런데 골치 아프게도 맞은편에서 덩치 큰 남자가 다가오고 있었다. 남자를 본 이조는 자신의 눈을 의심했다.

모처럼 교토로 올라온 료마는 구경이나 좀 하려고 스에의 집에서 나와 돌아다니고 있었다. 보는 것, 듣는 것, 심지어는 냄새까지도 도사와는 전혀 달랐다. 코를 킁킁거리고 주변을 두리번거리며 한가롭게 걷고 있다가 앞에서 아주 낯이 익은 얼굴을 발견하고는 허둥지둥 숨을 장소를 찾았다.

"료마!"

이조는 앞뒤 생각지 않고 그늘에서 뛰어나와 료마에게로 달려갔다.

료마는 커다란 몸을 가능한 한 작게 움츠리면서 얼굴을 숨겼다.

"사람 잘못 봤소! 난, 난 조슈 번의 사무라이요!"

"료마! 어째서 여기 있는 거야?"

이조가 료마의 옷을 잡아당겼다. 료마는 어떻게든 모면해 보려고 끝까지 얼굴을 돌리고 있었다.

"나 좀 봐줘, 이조. 내가 탈번해서 쫓기는 몸이긴 하지만 지금도 너를 친구라고 생각하고……."

"료마! 여태껏 어디에 있었던 거야!"

이조는 울면서 료마에게 덥석 안겼다.

"……이조!"

료마가 이조의 몸을 힘껏 마주 안았다.

에도로 떠나는 날을 앞두고 슈지로는 산조 긴무쓰의 저택에서 가오를 만났다.

"우리는 에도로 가게 되었다. 도쿠가와 쇼군에게 칙명을 전하러 가는 거야. 다케치 선생님은 이제 일본을 움직이는 분이 되셨어!"

"……그래요."

가오는 복잡한 심정이었다. 오빠인 슈지로 일행과 료마는 양이에 대한 생각이 서로 달랐다. 이렇게 되면 료마와의 거리가 더욱 벌어지게 될 것이다. 가오는 그런 생각이 들어 무작정 함께 기뻐할 수가 없었다. 하지만 가오에게 충격을 준 것은 슈지로의 다음 말이었다.

"가오, 이제 됐다. 도사로 돌아가라. 네 임무는 끝났으니까 고향으로 돌아가도 돼."

"도사로 돌아가서…… 전 뭘 하라고요?"

"부모님이 계시잖아. 나를 대신해서 이제는 네가 두 분을 보살펴 드려야지."

"이제 와서 그게 무슨 소리예요? 제가…… 오라버니나 다케치 님의 꼭두각시 인형인가요?"

"뭐야?"

"전 료마 씨와 부부가 될 것을 언약한 사이였어요! 그런 저를 억지로 헤어지게 해서 여기로 보냈잖아요! 지금 와서 도사로 돌아간들 그 사람은 거기 없어요. 4년 동안 제가 어떤 심정으로 여기 있었는지 오라버니는 생각해 본 적도 없나요? 양이를 위해서라면 무슨 짓을 해도 상관없다는 거예요?"

가오는 눈물을 흘리면서 그동안 쌓였던 불만을 터뜨렸다.

슈지로도 감정이 격해졌다.

"그래. 무슨 짓을 해도 된다! 일본이 사느냐 죽느냐 하는 판국인데 무슨 짓이든 해야지. 누이를 희생시켜서라도, 방해하는 놈이 있으면 죽여서라도 양이를 이뤄야 한단 말이다!"

"……죽여서라도? 오라버니…… 혹시…… 그 살인 사건들이……?"

반양이파가 잇달아 살해당하고 있다는 소문은 가오도 들은 바 있었다.

누가 직접 손을 썼는지 슈지로에게는 확증이 없었다. 흥분한 탓에 자기도 모르게 말을 내뱉었을 뿐이다. 그런 말을 너무 경솔하게 입 밖으로 냈다는 후회가 커다란 한숨이 되어 나왔다.

"세상에…… 세상에!"

가오는 울면서 산조 저택을 뛰쳐나와 료마가 있는 스에의 집을 향해 교토 거리를 정신없이 달렸다.

가오가 숨을 헐떡이면서 스에의 집으로 뛰어들자 료마의 웃음소리가 들려왔다. 무방비 상태로 문을 활짝 열어 놓은 방 안에서는 료마와 이조가 술을 주고받으며 웃고 떠들고 있었다.

"이조 씨……?"

가오와 이조는 가오가 도사에서 나온 이후 처음 얼굴을 마주하는 것이었다. 우연히도 소꿉동무 세 사람이 사이좋게 술상을 마주하게 되니 참으로 반가웠다.

술이 들어가자 이조는 취기가 도는지 그립다는 얼굴로 가오를 보며 연신 감탄을 해 댔다.

"진짜 예뻐졌구나, 가오. 여자들은 다 이렇게 많이 바뀔 수 있나?"

"이제 그만 좀 해요."

가오가 웃으며 이조에게 술을 따랐다.

"이야, 기분 좋네. 가오가 따라 주는 술을 마시는 게 얼마만이야? 시마무라 씨 댁 혼례식 이후로 처음 아닌가?"

"맞아. 그게 내가 열아홉 때였지."

료마가 옆에서 맞장구를 치면서 에키치의 혼인 잔칫날을 떠올렸다. 가오는 그때 아직 열다섯 소녀였다. 그로부터 10년가량 흐른 사이에 세상이 참으로 많이 변했다. 사람들의 운명도 엇갈렸고, 그래서인지 더 오랜 세월이 흐른 듯한 느낌이 들었다.

가오는 애달픔에 가슴이 저렸다. 료마와 헤어져 교토에서 살다가 이제 다시 도사로 돌아가게 되었다. 하지만 료마는 앞으로 어디로 가는 것일까?

이조는 남에게 말할 수 없는 밀명을 수행했다.

"료마, 네가 탈번했다고 들었을 때 난 너무 놀라서 쓰러지는 줄 알았어. 왜 나한테 한마디도 없이 떠난 거야?"

"사람마다 제각기 갈 길이 다르니까. 모두 한 길로만 갈 수는 없는 법이거든. 이조 너에겐 다케치 씨가 있잖아."

"그래…… 다케치 선생님만 어렸을 때부터 나를 사무라이로 대접해 주셨지. 난 바보라서 학문은 익힐 수 없었지만 선생님께 배운 검술 덕분에 남한테 뒤지지 않고 살아올 수 있었어. 정말 좋은 분이야, 다케치 선생님은."

이조의 눈에 눈물이 맺혔다.

"아무쪼록 다케치 님을 잘 보필해 주세요, 이조 씨."

가오가 부드럽게 격려하자 이조는 인정을 받은 것 같아 우쭐해졌다.

"난 지금도 선생님을 잘 보필하고 있다고. 선생님께서 나를 얼마나 고마워하시는데. 실은 말이야…… 내가 대단한 일을 하고 있거든."

"뭔데?"

료마가 흥미를 보이자 이조는 말하고 싶어서 입이 근질거렸다.

"그건 말할 수 없어. 그럼, 말하면 안 되지."

이조는 고개를 저으면서 무의식적으로 방바닥에 놓았던 칼을 자기 옆으로 끌어당겼다. 료마는 이조의 움직임을 보고 흠칫 놀랐다. 내심 알아차렸던 것이다. 가오는 아무것도 눈치채지 못한 채 순진하게 물었다.

"어째서요?"

"……아무한테도 말하지 않겠다고 약속할 수 있어?"

"물론이죠."

"요전번에 에치고의 낭인이 칼에 맞아 죽었지? 그다음에는 메아카시도…… 실은 말이야……."

드디어 이조가 털어놓기 시작했다.

"에이, 그냥 그만둬라. 비밀은 비밀로 간직해야지."

료마가 부자연스럽게 이조의 입을 막자 모처럼 다 털어놓으려던 이조는 묘하게 초조해졌다. 두 사람의 분위기에서 가오는 막연한 불안을 느꼈다.

"그러네요. 쓸데없는 말은 듣지 않는 편이 좋겠어요."

"말하게 해 줘. 말하고 싶다니까!"

중요한 부분에서 입막음을 당해 떼를 쓰는 이조에게 료마는 조곤조곤 타이르듯이 말했다.

"이조. 네가 다케치 씨를 얼마나 존경하고 따르는지는 나도 잘 알아. 하지만 사람의 도리에 어긋나는 일을 해서는 안 돼."

"……뭐?"

"세상에는 여러 부류의 사람이 있어. 나와 다른 의견을 가진 사람이 있는 것도 당연하지. 그렇지 않아? 하지만 말이야, 일본이 외국에 넘어가도 괜찮다고 생각하는 일본 사람은 하나도 없어. 그런 사람은 아무도 없다고, 이조. 일본 사람들끼리 싸우고 있을 때가 아니야. 모두가 힘을 합쳐서 외국에 대항하지 않으면 안 돼. 무슨 말인지 알겠지, 이조?"

"……응."

이조는 순순히 고개를 끄덕였다.

"넌 심성이 착한 남자야. 싸움은 하지 마. 정말로 강한 남자는 어지간한 일로는 칼을 뽑지 않는 거야."

"……그렇지, ……맞아."

"알아들었으면 됐어."

료마가 싱긋 웃었다.

슬슬 이조는 숙소로 돌아가야 했다. 현관으로 배웅을 나온 가오에게 이조는 약속했다.

"두 사람과 만났다는 사실은 아무한테도 말하지 않을게."

"고마워요, 이조 씨."

"……료마가 원래 저런 남자였던가? 이렇게 즐겁고 편하게 시간을 보낸 게 정말 얼마만인지 모르겠어."

이조의 뒷모습을 배웅하고 방으로 돌아온 가오는 팔베개를 하고 방바닥에 누워 있는 료마의 얼굴을 보고는 섬뜩해졌다. 료마는 무서운 눈으로 천장을 노려보고 있었는데 온몸에서 분노가 뿜어져 나오고 있었다.

"이조에게…… 사람을 죽이게 하고 있어."

노여움에 못 이기는 것처럼 료마는 갑자기 벌떡 일어났다.

"이런 어처구니없는 일이 일어나도 된단 말인가! 이런 일이 당연시되면 일본은 망하고 말 거야! 젠장, 어떻게 하면 되는 거지? 어떻게 하면 모두 그만두게 할 수 있을까?"

"……남자분들은 어째서 그렇게 열정적인 걸까요?"

가오가 느닷없이 교토 말을 썼다.

"다들 일본을 지키고 싶다고 말하면서도 자기 삶은 도무지 바꾸지 못하네요."

교토 말씨는 무언가를 포기하기 위한 수단이었는지 가오는 작게 한숨을 내쉬었다.

"에도에 가쓰 린타로 님이라는 분이 계신대요. 전에 산조 님한테서 들은 적이 있어요. 그분은 일본의 앞날을 진지하게 고민하는 얼마 안 되는 막부 관료라고 하시더군요. 군함조련소라는 곳의 소장을 맡고 계신 분이래요."

"군함? 그럼 일본이 군함을 만든다는 말이야? 다시 한 번 말해 줘, 가쓰……."

아니나 다를까 료마는 그 이야기에 반색을 하고 달려들어 벌써 가쓰라는 남자로 머리가 가득 차 버렸다.

"가쓰 린타로, 가쓰 린타로……. 가르쳐 줘서 정말 고마워, 가오."

흥분해서 가오를 보았는데, 가오는 눈물이 가득 고인 눈으로 료마를 바라보고 있었다.

"전…… 료마 씨를 만나서 기뻤어요. 정말이지 하늘에라도 오를 것처럼 행복했어요. 하지만…… 오라버니 말씀이 옳았어요. 당신은 이미 제가 알고 있는 료마 씨가 아니에요."

가오의 볼을 타고 눈물이 흘러내렸다.

"가오……!"

"교토를 찾아온 건 저에게 이별을 고하기 위해서였죠? 괜찮아요. 료마 씨와 여기에서 잠시라도 부부처럼 같이 시간을 보낼 수 있었던 것만으로 충분히 행복해요."

료마는 소리 없이 눈물만 흘리는 가오를 끌어안았다. 가오는 료마의 팔에 안겨 울면서 온 힘을 다해 마지막 마음을 담아 말했다.

"걱정하지 말고 이제 에도로 가세요. 당신은 큰일을 이루기 위해 이 세상에 태어난 분이니까요. 저는 이제 잊어버리세요."

"……미안하다, 가오! 하지만 말이야, 넌 한 가지 잘못 알고 있어. 난 이별을 고하기 위해 교토로 온 게 아니야. 정말로 너를 만나고 싶어서, 너무 보고 싶어서 온 거야."

료마의 볼도 눈물로 젖어 있었다.

"료마 씨!"

가오는 료마에게 더욱 매달렸고, 료마는 가오를 안은 팔에 힘을 주었다.

"미안해, 가오…… 정말 미안해."

"고마워요…… 고마워요…… 료마 씨."

서로에 대한 사랑이 가득 담긴 포옹으로 두 사람은 이별의 운명을 받아들여야만 했다.

1862년 10월 12일. 산조 사네토미는 천황의 칙명을 받들고 긴 행렬을 이루며 에도를 향해 출발했다. 사네토미를 선도하는 것은 경호 담당인 야마우치 도요노리와 도사의 번사들이었다. 슈지로, 세이헤이, 에키치, 모타로, 가메야타, 이조는 모두들 막중한 임무를 맡은 것에 의기양양해 있었다.

에도로 가는 길은 한페이타가 자신의 힘으로 개척한 양이를 향한 길이었다. 그런 자부심으로 한페이타는 자신감에 넘치는 표정을 짓고 있었다.

"이조, 이쪽으로 와라. 넌 내 옆에 있어야지."

"예? 예!"

이조는 감격으로 볼을 붉게 물들이며 다케치 곁으로 뛰어갔다.

같은 날 임무를 다한 가오는 미련을 다 떨친 시원한 얼굴로 산조 긴무쓰 저택을 나와 고향을 향해 떠났다.

그날 또 한 사람 길을 나선 자가 있었다. 에도를 향해 한참을 걷고 있으려니까 어느 순간 앞이 탁 트이면서 바다가 보였다. 료마는 발길을 멈추고 반짝반짝 빛나는 바다를 바라보았다.

료마를 기다리고 있는 것은 이 바다처럼 드넓고 평탄한 길일까? 마음껏 바다를 바라보던 료마는 불타는 정열을 마음에 담아 앞으로 앞으로 발걸음을 재촉했다.

제16장
재미있는 남자

도장의 문하생들이 기합을 넣으면서 맹렬하게 연습하고 있었다. 우락부락한 남자들 사이에 섞여 죽도를 휘두르는 작은 몸집의 여검사는 민첩한 움직임이 그중에서도 한층 눈에 띄었다. 이곳은 에도의 지바 도장이었고, 여검사는 지바 사다키치의 딸인 사나였다.

"야앗!" 하는 기합과 함께 사나의 죽도가 번개같이 상대방의 목을 찔렀다. 덩치 큰 남자를 쓰러뜨린 사나는 거친 숨을 내쉬면서 호면을 벗었다. 그런 사나를 문간에서 바라보는 사람이 있었다. 사나는 아직도 투지를 그대로 드러낸 채 날카로운 시선을 문 쪽으로 돌렸다.

"사나 아가씨, 오랜만에 뵙습니다."

료마가 싱긋 웃었다.

"료, 료마 씨!"

방금 시합을 마친 참이어서 사나의 도복은 헝클어져 있었다. 사나는 허둥지둥 벌어진 옷깃을 여몄다.

료마가 사다키치로부터 호쿠신 잇토류의 목록을 받고 도사로 귀향한 것이 4년 전 일이었다. 사나는 큰 뜻을 품고 에도를 떠나는 료마를 애써 눈물을 참으면서 배웅했다. 료마를 사모하는 사나의 마음은 료마가 떠난 뒤에도 변하지 않았다.

사나는 자기 방으로 뛰어들어 가더니 서둘러 도복을 벗고 젊은 아가씨다운 기모노로 갈아입었다.

'에도의 무서운 미인'이라고 불릴 정도로 오로지 검도만을 생각하며 실력을 쌓은 사나는 료마가 도장에 입문한 후로 가끔 부딪치기도 했지만, 열심히 검도에 정진하는 료마에게 점점 마음이 끌렸다.

그런 사나의 사랑을 응원해 준 사람이 오빠인 주타로였다. 주타로는 료마와 사나가 부부가 되어 지바 도장을 이끌어 주었으면 하고 간절히 바라고 있었다.

사나가 여자 검사에서 아리따운 아가씨로 변신하는 사이에 료마는 사다키치에게 인사를 마치고 에도로 온 경위 등을 설명하고 있었다. 사나가 두근거리는 가슴을 안고 사다키치의 방으로 들어서는데 사나의 귀에 들려온 것은 전혀 뜻밖의 말이었다.

"탈, 번……!"

"예. 그래서 이제 도사에는 돌아가지 못합니다."

주타로의 안색이 바뀌었다.

"어째서 그런 일을……?"

"도사에 있는 동료들이 말하는 양이와 제가 생각하는 양이가 좀 달랐거든요. 그래서 뛰쳐나왔지요."

사다키치는 먼저 료마로부터 탈번을 했다는 것만 전해 들은 상태였다.

"네가 생각하는 양이란 도대체 어떤 것이냐?"

"예, 선생님. 한마디로 말하자면 무력 없는 양이입니다. 외국하고 전쟁을 하지 않고 일본을 지키는 것입니다."

"어떻게?"

"그걸 아직 잘 모르겠습니다. 사다키치 선생님, 가쓰 린타로라는 분을 혹시 아시는지요? 막부 군함조련소라는 곳의 우두머리라고 들었습니다."

"그분이라면 벌써 출세하셔서 지금은 군함대신이 되셨다."

"군함대신! 가쓰 린타로 같은 분이라면 저한테 해답을 가르쳐 주실 것 같은 생각이 듭니다. 어떻게 해서든 만나 뵐 방법이 없을까요?"

"네가 무슨 수로 만난다고 그래? 군함대신이라니까!"

주타로가 큰 소리로 나무랐다. 그것만으로도 료마는 풀이 죽을 판인데 사다키치가 결정적으로 못을 박았다.

"더구나 너는 양이지사에다 탈번 낭인이다. 막부 쪽 사람이라면 제일 경계하고 가까이하지 않을 부류의 사람이지."

"예에?"

앞으로 나아갈 것만 생각했지, 자기 입장이나 주변 상황까지는 제대로 파악하지 못했다. 지금에 와서 어떻게 해야 할지 궁리하는 료마에게 사나가 망설임이 섞인 말투로 말했다.

"저어…… 료마 씨."

"어떻게 하면 되지……?"

"당신은…… 당신은……."

료마는 린타로를 만날 방법이 없을까 하는 생각에만 골몰한 나머지 사나가 부르는 소리를 제대로 듣지 못했다. 사나의 마음을 알고 있는 주타로는 자기 혼자만의 세계에 빠져 있는 료마를 보니 답답해졌다.

"사나는 말이야, 료마 군. 자네를 계속……."

"그렇지!"

갑자기 외친 료마는 기대와 흥분에 가득 찬 눈으로 주타로를 바라보았다.

"주타로 선생님은 지금도 검술 지도를 위해 에치젠 번저에 출입하고 계십니까?"

"엉?"

"저를 에치젠 번저로 데려가 주십시오."

"뭐, 뭐라고?"

"제발 부탁드립니다!"

료마는 두 손을 바닥에 짚고 고개를 깊이 숙였다. 자칫하다가는 지바 도장의 잘못으로 간주되어 비난을 받을 수도 있었다. 그러나 사다키치는 아무 말도 하지 않았다. 료마의 계획을 짐작하고 있었기 때문이다.

에치젠 후쿠이 번은 도쿠가와의 친척인 마쓰다이라 가문이 대대로 통치해 왔다. 16대 번주의 자리에 오른 사람이 마쓰다이라 슌가쿠인데, 이미 번주의 자리에서는 물러났지만 막부 정치에 영향력을 가지고 있는 거물이었다.

주타로는 탈번 낭인인 료마와 함께 명문 에치젠 마쓰다이라 가문의 번저를 찾아가야 할 지경에 빠졌다.

주타로와 료마를 맞이한 사람은 에치젠 후쿠이 번의 에도 담당 가신인 기타무라 헤이였다.

"아이고 주타로 씨, 어서 오십시오. 오늘은 어쩐 일로 오셨는지요?"

"아, 네. 실은 여기 있는 이 사람은 제 친구인데……."

주타로가 바짝 얼어 있는 틈에 료마는 거침없이 자기 이름을 말했다.

"사카모토 료마라고 합니다."

"실은 이자가 간곡히 청할 일이 있다고 해서……."

주타로가 저자세로 부탁하자 기타무라는 상냥한 얼굴을 주타로에게서 료마한테로 돌렸다.

"그래요? 어디 말씀해 보시지요."

"감사합니다! 마쓰다이라 슌가쿠 님께서는 막부의 정사 총재직에 계신다고 들었습니다. 슌가쿠 님을 꼭 뵙고 싶습니다!"

"뭐, 뭐라고?"

기타무라가 눈을 휘둥그레 뜸과 동시에 주타로가 이제 죽었구나 하는 표정으로 "허억" 하며 놀라서 뒤로 넘어가는 시늉을 했다. 이건 료마와 주타로가 처음부터 짜고 하는 연극이었다.

슌가쿠를 만나기로 한 날이 되었다. 아침 햇살 속에서 몸단장을 하던 료마는 지금까지와는 딴판으로 다부진 표정을 짓고 있었다. 머리도 깔끔하게 빗고, 새 옷을 입고 기모노 앞쪽의 띠를 단단히 묶었다. 사나가 정성스레 준비한 위아래로 갖춰진 검은색 기모노 정장이었다.

옷을 다 갈아입은 료마는 가타나와 와키자시를 허리에 차고 사나와 주타로가 기다리는 별실로 향했다.

방문을 여는 소리에 사나가 료마 쪽을 쳐다보았다. 방 입구에 선 료마는 큰 키에 검은 기모노가 잘 어울려서 자연스러우면서도 품격이 느껴졌다. 위풍당당한 모습이 도저히 탈번한 낭인으로는 보이지 않았다.

사나는 자기도 모르게 넋을 잃고 료마를 바라보았다. 사나뿐만 아니라 같은 남자인 주타로까지도 눈을 떼지 못할 정도로 멋져 보였다.

"감사합니다, 사나 아가씨. 사카모토 가문의 문장이 새겨진 옷까지 마련해 주시다니."

료마는 거리낌 없이 자연스럽게 인사를 했다. 말투는 평소의 료마 그대로였는데 차림새가 달라지니 공연히 목소리까지 더욱 남자답게 들려서 사나의 가슴이 두근거렸다.

에치젠 후쿠이 번의 오토노인 마쓰다이라 슌가쿠의 저택에 당도한 료마는 안내를 받고 어떤 방으로 들어갔다. 죽 늘어선 가신들에게 에워싸여 엎드린 자세로 슌가쿠가 나타나기를 기다렸다.

방문이 열리고 슌가쿠가 들어왔다. 엎드려 있는 료마의 눈에는 질 좋은 천으로 만든 바지 자락과 하얀 버선만 슬쩍 보였다. 슌가쿠는 옷자락이 스치는 소리를 내면서 상석에 앉았다.

"고개를 들라."

"예!"

료마는 등을 곧추세우고 슌가쿠를 똑바로 쳐다보았다. 슌가쿠도 료마를 마주 보았다.

"그대가 사카모토 료마인가?"

"예."

"도사에서는 다케치 한페이타라는 자가 양이의 선봉에 서서 요즘에는 하늘을 나는 새도 떨어뜨릴 기세라지?"

"다케치는 저의 소꿉동무입니다."

"그럼, 그대도 양이파인가?"

"……예."

그 순간 가신들이 일제히 일어서려는 자세를 취했다. 그중에는 칼자루에 손을 얹은 사람까지 있었다.

"다들 그만하라. 지바 도장이 나에게 자객을 보냈을 리가 없지 않느냐."

슌가쿠는 태연자약하게 앉아 있었다. 가신들은 자리에 도로 앉기는 했어도 경계심을 풀지는 않았다.

료마는 주변 분위기에 휩쓸리지 않고 있는 그대로 대답했다.

"예전에는 저도 도사근왕당에 속해 있었습니다. 하지만 지금은 아닙니다. 게다가 탈번했기 때문에 이제는 도사의 번사도 아닙니다."

"그럼, 그대의 정체는 무엇인가?"

"저는…… 사카모토 료마입니다."

"……나를 놀리는 것인가?"

"어제까지 다리 밑에서 노숙하고 있던 자가 오늘은 번듯한 차림새로 천하의 마쓰다이라 슌가쿠 님 앞에 있습니다. 이렇게 재미있는 인생을 사는 자가 저 말고 어디 있겠습니까?"

료마는 진지한 표정으로 남을 희롱하는 듯한 말을 했다.

갑자기 슌가쿠가 크게 웃었다.

"흐흐흐, 와하하하! 참으로 재미있는 남자로군요, 지바 선생님."

"예!"

슌가쿠는 료마 뒤쪽을 보며 말했다. 료마가 깜짝 놀라 뒤를 돌아보자 사다키치가 대령해 있었다.

"선생님?"

"슌가쿠 님께 청이 있다고 하지 않았나, 료마."

사다키치가 재촉했고, 슌가쿠는 느긋하게 고개를 끄덕였다.

"사양하지 말고 말해 보라."

슌가쿠의 허락이 떨어지자 억눌렀던 료마의 감정이 한꺼번에 터져 나왔다.

"저를 군함대신인 가쓰 린타로 님께 소개해 주십시오! 제발, 제발 부탁합니다!"

료마는 머리를 깊숙이 숙였다.

─료마가 마쓰다이라 슌가쿠를 만나기 일주일 전 무렵에도 성에는 긴장감이 맴돌고 있었지. 산조 사네토미가 다케치 일행의 호위를 받으며 천황 폐하가 내리신 상경 명령을 가지고 도쿠가와 쇼군 앞에 나타난 것일세. 이때의 도쿠가와 쇼군은 아직 열일곱 살에 불과한 이에모치 공이었지. 천하의 쇼군이라고는 하나 상대가 천황 폐하의 사신이니만큼 아랫자리로 물러날 수밖에 없었다네.

사네토미를 상석에 모시고 아랫자리로 물러난 이에모치의 뒤에 대신들이 엄숙한 얼굴로 따르고 있었다.

사네토미는 상석에서 일동을 둘러보았다.

"나 산조 사네토미는 황공하옵게도 천황 폐하께서 보내신 칙명을 받아 왔다."

사네토미 앞에 작은 쟁반이 놓여 있었고 그 위에 '칙勅'이라고 적힌 문서가 놓여 있었다.

"예!"

이에모치가 고개를 숙였다. 이에모치와 함께 고개를 숙이는 대신들 사이에 슌가쿠와 히토쓰바시 요시노부가 있었다. 슌가쿠와 요시노부는 칙명이 가진 의미의 중대함과 사태의 심각성을 깊이 우려했다.

사네토미는 칙명의 권위를 충분히 휘두르면서 말했다.

"'세이타이쇼군(막부 최고 직위인 쇼군의 정식 명칭—옮긴이) 도쿠가와 이에모치는 속히 상경해 나의 면전에서 양이 실행, 즉 이인 정벌의 기일을 확실히 하라'라는 하명이시다."

"황송하옵니다."

가신 중 하나가 나와서 문서가 올려진 쟁반을 공손하게 받들어 이에모치 앞에 놓았다. 문서에는 틀림없이 '칙'이라는 글자가 묵으로 검게 적혀 있었다. 칙명을 직접 본 이에모치는 마른 침을 삼켰다.

한페이타는 도사 번저에서 사네토미가 에도 성에서 돌아오기를 목을 길게 빼고 기다리고 있었다.

"칙서를 틀림없이 쇼군에게 넘겼다, 다케치."

"이에모치 공은 받아들였습니까?"

"수고비라며 은자를 200냥이나 주더구나."

"역시 도쿠가와 가문이군! 여유가 있네요."

"그건 아니다, 다케치."

사네토미가 슬그머니 웃었다.

"어휴, 그런 놈한테 은자 200냥이나! 아이고, 아까워라!"

대신 중 한 사람이 억울해했다. 도쿠가와 가문의 재정은 힘 겨운 상황이었다.

"하는 수 없지 않소. 도쿠가와의 체면이 있지."

그렇게 나무란 요시노부는 당시 쇼군 후견직에 있었다. 요시노 부는 도쿠가와 가문의 가장 가까운 친척 세 가문 중 하나인 히토 쓰바시 가문의 당주이자 제14대 쇼군 후계자로 유력한 후보였다.

이에모치는 외국의 위협에 더해 조정의 권위에까지 맞서야 했는데 권모술수에 능한 귀족들에 비하면 너무 나이가 어렸다.

"그럼 내가 상경해서 천황 폐하에게 양이 실행을 약속해야 한다는 말인가?"

칙서를 앞에 두고 이에모치는 동요를 감추지 못했다. 이제 와 서 양이를 실행하는 것은 불가능했다.

"아닙니다. 교토에는 이 요시노부가 가겠습니다. 가서 '천황 폐하라 해도 쓸데없는 참견은 삼가십시오!' 하고 말씀 올리고 오겠습니다. 지금껏 260년 동안 일본을 다스려 온 것은 우리 도쿠가와입니다! 도쿠가와가 편해야 일본도 편한 것입니다!"

요시노부는 승산이 있는지 궁지에 내몰렸어도 여유가 있는 사람처럼 나서서 말했다.

─자, 이제 드디어 료마는 운명적인 만남을 맞게 된다네. 상대는 가쓰 린타로였지. 맞아, 우리가 가쓰 가이슈라고 부르는 사람 말일세.

일개 낭인이 막부의 중직에 있는 가쓰 린타로를 만나고 싶다는 소원, 원래 같으면 무모하기 짝이 없다고 여겨졌을 바람이 일사천리로 성사되었다.

가쓰의 저택을 찾아간 료마는 서재로 안내되어 린타로가 오기를 기다렸다. 막상 린타로를 만날 수 있게 되자 료마같이 느긋한 위인조차 긴장이 되었다. 긴장으로 온몸이 굳어지기는 했어도 자꾸만 생기는 호기심을 이길 수가 없어 주위를 흘깃흘깃 둘러봤다.

앉은뱅이책상에 먹물이 든 벼루와 붓이 놓여 있었다. 서가에는 표지에 '서양', '군함'이란 단어가 들어간 제목의 책들이 늘어서 있었고, 자료인지 편지인지 '가이슈'라고 적힌 글자도 보였다. 그 옆에서 지구본을 발견했을 때 뒤에서 방문 열리는 소리가 들려 료마는 허둥지둥 납작 엎드렸다.

린타로인 것 같은 남자가 서재로 들어왔고 하얀 버선이 료마의 눈 옆을 지나쳤다. 그런데 남자는 료마에게는 말도 걸지 않고 장롱 서랍을 열고 장부를 꺼내더니 그대로 앉은뱅이책상에 앉았다.

묘한 침묵이 흐르자 료마는 고개를 숙인 채로 이름을 말했다.

"사카모토 료마라고 합니다!"

대답은 없었고, 장부를 펼치고 책장 넘기는 종이 소리만 들렸다.

"오늘 느닷없이 찾아뵈었는데도 면담을 허락해 주시고, 거기다 선생님의 서재로까지 들게 해 주실 줄이야……."

료마가 인사말을 늘어놓고 있는 동안에도 남자는 장부의 책장만 계속 넘기더니 백지로 된 곳을 발견하자 손을 멈추고 그제야 료마에게 말을 걸었다.

"얼굴을 들어라."

"예."

료마가 슬금슬금 고개를 들자 료마를 바라보고 있던 린타로와 눈이 마주쳤다.

"내가 가쓰 린타로다. 다시 한 번 이름을 말해 보아라."

"네?"

"네 이름 말이다."

린타로는 붓에 먹을 묻혀서 쓸 준비를 하고 있었다.

"예! 사카모토 료마라고 합니다."

"사카는 언덕을 뜻하는 사카인가?"

"아, 예."

린타로는 한 글자씩 한자를 확인하면서 장부에 '사카모토 료마'라고 적었다.

"도사의 탈번 낭인이라고?"

"예? 예."

"마쓰다이라 슌가쿠 님이 보내신 소개장에 네가 재미있는 남자라고 쓰여 있던데. 어떻게 재미있는지 나한테 한 번 보여 봐라."

"예?"

"내 주위에는 따분한 인간들밖에 없거든. 진짜로 웃긴 사람이라고는 하나도 찾아볼 수가 없단 말이다. 자, 어디 한번 보자고."

에도 상인들이 쓰는 사투리로 거침없이 쏘아 대는 린타로의 말투 때문에 잔뜩 긴장하고 있던 료마는 힘이 빠졌다.

"아니…… 전 재미있는 건 아무것도 할 줄 모릅니다."

"……그래."

린타로는 낙담의 한숨을 내쉬더니 장부에다 붓으로 '사카모토 료마'라는 이름 밑에 가위표를 그렸다. 료마의 눈에도 가위표가 잘 보였다.

"가위표……?"

"왜 나를 만나자고 한 거냐? 이유를 대 봐라."

"예! 가쓰 님께서 군함조련소의 우두머리라고 들었습니다."

"지금은 군함대신이지."

"출세하셨네요."

"정식 명칭은 군함대신 대우."

"대우! 대단합니다!"

"대우라는 건 별거 아니라는 뜻이야."

린타로가 두 번째로 가위표를 그렸다.

"그래서?"

"네?"

"나를 만나자고 한 이유 말이야."

"예! 그러니까……."

료마는 가위표가 자꾸 신경이 쓰여서 어디까지 이야기했는지 갈피를 잡을 수가 없었다.

"아, 군함이라는 건, 말하자면 검은 배 같은 것이겠지요? 설마 검은 배를 일본에서 만들 줄은 꿈에도 생각하지 못했습니다."

"그래……."

또 가위표가 늘었다. 료마는 점점 초조해졌다.

"그 배를, 그 배를, 꼭 한번 보고 싶어서……."

린타로가 가위표를 또 그렸다.

"아니, 그보다 그 배를 만든 나리가 도대체 어떤 분인가 궁금해서……."

주저 없이 가위표를 그렸다.

"다들 막부는 이제 틀렸다고 하지만, 그래도 아직까지 건재할 거라고 생각했습니다. 이런 분이 계시니까."

이야기를 하는데 옆에 자꾸 가위표만 늘어나서 료마는 울고 싶어졌다.

"꼭 한 번 말씀을 듣고 싶었습니다. 될 수 있으면 제자가 되어서……, 맞다, 저를 제자로 삼아 주십시오!"

료마는 고개를 확 숙였다. 또 가위표였다. '사카모토 료마' 밑에 늘어선 가위표는 한 줄 가지고는 모자라서 다음 줄까지 이어졌다.

"이렇게 가위표를 그리기는 처음일세."

복도에서 "선생님" 하고 부르는 소리가 들렸다. 서생인 모양이었다. 누가 쟁반을 들고 들어왔다.

"녹차 가지고 왔습니다."

"그래."

린타로가 붓을 놓았다. 료마는 서생도 녹차도 신경을 쓸 여유가 없었다.

"저, 선생님, 그, 그 가위표는 도대체……?"

애타는 얼굴로 린타로에게 묻는 료마의 눈에 앉은뱅이책상 위로 찻잔을 놓는 서생의 얼굴이 보였다.

"조, 조지로……?"

서생은 료마에게 눈길도 주지 않았지만 도사에 있는 만두 가게 아들 조지로와 똑같이 생긴 얼굴이었다. 조지로는 무슨 일이 있을 때마다 료마 앞에 나타나는 신기한 인연을 가진 남자였는데 만약 그렇다면 언제 에도로 왔고, 어째서 린타로의 서생을 하고 있는 것일까?

서생은 모르는 척하다가 서재에서 나가 버렸다. 료마가 눈으로 서생을 따라가고 있으려니까 린타로가 차를 후루룩 마시더니 이야기를 계속했다.

"넌 도대체 아무것도 모르는구나. 난 배 같은 건 만들고 있지 않다. 일본은 군함 따위를 만들지 않는단 말이야."

"네에?"

"게다가, 뭐야? 막부가 아직까지 괜찮다고 생각해? 넌 양이파라며? 무엇 때문에 막부 칭찬을 하느냔 말이다. 그런 어리숙한 놈과 말 섞을 시간 없다."

린타로는 장부를 닫더니 자리에서 일어서서 원래 있던 서랍 안에 넣어 버렸다.

"저는 아무것도 모릅니다. 하지만 저에게는 양이도 개국도 중요치 않습니다. 다만 일본을 지키고 싶을 뿐입니다."

"속 편한 소리 말아라."

린타로는 선반에 있던 지구본을 들고 료마 앞에 앉았다.

"이건 지구본이라는 거다. 지금 우리가 살고 있는 지구라는 것의 모형이지. 지구는 원래 이렇게 둥근 공이다. 이게 세계란 말이다."

린타로는 지구본을 돌리면서 미국, 유럽, 청나라 등을 가리키더니 바다로 둘러싸인 작은 나라에서 손가락이 멈췄다.

"그리고 여기가 일본이다. 이렇게 작디작은 나라란 말이다,

일본은."

"알고 있습니다. 이것과 똑같은 물건을 도사에서도 본 적이 있습니다. 가와다 쇼료라는 선생님께서 가지고 있었지요."

"그럼 빨리 말해야지! 괜히 힘들게 설명했네."

린타로는 어린아이처럼 투정을 하더니 지구본을 원래 있던 선반에 돌려놓았다.

"돌아가. 이제 돌아가라고. 충분히 이야기하지 않았느냐? 이제 끝이다. 잘 가라."

린타로는 료마를 남겨둔 채 휭 하니 서재에서 나가 버리고 말았다.

료마가 참담한 기분으로 현관에 서자 조지로와 똑같이 생긴 서생이 나와서 료마의 짚신을 가지런히 놓았다. 서생은 모르는 척하고 있는데 료마는 자꾸만 마음에 걸렸다.

"당신과 정말 똑같이 생긴 사람이 도사에 있습니다. 정말이지 이렇게 닮을 수가 있나 싶을 정도로 똑같이 생겼지요."

"그 사람은…… 만두 가게 조지로인가요?"

"엉?"

조지로가 싱긋 웃었다.

"오랜만에 뵙습니다, 사카모토 님."

"조지로! 어째서 아까는 모르는 척했던 거야?"

료마는 약간 삐쳤다.

"놀래켜서 죄송해요. 사카모토 님이 하도 어쩔 줄을 모르고 당황하는 모습이 재미있어서요."

"정말 너무하군! 그나저나 네가 어쩌다가 가쓰 선생님 서생이 된 거야?"

학문을 하려고 에도로 온 조지로는 주자학자로 이름난 아사카 곤사이의 겐잔 사숙에 들어갔고, 그 뒤 곤사이의 추천으로 린타로의 서생이 되었다고 했다.

"만두 가게 아들 주제에 뭐 하는 짓인가 생각하시겠지만, 여기저기서 일본이 위험하다는 이야기를 듣고 있으려니까 도무지 저도 가만히 있을 수가 없게 되었지요. 그때 이와사키 야타로 님이……."

"야타로?"

이야기는 몇 달 전으로 거슬러 올라간다.

오사카의 밥집에서 료마와 다시 만난 야타로는 걸음아 나 살려라 하고 황급히 도사로 도망쳐 돌아갔다. 덕분에 이조에게 칼을 맞고 비명횡사하는 일 없이 살아남았지만, 가족들의 생계를 위해 농사를 지을 의욕은 도무지 생기지 않았다.

어느 날 야타로는 만두 가게에서 만두를 먹으면서 조지로를 상대로 이야기를 시작했다.

"난 지금 장사를 시작해 볼까 생각 중이다. 목재를 파는 거지. 얼마 전 지진이 났을 때 무너진 집 중에 아직 고치지 못한 게 많이 있더라고."

몇 년 전 대지진 때문에 발생한 큰 해일이 도사를 덮쳐서 몇 천 채에 이르는 가옥이 무너지고 유실되는 큰 재해가 일어났다.

"하지만 이와사키 님은 사무라이시잖아요……."

"그런 건 아무래도 상관없어. 난 에도에서 배운 남자니까. 이 머리를 써서 부자가 될 거라고."

"에도에서 배우는 게 그렇게 좋은가요?"

"당연하지. 우리 예쁜 색시가 그러더라고. '당신은 에도에서도 인정받은 남자잖아요. 그러니 무슨 일을 하건 성공할 거예요'라고 말이야."

"이와사키 님, ……저 같은 장사꾼의 아들도 뜻을 가지고 공부해도 될까요? 일본을 위해 도움이 되고 싶다는 뜻 말입니다."

"조지로. 남은 남이고, 너는 너야. 네가 어떻게 되건 내가 알 바가 아니라고."

조지로가 에도로 가겠다고 결심을 한 것은 바로 이때였다. 에도에서 배우고 인정을 받으면 일본의 앞날에 도움이 되는 무언가 새로운 길이 열릴지도 모른다는 생각이 들었다.

료마와 이야기를 나누면서 조지로는 자신의 큰 결심을 털어 놓았다.

"전 다시는 도사로 돌아가지 않을 겁니다. 도사에 있으면 아무것도 못합니다. 이와사키 님처럼 말이에요."

"뭐?"

"조심해서 돌아가세요."

료마에게 인사하더니 조지로는 저택 안쪽으로 들어가 버렸다.

실제로 만나 본 린타로는 료마가 머릿속으로 그리던 인물과
는 도무지 맞아 떨어지지 않았다. 더구나 료마는 장부 한가득 가
위표를 받아 버렸다. 잔뜩 가라앉은 기분으로 툇마루에서 마당
을 바라보고 있으려니까 걱정이 되었는지 주타로가 료마의 상
태를 살피러 왔다.

"자네가 너무 많이 기대를 한 거야, 료마 군. 가쓰 린타로도 어
차피 막부의 관리일 뿐이라고."

"……좀 더 기개 있고 제가 압도될 만큼 그릇이 큰 사람일 거
라고 생각했는데……."

"료마 군, 시대의 흐름을 혼자 힘으로 바꾸는 건 불가능한 일
이야. 지바 도장으로 돌아오지 않겠나?"

주타로는 이때다 싶었는지 설득을 시작했다.

료마가 처음 문하생으로 들어왔을 무렵의 지바 도장에는 전
국적으로 이름이 널리 알려진 도장답게 검도를 수련하려는 진
지한 문하생들이 모여 들었고, 한편으로는 즐겁게 죽도를 휘두
르는 여자들과 아이들까지 몰려서 사람들로 북적였다.

"우리는 지금 시대의 흐름을 심하게 타고 있어. 문하생들은 하
나같이 양이를 외치는 자들뿐이지. 그들이 배우고 싶은 것은 검

술이 아니라 싸우는 방법이야. 이대로는 호쿠신 잇토류의 명맥
이 끊기고 말 거야. 나는 이 도장을 지킬 의무가 있어. 자네와 사
나가 힘을 보태 준다면 더할 나위 없이 든든할 거야."

"주타로 선생님……."

사나가 료마를 연모하고 있음을 알게 된 주타로는 료마와 사
나 사이를 이어 주려는 시도까지 했었다. 그러나 그 시절 료마
의 마음에는 가오가 있었다.

(전…… 당신을 사모했어요.)

사나에게 사랑 고백을 받은 것은 료마가 에도를 떠나던 날
이었다.

(도사에 소중한 사람이 있습니다. 저에게는 둘도 없이 귀한 존재입니다.)

그때까지만 해도 가오와 헤어지고 도사 번을 탈번하리라고
는 꿈에도 생각지 못했다.

"이미 알고 있지 않나? 사나의 마음 말이야. 사나는 자네
를……."

지난 4년 동안 계속 연모해 왔다. 주타로가 그 말을 입에 올리
기 전에 료마는 서둘러 말했다.

"기다려 주세요……. 그 이야기는 지금 시기상조입니다. 저는
도사를 버렸고, 부모 형제까지 버렸습니다. 그런데도 아직 아무
것도 이루어 낸 게 없습니다."

료마는 이야기를 끝내더니 자리를 떠나 버렸다. 사나가 기둥
뒤편에서 듣고 있다는 사실을 눈치채지 못한 채.

린타로 역시 실망하고 있었다. 료마가 다른 사람들이 가지고 있지 않은 색다른 일면을 보여 주리라고 잔뜩 기대하고 있었기 때문이다.

"네 말 만큼 재미있지는 않았다. 그 사카모토라는 놈 말이다."

불만을 털어놓은 상대는 린타로의 어깨를 주무르고 있던 조지로였다.

"사카모토 가문은 하급무사이기는 해도 절대로 가난한 집안이 아닙니다. 도사에 계속 남았다면 사카모토 씨도 편하게 살 수 있었을 겁니다."

"그래……?"

"호쿠신 잇토류의 목록을 받았을 정도니까 근왕당 사람들도 어지간히 인정하고 대우해 주었지요. 설마 그런 사람이 탈번하리라고는 생각지도 못했습니다."

"무엇이든 알고 있는 정보통 만두 가게 조지로에게조차 아닌 밤중에 홍두깨였다는 말이냐?"

린타로가 놀려도 조지로는 꿈쩍도 하지 않았다.

"속을 알 수 없는 사람이니까요, 사카모토 씨는."

"네가 아무리 그래도 난 모르겠다……."

일반적인 개념을 뛰어넘는 무언가를 직접 보지 않은 이상 린타로가 료마에게 인간적인 흥미를 느끼지 못하는 것도 당연한 일이었다.

복도에 다른 서생이 와서 린타로에게 손님이 찾아왔다고 알렸다.

"다케치 한페이타라는 분이 만나 뵙고 싶다고 합니다."

"다케치?"

린타로는 이상히 여기며 물었고, 조지로는 "어엉?" 하면서
겁을 먹었다.

"도사 번사 다케치 한페이타라 하옵니다."

두 손으로 바닥을 짚으며 고개 숙여 인사하는 한페이타에게
린타로는 상석에서 말을 걸었다.

"이름은 익히 들었다. 지금 도사를 좌지우지하는 것이 자네
라고들 하던데?"

"저는 번주이신 도요노리 공과 오토노를 그저 충성을 다해
모실 따름입니다."

통렬하게 비꼬는 린타로의 말에 한페이타는 겁 없는 미소로
답했다.

복도를 사이에 두고 서재 맞은편에 있는 방 안에서는 한페이
타를 따라온 슈지로와 이조가 대기하고 있었다. 둘 다 서재에서
주고받는 대화에 귀 기울이며 온 신경을 집중해 듣고 있었다.

일단 조용해졌던 서재에서 린타로의 목소리가 들렸다.

"그나저나 양이의 기수께서 막부 신료인 나를 만나러 오다니
도대체 무슨 볼일인가?"

"천황 폐하의 하명에 대해 막부에서는 히토쓰바시 요시노부 공을 파견하려 한다는 소문을 들었습니다. 그 소문이 참말이라면 가만히 두고 볼 수 없는 일입니다. 천황 폐하는 쇼군이 직접 상경하시기를 원하고 계십니다."

"그런 말을 나한테 하면 어떻게 하나? 내가 쇼군께 이래라저래라 할 입장도 아닌데."

"가쓰 님께서는 무사안일주의에 물들어 있는 막부 신료 중에서 유일하게 과감한 말씀을 하시는 분이라 들었습니다. 아무쪼록 조치를 해 주시기 바랍니다."

"싫다고 하면? 나를 죽일 텐가?"

서재가 침묵했다. 긴박한 분위기가 복도를 거쳐 대기실까지 흘러들어 왔고, 초조해진 이조는 무심코 칼자루를 잡았다. 그 움직임 때문에 생긴 작은 소리를 복도에서 대기하고 있던 조지로의 귀가 놓치지 않았다.

안 그래도 조지로는 한페이타 일행이 왔다고 들었을 때부터 잔뜩 겁을 먹고 있었다. 자기는 양이 일색인 도사 출신이면서도 막부 요직에 있는 린타로의 제자로 들어왔다. 장지문 하나를 사이에 두고 방 안에는 슈지로와 이조가 있었다. 그들에게 들키는 날에는 당장 칼을 맞지 않을까 하는 생각에 안절부절못하고 있었다.

린타로는 한페이타에게서 시선을 떼지 않은 채 말했다.

"이래 봬도 나는 쇼군 직속 번의 번주다. 너희 주군인 야마우치 요도 공과도 직접 이야기할 수 있는 신분이다. 그런데도 굳이 죽이겠다면 일단은 이야기부터 들은 다음에 해라."

린타로는 선반에 있던 지구본을 가지고 와서 한페이타 앞에 놓았다.

"이것을 봐라. 세계에서 일본은 이렇게나 작은 나라다."

"그것은 저도 알고 있습니다. 나라가 크고 작고는 상관이 없습니다. 상대가 누구건 일본 땅을 더럽히는 자는 용서치 못할 뿐입니다."

"이런이런, 너도 사카모토랑 같구나. 이 지구본이 얼마나 비싼 건지 아느냐? 조금은 놀라는 척이라도 해 줘야지."

"사카모토……!"

"사카모토 료마 말이다. 너도 알지?"

너무 놀란 탓인지 한페이타의 살기등등하던 긴장감이 풀려 버렸다.

"그자는 이제 저희와는 무관한 남자입니다. 막부도 번도 필요 없다고 선언했으니까요."

"그래? 막부도 번도 필요 없다고……. 흐음, 조지로의 생각이 의외로 맞는 것인지도 모르겠구나."

"조지로?"

한페이타는 린타로가 문득 흘린 이름이 마음에 걸려서 물었다.

"내 제자다. 도사의 만두 가게 아들이라더군."

린타로는 아무렇지도 않게 조지로가 있다는 사실을 밝혀 버렸다. 아니나 다를까 대기실에서 듣고 있던 슈지로와 이조는 만두 가게 아들 조지로가 린타로의 제자라는 말을 듣고는 흥분해서 벌떡 일어섰고, 복도에 있던 조지로는 "히이익!" 하며 비명이 나오는 입을 필사적으로 틀어막으며 머리를 감싸고 웅크렸다.

"아니 뭐야, 조지로도 알고 있나? 나 원 참, 도사 땅은 좁구만. 하지만 다케치, 내 제자한테 손가락 하나라도 대면 큰일 날 거야."

한가로운 말투 속에 린타로는 만만치 않은 기백을 담고 있었다. 린타로가 못을 박은 것은 다른 방에서 기다리고 있는 슈지로와 이조에 대해서도 마찬가지였다.

"아니, 너희는 천황 폐하의 심부름 때문에 에노도 온 것 아니냐? 여기서 소동을 일으키면 난리가 날 텐데. 그만 돌아가거라. 너희가 왔다는 사실은 아무에게도 말하지 않을 테니."

그릇의 차이를 실감한 한페이타 일행은 얌전히 돌아갈 수밖에 없었다.

그로부터 며칠 후 시나가와의 고텐야마에 있는 영국 공사관이 화염에 휩싸였다. 조슈의 번사들을 중심으로 한 과격 양이지사들이 막부에 대한 항의 차원에서 저지른 방화였다.

방화를 실행한 사람들 속에는 다카스기 신사쿠의 얼굴이 있었다. 나중에 료마가 조직하는 가이엔타이와 깊은 관계를 갖게 되는 다카스기는 이 사건을 계기로 존왕양이 운동의 무대에 모습을 드러냈다.

린타로는 자꾸만 료마가 마음에 걸렸다. 한페이타와 이야기를 한 이후로 료마와 만나 보고 싶다는 생각이 들어 이번에는 린타로 쪽에서 료마를 저택으로 불러들였다.

"다시 한 번 너하고 이야기해 보고 싶어졌다. 오늘은 내가 대답해 줄 테니 무엇이든 물어봐라. 넌 내 생각을 알고 싶다고 하지 않았느냐?"

료마는 너무 갑작스런 일이라 마음의 준비가 되어 있지 않았지만 이것저것 망설이지 않고 그냥 솔직하게 질문하기로 했다.

"가쓰 님께서는 일본이 외국하고 전쟁을 하게 되면 이길 수 있다고 생각하십니까?"

"아니, 그렇게 생각하지 않는다. 이길 턱이 없지."

"그렇다면 일본이 외세의 속국이 되어도 할 수 없다고 생각하십니까?"

"말도 안 되는 소리. 외국 놈들이 그렇게 하도록 내가 가만히 내버려 둘 것 같으냐?"

"그렇다면 어떻게 해야 된다고 생각하십니까?"

"글쎄다…… 너는 어떻게 생각하느냐?"

"아니, 저도 그걸 몰라서요……."

그렇기 때문에 료마는 린타로의 제자가 되고 싶어서 에도까지 찾아왔던 것이다.

"네 속을 잘 헤집어 봐라. 거기 뭔가 있을 게다."

린타로는 료마의 마음속에 해답의 열쇠가 있을 것이라고 했다. 료마는 제일 처음으로 되돌아가 보았다. 우선은 군함조련소였다. 린타로가 군함조련소의 우두머리라고 들은 것이 계기였다.

군함조련소가 일본에 있다는 사실에 놀라고 흥미를 느꼈지만 배 그 자체에 대한 흥미와는 달랐다. 료마는 생각을 정리하면서 더듬더듬 말하기 시작했다.

"일본은…… 사방이 바다로 둘러싸인 섬나라지요. 외국인들은 모두 바다를 통해 들어오니까 그에 맞서려면 아무래도 군함이 제일 중요하겠지요. 강한 해군이 없으면 안 된다는 거지요."

"군함의 대포로 외국인들을 다 물리치겠다는 거냐?"

"아니요, 그런 건 아니고요."

"그럼 무엇이냐? 해군을 가지면 어떻게 된다는 거냐?"

"그건…… 그건……."

린타로는 은근히 유도하면서 료마가 해답에 이르기까지 느긋하게 기다려 주었다.

열심히 생각을 하고 있던 료마가 문득 고개를 들었다.

"저는 지바 도장에서 검술을 배웠습니다. 거기서 호쿠신 잇토류의 목록을 받았습니다. 좀 유치하고 건방진 말씀을 드리자면 전 강합니다."

"무슨 소리를 하고 싶은 게냐?"

린타로는 흥미가 생겼다.

료마는 이야기를 하는 사이에 자기 생각이 점점 분명해지며 매끄럽게 말을 이어 나가기 시작했다.

"하지만 저는 사람을 베겠다는 생각을 하지는 않습니다. 아니, 제가 강하다는 사실을 아는 사람은 처음부터 싸움을 걸어오지도 않지요. 그러니까…… 제가 하고 싶은 말은…… 지금 일본이 외국에 휘둘리는 까닭은 전쟁을 하면 진다는 사실을 알고 있기 때문이라는 겁니다. 그렇지만 강한 해군만 있으면, 말하자면 아무한테도 지지 않을 정도로 군사력이 있다면, 전쟁은 일어나지 않습니다. 맞아요, 일본은 이미 개국해 버렸으니까 기술을 배워서 일본의 군함을 많이 만들면 되는 겁니다! 그리고 다른 것들도 많이 받아들여서 외국을 상대할 수 있을 정도로 문명을 이루게 되면 일본은 무사하게 될 겁니다. 맞아요! 그럼 싸우지 않아도 양이가 성취되는 거지요."

료마는 정신없이 이야기하다가 갑자기 현실로 돌아왔다.

"죄송합니다. 지금 말씀드린 건 정말 방금 든 생각이었는데……."

린타로가 서재 구석에 있는 조지로에게 눈길을 주었다.

"조지로, 내가 졌다."

조지로는 기쁜 표정으로 고개를 끄덕였다. 계속 한 방에 있던 조지로는 생각을 잘 정리하지 못하는 료마 때문에 안절부절못하다가, 열띠게 자기 이론을 전개하는 모습에 압도당했다.

졌다고 하면서도 린타로는 얼굴에 함박웃음을 띠고 있었다.

"넌 재미있다! 합격이다, 사카모토."

"하, 합격이요?"

"오늘부터 나를 위해 일해야겠다. 내가 얼마나 찾고 있었는지 아느냐? 해군을 만드는 데 힘이 되어 줄 사람을 말이다!"

"해군!"

료마가 자기 마음속을 헤집고 다니며 찾아냈던 생각이야말로 린타로가 바야흐로 시작하려는 일이었다.

"그런데 막부 놈들 머리가 좀 딱딱해야 말이지. 일이 도무지 진척이 안 돼. 내가 미국에 갔다 온 지도 벌써 2년이나 지났다."

"네?"

료마는 이것도 처음 듣는 이야기였다.

1860년, 린타로는 막부의 사절단으로 미국에 다녀온 적이 있었다. 그때 일본 배로는 처음으로 태평양을 왕복했던 것이 막부 군함인 간린마루였다.

"간린마루는 네덜란드에서 건조되기는 했지만 그래도 배를 조종한 사람은 모두 일본인이었다. 한 달 동안 항해했지. 그런데 막부 놈들은 그게 얼마나 대단한 일인지 전혀 모른단 말이야. 돈이 없네 뭐가 어쩌네 트집만 잡을 줄 알지. 이렇게 우물쭈물하다가는 500년이 지나도 제대로 된 해군 하나 못 만들거다!"

"맞습니다!"

조지로가 맞장구를 쳤다. 린타로의 이야기가 계속되었다.

"미국은 대단한 나라다, 사카모토. 세계에는 그런 나라가 한 둘이 아니야. 이제 막부네 도사네 조슈네 따지고 있을 때가 아니다. 영국공사관을 불태우는 게 무슨 양이란 말이냐! 지금 당장 정신 똑바로 차리고 대책을 세우지 않으면 일본은 이 세상에서 사라지고 말 거야!"

열정적으로 말하는 린타로의 이야기는 몇 번을 들어도 흥분이 되는지 조지로는 손에 땀을 쥐며 열심히 귀를 기울이고 있었다.

사실 료마는 "합격"이라는 말 이후로는 가쓰가 열띠게 주장하는 내용을 따라가지 못하고 있었다. 린타로의 생각은 료마를 훨씬 앞섰는데, 조지로가 그것을 이해하고 있다는 사실이 믿어지지 않았다. 그래도 한 가지만큼은 료마도 알 수 있었다. 린타로는 미국에 갔다 온 것이다.

"그래. 미일수호통상조약을 조인하러 갔지."

"일본인들만의 힘으로……."

"승무원 총 96명. 선박 조종술은 4년에 걸쳐 네덜란드인들한테 배웠지."

오랫동안 쇄국 정책을 고수해 왔던 일본의 배가 대해로 나간 것은 225년 만의 일이었다.

료마가 지바 도장에서 밤낮 없이 검술 수련에 몰두하고 있을 무렵 린타로는 미국에 건너가기 위해 선박 조종술을 배웠다. 료마의 눈이 도사 안으로만 향하고 가오와의 단란한 행복을 꿈꾸며 도사근왕당에 들어갔을 무렵 린타로는 미국 땅을 밟았던 것이다.

린타로는 지구본을 돌리며 료마를 더욱 경악하게 만드는 말을 뱉었다.

"그전까지는 모조리 대서양과 인도양을 거치며 항구마다 들러 땔감이나 식량을 보급해야 했지. 제일 넓은 바다인 태평양을 횡단한 배는 간린마루가 세계 최초였어!"

료마는 지구본에서 눈길을 뗄 수가 없었다. 일본의 배는 이미 고도의 기술을 가지고 있었다.

"……선생님. 간린마루는…… 지금……?"

"있지."

"어디요?"

린타로는 료마를 시나가와 해변으로 데려갔다. 작은 배에 태워서 바다로 나가더니 앞쪽 해상에 정박하고 있는 대형 선박을 가리켰다.

"저거야!"

선체에 '간린마루'라는 글자가 또렷하게 보였다.

"대단해…… 검은 배다……!"

료마는 자기도 모르게 감탄사를 내뱉었다. 료마와 린타로가 탄 쪽배가 가까이 다가가자 간린마루에 있는 승무원들의 모습이 보였다. 일본인 승무원들이 부지런히 일하고 있었다. 돛의 줄을 끌어당기는 사람, 돛대에 올라가 돛을 펼치는 사람도 있었다. 그중에는 밧줄 묶는 법을 지도하고 있는 외국인의 모습도 섞여 있었다.

"정말…… 일본인이군요!"

쪽배가 간린마루 옆에 도착했다. 먼저 갑판에 오른 린타로가 숨을 헐떡이며 아래를 향해 외쳤다.

"올라와라, 사카모토!"

료마는 사다리를 타고 올라가 간린마루의 넓은 갑판 위에 섰다.

"세상에 이럴 수가! 검은 배야! 내가 지금 검은 배를 타고 있어! 검은 배다!"

돛을 올려다보고 그 높이에 환성을 질렀고, 뱃머리로 뛰어가 바다를 내려다보며 해면까지의 거리에 경악했다. 뒤돌아서 갑판 전체를 둘러보며 외쳤다.

"어쩌면 이렇게 넓을 수 있을까!"

"난생처음이군. 이렇게 흥분해서 날뛰는 놈을 보는 건."

린타로는 료마를 데려온 보람을 느꼈다. 료마가 흥분해서 난리를 치는 사이에 린타로가 갑판을 지나가는 한 남자를 불렀다.

"아니, 존 아냐? 어디 지낼 만한가?"

"아주 좋습니다, 가쓰 선생님."

존이라고 불린 남자가 가 버리자 바다를 둘러보고 있던 료마가 돌아보았다.

"존?"

도사에서 들은 적이 있는 이름이 생각났다.

"저 사람이 그 유명한 존 만지로야."

린타로가 눈으로 가리켰다. 외국 옷을 입은 남자가 승무원에게 돛 올리는 법을 가르치고 있었다.

제17장
괴물 요도

"저자가 어떤 인물인지 알고 있나, 사카모토?"

"물론이죠!"

료마에게 만지로에 대해 가르쳐 준 사람은 가와다 쇼료였다. 존 만지로라 불리는 나카하마 만지로는 도사의 어부였는데, 열네 살 때 타고 있던 배가 바다에서 조난당했다. 만지로는 미국 배에 구조되어 그 이후로 10여 년 동안 미국에서 살면서 서양 과학과 문화 등을 배운 후 일본으로 귀국한 보기 드문 경력의 소유자였다.

"미국 말을 배우고 돌아온 만지로 씨는 막부의 부름을 받고 사무라이가 되었다고 들었습니다."

"예스!"

만지로가 대답했다.

“예스?”

“미국 말로 ‘네’라는 뜻이에요.”

“아아, 예스! 존 만지로라고 하면 도사에서는 모르는 사람이
없어요!”

“하하하, 그렇게까지 말씀하시니 좀 쑥스럽습니다.”

만지로는 쾌활하게 웃었다. 아무래도 료마와 만지로는 죽이
맞는 모양이었다. 린타로는 두 사람을 보고 있었다.

“난 말이야, 존, 해군조련소를 만들면 훈련생 대장 자리를 이
사람에게 맡길 생각이야.”

“오우, 원더풀! 대단합니다. 사카모토 씨는 가쓰 선생님의 마
음에 들었군요.”

“예스, 예스!”

료마는 갓 배운 영어로 자화자찬을 하더니 어설프게 기억하
고 있던 영어를 생각해 내려고 애썼다.

“만지로 씨. 미국의…… 에, 프레…… 프레…….”

만지로는 유창한 영어로 발음했다.

“프레지던트. 저는 대통령이라고 번역해 보았습니다.”

“상인이나 농민 출신이라도 대통령이 될 수 있다는 말이 사
실입니까?”

“대통령은 일본의 쇼군이나 번주처럼 대대로 이어받는 게 아
닙니다. 모두 다 같이 선출하는 거지요.”

“모두 다 같이?”

입후보와 선거의 구조를 설명해 준 만지로는 마지막에 덧붙였다.

"미국에서는 백성이 나라의 앞길을 결정합니다."

"백성이……."

료마는 넋이 빠질 정도로 놀랐다. 일본과는 근본적인 사고방식부터가 달랐다. 하급무사라는 신분을 견뎌 온 료마로서는 상상이 되지 않는 제도였다.

미국은 건국된 지 아직 100년도 채 되지 않은 젊은 나라였지만 눈 깜짝할 사이에 서양의 여러 강국에 필적할 정도로 눈부신 발전을 이룩했다. 머지않아 세계 제일의 대국이 될 것이다.

만지로는 그런 나라에서 감수성이 예민한 청년기를 보냈다.

"그런데 만지로 씨는 어째서 일본으로……? 미국이 그렇게 원더풀한 나라라면 돌아올 필요가 없었을 텐데요."

료마의 의문에 린타로가 싱긋 웃었다.

"좋은 질문이군."

만지로는 서슴없이 딱 부러지게 대답했다.

"미국이 아무리 원더풀해도 전 일본인이니까요. 미국의 대단한 점을 볼 때마다 '일본도 이 정도는 할 수 있다! 일본도 이 나라에 뒤지지 않는다!' 하는 생각에 주먹을 불끈 쥐었지요. 전 미국에서 배운 지식을 일본을 위해 쓰고 싶어서 돌아왔습니다."

"만지로 씨……."

료마는 감격해서 눈시울을 적셨다.

신분으로 보자면 천한 어부에 불과한 만지로가 마음가짐 하나로 이렇게나 높은 뜻을 가지게 되었다. 그에 비해 막부 대신들의 낮은 사기가 린타로는 그저 답답하기만 했다.

"우리는 진지하게 해군을 만들어야 해. 막부 사람들은 그걸 모른단 말이야."

얼마 전 린타로는 해군 설립을 위해 신료들을 설득하려고 열변을 토한 적이 있었다. 전국을 여섯 구역으로 나누어 15개 함대와 총 6만 5천 명의 병사를 가진 대규모 해군을 창립한다는 구상이었다. 물리적으로 우세한 서구 열강에 대항하기 위해서는 강대한 해군을 만들 필요가 있었다.

6만 5천 명의 병사는 각 번의 협조만 있으면 모을 수 있을 것이다. 그러나 신료들은 반막부 성향의 번주들이 병력을 지닌다는 사실만을 두려워할 뿐 자신들의 좁은 안목을 바꾸려 들지 않았다. 막부라는 틀에 얽매여서 일본이 외국의 위협을 받고 있다는 현실을 제대로 보지 않는 것이다.

(이것은 막부의 해군이 아닙니다. 일본의 해군입니다!)

린타로가 아무리 역설해도 신료들의 굳은 머리에 부딪혀 튕겨 나올 뿐이었다.

"일본의 해군……!"

료마에게는 신선한 울림이었다.

"모두가 힘을 합치지 않으면 나라를 지켜낼 수 없다."

"알겠습니다. 무슨 뜻인지 알겠습니다, 가쓰 님!"

료마는 흥분해서 외쳤다. 이제까지 잘 이해되지 않았던 이야기의 조각들이 료마의 머릿속에서 제자리를 찾아 나갔다.

"선생님이라 불러. 넌 이제 내 제자잖아."

"예! 감사합니다, 선생님!"

료마의 두 눈에서 감동의 눈물이 쏟아져 나왔다.

료마는 당장 그날 있었던 일들을 주타로와 사나에게 보고했다.

"가쓰 선생님은 제가 생각했던 대로 대단한 분이었어요. 그분의 생각이야말로 제가 찾고자 했던 양이었습니다!"

흥분해서 떠드는 료마를 향해 사나가 미소 지으며 말했다.

"정말 잘 됐네요. 그렇게 대단한 분의 제자가 되셨다니."

"저도 아직 믿기지가 않아요."

주타로는 한껏 들뜬 료마가 약간 걱정스러웠다.

"그래서 자네는 앞으로 어떻게 할 건가?"

"조련소의 훈련생들을 모으기 위해 가쓰 선생님과 같이 다니다가 사흘 뒤에는 오사카로 갑니다. 해군조련소는 고베 마을에 세워지니 완공될 때까지 오사카에서 사람을 모아야지요."

"그럼…… 언제 에도로 돌아오는 건가?"

"에도에는……."

료마는 흥분한 나머지 주타로나 사나의 마음을 미처 헤아리지 못했다.

"조만간 저는 고베로 옮기게 됩니다. 그러니까 에도에는 이제……."

"뭐라고?"

"죄송합니다, 주타로 선생님. 하지만 전…… 이제야 겨우 제가 가야 할 길을 발견했어요."

료마는 마음이 아파져서 고개를 푹 숙였다.

에도를 떠날 때까지 사흘 동안 료마와 린타로는 훈련생을 모으기 위해 정력적으로 각 번저들을 돌았다.

다하라 번은 미카와(지금의 아이치 현)에 영토를 가진 친막부 성향의 번이었다. 린타로와 료마가 번저를 찾아가자 번주인 미야케 야스요시가 친히 맞았다.

린타로는 입에 거품을 물 정도로 엄청난 기세로 설파했다.

"다하라 번이 낳은 희대의 천재 와타나베 가잔 님은 『신기론愼機論』에서 일본이 나아갈 길을 제시했습니다. 그의 혼을 이어받은 다하라 번의 사무라이 없이는 일본 해군이 존재할 수 없습니다."

린타로의 열변은 미야케를 압도했고, 료마는 그저 감복하면서 듣고만 있었다.

다음으로 찾아 간 사가 번은 히젠(지금의 사가 현)을 소유하는 반막부 성향의 번이었다. 이곳은 번주를 대리하는 가신이 응대

했는데 가쓰는 부드러운 태도로 사가 번을 칭찬했다.

"예전에 나가사키의 조련소에서 배우던 사가 번 출신 사무라이는 참으로 우수했습니다. 양이의 기운에 휘말려서 사가 번이 손을 떼신 것이 얼마나 안타깝고 아쉬웠던지! 선견지명이 있었는데 참으로 아쉬운 일이었습니다."

료마가 넋이 빠져서 소임도 잊고 멍하니 듣고 있으려니까 갑자기 린타로가 료마를 재촉했다.

"너도 같이 부탁해라."

"네? 아, 예. 아무쪼록 새로운 해군조련소에 훈련생을 보내주십시오!"

료마는 허둥지둥 고개를 숙였다.

돗토리 번(지금의 돗토리 현)에서도 응대에 나선 사람은 번주 대리였다. 돗토리 번은 장장 32만 석의 어마어마한 영토와 경제력을 자랑하는 큰 번이었다. 료마는 어깨에 잔뜩 힘이 들어갔는데 그 이유는 상대가 큰 번이어서가 아니라 린타로의 말투 때문이었다.

"돗토리 번에서는 양이파와 개국파가 서로 대치하고 있는 상황이라 들었습니다. 번주이신 이케다 요시노리 공은 쇼군 후견직에 계신 히토쓰바시 요시노부 공의 형님 되십니다. 막부로서도 결코 해롭게 하지는 않을 것입니다."

린타로는 엄숙하게 설득했다. 하지만 번주 대리에 불과한 가신으로서는 결단을 내리기가 벅찬 일이었는지 "으음……" 하고 심각한 표정을 짓기만 할 뿐 분명한 뜻을 나타내지 않았다.

"외람되오나 한 말씀 올리겠습니다."

료마가 갑자기 끼어들어서 린타로를 놀라게 했다.

"뛰어난 선원은 돗토리 번에도 반드시 중요한 보물이 될 것입니다. 아무쪼록 훈련생을 보내 주십시오!"

린타로의 '강함'과 반대로 료마는 '부드러움'으로 번주 대리의 마음을 교묘하게 사로잡으며 설득했다. 이 작전이 린타로의 마음에 쏙 든 모양이었다.

─그 무렵 료마는 그야말로 자신의 길이 열리는 것을 실감했을 것이네. 한편 에도에서 교토로 돌아온 한페이타는…….

산조 사네토미의 저택에서 한페이타는 사네토미와 마주하고 있었다.

"히토쓰바시 요시노부 공!"

"쇼군 이에모치 공 대신 그자가 나설 모양이야."

한페이타는 분개했다. 에도에 있을 때 이미 그런 소문을 듣기는 했지만 설마 진짜로 칙명을 무시해 버릴 줄이야.

"천황 폐하께서 명하신 것은 쇼군 본인이 직접 상경해서 양이 실행을 약속하는 것입니다."

"막부는 적당히 얼버무리고 넘어가려는 게지."

사네토미도 초조해하고 있었다. 한페이타는 자세를 고쳐 앉고서는 두 손으로 바닥을 짚으며 고개를 숙였다.

"청이 있습니다. 저를 요시노부 공 앞에 나설 수 있는 신분으로 올려 주십사 번에 힘을 써 주십시오!"

양이파와 막부의 공방은 일진일퇴의 양상을 보이고 있었다. 그런 가운데 도사근왕당의 면면들, 슈지로, 모타로, 세이헤이, 에키치, 가메야타, 이조는 이날 밤 폰토초로 나가서 신 나게 술을 마시고 있었다.

모타로가 맛있게 술잔을 비웠다.

"정말이지 대단한 분이야, 다케치 선생님은. 이제 선생님은 이 나라를 움직이고 계시지."

"교토에서 도사 번사라고 하면 다들 알아준다니까."

세이헤이가 신 나는 표정으로 술을 홀짝이며 말하자 다들 한 번씩은 비슷한 경험을 했는지 세이헤이의 말에 공감하며 웃었다. 이조도 평온하게 술을 마시고 있었다. 그런데 딱 한 사람 웃지 않는 사람이 있었다. 가메야타였다. 많이 취한 얼굴이었다.

"그게 뭐 대수라고 그래? 다케치 선생님 혼자만 출세했지, 우리는 달라진 게 뭐 있어?"

슈지로는 발끈하는 에키치와 다른 사람들을 제지하면서 가메야타에게 물었다.

"너, 선생님에게 불평하는 거냐?"

가메야타가 대답도 하기 전에 이조가 손에 든 술병을 거칠게 내려놓다가 술상을 뒤엎었다.

"가메야타! 누구 덕에 이렇게 술을 마시게 되었다고 생각하는 거야?"

"이깟 술 마시는 걸로 만족해? 여자랑 놀기 위해 우리가 교토에 온 거야?"

험악한 분위기였다. 슈지로는 사태를 수습하려고 두 사람 사이에 끼어들었다.

"이제 그만해라. 둘 다 취했어. 이조, 이제 슬슬 가자."

"……예."

이조가 칼을 들고 일어섰다. 방에서 나가려던 이조는 가메야타가 시비를 거는 바람에 발걸음을 멈췄다.

"사람들이 우리를 알아주는 건 우리를 존중해서가 아니야. 무서워해서지."

방 안에는 근왕당 사람들만 있는 것이 아니었다. 게이샤들도 몇 명 있었다.

"그만하라고 그랬지."

슈지로가 가메야타의 입을 막으려고 했다. 하지만 술에 취해 자제심을 잃어버린 가메야타는 위협적인 목소리로 내뱉었다.

"오늘은 누구를 베러 가는 길이냐, 이조? 남들이 뒤에서 너를 뭐라고 부르는지 알아? 살인마 이조라고 하더라!"

이조의 얼굴이 일그러졌다.

"닥쳐!"

슈지로의 강철 같은 주먹이 가메야타를 후려쳤다. 가메야타
는 그대로 날아가서 뻗더니 취기가 더 돌았는지 벌렁 자빠진 채
꼼짝도 하지 않았다.

무서워서 벌벌 떠는 게이샤들을 뒤로 한 채 이조는 말없이
자리를 떴다.

─그 무렵 교토에서는 암살이 크게 유행했지. 막부를 지지
하는 개국파 사람들을 양이파 자객이 잇달아 칼로 베어 죽이
곤 했다네.

그날 밤 이조는 또 다른 남자의 목숨을 빼앗았다. 이조가 일
처리에 대해 보고하는데도 한페이타는 읽고 있던 책에서 눈길
조차 떼려 하지 않았다.

"그건 포상이다."

처음처럼 진심에서 우러나오는 수고했다는 말 대신 포상으
로 은화가 준비되어 있었다. 이조는 고개를 숙이고 은화를 품
속에 넣은 다음 방문 앞에서 망설였다. 이조에게도 갈등이 없
는 것은 아니었다.

"전 언제까지 사람을 죽여야……?"

한페이타가 읽고 있던 책에서 눈을 떼고 얼굴을 들었다.

"우리가 힘을 얻기 위해서는 이런 일 또한 어쩔 수 없는 것이

다. 지금 우리가 존재하는 것도 요시다 도요를 죽였기 때문이야."

"요시다 님을……. 그럼 선생님이……!"

이조는 그대로 할 말을 잃었다.

"네 마음은 잘 알고 있다. 난 네가 얼마나 고마운지 몰라."

"네, 네! 감사합니다."

이조의 가슴속에 뭉쳐 있던 찝찝한 느낌이 사라졌다. 근왕당이 중요한 이야기를 할 때 이조는 언제나 따돌림을 당하곤 했다. 그런데 한페이타는 아마 근왕당에서도 극히 소수만 아는 비밀을 자신에게 말해 준 것이다.

모든 것이 한페이타의 계산에서 나온 행동이라는 것을 이조는 알 턱이 없었다.

이조는 단골이 된 밥집의 벽에 기대어 정신없이 곯아떨어져 있었다. 가게 주인이 간판을 안으로 들이고 문 닫을 준비를 하고 있었다.

"이조 씨, 이조 씨. 이제 가게 문 닫을 시간이에요."

가게에서 일하는 소녀인 나쓰가 흔들어 깨우자 이조는 아직 잠이 덜 깬 눈으로 가게 안을 둘러보았다. 남은 손님은 자기뿐이었다.

"……나쓰, 오늘 밤도 너희 집에서 묵어도 될까?"

"번저로 돌아가지 않아도 돼요?"

"괜찮아. 난 아무도 할 수 없는 일을 하는 사람이니까."

"정말요? 어떤 일인데요? 이제는 가르쳐 주셔도 괜찮잖아요."

"……넌 바보라서 내가 말해도 알아듣지 못할 거야."

"너무해!"

나쓰가 아양을 떨면서 이조의 가슴팍을 때렸다. 이조는 기분 좋은 얼굴로 웃었다. 자기 손에 죽어 간 자들의 피로 물들었던 마음이 평안해지는 한때였다.

료마와 린타로가 번저를 돌아다닌 지 사흘째가 되었다.

"내일 아침에는 에도에서 출발한다. 오늘 안에 되도록 많은 곳을 돌아야 해."

"네, 선생님."

"우선은 도사 번이다."

"예! 예? 도사 번이요?"

시나가와에 있는 도사 번저에는 오토노인 야마우치 요도가 있었다. 지금의 번주 도요노리의 양아버지로 사실상 도사의 중심에 서 있는 사람이었다.

료마와 린타로는 저택 안으로 안내되었고 요도를 기다리는 방 안에는 술병과 술잔이 준비되어 있었다.

"너희 번의 오토노는 여전히 술을 좋아하는군."

린타로가 농담조로 말했다. 대답이 없어 료마를 보니 잔뜩 긴장하고 있어서 술이고 뭐고 눈에 들어오지 않는 모양이었다.

"넌 요도 공을 만난 적이 없느냐?"

"저희 같은 하급무사들에게는 구름 위의 존재나 마찬가지니까요."

"그럼 오늘이 좋은 기회네. 얼굴을 똑똑히 봐 두도록 해."

린타로가 그 말을 하는데 방문이 열렸다. 료마는 반사적으로 그 자리에 납작 엎드렸다.

"아이고, 이거 가쓰 님 아니신가? 기다리시게 해서 면목이 없구먼. 이번에 군함대신이 되셨다고요? 축하드립니다."

이것이 요도의 목소리였다. 요도가 자리에 앉는 기척이 전해져 왔다. 료마는 슬금슬금 고개를 들어 주저주저하면서 요도의 얼굴을 올려다보았다.

─료마가 처음으로 요도를 본 순간이었네. 료마는 도사에서 하급무사였으니 온갖 천대를 다 받으며 살아왔지. 그러니 요도의 얼굴을 마음 편히 보지는 못했을 걸세.

린타로와 요도는 자세를 편안하게 고치며 책상다리를 하고 앉아 곧바로 술잔을 주고받았다.

"실은 이번에 제가 해군조련소라는 것을 만들려고 합니다."

린타로가 본론을 꺼냈다. 요도는 느긋하게 술을 따르고 있었다.

"그렇지 않아도 서양에 대등하게 맞설 수 있는 해군을 만들겠다고 가쓰 님이 열심히 뛰어다닌다는 소문은 나도 들었어요. 오늘 여기 온 것도 사람을 모으기 위해서겠지요. 일본은 이제 지금까지처럼 지낼 수는 없을 겁니다. 증기선을 다룰 수 있는 선원이 반드시 필요하게 되겠지요. 도사에서도 기쁜 마음으로 사람을 보내 드리겠습니다."

"그렇게까지 이해해 주시다니! 감사드립니다."

이제 목적은 달성된 것이나 다름없었다. 린타로와 요도는 서로 잔을 주고받으며 술을 즐기기 시작했다.

료마는 말 그대로 믿어지지가 않아서, 기분 좋게 인재를 제공하겠다는 요도를 쳐다보았다. 한페이타의 말에 따르면 이런 요도 밑에 양이파 도사근왕당이 존재하는 것 아니었던가?

"그런데 요도 님, 지난번에 저의 제자가 되고 싶다고 찾아온 사람이 있었습니다."

갑자기 린타로가 료마에 대해 언급했다.

"하지만 도사의 탈번 낭인이라고 하기에 상대하지 않고 그냥 돌려보냈습니다."

"그런 일이 있었어요? 공연한 폐를 끼쳤군요."

"그런데 실은 아깝게 되었다고 후회하고 있는 참입니다. 꽤나 재미있는 놈이더군요. 아, 그래. 요도 님, 그놈만이라도 용서해 주실 수는 없겠습니까? 요도 님 입장에서 보자면 탈번한 놈 따위 아무래도 상관없지 않겠습니까?"

린타로는 료마가 그 자리에 있다는 사실을 잊어버린 사람처럼 이야기하고 있었다.

"아니지요. 탈번은 번에 대한 배신행위입니다. 다시 말해 나에 대한 배신 아니겠습니까?"

요도는 온화하게 웃더니 쏘는 듯한 시선으로 료마를 보면서 말을 이었다.

"가쓰 님의 부탁이라 해도 그것만은 용서할 수가 없군요."

"옳으신 말씀입니다. 그럼 저도 그놈과는 인연이 없었다고 생각하겠습니다."

린타로는 곧바로 물러나더니 요도의 술잔에 술을 따랐다.

"요즘에는 도사에도 기세 좋은 젊은이들이 많이 있지요."

요도는 그렇게 말하고는 료마에게서 시선을 떼고 술잔을 잡았다.

료마가 가만히 안도의 한숨을 내쉬었을 때 요도가 "하지만" 하고 심상치 않은 목소리로 말을 이었다.

"시류를 타고 지나치게 나대는 놈들도 있는 모양입니다."

료마를 겨냥한 것인지 아니면 그냥 잡담인지, 요도의 본심은 쉽사리 들여다보이지 않았다.

린타로는 적절한 기회를 잡아 도사 번저를 나왔다.

"우와, 큰일 날 뻔했네!"

번저 밖으로 나오자마자 린타로는 몸을 부르르 떨면서 말했다. 린타로가 간담이 서늘해졌을 정도이니 료마는 말할 것도 없었다. 그때까지도 당황하고 동요하는 마음을 걷잡을 수 없었다.

사실 린타로의 입장에서는 료마가 도사 번의 사무라이이든 탈번한 낭인이든 상관이 없었다.

"앞으로 생기는 조련소에는 어쩌면 번사가 아니면 들어갈 수 없게 될지도 모른다. 그래서 아예 이참에 네가 용서받게 해 줘야겠다 싶어서 말을 꺼냈는데……."

"감사합니다."

료마도 탈번이라는 중죄를 그리 쉽게 용서받을 수 있으리라고 속 편히 생각하지는 않았다.

"그래, 어떻더냐? 처음 오토노의 얼굴을 본 소감 말이야."

"……헤아릴 수 없는 두려움을 느꼈습니다."

"도사를 움직이는 건 지금의 번주인 도요노리 공도 아니고 다케치 한페이타도 아니다. 바로 저분이야."

린타로는 앞서 걸어갔다. 료마는 발길을 멈추고 도사 번저를 돌아보았다. 말로 표현할 수 없는 불안감으로 료마의 마음은 또다시 흔들렸다.

좀처럼 상경할 기색을 보이지 않는 막부의 태도 때문에 한페이타는 초조감이 쌓이면서 걱정만 늘어 갔다. 자기도 모르게 흘린 한숨을 곁에 있던 슈지로가 눈치챘다.

"양이의 선봉장으로 걱정이 많으실 줄은 알지만 너무 무리하시면 몸에 해롭습니다."

"걱정하지 않아도 된다. 가끔 이렇게 너와 한잔하면 그걸로 마음이 풀리니까."

한페이타가 슈지로의 잔에 술을 채웠다. 슈지로는 술을 마시고 있지만 한페이타는 술을 못하는 체질이었다.

그날 밤에는 한페이타와 슈지로, 두 사람밖에 없었다. 속을 터놓을 수 있는 동료와 자질구레한 잡담을 나누는 것만으로도 한페이타의 마음은 한결 편해졌다.

한페이타가 근왕당을 이끌고 도사를 떠난 지도 벌써 반년이었다. 도사의 집은 아내 도미가 지키고 있었다. 둘 사이에는 자식도 없기에 홀로 있는 아내가 얼마나 외로울까 싶어 한페이타는 편지를 보냈다.

편지를 받은 도미는 너무 기뻐서 얼굴에 웃음꽃이 피어났다. 공경하고 사랑하는 남편의 글씨였다. 도미는 편지를 가슴에 끌어안듯이 가까이 들고 읽기 시작했다. 바쁜 시간을 보내고 있을 텐데도 아내의 외로움을 배려하는 서두의 글은 참으로 한페이타다웠다.

'……하지만 조금만 참으면 되오. 조만간 쇼군이 상경해 천황폐하께 양이 실행을 약속하기로 했으니까. 우리 고생도 이제야 결실을 맺는 것이오. 우리의 오토노이신 야마우치 요도 공은 양이의 기수가 되어 도쿠가와 쇼군과 비견해도 뒤지지 않을 정도로 중요한 분이 될 것이오. 그날이 오면 곧바로 돌아갈 테니 당신도 그때까지 몸 건강히 잘 지내도록 하오.'

힘찬 기운이 느껴지는 문체인데 어쩐 일인지 편지를 다 읽은 도미는 쓸쓸한 표정이었다.

료마의 누나인 오토메는 도미에게서 한페이타의 편지를 받아 읽어 보더니 아내에 대한 배려가 넘치면서도 숭고한 뜻 또한 흔들림이 없는 한페이타에게 감복했다.

"다케치 씨는 정말 대단한 분이네요. 일본 전체를 생각하면서도 아내인 도미 씨에 대한 배려도 소홀히 하지 않으니. 참 좋은 남편이에요. 정말 부럽네요."

"하지만…… 남편이 대단해질수록 큰일에 휘말리지 않을까 싶어 전 자꾸 걱정돼요."

도미는 희미하게 웃으며 말했다.

한페이타의 활약은 사카모토가에서도 화제가 되어 곤페이를 비롯한 가족들을 감탄하게 만들었다.

"이제 도사의 우두머리나 다름없네, 다케치 한페이타는."

곤페이의 딸 하루이는 료마에게 귀여움을 많이 받으며 자랐기에 삼촌을 많이 따랐다.

"료마 삼촌은 뭐 하고 있을까?"

"그러게 말이다……. 어디서 뭘 하고 지내는지……?"

오토메가 중얼거렸다. 검술 수련을 하기 위해 오랫동안 에도에 있을 때 료마는 오토메에게 근황을 알리는 편지를 보내곤 했는데 요즘 들어서는 그조차도 오지 않았다.

료마는 어떻게 지내고 있을까 사카모토 집안의 가족들이 이런저런 상상을 섞어 가며 이야기를 나누고 있는데 허름하고 지저분한 차림새의 손님이 곤페이를 찾아왔다. 야타로였다.

야타로는 너덜너덜한 옷차림으로 깨끗하게 정돈된 방 안에 당당하게 자리 잡았다.

"오사카에서 료마를 만났습니다!"

곤페이와 오토메를 비롯한 온 식구가 그 말에 깜짝 놀랐다.

"난 료마의 제일 친한 친구니까요. 사카모토 댁에 온 건 처음이지만 여기서 료마가 자랐다고 생각하니 감개무량하네요."

야타로는 눈물을 참으려는 듯 손가락으로 눈가를 눌렀는데 그런 동작이 어딘지 연극을 하는 것처럼 어색했다.

사카모토 집안의 가족들은 모두 깔끔한 차림새였는데 그런 사람들이 거지처럼 너저분한 야타로를 환대하는 광경은 참 이상해 보였다. 하지만 그보다도 료마의 근황을 알고 싶어서 다들 어쩔 줄 몰랐다. 서로 앞다퉈 야타로에게 질문을 퍼부었다.

료마는 아주 건강해 보였고, 혈색도 좋았으며, 도사에 있을 때보다 훨씬 건장해져 있었다. 실제로 만난 야타로가 그렇게 말하니 다들 무척이나 기뻐했다.

"료마에 대해서는 차차 전부 말씀드리지요. 그런데 오늘 내가 온 건 간곡하게 부탁할 게 있어서예요."

"무엇인가요? 무엇이든 말씀해 보십시오."

곤페이는 기분 좋게 물었다.

"돈을 좀 빌릴 수 있을까요?"

사카모토 집안에서 웃음의 여운이 순식간에 사라졌다.

"전에 지진이 났을 때 무너진 집들이 아직 많이 남아 있으니까 목재를 팔면 틀림없이 돈벌이가 될 거라는 생각이 들어서요. 장사라는 건 사람들이 제각기 무엇에 가치를 두느냐에 따라 이루어지는 것 아니겠습니까."

야타로는 우선 한바탕 거창하게 설명을 늘어놓은 다음 찻잔을 들고서 지노에게 들이밀었다.

"당신은 이 찻잔이 두 푼의 가치밖에 없다고 생각한다고 칩시다."

"네?"

다음으로 야타로는 같은 찻잔을 오토메에게 들이밀었다.

"그런데 당신은 이게 다섯 푼의 가치가 있다고 생각하고요."

"예?"

야타로가 지노로부터 찻잔을 두 푼에 사서 오토메에게 다섯 푼에 팔면 세 푼을 버는 셈이다.

이런 식의 발상을 야타로는 아키 부교소의 감옥에 들어가 있을 때 함께 갇힌 노인에게 배웠다.

"그래서 난 목재 하나를 은 두 냥에 사서 은 다섯 냥에 팔려고 했지요. 그런데 100개나 사들였는데 한 개도 못 팔았어요. 집을 고치지 못하는 사람은 돈도 없었던 거예요. 젠장!"

야타로가 욕을 했다. 료마네 집안 식구들은 다들 아연실색했다.

"실은 말이에요, 곤페이 씨. 아직 목재 대금을 지불하지 않았 거든요. 그걸 대신 내 줄 수는 없을까요? 아니면 목재를 전부 사 줘도 괜찮고요. 어느 쪽이건 상관없으니까 좋을 대로 골라 서 해 주세요."

"……당신도 사무라이 아니오? 어쩌다가 장사를 하겠다는 결심을……?"

"난 칼 따위 아무래도 상관없어요. 양이니 개국이니, 그런 것 도 내 알 바 아니고요. 난 장사하는 사무라이가 되어서 출세하 기로 작정했거든요."

다들 황당해하는 분위기였지만 야타로는 신경 쓰지 않았다. 갑자기 방바닥에 두 손을 짚더니 애원했다.

"부탁해요, 곤페이 씨!"

사카모토 집안의 본가인 사이타니야는 큰 전당포를 운영했 다. 처음에 야타로는 사이타니야에 가서 이 이야기를 꺼냈다가 거절당했다. 이러지도 저러지도 못하고 꼼짝없이 궁지에 몰린 야타로는 '친한 친구'인 료마의 집에까지 찾아와서 돈을 마련 하려 했던 것이다.

"난 료마의 죽마고우란 말이에요! 부탁이에요, 곤페이 씨!"

쓰디쓴 표정을 짓고 있는 곤페이 옆에서 이요가 고개를 갸우 뚱거렸다.

"하지만 잘 생각해 보니 료마 도련님에게 야타로 씨에 대한 이야기를 들은 적이 거의 없는데요."

"그 녀석이 얼마나 입이 무거운 놈인지는 내가 잘 알고 있지요. 와하하하!"

여자들은 더욱 미심쩍은 표정으로 야타로를 쳐다보았다.

"……목재를 전부 사면 얼마요?"

"아버지!"

하루이가 뾰로통하게 입을 내밀면서 외쳤다.

"고맙습니다!"

야타로는 당장 손바닥이라도 비빌 것처럼 만면에 웃음을 띠었다.

오사카로 출발하는 날 료마는 다리를 모으고 고개를 깊이 숙여 사다키치, 주타로, 사나에게 인사했다.

"그동안 신세 많이 졌습니다. 오사카에 다녀오겠습니다."

"돌아와 줘, 료마 군. 자네가 가쓰 님에게 심취한 것은 이해할 수 있어. 하지만 이걸로 마지막이라고는 생각하고 싶지 않아. 지바 도장을 위해, 사나를 위해, 꼭 돌아와 줘야 해. 부탁이야, 료마 군!"

주타로의 절절함이 료마의 가슴을 때렸다.

그러나 사다키치가 조곤조곤 타일렀다.

"주타로, 료마에게는 료마가 가야 할 길이 있는 것이다. 아무도 그 길을 방해해선 안 된다."

사나가 기특하게도 미소를 지었다.

"아버님 말씀이 옳아요. 료마 씨가 찾은 길은 일본을 지키는 일이니까요."

사다키치도 딸 사나의 쓰라린 마음을 잘 알았다. 하지만 기존의 틀로는 묶어 둘 수 없는 가능성을 지닌 애제자 료마가 언젠가 반드시 일본의 장래를 짊어지고 활약할 것을 믿었다.

"너는 이제부터 앞으로, 오로지 앞만 바라보고 나아가야 한다, 료마. 그 길에는 시련도 많고 자신을 채찍질해야 하는 경우도 있을 것이다."

"각오하고 있습니다."

"뜻을 두었다면 그 뜻을 이루어라. 세상을 완전히 뒤집어 놓는 큰일을 이루도록 해."

"……예!"

료마가 힘차게 대답했다.

주타로는 사나의 슬픔을 헤아리자 눈물이 나올 것만 같았다. 당사자인 사나도 애써 아픔을 견뎠다.

"선생님, 한 가지만 부탁드려도 될까요?"

료마가 새삼 물었다.

"무엇이냐?"

"마지막으로 사나 아가씨와 대련하고 싶습니다."

료마와 사나가 처음 대면한 것은 료마가 호쿠신 잇토류를 가르치는 지바 도장의 문을 두드린 날이었다. 사나와 시합하라는 명령을 받은 료마는 민첩한 움직임으로 쉬지 않고 공격을 해 대는 사나에게 순식간에 패배했다. 아직 열여섯 살이었던 사나가 '에도의 무서운 미인'이라고 불리는 실력의 소유자라는 사실도 그때는 몰랐다.

도장에서 료마와 사나는 호구를 갖추고 마주 섰다.

"이얏!"

료마가 먼저 공격했다. 사나가 받아쳐서 대등하게 한 번씩 공격한 다음 료마와 사나는 일단 서로에게서 떨어졌다.

"감사합니다. 사나 아가씨에게 배운 검술은 저의 보물입니다."

죽도를 거두려는 료마를 사나가 뛰어들면서 공격했다.

"야아앗!"

그 기세에 눌려 료마가 수세에 몰렸다. 사나가 료마의 손등을 내리쳤다.

"얕다!"

심판을 보는 주타로는 한판으로 인정하지 않았다. 료마와 사나는 다시금 간격을 두고 대치했다. 사나의 눈에서 눈물이 흐르고 있었다. 료마는 호구 안에 있는 사나의 젖은 눈을 보고 가슴이 저렸다.

"에잇!"

빈틈을 발견한 사나가 곧바로 공격해 들어왔다. 죽도를 격하게 마주치는 사이에 료마의 머리에서는 잡념이 사라졌고, 공격을 가한 료마의 죽도가 사나의 허리를 내리쳤다. 료마가 돌아보자 사나는 어깨를 들썩일 정도로 가쁜 숨을 쉬다가 이윽고 손에 들었던 죽도를 내려놓았다.

료마가 호구를 벗었다. 사나도 호구를 벗고 거친 숨을 내쉬면서 서로를 바라보았다.

문득 사나가 미소 지었다.

"정말 강해지셨네요. 위급할 때 그 실력이 반드시 도움이 될 거예요."

"사나 아가씨……. 사나 아가씨에 대해서는 평생 잊지 않겠습니다. 감사합니다!"

료마는 무릎을 꿇더니 사나 앞에서 바닥을 두 손으로 짚고 고개를 숙였다.

사나는 끝도 없이 흘러내리는 눈물을 닦으려고도 하지 않았다. 료마의 볼도 눈물로 젖어 있었다.

그런 료마와 사나를 사다키치와 주타로가 감개무량한 표정으로 지켜보고 있었다.

도장을 나선 료마는 울어서 퉁퉁 부은 얼굴로 걷기 시작했다. 이제부터 시나가와로 가야 한다. 먼저 가서 기다리고 있을 린타로와 합류해 배를 타고 오사카로 가는 것이다.

지바 도장의 벽에는 '사카모토 료마'라는 명패가 걸려 있었다. 사나는 그 명패에 눈길을 주었다.

"전 이제 아무에게도 시집가지 않을 겁니다. 앞으로 검도에

제 일생을 바치겠어요."

료마를 만나고 9년이 흘렀다. 한결같이 료마만을 기다렸던 9년이었다.

"걱정하지 마세요. 아버님, 오라버니. 전 행복해요. 왜냐하면 료마 씨는 여기 있으니까요."

료마의 앞길을 응원한 사다키치도 내심 료마가 사나와 부부가 되어 지바 도장을 이어 주었으면 하고 바라고 있었다. 도장만이 문제가 아니었다. 사나는 이제껏 들어온 모든 혼담을 거절하면서까지 료마를 사모하는 마음을 지켰다. 그 사랑을 이루게 해 주고 싶은 것이 자연스러운 부모의 마음이었다.

사나의 심중을 헤아리자 사다키치와 주타로는 그 마음이 그저 사랑스럽고 애처로울 뿐이었다.

시나가와 해안에 정박해 있던 막부의 증기선 준도마루는 료마, 린타로, 조지로 등을 태우고 바다 위를 미끄러져 나아갔다.

료마는 바닷바람을 맞으면서 뱃머리에 서서 멀어져 가는 에도를 돌아보았다. 시선 끝에 요도가 있는 시나가와 도사 번저가 있었다.

─료마가 길을 떠나는 게 도대체 몇 번째였을까? 길을 떠날 때마다 녀석은 더욱 성장했지. 하지만 오사카로 향하는 료마의

가슴속에 희망만 가득 차 있지는 않았을 것이네.

료마가 린타로의 뒤를 따라 도사 번저를 찾아갔을 때 요도는 한가로운 잡담이라도 하는 양 말했다.

(하지만 시류를 타고 지나치게 나대는 놈들도 있는 모양입니다. 주제도 모르고 도당을 만들어서는 말이에요. 상급무사를 구슬려 번주를 앞장세워 교토로 올라가나 싶더니, 어이없게도 자기가 천황 폐하의 사신이라며 막부에 무리한 요구를 강요하는 터무니없는 멍청이 말이오. 그 작자가 이렇게 말했다지요. 자기는 일본을 위해, 천황 폐하를 위해, 그리고 오토노인 야마우치 요도 공을 위해 일하고 있다고.)

린타로를 상대로 말하는 듯하면서 사실은 료마를 겨냥한 말이었다.

린타로는 미소만 짓고 있을 뿐이었다.

(다케치 한페이타를 말하시는 겁니까? 제 눈에 다케치는 충성심 넘치는 신하로 보였습니다만……?)

(도사에서는 말이오, 가쓰 님. 하급무사는 짐승이나 다름없는 존재지요. 하급무사 주제에 번을 움직이려 들다니……. 소름이 다 끼칩니다. 게다가 입으로는 나를 위해서라고 떠들면서 다케치는 내 버팀목이었던 요시다 도요를 암살했습니다. 그런 놈을 용서할 수 있을 것 같나, 자네?)

불시에 질문을 받자 료마는 순간 대답할 말을 찾지 못했다.

린타로의 손이 술잔을 든 채로 멈췄다.

요도는 가만히 료마를 쳐다보았다.

료마는 각오를 다졌다.

(외람되오나 다케치 한페이타가 만든 도사근왕당은 막부의 명을 받아 근신하고 계신 오토노를 구해 드리는 것을 대의 중 하나로 내걸고 있다고 들었습니다. 다케치는 일체의 사심 없이 오로지 오토노께 충성을 다하고 있을 뿐이 아닌지요?)

(잘 알고 있군. 마치 도사 출신 같아.)

요도가 희미하게 웃었다.

린타로가 가만히 손에 들고 있던 술잔을 입으로 가져갔다.

(다케치가 그토록 마음에 들지 않으시면 요도 님의 힘으로 눌러 버리면 되는 일 아닙니까?)

(가쓰 님, 지금은 양이의 폭풍이 일본 전국에 휘몰아치고 있지요. 도사가 천황 폐하의 눈에 들어 양이의 기수가 된다고 한다면 한동안은 다케치를 마음대로 하도록 내버려 두는 편이 득 아니겠소?)

요도는 재미있다는 듯이 어깨까지 흔들면서 웃다가 다시 술잔을 입에 가져갔다.

료마가 요도에게 속을 알 수 없는 두려움을 느낀 것은 바로 그때였다.

"다케치 한페이타, 그대를 상급무사로 발탁해 교토의 루스이야쿠(번과 막부 사이에서 연락을 담당하던 직위—옮긴이)에 명한다."

교토의 도사 번저에서 빈고가 엄숙하게 임명장을 읽었다.

엎드려 있던 한페이타는 넘치는 기쁨에 자기도 모르게 고개를 들었다.

"저를…… 상급무사로?"

"도사 번의 대표로 다른 번의 중신들과 상대하려면 상급무사여야 한다. 이는 에도에 계신 요도 공께서도 승낙해 주신 일이다."

"오, 오토노께서……! 아아, 가, 감사합니다!"

한페이타는 감격의 눈물을 흘렸다.

기이하게도 같은 시간 시나가와의 도사 번저에서는 요도가 홀로 술을 마시고 있었다.

"오르막길은 여기까지다, 다케치……."

한편, 료마는 준도마루 위에서 바닷바람을 맞으며 앞으로 앞으로 나아가고 있었다.

제18장
해군을 만들자!

시나가와를 출발한 막부의 증기선 준도마루는 태평양을 통해 세토내해로 들어섰다.

료타로는 선실에 지도를 펼쳐 놓고 바다를 바라보는 고베 마을을 가리켰다.

"여기에 해군조련소가 생기게 된다. 지금은 아무것도 없는 어촌이지만 조만간 이 마을이 일본을 지키는 해군의 중심이 될 것이다."

"예!"

료마의 눈이 반짝였다.

"그때까지 해군 사관을 양성해야 한다."

"그게 바로 '가쓰 사숙'에서 하는 일이겠지요. 동지들을 모아야 하니까요!"

가쓰 사숙은 오사카의 센쇼지라는 절에 있었다. 료마와 조지로는 가쓰 사숙에서 배울 만한 젊은 사무라이를 모으기 위해 린타로와 헤어져 오사카에서 내렸다.

린타로를 대신해서 가쓰 사숙을 담당하고 있는 사람은 쇼나이 번(지금의 야마가타 현) 출신인 사토 요노스케였다. 린타로가 발탁한 요노스케는 조선술, 측량술, 포술砲術뿐만 아니라 네덜란드 어까지 배운 수재로 가쓰가 신뢰하는 수제자였다.

료마와 조지로가 센쇼지 본당 입구에 섰을 때는 요노스케의 지도로 젊은 사무라이들이 한창 기초 훈련을 받는 중이었다.

"정렬! 좌향좌!"

요노스케가 구령을 붙이자 젊은 사무라이들이 일제히 왼쪽으로 몸을 돌렸다. 일본 전역에서 모아 온 사무라이들이었다. 벽에는 산술, 포술, 항해술 등의 과목표와 시간표가 붙어 있었다.

"번호!"라는 요노스케의 구령에 따라 하나, 둘, 셋, 넷, 다섯, 여섯, 일곱, 여덟, 아홉, 열 하고 젊은 사무라이들이 차례로 번호를 외쳤다.

"느리다! 다시 번호!"

사무라이들이 기합을 넣어서 번호를 다시 외쳤다. 료마와 조지로는 한 치의 흐트러짐도 없이 훈련하는 모습에 압도되어서 넋을 잃고 바라보았다.

"누구냐?" 하고 날아온 요노스케의 목소리에 둘 다 깜짝 놀라 제자리에서 차렷 자세를 취했다.

“사카모토 료마라고 합니다!”

“곤도 조지로입니다!”

“가쓰 선생님께서 건져 오신 도사의 탈번 낭인이구나.”

요노스케는 가차 없이 적나라하게 내뱉더니 “너희들!” 하고 소리쳤다. 무슨 소리인가 싶어 료마와 조지로는 멍하니 쳐다만 보았다.

“가쓰 선생님께 무슨 명령을 받고 온 거냐?”

“아…….”

“오사카에서 훈련생들을 모으라고…….”

료마와 조지로가 우물우물거리자 요노스케는 특색 있는 말투로 명령했다.

“그럼 당장 거리로 나가서 누구든 데리고 와야지! 너희가 여기 끼는 건 그다음이야!”

료마와 조지로가 젊은 사무라이를 찾으려니 마침 적당한 인물이 눈에 띄었다. 건장한 체격에 총명해 보이기까지 했다. 료마는 사무라이 앞을 가로막고 섰다.

“자네, 아주 똑똑하게 생겼는데!”

“뭐, 뭐요?”

료마는 친한 척하며 젊은 사무라이의 어깨에 손을 얹었다.

“이봐, 해군에 들어오지 않겠어? 군함을 타고 바다를 거침없이 돌아다니는 거야."

"기분 끝내줘요!"

조지로가 일부러 싱글벙글 웃어 보였다.

"이거 봐! 해군은 무슨……. 뭔 소린지 모르겠네."

젊은 사무라이는 료마의 손을 뿌리치더니 횡 하니 가 버렸다. 이렇게 놓친 사무라이가 도대체 몇 명이나 되는지 헤아릴 수도 없었다.

"한 사람도 못 잡겠어. 어떻게 하면 되는 거야?"

료마는 젊은 사무라이가 또 없나 주위를 둘러보았다. 그러자 조지로가 먹잇감, 아니 후보를 발견했다. 수상쩍게 밥집 안을 들여다보고 있는 젊은 사무라이의 뒷모습이 무척 건장했다. 조지로가 가까이 다가가서 등에 대고 말을 걸었다.

"저어……. 배가 많이 고픈가 봐요?"

"우리가 밥을 사 드리리다."

료마가 간지러운 목소리로 배포 좋게 제안을 했다.

"배고프지 않소."

돌아보지도 않고 가 버리려는 사무라이를 료마는 그냥 놓치지 않으려고 쫓아갔다.

"솔직하게 말해 보시오."

"돈이 없어서 밥집에 못 들어간 거지요?"

조지로의 말투가 신경을 건드렸는지 사무라이가 벌컥 화를 내고 돌아보면서 도사 사투리로 쏘아붙였다.

"내가 남한테 빌어먹는 거지인 줄 아시오?"

"소, 소노조……!"

"……료마!"

사와무라 소노조, 료마와 함께 탈번한 도사 번의 사무라이였
다. 료마와 조지로는 사흘이나 배를 곯았다는 소노조를 맛있는
가다랑어를 파는 밥집으로 데리고 갔다.

"맛있다……. 이게 얼마 만에 먹는 밥이야……."

소노조는 거의 울먹이면서 정신없이 음식을 쑤셔 넣었다. 소
노조는 료마와 시모노세키에서 헤어진 다음 길에서 사람들을
불러 모아 양이를 설명하는 길거리 운동을 펼쳐 왔다고 했다.

가게 주인이 술병을 가지고 와서 료마 앞에 놓았다.

"사무라이님, 지난번 같은 소동은 제발 벌이지 마세요."

가게 주인이 얼굴을 돌린 쪽에는 깨진 곳을 군데군데 붙여 놓
은 마네키네코(한쪽 앞발을 들고 있는 고양이 모양의 도자기 인형. 손
님을 끌어들인다는 의미로 장사의 상징이 되기도 한다―옮긴이)가 장
식되어 있었다.

"아아, 그때는 정말 미안했소. 이제 칼 뽑을 일은 없을 것이오."

고마와리였던 야타로와 사이치로가 료마를 찾아 오사카까지
왔을 때 료마는 이 가게에서 두 사람과 마주쳤고, 같이 있던 낭
인들까지 끼어들어 한바탕 칼싸움을 벌였던 것이다.

소노조는 료마가 건재한 것을 보고 기분이 좋은 모양이었다.

"상당히 잘 지내는 모양이네, 료마. 넌 요즘 뭐 하고 지내는

거야?"

"난 지금 해군을 만들기 위해 일하고 있어. 막부의 군함대신이신 가쓰 린타로 선생님과 함께 말이야."

료마 옆에서 조지로도 말을 덧붙였다.

"일본도 군함을 갖추고 서구 제국들과 맞설 수 있는 해군을 만드는 겁니다."

"소노조, 너도 들어오지 그래?"

"앞으로는 해군의 시대니까요!"

료마가 소노조에게 제의하자 조지로가 옆에서 거들었다. 상당히 궁합이 잘 맞는 두 사람이었다.

"무슨 생각인 거야, 너희! 막부를 위해 일하고 있다니? 언제 배신하고 그쪽으로 돌아선 거야?"

소노조는 젓가락을 거칠게 내려놓더니 자리에서 벌떡 일어나 칼을 뽑았다. 조지로는 비명을 지르며 뒷걸음질 쳤다.

"아니야, 소노조. 우리는 배신한 게 아니라고."

료마의 이야기 따위는 들을 생각도 없는지 소노조가 "에에잇!" 하며 칼을 내리쳤다. 몸을 뒤로 빼서 칼을 피하려던 료마가 그대로 자빠져 버렸다.

"제발 그만하세요, 사무라이님들."

가게 주인이 어쩔 줄 모르며 말렸지만 이미 소노조는 흥분해서 눈에 보이는 것이 없었다.

"탈번까지 했으면서 어떻게 이런 짓을!"

“가쓰 선생님은 다른 막부 신료들과 다르다니까. 일본을 외국
의 침략으로부터 지키기 위해 해군을 만드는 거라고!”

“시끄럽다!”

소노조의 칼은 아슬아슬하게 료마를 스쳐서 허공을 가르더니
기둥에 가서 박혔다. 한껏 박힌 칼은 아무리 힘을 써도 뺄 수 없
는 상태였다. 소노조는 그런 칼을 빼 보려고 끙끙거리고 있었다.

“잘 생각해 봐, 소노조. 검은 배를 상대로 칼을 아무리 휘둘러
봐야 도저히 이길 수가 없다고.”

료마가 소노조의 허리에서 와키자시를 빼서는 조지로에게
던졌다. 그것을 받아든 조지로는 칼을 안고 안전한 위치로 피했
다. 소노조는 칼을 도로 빼앗으려 했지만 료마에게 가로막혔다.

“검은 배에 대항하려면 검은 배가 있어야지. 칼보다도 대포를
실은 군함 쪽이 강한 건 당연하잖아.”

“강한 해군을 만들려면 막부의 돈과 힘을 쓰는 편이 훨씬 수
월하고 빠르잖아요.”

짝을 이루는 조지로가 소노조와 거리를 유지하면서 입으로
만 거들었다.

“일본은 지금 여유를 부리고 있을 때가 아니야. 너도 거리에
서 양이를 설파할 때 그런 말을 하잖아. 우리 생각도 너와 마찬
가지야. 어떻게 해서든 일본을 지키고 싶단 말이다.”

“같이 해군을 만들자고요, 사와무라 씨.”

“부탁이다, 소노조!”

“부탁합니다.”

료마가 땅바닥에 무릎을 꿇자 조지로도 덩달아 옆에 무릎을 꿇고 고개를 숙였다. 료마와 조지로 양쪽으로부터 설득을 당하고 눈앞에서 무릎까지 꿇는 것을 본 소노조는 머리끝까지 치밀었던 화가 어느새 식어 버리고 말았다.

료마, 조지로, 소노조는 책상을 나란히 놓고 공부하는 신입 훈련생이 되었다. 셴쇼지 본당에는 각 지방 사투리가 난무했다. 여기서는 고향도 신분도 따지지 않았다.

“궤도 계산을 잘못하면 절대 포탄을 명중시킬 수 없다!”

요노스케가 질타하는 바로 옆에서 료마는 계산을 잘못하는 바람에 머리카락을 쥐어뜯고 있었다. 포탄의 궤도를 계산하려면 척尺이라는 단위를 야드로 환산해야만 했다.

숫자에 강한 조지로는 소노조에게 적확한 조언을 건넸다.

“그렇군.”

곧바로 알아들었는지 소노조가 자와 각도기를 써서 계산하기 시작했다.

정신을 집중해 열심히 궤도를 그렸다.

“이것을 외워 두면 외국인들을 무찌를 수 있으니까. 내가 쏘는 대포로 미국 배건 영국 배건 모조리 침몰시킬 테다!”

“잠깐만 기다려 봐, 소노조.”

료마는 무언가 단단히 착각하고 있는 소노조를 보고 당황했다. 설마 하는 생각에 주위를 둘러보자 훈련생 대부분이 눈에 핏발을 세우고 있었다.

"적함과의 거리는 천 야드……", "이 각도로 쏜다!", "됐어! 격침시켰다!" 등등 외국 배를 격파하는 것을 목표로 정신없이 계산하고 있었다.

료마는 본당에서 나와 복도를 걸어가는 요노스케를 보고는 서둘러 따라잡았다.

"요노스케 선생님, 다들 전쟁을 할 생각으로 배우고 있습니다. 가쓰 선생님께서 생각하시는 해군은 외국과 싸우지 않기 위한 해군이 아닙니까?"

"그런 건 네가 염려할 일이 아니다."

"……가쓰 선생님께선 지금 어디에……?"

"교토다. 막부의 윗분께서 상경하실 때까지는 돌아오시지 않을 것이다."

한페이타가 획책한 칙서가 린타로를 교토에 붙잡아 두고 있었다.

막부는 조정의 억지 명령 때문에 골머리를 앓고 있었다. 일본은 이미 다섯 개국과 통상조약을 체결했다. 이제 와서 외세를 배척하는 것이 불가능한 이상, 칙서를 따르자니 외국과의 조약을 깨는 것이 전제가 되어야 했다.

이에모치는 지나치게 염려한 나머지 우울해지고 말았다.

"내가 천황 폐하의 어전에서 양이를 맹세해야만 하는가?"

"그저 말씀만 그렇게 하시면 됩니다. 양이를 실행할 생각이라고만 하면 그것으로 천황 폐하나 귀족들 전부 잠잠해질 것입니다."

요시노부가 강하게 말했다.

한편 교토의 산조 사네토미 저택에는 한페이타 외에 사네토미를 비롯해서 일곱 귀족이라고 불리는 존왕양이파 귀족들, 즉 산조 니시스에토모, 시조 다카우타, 히가시쿠제 미치토미, 미부 모토나가, 니시키코지 요리노리, 사와 노부요시 등이 모여 있었다.

"드디어 도쿠가와 쇼군이 상경하겠구먼."

사네토미가 고소하다는 듯이 웃으며 말하자 귀족들이 다 같이 유쾌하게 웃었다.

한페이타는 일곱 귀족들의 웃음이 가라앉기를 기다렸다.

"하지만 막부에서는 이렇게 생각하고 있을 것입니다. 양이 실행을 약속하기만 하면 에도로 돌아가게 해 주겠지."

아니나 다를까 귀족들은 그 말에 당황하며 화를 냈다.

"저에게 묘안이 있습니다."

한페이타는 미소를 보이며 말했다.

—이제 한페이타는 조정을 움직일 정도의 힘을 가지게 되었

다네. 하지만 그는 알지 못했지. 이제 남은 것은 내리막길밖에 없다는 사실을 말이야.

1863년 3월 4일. 드디어 쇼군이 상경하는 날이 되었다. 도쿠가와 쇼군이 천황의 어전에서 머리를 조아리는 것은 제3대 쇼군인 이에미쓰 이후로 229년 만의 일이었다.

교토로 간 이에모치는 궁궐에 있는 천황을 배알했다. 이에모치 뒤로는 요시노부, 슌가쿠 등이 따라와 있었고, 고메이 천황은 어렴 뒤에 앉아 있었다. 어렴 옆에는 관백(귀족 중 가장 높은 지위. 천황이 실제로 정치적인 힘을 가지고 있을 때는 옆에서 정무를 보좌하는 총리직이었다—옮긴이)인 다카쓰카사 스케히로, 그리고 사네토미를 비롯한 귀족들이 죽 늘어서 있었다.

이에모치는 어렴을 향해 공손히 아뢰었다.

"신 이에모치는 세이타이쇼군의 이름을 걸고 반드시 양이를 단행할 것을 맹세합니다."

높은 자리에 있는 천황은 얼굴을 볼 수 없음은 물론이고 직접 말을 주고받는 것도 용납되지 않았다. 어렴 옆에 있는 다카쓰카사가 고메이 천황의 말을 이에모치에게 전했다.

"폐하께서는 이렇게 말씀하신다. 양이 실행의 기일은 언제인고?"

이에모치의 안색이 창백해지면서 요시노부와 슌가쿠 쪽으로 시선을 던졌다.

요시노부가 당황해 어물어물 대답했다.

"야, 양이 실행은 준비가 갖춰지는 대로……."

"그러면 그것은 몇 월 며칠인고?"

다카쓰카사가 집요하게 기일을 따지고 들었다. 요시노부는 조정을 너무 얕보았다는 생각에 속으로 아차 싶었다.

"기일이 정해질 때까지 에도로 돌아가지 말고 교토에 머물도록 하라."

다카쓰카사의 말은 곧 고메이 천황의 뜻이었다. 이에모치를 비롯한 막부 사람들은 그 하명에 따를 수밖에 없었다. 사네토미와 다른 귀족들은 한판승을 거둬 신이 난 속내를 가면처럼 무표정한 얼굴 뒤로 숨기고 있었다.

물론 그렇다고 모든 귀족이 양이파는 아니었다. 명문인 고노에 가문은 사쓰마 번과 인척 관계에 있었는데 이날 양이 실행을 반대하는 여러 번주가 몰래 고노에의 저택으로 집결했다. 교토 수호를 담당하는 대신인 마쓰다이라 가타모리, 우와지마 번의 번주인 다테 무네나리, 도사의 야마우치 요도, 사쓰마 번의 사실상 권력자인 번주의 아버지 시마즈 히사미쓰 등이었다.

마쓰다이라 가타모리는 아이즈 번(지금의 후쿠시마 현)의 번주이기도 했다.

"그건 틀림없이 누가 뒤에서 일러 준 겁니다."

"조슈인가, 아니면 도사인가?"

다테 무네나리가 궁리하는 척하면서 요도 쪽을 슬쩍 보았다.

"우리가 그런 짓을 할 리가 없지 않소?"

"다케치 한페이타 패거리가 있지 않습니까? 어째서 그렇게 활개 치는 놈들을 그대로 두는 겁니까, 요도 공?"

시마즈 히사미쓰가 따지고 들었다.

"아니……. 이제 놈의 세상도 끝났습니다. 걱정들 마세요."

요도는 분명하게 말하고는 여유롭게 사람들을 둘러보았다.

한페이타에게 좋은 소식이 전해졌다. 곧바로 근왕당 동지들에게 보고하자 슈지로가 감개무량한 목소리로 말했다.

"오토노께서 알현을 허락하신다고!"

"우리가 번을 위해 일한 것에 대해 요도 공께서 치하하시겠다고 하는구나!"

한페이타는 환희의 눈물을 흘리며 고락을 함께해 온 슈지로, 이조, 가메야타, 세이헤이, 에키치, 모타로 등과 기쁨을 나누었다.

그날 한페이타는 위아래 모두 격식에 맞게 예복을 갖춰입고 요도의 저택을 찾아갔다. 한페이타에게 이보다 더 영광스러운 일은 없었다. 요도의 방으로 안내되어 들어간 한페이타는 감동에 몸을 떨었다.

요도는 상석에 자리 잡고 앉아서 술을 마시고 있었다. 그 옆에는 오소바고요야쿠(주군의 주변에서 잔심부름을 하는 신하)인 모리시타 마타히라가 대기하고 있었다.

굽 높은 술잔이 나와 있었고, 안주로 먹을 과자도 그럴듯하게 차려져 있었다.

"가, 가, 감사합니다."

"고개를 들어 오토노께 얼굴을 보이라."

"예, 예!"

한페이타는 황송해서 어쩔 줄을 모르면서 조금씩 고개를 들었다.

"다케치 한페이타라는 자는 그런 얼굴을 하고 있었구먼."

요도가 한페이타에게 처음 건 말이었다.

"오토노를 뵙는 것은 이번이 두 번째입니다. 검은 배가 왔을 때 저의 의견서를 인정해 주시고 성내 정원에서 칭찬의 말씀을 주셨습니다."

막부가 검은 배에 벌벌 떨던 무렵 번주로 도사에 머물던 요도는 상급무사, 하급무사를 불문하고 널리 의견을 모은 적이 있었다.

"생각이 안 나네."

요도는 가볍게 받아 넘기고는 화제를 바꾸었다.

"오사카 셋쓰의 고베 마을이라는 곳에 해군조련소가 만들어진다. 너희 근왕당에서도 세 명 정도 훈련생을 내놓아라."

한페이타는 순간 할 말을 잃었다.

"해, 해군조련소…… 그건 막부의……?"

"가쓰 린타로 님과 약속했거든."

"하지만 가쓰 님께서는 개국파이십니다."

한페이타는 아직도 요도가 양이파임을 추호도 의심치 않고 있었다.

"외국과 싸우기 위한 해군이다. 무슨 문제가 있느냐?"

"없습니다!"

한페이타는 납작 엎드렸다. 요도의 생각을 거스른다는 것은 있을 수 없는 일이었다.

"가쓰 님 곁에 도사의 탈번 낭인이 있더구나. 내 앞에서는 시치미를 떼고 있었지만, 이름이 아마…… 사카모토 료마였지."

"료마……?"

"으응? 네 쪽 사람이냐?"

"아닙니다. 이미 오래전에 길을 갈라섰습니다. 놈은 개국파입니다."

"그래. 어쨌든 사카모토의 탈번은 용서해 줘야겠다. 앞으로 우리 번사들이 가쓰 님한테 신세를 져야 하니 말이다."

요도의 하명은 한페이타의 이해를 넘어섰고, 그래서 한페이타는 머리가 혼란스러워졌다.

슈지로, 세이헤이, 에키치, 가메야타는 한페이타를 따라 요도의 저택으로 들어온 뒤 복도에서 한페이타가 요도의 방에서 나오기를 기다리고 있었다. 한페이타의 명예는 근왕당의 명예이기도 했다.

"선생님!"

슈지로가 놀라서 그 자리에서 일어섰다. 한페이타가 숨 쉬기 힘든 사람처럼 입만 뻐끔거리며 휘청휘청 다가왔다. 슈지로 외 몇몇이 뛰어가 부축했고, 가메야타는 한페이타가 안고 있던 꾸러미를 대신 받아들었다.

"함부로 손대지 마라! 그건 오토노께서 주신 과자다! 소중히 다뤄라."

한페이타는 제대로 걷지도 못하는 상태이면서도 과자 꾸러미를 함부로 다루지 않도록 신경을 썼다. 가메야타가 허겁지겁 과자 꾸러미를 두 손으로 받들었다.

휘청거리는 한페이타를 넷이서 부축하고 있는데 슈지로의 팔을 누가 잡더니 귓가에 대고 속삭였다.

"모리시타 님께서 부르신다."

모리시타의 가신이 슈지로를 데리고 간 방은 요도의 방 바로 옆이었다. 슈지로는 아무것도 모른 채 모리시타를 마주했다.

"너는 상당히 뛰어난 인재라고 들었다, 히라이."

"예, 예!"

슈지로는 자기 혼자만 불려 온 이유를 알지 못해 곤혹스러워하고 있었다.

"어째서 너만 한 인물이 다케치 밑에서 일하는지 오토노께서 이상하게 여기신다."

"네? ……오, 오토노께서……?"

"앞으로는 히라이 슈지로가 하급무사들의 기둥이 되어 번을 바꿔 나가야 하지 않겠느냐고 말씀하시더구나. 오토노께서 말이다.”

슈지로는 너무 놀라서 할 말을 잊었다. 동시에 마음속에 있는 무언가가 꿈틀거렸다. 이제까지 의식하지 못하고 있던 슈지로의 야심이 ‘오토노’라는 말을 듣는 순간에 싹텄던 것이다.

옆방에서는 요도가 슈지로와 모리시타의 대화를 듣고 있었다. 슈지로의 동요가 느껴지자 요도는 희미한 웃음을 지었다.

료마와 조지로는 오사카에 있는 동안 ‘야마토야’라는 석회 도매상의 집에 머물고 있었다. 료마와 조지로가 목욕을 하고 나와서 저녁상 앞에 앉자 야마토야의 딸인 도쿠가 밥을 그릇에 담아 내밀었다. 료마는 편한 자세로 앉아 있었지만 조지로는 아직도 긴장해서 정좌를 하고 있었다.

“참 이상한 사무라이님이네요, 곤도 님은. 아무리 그러지 마시라고 해도 아직도 편하게 대하시질 못하니…….”

“예에…….”

조지로는 부끄러운지 고개를 숙이면서 도쿠에게 그릇을 받아 들었다.

료마는 젓가락질하던 손을 멈추고 한숨을 쉬었다.

“도대체 어떻게 하면 되지? 다들 외국과 싸울 작정을 하고 있는데.”

딱히 조지로의 의견을 물어보는 것은 아니었다.

조지로는 조지로대로 료마의 혼잣말을 전혀 귀담아듣고 있지 않았다.

"사실 전 가짜 사무라이예요. 일본을 위해 일하고 싶으면 사무라이가 되어야 한다면서 가쓰 선생님께서……."

너무도 솔직하게 털어놓는 말에 도쿠는 깜짝 놀랐다.

료마는 자기 생각에 푹 빠져서 젓가락을 칼로 가정하여 휘두르고 있었다.

아무래도 도쿠는 조지로에게 관심이 있는 모양이었다.

"그렇다면 곤도 조지로라는 이름은 어떻게……?"

"가쓰 선생님께서 붙여 주셨어요. 사실은 만두 가게 조지로예요."

"그럼 그 칼은……?"

"가쓰 선생님께 받았죠. 무서워서 한 번도 뽑아본 적은 없지만요."

"잘 되었네요! 같은 상인끼리니까 신분의 위아래가 없잖아요. 앞으로 절 그냥 도쿠라고 불러 주세요. 전 조지로 씨라고 부를게요."

"그럼, 도쿠 씨."

"예, 조지로 씨."

갑자기 료마가 남의 사랑놀음을 방해했다.

"그만!"

생각을 하려고 하는데 집중이 되지 않아 몇 번씩 고개를 흔들고 젓가락을 휘두르며 잡념을 떨쳐 내려 했지만 바로 옆에서 주고받는 대화가 점점 달콤해지는 것이 귀에 거슬렸다.

"너희 때문에 신경이 쓰여서 생각을 제대로 할 수가 없잖아!"

자기도 모르게 언성을 높였는데, 그 소리에 조지로가 미안해하면서 움츠러드는 모습을 보고는 순식간에 감정이 가라앉았다.

"아니, 둘 사이가 좋은 걸 가지고 뭐라고 그러는 건 아니고. 그러고 보니 둘이 아주 잘 어울리는데!"

료마의 말에 도쿠는 얼굴을 붉혔고, 조지로도 부끄러워서 어쩔 줄 몰라 했다.

"놀리지 마세요, 사카모토 씨."

"뭘 새삼스럽게 쑥스러워하고 그래."

료마는 좀 더 놀려 주고 싶었는데 아쉽게도 마침 누군가가 찾아온 듯한 소리가 들렸다. 누군가 싶어 현관으로 나가보니 모치즈키 가메야타, 다카마쓰 다로, 지야 도라노스케가 불만스럽기 짝이 없다는 표정으로 료마를 노려보고 서 있었다.

"이야, 너희가 해군에 들어와 주다니……."

료마는 세 사람을 데리고 방으로 도로 들어가 조지로에게 한 사람씩 소개했다.

"가메야타는 어렸을 때부터 알고 지내던 친구야. 다카마쓰

다로는 지즈 누나의 아들이고. 그러니까 내 조카지. 그리고 에에……."

또 한 사람은 료마가 도사에서 나온 후 근왕당에 들어온 젊은 이여서 이름을 몰랐다.

"지야 도라노스케입니다. 사카모토 료마 씨에 대해서는 들은 바가 많습니다. 근왕당을 배신하고 막부 쪽으로 돌아선 사람이라고요."

도라노스케가 본인을 앞에 두고 시비를 걸었다.

가메야타와 조지로는 원래 서로 아는 사이였다. 가메야타가 조지로의 허리를 보더니 따졌다.

"조지로, 어째서 장사꾼 자식인 네가 칼을 차고 있는 거냐?"

"네놈도 가쓰에게 넘어간 거냐?"

다로까지 나서서 같이 따지고 들자 평소의 유창하던 말발은 어디로 갔는지 조지로는 그저 어쩔 줄 모르고 입만 뻐끔거렸다. 그냥 두고 보기가 딱해진 료마는 웃으면서 세 사람을 타일렀다.

"너희도 가쓰 선생님 밑에서 배우러 온 거잖아. 선생님 존함을 함부로 부르면 안 되지."

도사 번은 어쩌자고 하필이면 근왕당에 소속된 세 사람을 가쓰 사숙으로 보내 온 것일까?

"다케치 선생님께서 우리를 뽑으신 거야."

가메야타가 자랑스럽게 가슴을 펴고 말했다. 잔뜩 골이 난 표정으로 옆에 서 있던 다로와 도라노스케의 얼굴도 한페이타의 이름을 듣는 순간 활짝 펴졌다. 하지만 료마와 조지로는 그 말을 듣고는 더욱 이상하단 생각이 들었다. 한페이타는 존왕양이의 선봉장이 아니었던가.

"오토노께서 지시하셔서 그렇게 되었지. 다케치 선생님께 직접 지시하셨거든."

가메야타는 한페이타가 요도로부터 직접 명령을 받았다는 사실이 자랑스러운 모양이었다. 하지만 료마는 그 말에 위기감을 느꼈다.

(하급무사 주제에 번을 움직이려 들다니…… 소름이 다 끼칩니다.)

요도가 한페이타를 싫어하는 것은 명백했다.

한페이타의 묘안 덕분에 조정은 막부보다 우위에 설 수 있었다. 교토에 발이 묶인 쇼군 이에모치가 기일을 정하고, 그에 따라 막부가 양이 결행에 나서는 것은 시간문제로 여겨졌다.

한페이타는 벌써부터 양이 결행 이후를 염두에 두기 시작했다.

"사쓰마, 조슈, 에치젠에 있는 동지들과 의논을 해 봐야겠다. 슈지로, 세이헤이와 에키치, 모타로를 데리고 자리를 마련하도록 해라."

"……예."

슈지로는 다른 일에 정신이 팔려 순간적으로 대답이 늦어지기는 했지만 곧바로 자리에서 일어나 세이헤이 일행을 이끌고 방에서 나갔다.

한페이타는 부하들에게 모임을 준비하라고 시키면서 이조만 빼 놓았다. 해군조련소에 보낸 사람들 속에도 포함시키지 않았다.

"선생님, 저는……?"

"너에게는 큰일을 부탁하고 싶다."

이조의 가슴에 불안과 기대가 교차했다.

"난 말이다, 아무래도 가쓰 린타로가 간신이라는 생각이 든다. 놈은 개국파다. 일본에 해군을 만든답시고 떠들고 있는데 속으로는 무슨 계략을 꾸미고 있을지……. 오토노께서도 어쩌면 놈의 간계에 속고 계신지도 모르겠다. 내가 무슨 말을 하고 싶은지 알겠지, 이조?"

"선생님, 전 이제 사람을 죽이는 짓은……."

"이건 네가 아니면 할 수 없는 일이야."

요즘 들어 이조는 악몽에 시달리고 있었다. 자기 손에 죽어간 사람들이 나타나 자기를 칼로 베는 꿈이었다. 깨어난 후에도 꿈속에서 맛보았던 공포와 아픔이 생생하게 남아서 이조를 떨게 만들었다. 그러나 결국 이번에도 이조는 못하겠다고 거절하지 못했다.

세이헤이, 에키치, 모타로와 함께 복도를 걸어가다가 슈지로가 갑자기 발걸음을 멈췄다.

"먼저 가 있어. 난 잠깐 볼일 좀 본 다음 따라갈 테니까."

슈지로는 세 사람을 남겨 두고 저택 어딘가로 가 버렸다. 슈지로의 마음속에 약간의 죄책감이 남기는 했지만 한번 고개를 든 야심은 가라앉지 않았다. 다른 누구도 아닌 요도가 슈지로를 높이 평가해 주었던 것이다.

린타로는 교토에 있는 숙소에 머물고 있었다. 이조는 잘 갖춰 입은 차림새로 현관을 통해 당당하게 가쓰를 찾아갔다.

"도사의 번사인 야마베 겐노스케라고 합니다."

하인에게 자기 이름을 고한 다음 소개장을 꺼내려고 품속에 손을 넣었다.

"괜찮습니다. 나리께서는 어떤 분이라도 만나시니까요."

하인은 앞장서서 이조를 안내했다. 잔뜩 벼르고 온 이조가 맥이 빠질 정도로 무방비 상태였다. 복도를 따라 걷고 있으려니까 방에서 린타로인 듯한 남자가 누군가를 상대로 이야기하는 목소리가 들려왔다.

"내가 그랬지. 쇼군께서 교토로 행차하실 때 아무쪼록 준도마루를 타고 가 주십사 말이야. 그런데 주위에 있는 인간들이 배는 위험하네, 만에 하나 가라앉으면 큰일 나네 하면서 얼마나 야단법석을 떨던지."

하인이 방문 앞에서 무릎을 꿇고 안에다 아뢰었다.

"나리, 손님이 찾아오셨습니다."

"그래, 들어와."

린타로가 친근하게 대답했다. 이조는 복도에서 엎드린 다음 그대로 방 안까지 무릎걸음으로 들어갔다. 눈을 살짝 치켜뜨고 상석을 보니 린타로인 듯한 남자가 열심히 하던 이야기를 계속했다.

"결국 쇼군께서는 '물렀거라, 물렀거라!' 하고 외치는 신하들을 앞장세워 22일이나 걸려서 교토까지 행차하셨지. 3천 명이나 끌고서 말이야. 그렇게 행차하는데 돈이 자그마치 얼마나 들었는지 알아? 100만 냥이야, 100만 냥!"

이조는 린타로의 이야기 상대를 훔쳐보았다. 우물거리면서 만두를 먹는 남자가 보였다.

"그것 참 어이없는 이야기네요."

료마였다. 이조의 온몸에서 진땀이 배어 나왔다.

"아무튼 허영 부리는 것도 작작 좀 했으면 좋겠다니까."

린타로는 거기까지 말한 다음 "자넨 누구야?" 하고 이조에게 물었다. 이조는 살짝 들고 있던 고개를 허겁지겁 다시 숙였다. 그 옆에서 하인이 린타로에게 고했다.

"도사 번에서 온 야마베 겐노스케 님입니다."

"도사?"

료마가 의심스런 말투로 중얼거렸다. 아마도 료마는 '야마베'가 도대체 누구일까 하고 이조를 빤히 쳐다보고 있을 것이 분명했다. 그런 생각에 이조는 얼굴을 방바닥에 더욱 바짝 댔다.

“그렇게 어려워할 것 없어. 일단 얼굴 좀 들어 봐.”

린타로가 말하자 이조는 부자연스럽게 목소리를 바꿨다.

“전 이만 물러나겠습니다!”

“아니, 이 사람이. 용건도 말하지 않고서…….”

용건을 어떻게 말하라는 말인가? 그런 생각을 하는 찰나에 이조는 심장이 멎을 것 같이 놀랐다. 료마가 머리를 방바닥에 대고 ‘야마베’의 얼굴을 바로 옆에서 들여다보고 있었던 것이다!

“역시 이조였어! 여기서 뭐 하는 거야?”

들켰구나 하고 낭패한 이조는 엉겁결에 뒤로 펄쩍 물러났다.

료마는 린타로와 이조를 번갈아 쳐다보았다.

“제 친구인 오카다 이조예요. 그런데 야마베 뭐시기는 또 뭐야? 어째서 거짓 이름을 쓴 거야? 목소리까지 바꾸고.”

“그야 나를 죽이러 왔으니까 그렇지. 너도 다 알면서 왜 물어?”

린타로는 아무렇지도 않은 표정으로 말했다.

료마는 속이 끓어 올랐다.

“……다케치 씨가 보낸 거냐?”

“아니야, 난…….”

“너, 아직도 그 짓을…….”

“아니라니까, 료마!”

뭐가 아닌지는 대답을 하는 이조도 몰랐지만 어쨌든 제일 들키고 싶지 않은 사람에게 들켜 버리고 말았다.

린타로는 일어서더니 장롱 안에서 무언가를 찾기 시작했다.

"괜찮다, 괜찮아. 어차피 그게 너희가 하는 일일 테니까. 하지만 죽이기 전에 우선 내 이야기부터 들어 보지 않겠나?"

린타로가 손에 들고 있는 것은 아니나 다를까 지구본이었다. 린타로는 지구본을 이조 앞에 놓고 자기도 앉았다.

"이건 말이야, 지금 우리가 살고 있는 지구라는 별의 모형이지. 우리는 사실 이렇게 둥그런 공 같은 곳에서 살고 있는 거야."

이조는 지구본에 흥미를 느꼈는지 열심히 쳐다보았다. 료마는 이조의 옆구리에 있는 칼을 가만히 바라보았다.

린타로는 지구본에 있는 여러 나라의 위치를 하나씩 손가락으로 가리키면서 가르쳐 주었다.

"이게 미국이고, 여기는 유럽, 그리고 여기가 청나라지. 자, 그럼 일본은 어디 있다고 생각하나?"

이조는 일본의 위치를 알지 못했다. 그저 지구본에 넋이 홀딱 빠져 있었다. 료마는 그런 이조한테서 눈을 떼지 않았다. 료마의 칼은 손이 바로 닿는 곳에 놓여 있었다.

린타로가 지구본의 한 점을 가리켰다.

"여기다. 일본이라는 나라는 이렇게 작디작단 말이다."

"이게 일본이라고요……?"

"그래. 이렇게 작은 섬나라 안에서 우리는 양이네, 개국이네 하면서 싸우고 있는 거지."

"네에?"

"이렇게 한심한 짓을 계속하다가는 외국 오랑캐에게 눈 깜짝

할 사이에 먹혀 버리고 말 거다. 그렇게 생각하지 않나?”

“그래요……. 그 말씀이 옳아요!”

고개를 크게 끄덕인 이조가 무슨 생각이 들었는지 지구본을 움켜잡더니 외쳤다.

“이럴 수가!”

린타로는 만족스럽게 웃었다.

“이제야 이 지구본 덕을 보네! 자네는 아주 솔직한 사람이군. 마음에 들었어!”

료마도 기분이 좋아졌다.

“이조, 너도 해군으로 와라. 가쓰 선생님 밑에서 같이 해군을 만드는 거야.”

이조는 그 순간 흠칫 정신을 차리더니 지구본에서 손을 뗐다.

“안 돼! 그럴 수는 없어. 다케치 선생님한테 야단맞는단 말이야.”

“넌 어차피 혼나게 되어 있어. 가쓰 선생님을 죽이지 못했으니까 말이야.”

“아앗! 난 도대체 어떻게 하면 되지?”

이조는 머리를 두 손으로 감쌌다.

“이런 짓을 하고 있어도 정말 괜찮은 건가……?”

이조는 아직도 망설이고 있었지만 가쓰는 벌써 마음이 정해진 모양이었다.

"이제 쓸데없는 생각은 하지 마라, 이조."

료마가 이조의 잔에 술을 따랐다.

"요즘 교토는 워낙 위험해서 네가 선생님 경호원이 되어 주면 나도 안심하고 오사카로 돌아갈 수 있을 거야."

"어휴!"

이조는 다시 머리가 아파졌다. 린타로의 목숨을 노리고 온 자객이었던 이조는 이제 린타로의 경호원이 되어 술집에서 서로 술을 주거니 받거니 하고 있었다.

린타로가 문득 무언가 떠오른 모양이었다.

"그런데 료마, 네가 일부러 교토까지 온 건 나한테 할 말이 있어서가 아니었나?"

"예……. 그게…… 가쓰 사숙으로 들어오는 사람들은 모두 외세와 싸우기 위한 해군이라고 생각하고 있습니다. 일본이 힘을 길러서 서양 국가들과 대등해질 때까지 전쟁을 막기 위한 해군이라는 것을 어떻게 하면 이해시킬 수 있을까요?"

"상관없다. 그냥 내버려 둬도 돼. 입으로 말해 봐야 소용이 없으니까. 네 생각이 잘못되었다고 말해 봐야 그 자리에서 순순히 받아들일 사람은 여기 있는 이조 정도밖에 없을 거다."

"네?"

갑자기 자기 이름이 불리자 이조는 깜짝 놀랐다. 이조는 료마와 린타로가 이야기하는 내용이 뭔지 도통 알아들은 수가 없었다. 하지만 린타로와 료마는 저쪽으로 물러나 있으라고 이조를 대화하는 자리에서 따돌리지 않았다.

린타로는 료마의 질문에 이조도 이해할 수 있도록 쉽게 대답해 주었다.

"사람이란 건 자기 피부로 느껴 봐야만 바뀔 수 있다. 우리 사숙의 좋은 점은 말이다, 우선 번이라는 벽이 없다는 것이다. 상하 구별도 없다. 그리고 군함을 조종하기 위해서는 서양의 학문을 배울 수밖에 없다."

가쓰가 말하고 있는 동안에도 가쓰 사숙에서는 훈련생들이 열심히 배우고 있었다. 린타로는 마치 훈련생들의 모습이 눈에 보이는 것처럼 말했다.

"그러면서 다들 깨닫게 되지. 자기들이 어느 한 번의 번사가 아니라 일본인이라는 사실을, 서양 문화의 대단함을, 그리고 외국하고 싸우겠다는 생각이 얼마나 어리석은 것인가를. 젊은 사람들은 그런 유연한 머리를 가지고 있어. 그러니까 나는 너희를 믿고 있는 거다. 알겠지, 이조?"

이조로서는 무슨 뜻인지 이해하기 어려웠지만 린타로가 차별 없이 자기를 대해 준다는 사실 자체가 감격스러웠다.

료마는 가슴 속에 있던 석연찮은 느낌이 사라지고 개운해지면서 의욕이 마구 솟아났다.

"가쓰 선생님…… 정말 감사합니다. 선생님을 뵈러 오기를 정말 잘했어요."

당장이라도 오사카로 돌아가겠다며 료마는 가게에서 뛰쳐나

갔다. 린타로는 웃으면서 료마의 뒷모습을 배웅하더니 이번에
는 웃는 얼굴로 이조를 쳐다보았다.

"어째서 저런 놈하고 어울리지 않는 거냐, 너는?"

힘들고 메말랐던 이조의 마음에 살짝 단비가 내린 듯했다.

한페이타는 다시금 요도와 대면할 기회를 얻게 되자 앞으로
의 일본을 위해, 나아가서는 요도와 도사를 위한다는 신념으로
의견을 내놓았다.

"양이가 이루어진 후에는 도쿠가와와 함께 도사, 사쓰마, 조슈,
에치젠이 힘을 합쳐서 정사를 이끌어 가야 할 것입니다. 오토노
께서는 다섯 중신 중 한 분이 되셔서 일본을 이끌어 주십시오!"

이 말에 대해 요도는 냉랭하게 대답했다.

"야마우치 가문은 세키가하라 전투의 포상으로 도쿠가와 이
에야스 쇼군으로부터 도사를 영토로 받았다. 도쿠가와 가문의
큰 은혜를 입은 우리가 감히 나란히 정사를 보다니, 그런 오만
방자한 일이 어찌 가당키나 하단 말이냐?"

요도 옆에는 모리시타가 있었다.

"모리시타, 난 이제 도사로 돌아가야겠다. 에도고 교토고 이
제 다 싫증이 나는구나. 내일 당장 출발하자."

한페이타에게는 청천벽력과도 같은 소리였다. 지금부터가 본
격적으로 양이를 실행해야 하는 때가 아닌가?

"자, 잠시만 기다려 주십시오. 도사 번은 이제 양이의 기수이옵니다. 오토노께서는 조정을 움직여서 막부를 바로잡으실 정도의 힘을 가지시게 되었습니다. 일껏 여기까지 왔는데 지금 도사로 돌아가시겠다니……."

"닥쳐라, 다케치! 난 말이다, 양이파의 어리석은 놈들이 욕심 많은 귀족 놈들을 부추겨 도쿠가와 쇼군을 힘들게 만드는 꼴을 보는 것도 이제 진절머리가 난단 말이다."

한페이타는 아연실색했다. 오로지 요도를 숭배해 요도를 위한 양이임을 믿어 의심치 않고 심혈을 기울여서 이루어 놓은 모든 일이 한꺼번에 우르르 부녀져 내리는 것만 같았다.

망연자실한 상태로 자기 방에 돌아온 한페이타를 맞아 주는 사람은 아무도 없었다.

"누구 없느냐……? 슈지로……, 다들 어디 간 거냐……? 이조!"

차례차례 방문을 열어 보았지만 한페이타를 도와 주던 사람들의 모습은 어디에도 없었다.

"어째서…… 어째서 아무도 없는 것이야?"

한페이타는 갈피를 잡지 못한 채 그저 그 자리에 멍하니 서 있을 뿐이었다.

같은 시간, 요도는 근왕당이 무너지는 모습을 상상하면서 느긋하게 술을 마시고 있었다.

"다케치의 부하 놈은 어떻게 되었느냐?"

모리시타에게 물었다.

"히라이 슈지로는 완전히 넘어가서 지금 그 귀족에게 가 있습니다."

실제로 이때 슈지로는 산조 사네토미의 저택에서 일곱 귀족 앞에 엎드려 천황 폐하의 명령에 따라 목숨을 걸고 도사 번의 개혁을 이루겠다고 맹세하고 있었다.

요도는 흡족한 표정으로 술을 입에 머금었다.

"조련소로 보낸 다케치의 졸개들은 어떻게 지내고 있나?"

"벌써 그쪽 분위기에 적응한 모양입니다."

오사카 센쇼지에 있는 가쓰 사숙에서는 가메야타, 다로, 도라노스케가 처음에 가졌던 불만들은 싹 잊은 채 열심히 배우고 있었다.

"이제 다케치 주변에는 아무도 남아 있지 않구나."

요도는 뱃속에서 우러나오는 목소리로 크게 웃었다.

제19장
양이 결행

　1863년 4월 20일. 힘겨운 결단을 강요받은 쇼군 이에모치는 할 수 없이 고메이 천황의 어전에 맹세했다.

　"양이 결행은…… 5월 10일에 하겠나이다."

　그날로부터 헤아리면 20일 후였다. 이에모치를 비롯한 막부 측 사람들은 어렴 안에 있는 고메이 천황의 표정을 볼 수가 없었다. 이에모치의 뒤를 이어 요시노부가 아뢰었다.

　"5월 10일을 기점으로 일본에 있는 모든 외국인을 잡아들이고, 우리 해안을 항해하는 외국 배를 모두 내쫓겠사옵니다."

　사네토미는 신 나서 고메이 천황의 표정을 살폈으나 만족스럽던 미소는 일시에 사라져 버렸다. 고메이 천황은 웃고 있지 않았다.

이즈는 린타로를 지키는 경호원이라는 새 임무에 당혹스러워하면서도 한시도 린타로 곁에서 떠나지 않았다. 그날도 외출에 동행했다가 린타로의 숙소 근처까지 돌아오는 길이었다.

그렇게 같이 다니면서 린타로는 가끔 이즈에게 말을 걸었다.

"이즈, 너는 나를 개국파라고 생각하겠지만 사실은 나도 양이파다."

"예?"

"아니, 사실 양이파가 아닌 사람은 이 세상에 한 사람도 없을 것이다. 생각해 봐라. 양이의 뜻은 외국의 침략을 용납하지 않는다는 것이다. '우리는 괜찮으니 마음대로 침략해 주세요'라고 할 나라가 세상에 어디 있겠느냔 말이다."

어떤 때는 린타로가 하는 설명이 이즈가 이해할 수 있는 수준을 넘어섰지만 린타로는 하나씩 차근차근 가르치면서 이즈를 키우려 하고 있었다.

"양이에는 대양이와 소양이, 두 가지가 있다. 자기 나라로 들어오는 외국인들을 모조리 내쫓거나 죽여 버려야 한다는 게 소양이다. 대양이라는 건 개국해서 외국의 문화를 받아들인 다음 대등한 힘을 길러서 독립을 지킨다는 것이지. 나는 대양이 쪽이다. 이즈, 너는 어느 쪽이냐?"

"저, 전 잘 모르겠습니다. 그저 지금 제가 해야 할 일이 가쓰 선생님을 지키는 것이란 걸 알 뿐입니다."

"간단하게 말하자면 양이를 외치는 사람들이나 나나 사실은 마찬가지라는 뜻이다. 그러니까 이조, 양이파라는 놈이 나를 습격해도 함부로 죽이거나 하면 안 된다.”

“어째서 말입니까?”

“왜냐하면…….”

린타로가 말을 마치기도 전에 이조는 자세를 낮추면서 칼을 뽑았다. 그늘에서 두 남자가 튀어나왔다. 살기등등한 기세로 이미 칼을 뽑아 들고 있었다.

“네놈이 가쓰 린타로냐!”

“개국파 간신에게 천벌을 내리겠다!”

이조는 린타로를 등 뒤로 물러나게 해서 지키며 두 남자 앞으로 성큼 나아갔다.

“내 얼굴을 모르느냐? 나는 도사의 오카다 이조다.”

“사, 살인마 이조!”

한쪽 남자가 기겁을 했다.

“덤벼라, 내가 상대해 주지.”

두 남자는 겁을 먹고 서로 마주 보더니 이조가 살짝 앞으로 나가기만 했는데도 줄행랑을 쳤다. 칼을 도로 칼집에 꽂은 이조는 한 발짝도 움직이지 못하던 린타로를 돌아보았다.

“제가 없었다면 선생님 목은 지금쯤 땅바닥에 나뒹굴고 있을 겁니다. 저놈들은 아무것도 들을 생각을 안 합니다.”

“……그야, 그럴 수 있지.”

린타로가 할 수 없이 인정했다. 어쨌든 이조는 함부로 사람을 죽이려 하지는 않았다. 그렇게 막 마음을 놓으려는 찰나에 뛰어오는 발소리가 들렸다. 이조가 다시 자세를 낮추면서 방금 집어넣은 칼자루에 손을 얹었다. 발소리는 린타로를 향해 오고 있었다.

"오오, 가쓰 선생님, 이조!"

료마가 달려오는 것을 보자 린타로는 '아이구나' 하고 갑자기 힘이 빠져 버렸다.

"사람을 왜 이렇게 놀래키는 거야, 료마!"

"지금 선생님을 찾아뵈려던 참이었어요."

"무슨 일이야? 가쓰 사숙에 무슨 일이라도 있는 거냐?"

"아니요. 선생님께 한 말씀 올리고 싶어서요. 막부가 조정에 양이 실행을 약속한 일로 양이파 놈들이 기고만장해 있다고 합니다. 선생님은 이제 밖으로 다니시면 안 됩니다. 언제 습격을 당할지 모르는 일이니까요."

이조가 "거봐요!" 하면서 잘난 척했다. 린타로는 한 방 맞은 사람처럼 살짝 주눅이 들었다.

"벌써 당했다, 그래. 알았다, 알았어. 돌아가면 될 것 아니냐."

토라진 것처럼 말하고 먼저 걸어가는 린타로의 뒤를 이조가 의기양양하게 따라갔다.

"당했다고요……?"

한 박자 늦게 그 말뜻을 깨닫고는 눈이 휘둥그레진 료마에게 갑자기 발걸음을 멈춘 린타로가 한마디 던졌다.

"아참, 너희 오토노가 말이다, 복잡하고 어지러운 교토가 신물이 난다면서 도사로 돌아가 버렸다. 그렇게 돌아가면서 나한테 연락을 했는데, 사카모토 료마의 탈번을 용서하겠다더구나."

무사히 린타로를 숙소로 들여보낸 료마와 이조는 근처의 밥집으로 들어갔다.

"정말 잘되었다, 료마. 탈번을 용서받았으니 이제는 당당하게 도사로 돌아갈 수 있게 되었잖아."

"응…… 하지만 난 지금 해야 할 일이 있어. 가쓰 선생님과 함께 일본 해군을 만든다는 커다란 꿈 말이야."

린타로에게 감화되어 료마의 의식은 번이라는 개념을 초월해 일본이라는 국가 전체를 바라보게 되었다. 아무리 그래도 일본 해군을 만든다는 원대한 구상과 나고 자란 고향을 그리워하는 마음은 별개였다.

"……료마, 난 네가……."

이조가 무슨 말을 막 하려는 참에 가게 주인이 음식을 가지고 왔다.

"가다랑어 나왔습니다."

료마의 눈빛이 반짝였다.

"이야, 이거 제대로 만들었네. 교토에도 가다랑어를 이렇게 요리할 줄 아는 집이 있었구나!"

"저희는 얼마 전까지 오사카에 있었는데, 요즘 들어 그쪽이 너무 살벌해졌거든요. 걸핏하면 칼부림 소동을 일으키는 사무라이가 있어서…… 어어, 바로 당신이잖아!"

가게 주인은 료마를 보더니 기겁을 했다. 료마는 한참 입맛을 다셔가면서 음식을 먹고 있던 참이었다. 가게 주인 곁의 선반에는 눈에 익은 마네키네코가 온몸에 풀 바른 종이를 더덕더덕 붙인 불쌍한 모습으로 놓여 있었다. 가게 주인은 두 번씩이나 가게를 망가뜨린 료마에게 진저리를 쳤다.

"무슨 해코지를 하려고 교토까지 쫓아온 거요?"

"우연히 그렇게 되었다니까. 이제 다시는 그런 소동을 일으키지 않을 테니 걱정하지 마시오."

료마는 원래 싸움을 싫어하는 성격이었지만 가게 주인은 그 말을 도무지 믿으려 하지 않았다. 그래도 결국에는 콧구멍을 벌름거리면서 거만하게 못을 박았다.

"……알았소. 한번만 더 봐주지. 에잇!"

훅하고 콧김을 내뿜으며 가게 주인이 가 버리자 이조가 한심하다는 표정으로 물었다.

"도대체 저 사람한테 무슨 짓을 했기에 그러는 거야?"

"아니, 별일 아니었어. 정말이래도. 그보다 아까 무슨 말을 하려고 했잖아. 내가 너한테 뭐라고?"

"아아…… 네가 부럽다고. 난 앞으로 뭘 어떻게 해야 할지 갈피를 못 잡겠어. 이제는 다케치 선생님께 돌아갈 수도 없고."

"……돌아가고 싶어? 하지만 돌아가면 또다시 사람을 죽여야 할 텐데."

이조는 대꾸하지 않았다. 린타로를 지키기 위해 자객에게 칼을 뽑은 것은 위협하기 위해서였다. 이제까지는 한페이타가 명령하면 아무 원한도 없는 상대를 죽여야 했다. 그러나 한페이타는 이조가 어렸을 적부터 존경한 사람이다.

료마는 이조의 망설임을 이해할 수 있었다. 이조뿐만 아니라 많은 친구가 한페이타를 따랐다.

"가쓰 사숙에 있는 가메야타에게 이런 말을 들었어."

료마와 가메야타를 비롯한 근왕낭 출신 사람들은 센쇼시에서 서양의 진보된 과학에 놀라기도 하고 같이 배우기도 하는 사이에 그동안 쌓인 감정이 어느덧 사그라들고 말았다.

"난 어쩌면 다케치 선생님한테서 떨어져 나온 게 잘된 일인지도 모르겠다는 생각이 들어. 도사근왕당이라고는 해도 어차피 그건 다케치 선생님 것이니까."

가메야타가 문득 그런 말을 하자 다로와 도라노스케도 본심을 털어놓았다.

"출세도 선생님 혼자 했지, 우리에게 좋은 일이 있었던 것도 아니고."

"선생님이 시키는 대로만 해야 하니까 사는 게 별로 재미있지도 않았지."

가메야타조차 그런 생활이 못마땅했으니 아직 젊은 다로나

도라노스케가 불만을 느낀 것은 당연한 일이었다.

"가메야타나 다른 사람들에게도 자기 나름대로 생각이 있을 테니까. 너도 다케치 씨한테 얽매이지 말고 자기 뜻대로 살아도 된다고 생각하는데."

"자기 뜻대로 산다니……."

이조는 다시 생각에 잠겼다. 누군가를 의지해서 살고 싶은 것이 이조의 천성이었다.

"여기, 술 좀 줘."

방금 가게로 들어온 손님이 주문했고, 아무 생각 없이 목소리의 주인 쪽으로 시선을 돌린 료마와 손님의 눈길이 마주쳤다.

"슈지로 씨……."

"료마……, 이조……."

"정말 오랜만이네요."

스스럼없이 인사하는 료마 쪽으로 슈지로가 먼저 가까이 다가왔다.

"탈번이라는 중죄를 지은 놈이 이런 곳에서 한가롭게 술이나 마시고 있어도 되는 거냐?"

"아, 그게 사실은 탈번을 용서받아서……."

슈지로는 끝까지 듣지도 않은 채 이조를 노려보았다.

"이조, 너 요즘 가쓰 린타로의 경호원을 하고 있다면서. 언제부터 료마에게 넘어가서 그따위 허튼짓을 하게 된 거냐?"

이조가 겁을 먹고 움츠러들었다.

"너희들 여기 가만히 있어라. 내가 당장 가서 번 사람들을 데리고 올 테니까."

슈지로가 일어선 바로 그때 가게 문을 발로 부수고는 몇 명의 도사 번사들이 우르르 쏟아져 들어왔다.

"다들 꼼짝 마라. 도사 번 교토 담당 감찰관이다."

반사적으로 이조가 칼자루에 손을 얹었다.

"하지 마, 이조! 언제 사람들을 부른 거예요, 슈지로 씨?"

료마가 외쳤다. 일이 너무 신속하게 착착 들어맞아서 오히려 이상했다.

"아니, 난……."

말을 우물거리는 슈지로를 도사 번사들이 에워쌌다.

"히라이 슈지로, 네놈은 번주께 고하지도 않고 몰래 조정을 들락거렸다지? 반역죄로 체포한다."

감찰관이 언도했다. 슈지로의 반응에 따라서는 그 자리에서 죽여 버려도 상관이 없다는 언질을 받았는지 벌써 칼자루에 손을 댄 무사들도 있었다.

료마는 슈지로의 얼굴에서 핏기가 사라지는 것을 믿을 수 없는 심정으로 바라보았다.

"도대체 무슨 일을 저지른 거예요, 슈지로 씨?"

한페이타가 가장 신뢰하는 사람이 슈지로였다. 번에 대한 반역은 한페이타를 배신했다는 말이나 다름없었다.

"난, 난…… 요도 공의 말씀을 듣고……."

슈지로가 변명하려 했지만 감찰관은 그것을 용납하지 않았다.

"오토노의 존함을 어디 하급무사 따위가 함부로 입에 올리느냐!"

큰일 났구나 싶어 료마는 순간적으로 판단했다.

"이조, 슈지로 씨를 데리고 도망쳐라."

"난 아무 잘못도 하지 않았다!"

슈지로가 가진 사무라이로서의 자존심이 도주를 용납지 않았다.

"무슨 말을 해도 이 사람들한테는 통하지 않아요. 빨리 가세요."

"슈지로 씨!"

이조가 슈지로의 옷자락을 잡아 억지로 잡아끌었다. 슈지로는 망설였지만, 다짜고짜 달려드는 감찰관과 무사들 앞에서는 달리 방법이 없어 이조가 잡아끄는 대로 가게 안쪽으로 도망쳤다.

"게 섰거라!"

뒤를 쫓으려는 도사 번사들 앞에 료마가 칼을 뽑아들고 막아섰다.

"죄송하지만 이번 한번만 그냥 봐주시죠. 슈지로 씨는 함정에 빠졌을 뿐입니다."

감찰관 일행은 들은 척도 하지 않았다. 다른 도사 번사들도 칼을 뽑아서 겨누었다.

"제발 그만들 좀 해 주세요!"

가게 주인이 비통하게 외쳤다.

"매번 이런 일이 생겨서 정말 미안하오, 주인. 이건 가게 수리비요."

료마는 품에서 돈주머니를 꺼내 그것을 주인에게 던져 주고서는 바로 옆에 있던 선반을 무사들 쪽으로 밀어서 넘어뜨렸다. "으악!" 하며 번사들이 뒤로 물러났고, 술병과 잔들이 우르르 바닥으로 떨어지며 와장창 깨졌다.

료마는 가게 주인에게 미안하다고 사과하고는 몸을 획 돌려서 가게 안쪽으로 도망쳤다. 도사 번사들은 료마를 뒤쫓으려 했지만 쓰러진 신반과 깨진 조긱들이 여기저기 흩어져 있이 좀처럼 움직일 수가 없었다.

"뒤쪽으로 돌아!"

감찰관이 외치자 도사 번사들은 가게 밖으로 일제히 뛰쳐나갔다. 그 바람에 마네키네코가 바닥에 떨어져 산산조각 나고 말았다.

"아이고, 아이고……."

가게 주인은 넋이 나간 사람처럼 그 자리에 주저앉고 말았다.

슈지로가 은밀히 벌인 행동은 한페이타에게 큰 타격을 주었다.

"다케치 선생님 몰래 도사의 개혁을 자기에게 맡겨 달라고 청했다는군."

"슈지로 씨는 선생님을 배신한 거야."

에키치와 모타로가 분통을 터뜨리며 말했다.

"슈지로가…… 나를…… 배신하다니!"

"오토노께서도 슈지로 씨의 행동을 괘씸하게 여기서서 당장 붙잡아서 도사로 끌고 돌아가라고 명령하셨다고 합니다."

세이헤이의 보고를 들은 한페이타는 거친 숨만 몰아쉬었다. 슈지로의 배신만으로도 견딜 수가 없었다. 그런데 요도의 노여움까지 사게 된 것이다. 번주의 허가 없이 무단으로 조정에 출입하는 것은 금지된 일이었다. 슈지로가 죄를 범한 것은 한페이타의 책임이기도 했다. 궁지에 몰린 한페이타는 고통스러운 표정으로 몸을 숙이며 방바닥을 손으로 짚었다.

요도는 슈지로가 귀족들을 만나도록 부추긴 장본인이었다. 당연히 화가 나 있을 턱이 없었다.

"본인은 근왕당의 두 번째 자리면 충분하다고 했지만, 남들 위에 설 만한 그릇이라고 바람을 넣으니 히라이 슈지로 역시 야심이 생긴 것이지."

오랜만에 돌아온 고치 성에서 요도는 기분 좋게 술을 들이켰다. 모든 일이 요도의 계획대로 착착 진행되고 있었다.

요도는 은거 후에도 도사의 정권을 장악하고 있었고, 막부에서도 실력자로 인정받고 있었다. 그러나 어디까지나 반막부 세력으로 간주되는 도자마 번주(세키가하라 전투 이전에는 적 혹은 동격 관계였으나 이후에 도쿠가와 막부로 귀속한 번주들. 막부의 엄격한 통제를 받았다―옮긴이)로 견제받았기 때문에 요시노부나 슌가쿠처럼 막부 정치의 중추에 자리 잡고 있는 것은 아니었다. 그렇다고 사쓰마의 시마즈처럼 같은 도자마 번주라도 막부의 혼란을 틈타 정국 중심에 나서려는 야심을 지니고 있지도 않았다.

요도는 세상의 모든 사물이 언젠가는 사라지고 만다는 시생멸법是生滅法의 신념을 가지고 있었다. 그 신념은 체념이 되어 요도의 마음 한가운데 자리 잡았다. 그런 요도는 양이의 최선봉장이 된 한페이타와 도사근왕당이 정점에서 무너지는 모습에서 성취감과도 같은 희열을 느꼈다.

―야마우치 요도는 시대의 흐름을 읽는 탁월한 재능을 가진 사람이었지. 세상이 양이 분위기로 가득 차 있을 때는 도사 번을 끌어올리기 위해 한페이타가 마음대로 하도록 내버려 두었지만 이번에는 반대로 근왕당을 탄압하기 시작했다네. 말하자면 요도는 시대의 흐름이 바뀌었다고 판단한 것이지.

에도 아자부에 있는 미국 공사관에 막부의 양이 실행일이 정해졌다는 정보가 입수됐다. 미국 공사는 당장 막부의 외교 담당 관리를 불러 진위를 따졌다.

"일본 정부는 우리에게 선전 포고를 하려는 속셈인가?"

"막부는 미국을 포함해 다른 나라를 상대로 전쟁을 시작할 생각 따위는 전혀 가지고 있지 않습니다. 그냥 큰소리를 좀 쳐 주면 귀족들이 만족하기에 한 말일 뿐입니다."

막부의 외교 담당관이 미국 공사에게 아부하듯 웃으며 말했다.

— 요도의 직감은 정확하게 맞아떨어졌네. 그때까지 조정에 휘둘리던 막부가 본래의 힘을 발휘하기 시작한 것이야.

막부는 미국을 비롯한 외국에 유연하게 대응했지만 각 번에는 고압적인 태도를 보였다.

"5월 10일에 양이를 실행하느냐 하지 않느냐는 그쪽 번이 결정할 일이다. 그러니 막부를 따를지 아니면 조정, 아니 조정을 앞세우고 있는 조슈를 따를 것인지 알아서 잘 판단하기 바란다."

그 무렵 존왕양이를 위해 가장 열정적으로 움직이던 번은 조슈 번이었다. 구사카 겐즈이는 도사 번저로 한페이타를 찾아가 열변을 토했다.

"우리 존왕양이파에게 5월 10일은 오랜 꿈이 드디어 실현되는 날입니다. 다케치 씨, 외국 놈들을 모조리 잡아 죽입시다!"

"……알고 있습니다."

"그럼 도사도 우리와 함께 모든 힘을 모아 외국과 싸울 작정이지요?"

"물론이지요."

체면을 유지하려고 하면 할수록 한페이타는 늪 속으로 빠져드는 기분이었다. 료마의 심부름이라면서 어떤 여자가 찾아온 것이 마침 그런 때였다.

한페이타가 현관으로 나가 보니 낯선 젊은 여자가 잔뜩 긴장한 채로 서 있었다. 나쓰였다.

"사카모토 님 말로는 다케치 님 혼자서 와 주셨으면 좋겠다고 합니다."

한페이타가 여자를 따라간 곳은 나쓰가 사는 조촐한 집이었다. 방문을 열자 료마, 이조, 슈지로가 있었다. 료마는 한페이타를 똑바로 쳐다보았고, 이조는 한페이타를 자마 볼 수 없는시 얼굴을 돌렸고, 슈지로는 넋이 나간 얼굴로 앉아 있었다.

한페이타가 료마에게 따지고 들었다.

"왜 네가 이 두 사람을 숨겨 주고 있는 거냐?"

"……이조와 슈지로는 죽마고우니까요."

갑자기 슈지로가 버럭 소리를 질렀다.

"죽마고우는 무슨!"

슈지로의 고함에 나쓰가 겁을 먹었고, 이조는 바짝 움츠러들었다.

한페이타는 이조부터 다그치기 시작했다.

"우선 너부터 이유를 대 봐라. 어째서 네가 가쓰 린타로의 경호원이 된 거냐? 모자라다는 건 알고 있었다만 설마 그 정도로 멍청할 줄은 몰랐다. 기르던 개한테 손을 물린다더니 내가 그런 꼴을 당할 줄이야!"

"기르던 개……?"

"넌 나를 배신한 거다, 이조."

그 말에 대답하는 이조는 울상이었다.

"그럼 내가 기르던 개였단 말입니까? 더 이상 사람을 죽이고 싶지 않았단 말입니다! 아무리 양이를 위해서라고 해도 이제는 싫다고요."

"료마의 꾐에 빠진 거냐? 너에게 검술을 가르쳐 준 사람이 누구였느냐? 아무도 상대해 주지 않던 너에게 손을 내민 사람이 누구였느냔 말이다!"

흥분해서 펄펄 뛰는 한페이타는 이조의 배신에 너무 화가 나서 눈물을 흘리며 소리를 질렀다. 사람을 죽일 때마다 이조의 마음이 얼마나 깊은 상처를 입었을지까지는 차마 생각하지 못하고 있었다.

료마가 참다 못해 끼어들었다.

"다케치 씨에게 와 달라고 한 것은 두 사람의 이야기를 들어주었으면 해서입니다."

료마가 알고 있는 한페이타는 상대방의 마음을 헤아리며 그 말에 귀를 기울일 줄 아는 사람이었다. 그런데 지금의 한페이타는 그런 여유를 잃어버린 상태였다.

"네가 사람 죽이는 걸 싫어한다는 것쯤은 나도 알고 있었다. 하지만 양이를 위해서는 좋고 싫은 것을 가릴 때가 아니란 말이다."

이조를 향해선 그렇게 결론을 내 버린 다음 이번에는 슈지로에게로 얼굴을 돌렸다.

"네가 직접 도사 번을 개혁하고 싶다고 청했다면서? 나에게는 한마디 상의도 없이……."

"그건 요도 공의 꾐에 넘어간 겁니다. 슈지로 씨는 그저 영문도 모르고 행동했을 뿐이라고요."

료마가 대신 변명을 하려는데 한페이타가 칼을 뽑았다.

"료마! 네 탈번을 용서해 주신 분이 누구냐? 오토노 아니냐? 도사 번에서 오토노는 부모보다도 소중한 분이다. 그런 분의 험담을 하는 것은 내가 용서치 않는다!"

"모두 제 잘못입니다!"

슈지로는 가슴에 담아 두었던 말을 한꺼번에 토해 냈다.

"다케치 선생님을 배신할 생각은 없었습니다. 하물며 오토노를 거스르다니……. 전 그저 한 번쯤 제 힘으로 뭔가 해 보고 싶었을 뿐이에요. 저도 제 힘으로 번을 바꾸고, 일본을 바꾸는 일을 할 수 있지 않을까……? 그런 허튼 생각이 들었던 겁니다. 제 정신이 아니었던 거지요. 어째서 그런 일을……. 용서해 주십시오, 선생님. 제발 용서해 주십시오!"

슈지로는 자책하면서 자기가 저지른 죄를 뉘우치며 울음을 터뜨렸다. 한페이타는 솟구치는 분노를 퍼부을 수도 없게 되자 손에 든 칼을 방바닥에 꽂았다.

"슈지로! 어쩌자고…… 어째서 네가……?"

"슈지로 씨도, 이조도 한 명의 인간이에요. 다케치 씨의 장기 판에 있는 말이 아니란 말입니다. 양이를 위해서라면 무엇을 희생시켜도 상관없다는 생각은 틀렸다고 봅니다."

료마가 아무리 열심히 설득해도 한페이타의 귀에는 잘난 척 하며 떠드는 것으로밖에 들리지 않았다. 한페이타는 분노에 사로잡혀 료마의 멱살을 잡았다.

"그게 무슨 헛소리냐, 료마? 싸우려고도 하지 않는 네가, 필사적으로 양이를 위해 일하는 우리를 구경만 하는 네가, 나에게 설교하려 들어? 난 틀리지 않았어. 그 증거로 조금만 있으면 양이가 실행된다. 5월 10일이 되면 내가 옳았다는 사실이 증명된단 말이다!"

료마를 뒤로 밀쳐 내더니 한페이타는 슈지로를 노려보았다.

"번저로 돌아와라, 슈지로. 사내답게 자기 죄를 인정하고 도사로 돌아가는 거다. 이조, 넌 이제 우리 동지가 아니다. 어디로 가든 네 마음대로 살아라."

"선생님……."

"너도 마찬가지다, 료마. 외국과의 전쟁이 시작되면 우리는 힘을 합해 싸울 것이다. 너는 그런 모습을 구경이나 하고 있어라."

한페이타는 언제나 사무라이다운 사무라이이기를 바랐다. 그러나 안타깝게도 격동의 시절에, 한페이타가 이상으로 여긴 사무라이는 시대에 뒤떨어진 우상에 지나지 않았다.

—히라이 슈지로가 도사로 돌아간 것은 그로부터 며칠 후의 일이었지. 바야흐로 양이가 눈앞에서 실행되려는 참에 무대에서 퇴장해야 하는 아쉬움과 후회로 슈지로의 가슴은 찢어졌을 것이네.

도사에 도착한 슈지로는 관리들에게 붙잡혀 그대로 감옥에 투옥되었다.
"저에게 설명할 기회를 주십시오! 오토노께 변명할 수 있도록 해 주십시오!"
"무슨 변명 말이냐?"
"제가 도사 번의 개혁을……."
"네가 투옥된 것은 요시다 도요 님을 암살한 죄 때문이다."
"……예엣?"
슈지로는 눈앞이 캄캄해졌다.

한페이타는 근왕당의 혈판서를 손에 들었다. 결속을 맹세하면서 서명하고 각자의 피로 지장을 찍은 사람들의 이름이 죽 늘어서 있었다. 그중에서 사카모토 료마, 히라이 슈지로, 오카다 이조가 사라졌다.
한페이타는 도사 번저의 거실로 나와 양이 실행을 목전에 두고 결집한 근왕당 사람들에게 마음의 상처를 내비치지 않으려고 더욱 목청을 높였다.

"떠난 사람들은 모두 잊어라. 도사근왕당은 일본을 위해, 천황 폐하를 위해, 그리고 우리의 오토노와 도사 번을 위해 앞으로 있을 외국과의 싸움에 임할 것이다."

"옛!"

모두 한 목소리로 대답했다. 제일 앞줄에는 세이헤이, 모타로, 에키치가 진지한 눈빛으로 앉아 있었다. 그들 또한 한페이타와 료마의 죽마고우였다. 세이헤이를 비롯한 근왕당 사람들은 각오를 다지는 한편으로 걱정도 하고 있었다. 막부가 양이 실행을 선언한 5월 10일까지는 앞으로 나흘밖에 남지 않은 시점이었다. 그런데도 아직 번에서는 출격하라는 명령이 떨어지지 않고 있었다.

"출격 명령은 반드시 내릴 것이다! 우리는 오토노께서 명령을 내리시는 것만 기다리면 된다!"

한페이타는 그렇게 질타하는 것으로 자신의 불안을 씻어내고 사람들의 사기를 고무했다. 그만큼 한페이타는 궁지에 몰려 있었다. 재촉하는 편지를 계속 보냈는데도 고치 성에 있는 요도로부터 아무런 소식이 없었다.

요도는 처음부터 출격 명령을 내릴 생각이 전혀 없었다. 오히려 5월 10일에 도대체 어떤 일이 벌어질까 멀찌감치 떨어져 구경이나 할 작정이었다.

"막부에 불온한 움직임이 있소. 양이를 실행할지 말지를 각 번의 결정에 맡기겠다고 하는 모양이오."

사네토미가 어디에선가 입수한 정보를 알려 주었다. 산조 저택에는 일곱 귀족이 모여 있었고, 조정과 가장 밀접한 관계에 있는 조슈 번의 구사카 겐즈이를 동석시켜 밀담을 나누고 있었다.

"조정이 조슈의 손에 놀아나고 있다고 막부가 떠들어 대는 모양이에요."

"양이를 실행하느냐 마느냐에 따라 조슈 편이냐 막부 편이냐를 판가름하겠다고 으름장을 놓고 있다는군요."

일곱 귀족은 겐즈이에게 대응책을 물었다. 만약 양이가 실행되지 않으면 이세까지 양이 운동을 진행시켜 온 일곱 귀족은 입지가 위태롭게 될 게 뻔했다.

"막부는 이미 힘을 잃었습니다. 각 번이 막부의 말대로 움직일 리가 없습니다. 우리 조슈도, 도사의 다케치 씨도 5월 10일을 손꼽아 기다리고 있습니다. 일본 전역에 퍼진 양이파가 당장이라도 외세를 무찌르려고 혈기에 차 있습니다. 걱정하실 필요 없습니다. 일본은 반드시 외세를 무찌르고 승리할 것입니다."

겐즈이는 도사근왕당을 향해 시시각각 다가오는 위기를 전혀 눈치채지 못하고 있었다.

니조 성에 있는 요시노부와 린타로에게 막부를 따르겠다며 양이를 실행하지 않기로 결정했다는 각 번의 보고가 잇달아 들어왔다. 이번 계략을 세운 요시노부는 회심의 미소를 짓고 있었다.

"왜 그러느냐, 가쓰? 외국과 전쟁을 벌이면 틀림없이 질 거라 한 사람은 바로 네가 아니었더냐? 어째 별로 기뻐하는 것처럼 보이지 않는구나."

"아닙니다……."

어쨌든 전쟁은 피하게 되었다. 린타로의 안도는 어느새 막부에 대한 실망으로 바뀌었다. 국가의 중대사에 대해 임시방편에 지나지 않는 책략을 세웠을 뿐이었다.

"천하의 막부가 이렇게 치사한 방법을 써도 되는 건가?"

번저로 돌아간 린타로는 혼자서 탄식했다.

린타로 옆에 이조의 모습이 없었다. 이조는 나쓰의 집에 콕 틀어박혀 나쓰와 함께 누워서 멍하니 천장을 바라보고 있었다.

"이조 씨는 가쓰 선생님께 돌아갈 생각이 없는 거예요?"

"이젠…… 어디에도 가고 싶지 않아. 내 옆에는 너만 있어 주면 돼, 나쓰."

이조는 나쓰를 끌어안고 허무함을 달랬다.

—드디어 운명의 5월 10일이 되었다네.

교토에 있는 도사 번저는 고요 속에 가라앉아 있었다. 전투 준비를 마치고 거실에 모인 근왕당 당원들은 뒤에 남겨진 사람들처럼 넋 나간 모습으로 주저앉아 있었다.

전쟁의 깃발을 올린 번은 조슈 하나뿐이었다. 구사카 겐즈이를 비롯해 고묘지 당원들이 탄 군함 고신마루에서 발사한 포탄이 간몬 해협을 항해하던 미국 상선 펨블로그호 바로 옆에 거대한 물기둥을 만들었다.

"조슈는 신념을 관철시킨다! 행동으로 옮기자! 그게 쇼인 선생님의 가르침이다! 쏴라!"

조슈 번사들은 외국 선박을 향해 잇달아 대포를 발사했다.

―포격을 당한 것은 간몬 해협을 통과하려던 미국 상선이었지. 하지만 조슈 외에는 양이를 실행한 번이 하나도 없었나네. 조슈는 5월 23일에도 프랑스 군함을, 26일에는 네덜란드 군함을 포격했지. 그러나…….

처음 조슈의 공격을 받은 미국 상선은 피해를 입었다. 그러나 6월 1일, 미국 군함 와이오밍호가 반격해 조슈의 군함인 고신마루, 진주쓰마루를 격침시켰다. 또한 같은 달 6일에는 프랑스 군함 두 척이 보복 공격을 해 조슈의 포대를 모조리 격파하는 등 막대한 손해를 입혔다.

"조슈가 항복했다 하옵니다."

가신의 보고를 들은 요시노부는 신이 나서 어쩔 줄 모르는 표정이었다.

"당장 외국 여러 나라에 알려라. 이번 사건은 조슈가 멋대로 벌인 일이므로 막부와는 아무 상관도 없다고 말이다.”

그렇게 명령한 다음 요시노부는 만족스러운 얼굴로 린타로의 동의를 구했다.

“이번 기회에 귀찮은 조슈가 없어져 주면 더 바랄 것이 없겠는데. 안 그러냐, 가쓰?”

“……예에.”

린타로는 애매하게 대답했다. 일본의 번 하나가 외국의 공격 앞에 항복했다는 소식에 기뻐할 마음이 생기지 않았다. 목숨을 잃은 사람들도 있지 않을까 우려하던 차에 요시노부는 막부의 입장을 유리하게 만들 수 있는 새로운 생각이 떠올랐는지 가신에게 명했다.

“그렇지. 이 말도 각국에 전하거라. 조슈에게 피해를 입은 군함이 있다면 막부가 수리 비용을 대 주겠다고.”

천황에게 맹세한 양이 실행이 이루어지지 않았는데도 조정은 막부에 대놓고 항의할 기색조차 보이지 않았다.

요도는 거기까지 계산에 넣고 있었는지 눈엣가시 같았던 존재들을 일소해 버려야겠다고 작정했다.

“이제 슬슬 근왕당 사냥을 시작해야겠구나.”

“우선은 다케치부터 시작하셔야지요.”

모리시타가 한페이타의 이름을 언급하자 요도는 매사냥이

라도 즐기는 사람처럼 입가에 희미한 미소를 떠고 술을 마셨다.

　료마는 이날 처음으로 교토의 도사 번저에 발을 들여 놓았다. 사람의 기척이 느껴지지 않는 복도를 지나 거실로 통하는 장지문을 열자 평소처럼 단정한 자세로 정좌하고 있는 한페이타가 보였다. 반듯한 자세와는 반대로 한페이타가 료마를 바라보는 눈길은 멍했고, 한페이타를 따르던 근왕당 사람들의 모습이 하나도 보이지 않았다.

　어떻게 위로해야 할지, 료마는 적절한 말을 찾으며 한페이타 앞에 앉았다.

　“……다케치 씨.”

　“도대체 무엇이 잘못된 것일까? 5월 10일은 양이 결행이라는 꿈이 이루어지는 날이 될 줄 알았는데 오히려 그 꿈이 깨져 버렸다.”

　“외국 배를 향해 대포를 쏜 조슈는 순식간에 허무하게 패배하고 말았지요. 도사도 싸움을 걸었다면 같은 꼴이 되었을 겁니다. 일본 전국의 번들이 모두 대포를 쏘았다면 이 나라는 벌써 없어져 버렸을지도 몰라요.”

　“……양이라는 게 어차피 어리석은 생각에 불과했다는 말이냐?”

　“아니지요. 양이를 이루기 위해서 다른 방법을 써야 한다는 거예요. 그러니까 일본에 해군을 만들어서……."

"료마, 이미 늦었어. 지금 와서 다른 방법을 찾는 건 나에게
는 있을 수 없다."

"그래도……."

"슈지로가 붙잡혀 투옥되었다. 그 녀석은 지금껏 나를 위해
일해 주었는데. 내가 내건 존왕양이의 뜻을 믿고 도사근왕당을
위해, 나를 위해 열심히 일해 주었는데……."

슈지로처럼 유능한 남자일수록 자기 힘으로 도사 번을 움직
여 보고 싶다는 생각이 드는 것은 당연한 일이었다. 오랫동안 동
고동락하면서도 슈지로의 마음을 헤아리지 못한 한페이타야말
로 책망받아야 마땅했다. 그런 분위기 때문인지 한페이타 주위
에서 사람들이 하나둘씩 떨어져 나갔다.

"결국 나에게 인덕이 없었다는 뜻이겠지."

"그렇지 않아요, 다케치 씨. 다들 다케치 씨를 정말 존경하고
따랐잖아요. 양이가 실행되지 않은 것도 다케치 씨 탓이 아니에
요. 다양한 사람들이 있고, 다양한 생각이 있으니까요. 이제 앞
으로 세상이 어떤 방향으로 굴러갈지 정말 모르겠어요. 나와 함
께 해군을 만들어요, 다케치 씨. 진정한 양이를 하는 겁니다!"

"그럴 수는 없다. 난 도사로 돌아가야 해. 슈지로를 저대로 내
버려 둘 수는 없는 일이야."

료마는 고개를 크게 저었다.

"안 됩니다, 다케치 씨! 그건 절대 안 돼요. 도사로 돌아가면

다케치 씨도 잡혀 버릴 거라고요.”

“난 아무런 잘못도 저지르지 않았다. 일본을 위해, 천황 폐하를 위해, 도사를 위해, 그리고 오토노이신 야마우치 요도 공을 위해 온 힘을 다해 일했을 뿐이다. 내가 부탁하면 오토노께서는 틀림없이 알아주실 거다. 슈지로가 몰래 조정에 출입한 것은 번에 대한 충성심 때문이었다는 사실을 말이야.”

이런 지경에 이르렀는데도 한페이타는 아직 요도를 굳게 믿고 있었다.

“다케치 씨! 오토노는 다케치 씨가 생각하는 그런 분이 아니라니까요. 그분은, 그분은…….”

료마는 말을 이을 수가 없었다. 다음 말을 꺼내는 것이 너무도 힘들었다. 하지만 아무리 어려워도 다케치의 마음을 돌려놓아야 했다.

“……다케치 씨를 싫어해요. 다케치 씨가 근왕당을 이끌고 번 주이신 도요노리 공을 상경하시게 만든 것도, 천황 폐하의 사신이 되어 에도로 간 것도, 도사 번을 양이 운동의 기수로 만든 것도 사실 요도 공은 못마땅하게 생각하고 있었어요. 정말이라니까요, 다케치 씨.”

료마는 자기 귀로 듣고 자기 눈으로 본 그대로를 이야기해 주었다. 한페이타는 잠시 생각하더니 갑자기 미소를 지었다.

“료마, 난 말이다, 오토노께 과자를 받았다. 번을 위해 열심히 일해 주었다면서 상으로 주신 것이다. 바로 얼마 전 일이야. 그런 내가 오토노께 미움을 사다니, 말도 안 되지.”

한페이타의 이런 성실함 때문에 많은 젊은이가 그를 믿고 따랐던 것이다. 그런 생각이 들자 료마는 눈물이 나올 것만 같았다.

“아니라니까요, 다케치 씨. 제발 정신 좀 차리세요.”

“그렇다면 네가 대답해 보아라. 오토노께서 왜 나를 미워한다는 거냐?”

한페이타가 료마의 눈을 들여다보며 물었다.

“……오토노의 오른팔이었던…… 요시다 도요 님을 죽였기 때문에. 그리고…… 도사근왕당이 하급무사들의 모임이기 때문에.”

료마의 두 볼이 눈물에 젖었다. 울음을 터뜨린 료마에게 한페이타는 웃으면서 조곤조곤 타일렀다.

“그게 무슨 소리냐? 요시다 도요는 오토노를 부추겨서 번을 잘못된 방향으로 이끌어 가려 했던 간신이다. 게다가 오토노께서는 나를 상급무사로 승격시켜 주셨다. 그러니까 도사근왕당을 인정하셨다는 뜻이다. 넌 뭔가 큰 착각을 하고 있구나, 료마.”

료마는 더 이상 참을 수가 없어서 한페이타의 손을 잡았다.

“아니에요! 다케치 씨는 잘못 생각하고 있어요. 제발 내 말 좀 믿어 주세요, 다케치 씨!”

“그만 됐다.”

“도사로 돌아가면 안 돼요. 그것만큼은 제발 하지 마세요!”

“그만하라고!”

한페이타가 료마의 손을 뿌리쳤다.

"그만해라, 료마······. 양이의 꿈이 무너져 버렸단 말이다······. 그런 나에게 오토노까지 믿지 말라는 건 다케치 한페이타라는 남자를, 나의 인생 전부를 부정하라는 말이다. 사무라이가 자기 주군을 의심한다면 그건 이미 사무라이라고 할 수가 없다."

한페이타는 터져 나오는 눈물을 참으려고 입술을 떨면서 말했다. 그제야 료마도 알게 되었다. 요도에 대한 믿음이라는 한 가닥 희망에 의지해 한페이타는 간신히 자신을 잃지 않고 버티고 있다는 사실을.

"괜찮다. 슈지로만 구한 다음 난 곧바로 나시 돌아올 생각이다. 아직 이조가 남아 있으니까."

이조에게 사람을 죽이는 더러운 일을 강요하고, 믿고 따르던 마음에 상처를 주었던 일이 한페이타의 마음에 걸렸다.

"난 이조에게 사과해야 한다. 너와는 여러 일들이 있었지만 난 너를 미워한 적이 없다. 정말이다, 료마! 역시 죽마고우는 참으로 고마운 존재인가 보다."

한페이타는 어딘지 달관한 사람처럼 평온한 미소를 지으며 말했다.

—1863년 6월에 다케치 한페이타는 도사로 돌아갔다네. 료마는 이미 알고 있었는지도 모르지. 한페이타가 다시는 도사에서 나오지 못할 것이라는 사실을 말이야······.

료마는 오사카의 가쓰 사숙으로 돌아와서 소노조, 조지로, 가메야타, 다로, 도라노스케 등과 함께 선박 조종술을 배우고 훈련했다. 모든 것이 새로워서 료마는 불안과 두려움을 잊기 위해서라도 더욱 훈련에 몰두했다.

이조는 여전히 나쓰의 집에 틀어박혀 있었다. 그러던 어느 날 아무런 예고도 없이 문이 난폭하게 열리더니 도사의 번사들이 우르르 들어왔다.

"오카다 이조, 꼼짝 마라!"

"왜 나를……?"

순간적으로 이조는 칼을 뽑아들고서 물었다.

"무슨 헛소리냐? 살인마 이조 주제에!"

한 사람이 그렇게 외치자 무사들이 일제히 칼을 뽑아서 이조를 잡으려고 했다.

"도망쳐요, 이조 씨!"

나쓰가 이조 앞으로 뛰어나왔다.

"나쓰!"

"빨리요!"

"야아아앗!"

이조는 칼을 치켜들고 달려들 것처럼 위협하다가 도사 번사들이 움찔 겁을 먹은 틈에 창문으로 뛰쳐나가 그대로 도주했다.

제20장
슈지로의 원통함

1863년 6월. 어찌 된 일인지 나그네 차림을 한 곤페이가 오사카의 센쇼지를 찾아왔다. 곤페이는 사찰 바깥을 바라보다가 경내를 지나 현관으로 향했다.

본당에서는 료마를 비롯한 훈련생들이 세 개 조로 나뉘어 증기기관 모형을 둘러싸고 동력의 원리를 검증하고 있었다.

"증기기관의 구조를 이해하지 못하면 절대 배를 움직일 수가 없다!"

요노스케의 지도 아래 넓은 본당은 훈련생들의 열기로 가득 차 있었다. 료마는 이해하는 것이 너무 힘들어 다른 사람들은 어떻게 하고 있나, 옆을 보았더니 평소에는 열심이던 가메야타, 다로, 도라노스케 역시 모형에 집중하고 있지 않았다. 다들 도사로 돌아간 한페이타와 감옥에 갇힌 슈지로가 걱정이라며 자꾸만 료마에게 걱정을 털어놓기 바빴다.

"걱정할 필요 없어. 다케치 씨나 슈지로 씨는 도사를 위해 열심히 일해 온 사람들이잖아. 그 사실을 다들 잘 알고 있으니까."

안심시키려고 료마가 웃으며 말하자 가메야타는 고개를 끄덕였다.

"그래 맞아. 오토노께서도 틀림없이 알아주시겠지."

가메야타, 다로, 도라노스케는 기분을 새롭게 해서 증기기관 모형에 집중했다. 그런 말로 사람들을 달랬지만 오히려 료마야말로 내심 불안이 가득했다.

현관에 이르러 곤페이는 사찰 하인에게 안내를 부탁했다.

"도사에서 올라왔습니다. 사카모토 곤페이라고 합니다."

"먼 오사카까지 이렇게 찾아오시느라 고생하셨습니다."

하인은 정중하게 곤페이를 맞이하더니 본당으로 안내했다. 곤페이가 본당 안을 들여다보자 그 안에서는 요노스케가 큰 소리로 강의하고 있었고, 나이도 말씨도 제각각인 사무라이들이 하나가 되어 열심히 배우고 있었다.

"사카모토 료마 님의 형님이시랍니다."

하인은 그렇게 알려 주고는 돌아가 버렸다.

"료마한테 잠깐 볼일이 있어 찾아왔습니다."

곤페이가 머뭇거리면서 안으로 들어서자 훈련생들의 시선이 곤페이에게 쏠렸다. 그중 한 사무라이가 바로 곤페이를 알아보고는 큰 소리로 외쳤다.

"외삼촌! 접니다. 조카 다카마쓰 다로예요!"

"다로! 아니, 너도 여기 있었냐? 어, 너는……."

"만두 가게 조지로입니다."

쑥스럽게 인사하는 조지로를 보고 곤페이는 눈이 휘둥그레 졌다.

"그래……. 그나저나 료마는?"

"아아, 아까까지 있었는데요……."

조지로가 미안한 표정으로 말했다. 료마는 린타로를 만나기 위해 방금 교토로 출발했던 것이다.

도사로 돌아간 한페이타는 고치 성으로 올라가 슈지로를 변 호하기 위해 요도에게 알현을 신청했다.

"고개를 들라."

엎드린 채 요도를 기다리던 한페이타는 상석에서 내려다보는 쇼지로의 모습에 숨이 멎을 듯 놀랐다.

"오랜만이군, 다케치."

"고토 님……."

요시다 도요의 조카인 고토 쇼지로였다. 도요가 도사 번의 정 치를 맡고 있던 시절에는 주군의 친위대장으로서 큰 힘을 쥐 고 있었다.

"숙부님께서 돌아가시고 너희 근왕당이 도사를 좌지우지하게 된 이후로 나는 계속 찬밥 신세였다. 그런데 이번에 오토노께서 나를 성으로 불러 주시더구나. 그러니 히라이 슈지로에 대한 이야기라면 나에게 하도록 하라."

도요가 한페이타를 인정하지 않았듯이 도요의 힘을 등에 업고 있던 쇼지로 역시 한페이타를 멸시했고, 심지어는 발길질을 한 일까지 있었다. 모든 일을 가슴속으로 밀어 넣은 채 한페이타는 오로지 슈지로에 대한 관대한 처분을 위해 머리를 숙였다.

"역시 도사근왕당은 다르구나. 참으로 아름다운 사제 간의 정이 아니냐. 하지만 히라이는 다른 혐의로도 심문받는 참이다. 요시다 도요 님을 살해한 자의 신원에 대해서 말이다."

쇼지로는 이제야 원수를 갚게 되었다고 벼르고 있었던 것처럼 한페이타를 내려다보았다.

"외람되오나 제가 한 말씀 올리겠습니다. 요시다 님께서는 시대의 흐름을 보시는 안목을 갖추고 계시지 않았습니다. 그때 요시다 님의 정책이 계속되었다면 도사 번은 양이의 움직임에 뒤처진 채 세상의 흐름에 당혹스러워하는 다른 여러 번들과 똑같아졌을 것입니다."

"닥쳐라! 나는 숙부님을 살해한 것이 너희 도사근왕당이 틀림없다고 생각한다. 히라이를 염려하기 전에 너 자신부터 걱정해야 할 것이다, 다케치."

이제 쇼지로는 한페이타와 비교도 할 수 없는 위치에 서 있었다.

같은 고치 성안에서 요도는 아무 일 없는 양 책을 읽고 있었다. 요도는 쇼지로와 도사근왕당 사이의 반목을 이용해 도요 암살의 주모자를 밝히는 역할을 쇼지로에게 전적으로 위임했다.

감옥에 갇힌 슈지로는 자백을 강요받으며 심한 고문을 당하고 있었다. 슈지로는 누가 도요를 암살했는지 모르기에 자백을 하고 싶어도 할 수가 없었다. 다만 근왕당의 누군가가 손을 썼고, 그것을 명령한 사람은 한페이타가 아닐까 하고 어렴풋이 짐작만 하고 있을 뿐이었다.

도사는 수면 아래에서 불안하게 흔들리기 시작하고 있었다. 슈지로는 죄목이 공개되지 않은 채 감옥에 갇혀 있었고, 5월 10일의 양이 실행이 이루어지지 않은 채 한페이타가 도사로 돌아왔다. 일반 백성들의 생활에는 큰 변화가 없었지만 조금씩 불안이 퍼지고 있었다.

오사카에서는 조지로가 제일 먼저 곤페이가 센쇼지까지 찾아온 이유를 알아차렸다.

"료마 씨를 데려가려고 오신 것이겠지요."

슈지로가 붙잡힌 것을 보고 형으로서 료마의 안위를 걱정하는 것은 당연한 일이었다.

곤페이는 센쇼지의 방 하나를 빌려서 여장을 풀었다. 앞으로 어떻게 해야 하나 생각하고 있는데 복도에서 조지로가 얼굴을 들이밀었다.

"료마 씨는 금방 돌아오지 않을 것 같은데요. 그래도 여기서 계속 기다리시겠어요?"

"그렇다고 이대로 돌아갈 수도 없는 일 아닌가?"

곤페이는 참으로 난감했다. 조지로는 마치 방금 생각이 난 것처럼 한 가지 제안을 했다.

"그냥 기다리시기 심심하실 텐데 우리랑 같이 배워 보시면 어떨까요?"

"엉?"

본당에 훈련생들이 정렬했다.

"번호!"

요노스케가 구령을 붙이자 훈련생들이 차례대로 하나, 둘, 셋, 넷, 다섯, 하며 자기 번호를 외쳤다. 하나에서 열아홉까지는 달랑 4초 만에 마쳤는데…….

"스, 스물!"

스무 번째에 서 있던 곤페이가 뒤늦게 번호를 외쳤다.

"늦다!"

요노스케가 다시 번호를 외치게 했다. 그러나 두 번째에도 너무 늦게 대답한 곤페이는 울고 싶은 기분으로 훈련을 계속했다.

료마의 얼굴을 보자마자 린타로는 분통 터지는 심정을 한꺼번에 쏟아 냈다.

"나라가 도대체 어떻게 되려고 이러는지 모르겠다. 외국 배를 공격한 조슈가 완전히 박살이 나도록 보복을 당했는데 그 소식을 듣고도 막부 인간들은 좋아서 난리들이더라. 이대로 조슈가 완전히 망하면 귀찮고 시끄러운 양이파가 없어지니 얼마나 다행이냐고 생각하는 놈까지 있을 판이라니까."

"같은 일본인이 외국에 당했는데 그렇게 생각하다니, 그게 말이나 되는 일입니까?"

"제멋대로라니까. 이 일본이라는 나라는 말이야."

린타로의 이야기를 들으면 들을수록 료마도 점점 화가 치밀었다.

"외국이 나라를 집어삼키려고 벼르고 있는 판에 한 나라 안에서 같은 편끼리 싸우다니!"

"하지만 말이다, 일본이 그런 나라이기 때문에 아직 외국의 속국으로 전락하지 않았다고 볼 수도 있다."

린타로의 어조가 바뀌었다. 린타로가 이런 말투를 쓸 때는 흥미로운 이야기가 나오기 마련이었다. 료마는 몸을 앞으로 내밀고 귀를 곤두세웠다.

한 명의 권력자 아래 뭉친 나라는 꼭대기에 있는 사람만 없애면 순식간에 무너져 내린다. 그런데 일본은 에도에 도쿠가와 쇼군이 있고, 교토에 천황이 있다. 일본 전역이 도쿠가와 막부의 지배 아래 있는 것처럼 보이면서도 실제로는 각 번마다 나름대로의 방침을 가지고 정치를 하고 있다.

"외국 입장에서 보자면 이렇게 다루기 힘든 상대도 없는 셈이지. 원래 사물이란 이쪽에서 보는 것과 저쪽에서 보는 것이 전혀 다르기 마련이거든."

린타로는 오른손과 왼손을 내미는 것으로 모자라 온몸으로 설명해 주었다.

"전혀 다르게 보인다……. 그래서 말입니다, 선생님. 저는 도대체 어떻게 해야 할지 모르겠습니다."

린타로의 재미있는 설명에 자기도 모르게 빠져들고 말았지만, 사실 료마는 상의할 일이 있어서 오사카에서 교토까지 찾아온 것이었다.

"히라이 슈지로 씨가 도사에서 투옥되었습니다. 다케치 씨는 슈지로 씨를 구하러 내려갔지만 야마우치 요도 공께서는 근왕당을 싫어하지요. 슈지로 씨를 구할 방도가 없을까요?"

"구해 주고 싶어도 요시다 도요를 암살한 것은 근왕당이 맞잖아?"

"……다케치 씨는 자신이 올바른 일을 했다고 믿고 있어요."

"요시다 도요라는 자가 정말 나쁜 놈이었느냐?"

린타로가 묻자 료마는 도요와 대치했을 때의 상황을 돌이켜 보았다. 경우에 따라서는 도요를 죽이겠다고 당시 료마도 각오를 한 상태였다.

(난 말이다, 누구보다도 도사를 사랑하는 사람이다.)

도요는 료마의 각오를 알면서도 자기 밑에서 일할 것을 제의했다. 도사를 풍요롭게 하기 위해 번의 재정을 다시 세우는 데 진력했고, 하급무사라 해도 능력만 있으면 일을 맡기는 등 넓은 아량을 보여 주었다.

"……전 그렇게 생각하지 않는데요."

"그럼 나쁜 건 다케치 일당이 아니냐?"

"그건 아닙니다! 다케치 씨는 진심으로 도사를 생각하고, 오토노를 생각해서……."

"그러니까 이번 경우도 어느 쪽에서 보느냐에 따라 전혀 다르게 보인다는 말이구나."

료마의 내면에서 해답을 이끌어 내려고 꺼낸 이야기였는데 료마는 그 말을 듣고 생각에 잠겨 버렸다.

한편 린타로는 위기의 국면에 서 있었다.

"가쓰 사숙이 위태롭다."

막부의 재정 담당 부서에서 고베 마을에 해군조련소를 만들기 위한 자금은 대겠지만 린타로의 사설 기관인 가쓰 사숙에는 돈을 지급할 수 없다고 통지했다는 것이었다. 료마는 막부의 좁아터진 재량을 도저히 믿을 수 없었다.

"그게 무슨 말이에요? 지금부터 배우지 않으면 조련소를 세우더라도 아무것도 할 수 없잖아요!"

"위에 있는 인간들은 그걸 모른다니까. 물건에는 돈을 내겠지만 사람에게는 돈을 쓰지 않겠다는 좁은 안목이지."

"도대체 얼마나 필요한 겁니까?"

"천 냥."

"처, 천 냥!"

료마가 뒤로 넘어갔다. 린타로의 생각에 자금을 원조해 줄 만한 사람은 에치젠 후쿠이 번의 마쓰다이라 슌가쿠밖에 없었다. 천 냥이나 되는 거금을 쉽사리 내주려 하지는 않겠지만 가쓰 사숙으로서는 사활이 걸린 문제이니만큼 무슨 일이 있어도 슌가쿠를 움직여야 했다.

"미안하지만, 료마. 네가 다녀와 줘야겠다."

"예? ……에치젠에 말입니까?"

"난 자리를 비울 수 없는 몸이다. 네가 마쓰다이라 님과 직접 담판을 지어서 어떻게든 천 냥을 받아 와라."

힘을 빌리고 싶어 교토까지 찾아왔는데 린타로는 오히려 기다렸다는 듯이 되려 료마에게 엄청난 임무를 떠맡겼다.

히라이가를 찾아간 한페이타는 안내된 방 안에서 한곳을 물끄러미 바라보며 스스로 묻고 있었다. 이제껏 신념을 가지고 걸어왔던 길이 과연 올바른 것이었을까.

(히라이는 다른 혐의로도 심문받는 참이다. 요시다 도요 님을 살해한 자의 신원에 대해서 말이다.)

범인의 정체를 알고 있는 사람은 극히 한정적이었다. 아무것도 모르는 슈지로가 얼마나 지독한 고문을 당하고 있을까? 한페이타는 양심의 가책을 견딜 수가 없었다. 그러는 한편으로 몇 번을 돌이켜 생각해 보아도 도요가 활개 치며 마음대로 하도록 내버려 둘 수는 없었다는 결론에 도달했다.

그때는 요도가 막부로부터 근신을 명령받고 은거해야만 했던 시절이었다. 도요에게 몇 통씩이나 의견서를 올려도 하나같이 무시당하자 더 이상 기다릴 수 없었던 한페이타는 슈지로, 가메야타 등과 함께 도요가 등청하기 위해 저택에서 나올 때까지 대문 앞에서 기다렸다.

(요시다 님! 제발 요도 공을 만나 뵙게 해 주십시오! 제가 말씀 올리겠습니다. ……도사가 갈 길은 양이밖에 없다는 것을!)

(닥쳐라!)

도요가 바지 자락을 붙잡은 한페이타를 발로 걷어찼다. 그런 굴욕까지도 참을 수 있었던 까닭은 자신이 가고자 했던 길이 옳다고 믿었기 때문이다. 도요가 사라지지 않는 한 도사에는 미래가 없다고 생각했다.

(너희에게 큰일을 부탁해야겠다.)

한페이타는 근왕당의 오이시, 나스, 야스오카에게 밀명을 내렸고, 세 사람은 임무를 훌륭하게 수행했다.

"도요는 죽어 마땅했다……. 잘못된 판단이 아니었어!"

한페이타는 스스로 납득시키려는 듯이 단정했다.

방문이 조용히 열리더니 가오가 들어왔다. 아마도 방문을 열기 전에 복도에서 기척을 했겠지만 한페이타는 자기 생각에 빠져 듣지 못했다.

"어서 오세요, 다케치 님. 교토에서 일하시느라 고생이 많으셨습니다."

머리를 숙인 가오는 딱딱하게 굳은 표정이었다.

"가오, 슈지로에 대해서는 걱정하지 않아도 된다. 그 녀석이 잘못한 것은 하나도 없으니까."

"……그렇다면 오라버니는 어째서 감옥에 갇힌 건가요?"

"오토노께서 뭔가 잘못 아신 모양이다. 우리 근왕당은 아무런 잘못도 저지르지 않았는데 말이다."

"하지만 교토에 계실 때 이조 씨에게 많은 사람을 죽이게 하셨잖아요."

가오는 한페이타를 똑바로 바라보며 말했다. 가오도 사무라이 집안에서 나고 자란 여인이었다. 납득할 만한 이유만 제시한다면 한페이타를 원망할 생각은 조금도 없었다. 그런데 한페이타는 상당히 큰 충격을 받았다.

"그놈들 전부 일본이 외국에 잡아먹혀도 상관없다고 생각하는, 용서받지 못할 매국노였다. 그래…… 그런 놈들에게는…… 막부의 중신이건, 도사의 중신이건, 천벌을 내려야 하는 거야."

말하는 사이에 한페이타는 자기 말에 힘을 얻어 확신에 찬 어조로 선언했다.

"슈지로는 내가 구하겠다. 반드시 구해 내마!"

한페이타의 약속에도 가오의 마음은 편해지지 않았다. 슈지로를 생각하면 가오의 마음은 불안과 슬픔으로 찢어질 것만 같았다.

이와사키가의 마당에서는 큰 수레에 실린 목재들이 덮개도 없이 비를 맞고 있었다.

야타로가 돈을 마련할 길이 없어 사카모토 집안을 다시 찾아간 것은 며칠 전 일이었다. 그런데 마음 좋은 곤페이는 오사카로 출타 중이었고, 집에 남아 있는 여자들은 깐깐하기 짝이 없었다.

"내가 부교소 문에 낙서한 일로 붙잡혀 들어갔을 때 말이지, 같은 감옥에 있던 할배가 가르쳐 주었단 말이야. 물건의 값어치란 사람에 따라 다르다고. 그래서 난 이런 생각을 했어. 싸구려 판자라도 집이 부서진 사람에게는 가치가 있지 않을까 하고 말이지. 그런데 아무도 나무를 사지 않는 거야. 값을 내리고 또 내려도 사는 사람이 없어. 난 도대체 어떻게 하라고!"

야타로의 넋두리는 들은 척도 하지 않고 야타로의 어머니 미와는 밭에서 뽑아 온 채소를 씻고 있었다.

"너무 조급해하지 말아요, 여보. 조만간 팔릴 거예요."

아내 기세가 부드럽게 남편을 위로했다.

"참, 아무리 생각해도 알 수 없는 노릇이야. 어떻게 저렇게 좋은 여자가 너 같은 놈한테 시집올 생각을 했는지 말이다."

도박에 빠져 있던 야지로는 요즘 들어 딴사람처럼 성격이 원만해졌다. 제자리를 잡지 못한 야타로만 집에서 설 자리가 없었다.

야타로는 부인을 쫓아 안으로 들어갔다.

"여보……. 당신은 왜 나한테 시집온 거야?"

"왜 그래요, 갑자기……?"

"처음 만났을 때 난 똥구덩이에 빠져서 온몸에 똥칠을 한 채 살려 달라고 소리 지르고 있었어. 그런 남자를 보고 첫눈에 반했다는 건 말도 안 되잖아."

기세는 웃기만 할 뿐 대답해 주지 않았다.

"부부가 된 다음에도 고생만 잔뜩 시키고……. 남편이라는 작자가 이렇게 밑바닥에서 헤매고 있으니 마누라가 버리고 떠난다 해도 아무도 손가락질하지 않을 거야. 그런데도 당신은……."

기세는 일하던 손길을 멈추고 야타로 쪽으로 몸을 돌렸다.

"점괘에 그렇게 나왔어요."

"뭐?"

"손금을 아주 잘 본다는 용한 점쟁이에게 들었어요. 저를 행복하게 해 줄 사람은 온몸에 똥칠을 한 남자라고요. 그래서 똥구덩이에 빠진 당신을 보았을 때 '이 사람이구나!' 하고 생각했지요. 당신은 장래에 틀림없이 성공할 거예요. 반드시 큰 부자가 될 거라고요."

그럴 가능성이라고는 눈곱만큼도 보이지 않는 야타로인데도 기세는 믿어 의심치 않는지 생글생글 웃으면서 장담했다.

"맞다! 여보, 덤을 얹어 주면 어떨까요? 목재에 뭐라도 얹어
주면 팔릴지도 모르잖아요."

"덤이라니, 뭘 주라고?"

"그야 전 바보라서 모르지요. 하지만 당신이라면 틀림없이 생
각해 낼 거예요."

"덤이라……."

야타로는 반신반의하는 투로 중얼거렸다.

가쓰 사숙에서 배우는 교과는 참으로 다양해서 갑자기 끼어
든 곤페이가 따라가기 쉽지 않았다. 하루는 곤페이가 젊은 훈련
생으로부터 해도 읽는 법을 배웠다.

"이걸 잘 외워 둬야 해요. 일본을 지키기 위해서요."

한참 나이 어린 훈련생이 가르쳐 주는 것을 곤페이는 필사적
으로 이해하려 했지만 워낙 생소한 내용이었다. 집중력에 한계
가 와서 머릿속이 멍해지려는 찰나에 소노조의 얼빠진 목소리
가 크게 들려와 정신이 번쩍 들었다.

"뭐라고! 천 냥?"

소노조는 료마가 보낸 편지를 읽고 있었다. 훈련생들은 무슨
일인가 싶어 소노조 주위로 모여들었다.

"가쓰 사숙의 자금이 동날지도 모른대요."

편지를 먼저 읽은 조지로가 간추려서 전하자 훈련생들은 깜

짝 놀라 일제히 일어섰다. 곤페이는 사정을 제대로 알지도 못한 채 다른 사람들의 분위기 때문에 불안해졌다.

편지를 다 읽은 소노조가 얼굴을 들었다.

"료마는 돈을 빌리기 위해 에치젠의 번주를 만나러 간다고 쓰여 있어요."

"에치젠?"

곤페이는 머릿속이 하얘지는 것 같았다. 도대체 얼마나 더 기다려야 료마를 만날 수 있다는 말인가?

훈련생들은 그렇게 어마어마한 거금을 조달하지 못하면 가쓰 사숙이 없어지게 된다는 사태의 심각성을 깨닫자 걱정하며 발을 동동 굴렀다. 곤페이까지도 점차 사정을 알게 되자 어수선한 분위기에 휩쓸려 훈련생들과 같은 기분이 되어 심각한 표정으로 다른 사람들과 함께 머리를 맞대고 걱정했다.

"료마 씨라면 어떻게든 해결책을 마련할 거야."

"맞아. 료마라면 천 냥을 빌려 올지도 몰라."

조지로와 소노조가 입을 모아 말하자 이윽고 훈련생들 사이에서도 "료마라면 할 수 있어", "료마한테 맡겨 보자"라는 의견이 잇달아 나왔다.

"료마라면 할 수 있다니……."

곤페이는 당혹스러웠다. 울보 꼬마였던 료마가 여기서는 모두의 신뢰를 한 몸에 받고 있었다.

에치젠 후쿠이 성으로 들어간 료마는 슌가쿠 앞에 납작 엎드려서 간곡하게 부탁했다.

"부탁드립니다! 가쓰 사숙을 위해, 일본 해군을 위해 천 냥을! 제발 도와주십시오!"

슌가쿠는 어디선가 본 듯한 인물이다 싶어 료마를 뚫어지게 쳐다보았다.

"너와는 전에 만난 적이 있는 것 같구나."

"예! 예전에 에도의 번저로 찾아뵌 적이 있었습니다."

"아아, 그래. 가쓰 님을 소개해 달라고 조르던 남자렷다? 얼굴을 들어 보아라."

료마가 긴장한 표정으로 고개를 들었다.

(저는…… 사카모토 료마입니다. ……이렇게 재미있는 인생을 사는 자가 저 말고 어디 있겠습니까?)

그렇게 말하던 료마를 슌가쿠는 분명히 기억하고 있었다. 인상적인 남자였고, 지바 도장의 지바 사다키치가 그 인품을 보장했다.

"슌가쿠 님 덕분에 저는 가쓰 선생님의 제자가 되었습니다."

"그렇구나. 그렇게 되었구나."

슌가쿠는 납득했다. 료마는 여전히 재미있는 인생을 살고 있는 모양이었다. 그러나 에치젠 후쿠이 번도 여러모로 자금이 필요한 시기였다. 선뜻 내주겠다는 말을 하지 않는 슌가쿠에게 료마는 한 가지 제안을 했다.

"천 냥이 큰돈이라는 사실은 충분히 알고 있습니다. 하지만 저희들은 반드시 그것을 살아 있는 돈으로 만들 것입니다."

"살아 있는 돈?"

슌가쿠는 귀에 익지 않은 낯선 말에 반문했다.

그것은 료마이기에 할 수 있는 제안이었다. 사카모토 가문의 본가는 사이타니야라는 전당포를 운영하고 있었다. 료마는 어렸을 때 장사에 흥미를 느껴 지금은 돌아가신 아버지가 아무리 야단을 쳐도 날마다 사이타니야를 찾아가곤 했다.

"그때 돈에는 살아 있는 돈과 죽은 돈이 있다는 사실을 배웠습니다. 죽은 돈은 물건과 교환하면 끝인 돈입니다. 하지만 살아 있는 돈은 사용한 액수 이상으로 가치가 몇 배나 불어나서 돌아옵니다."

료마는 신기하다 못해 마술 같은 이야기를 자신만만하게 늘어놓았다.

"어떻게 너는 그리 단언하느냐?"

"그 돈으로 일본의 장래를 짊어질 인재를 키우고 일본을 지킬 해군을 만들 것이기 때문입니다."

"그래……. 살아 있는 돈과 죽은 돈이라……."

에치젠으로 오는 도중에 료마는 "사물은 보는 각도에 따라서 전혀 다른 모습으로 보인다"는 가쓰의 말에 대해 계속 생각했다. 돈을 어떻게 쓰느냐 하는 문제도 마찬가지였다. 양이 또한 그것이 옳았는지 틀렸는지 보는 방법에 따라 사람의 일생이 좌우됐다.

"휘둘린 사람 입장에서 보자면 황당한 일이지요. 지금 도사에는 오토노를 위해 일했던 사람이 감옥에 갇혀 있습니다. 어째서 그렇게 되어 버렸는지 저로서는 도무지 납득이 되지 않습니다."

자기도 모르게 생각나는 대로 떠들고 있던 료마는 퍼뜩 정신이 들면서 허겁지겁 머리를 조아렸다.

"아이고! 제가 큰 무례를 범했습니다! 저도 모르게 그만 생각나는 대로 쓸데없는 소리를 주절주절……."

슌가쿠는 옆에 있던 남자에게 눈길을 주었다.

"이놈, 꽤 재미있지 않느냐?"

"예."

료마는 '어라?' 하고 생각하며 대답한 남자를 바라보았다.

"이자는 구마모토 번의 무사인데 워낙 뛰어난 사람이라 내가 에치젠으로 불렀느니라."

"요코이 쇼난이라 하오."

요코이가 특징이 있는 사투리로 자신을 소개했다. 슌가쿠가 착수한 에치젠 후쿠이 번의 정치 개혁에 관여한 사람이 바로 요코이 쇼난이었다.

"알겠다. 천 냥을 내주마."

슌가쿠는 자금 융통을 승낙한 다음 료마를 가만히 쳐다보았다.

"그 대신 약조해라, 사카모토. 그 천 냥을 반드시 살아 있는 돈으로 만들겠노라고."

"약속드립니다! 나리께서 훌륭하게 잘 썼다고 칭찬하실 만한 돈으로 만들어 보이겠습니다."

"그래. 가쓰 님이 일부러 너를 골라서 여기까지 보낸 이유를 알 만하구나."

슌가쿠가 웃었다.

"그런데…… 제가 한마디만 나서도 되겠습니까?"

쇼난이 슌가쿠에게 허락을 받더니 료마 쪽으로 얼굴을 돌리고 입을 열었다.

"사물은 보는 방법에 따라서 전혀 다르게 보인다는 것을 알았다고 해 놓고 히라이 슈지로가 투옥된 것을 납득할 수 없다는 말은 참으로 이상하다."

쇼난은 세상 돌아가는 사정을 얼마나 잘 꿰고 있는지 느닷없이 슈지로의 이름까지 꺼내서 료마를 놀라게 하더니 마치 강의라도 하는 사람처럼 웅변을 토했다.

"데모크라시라는 말을 알고 있느냐? 영국 말인데 보다 많은 백성의 생각을 나라 정치에 반영하는 구조를 뜻한다. 미국도 이 데모크라시 체제를 택하고 있다."

료마는 곰곰이 생각해 보았다. 쇼난의 이야기는 존 만지로에게 들은 이야기와 공통점이 있었다.

"그러면…… 프레지던트를 백성이 정하는 것도 데모크라시인가요?"

"그렇지. 일본은 앞으로 크게 바뀔 것이다. 나중에는 일본에도 데모크라시 시대가 도래할지도 모른다. 시대가 변하면 사람의 생각도, 물건의 값어치도 당연히 변하게 된다."

"옳으신 말씀이라고 생각합니다."

순순히 동의하는 료마에게 쇼난은 예리하게 지적했다.

"그렇다면 도사에서 일어나고 있는 일 또한 당연한 일이 아니겠느냐? 지금까지는 가치가 있었던 것이 너무 낡아서 쓸모없게 되었을 뿐이다. 세상의 흐름을 만드는 것은 인간이지만, 세상의 커다란 흐름 속에서 보면 사람 하나 정도는 좁쌀만도 못한 존재다. 히라이 슈지로도 그렇고, 다케치 한페이타도 마찬가지다."

료마의 마음이 불편해졌다. 머리로는 쇼난의 이론을 이해했다. 그러나 한페이타와 슈지로는 뜻을 이루기 위해 몇 년 동안 자기 몸을 돌보지 않고 온 힘을 다해 살아온 사람들이었다.

히라이 슈지로는 연일 이어지는 고문을 견뎌 내고 있었다. 취조를 맡은 쇼지로는 도무지 진전이 없자 초조감을 느끼면서 요도에게 보고했다.

"누가 요시다 도요 님을 암살했는지 알아내기 위해 엄한 취조를 계속하고 있으나 히라이 슈지로는 모른다는 말로 일관하고 있습니다."

요도는 눈썹 하나 까딱 않고 술을 마셨다. 곁에 대기하고 있던 모리시타가 오히려 짜증을 냈다.

"쓸데없는 짓 그만두고 당장 다케치를 잡아 와라. 그놈 입으로 직접 들으면 될 일 아니냐?"

요도는 웃으면서 모리시타를 말렸다.

"안 된다, 안 돼. 아무런 죄도 없이 잡아들이면 도사가 근본 없는 번이라고 비웃음을 살 것 아니냐? 그럼 어떻게 하면 좋을 꼬……?"

한페이타의 처분을 두고 요도는 느긋하게 즐기는 것처럼 보였다. 그런데 잔뜩 벼르면서 기다리고 있던 요도에게 한페이타가 알현을 청해 왔다.

"제발 부탁이옵니다, 오토노! 히라이 슈지로는 결코 요시다 도요 님을 암살하지 않았습니다. 저희 도사근왕당은 오로지 오토노께 충성을 다해 왔을 뿐입니다. 부디 넓은 마음으로 히라이를 사면해 주십시오."

한페이타가 바닥에 이마를 비비며 간절히 청했다. 원한에 불타는 쇼지로는 한페이타가 뻔뻔스럽게 거짓을 고하고 있다는 생각밖에 들지 않았다. 그런데 요도는 관대하게도 한페이타의 읍소를 받아들였다.

"그러냐……. 그래, 이제 그만해라, 고토."

쇼지로로서는 불만스럽기 짝이 없는 명령이었다.

"더 이상 그놈을 닦달해 봐야 소용이 없다. 독단으로 조정에 출입한 죄를 묻는 것뿐이니 말이다."

요도는 여유롭게 술잔을 들었다. 한페이타는 요도가 내린 명령이 무엇을 뜻하는 것인지 가늠할 수가 없었다. 이상한 느낌이 들어 요도의 얼굴을 슬쩍 올려다보자 누구를 향한 것인지 요도의 입가에는 냉소가 번져 있었다.

　슈지로는 의식이 몽롱해질 정도로 심한 고문을 받고 나서 감옥 천장을 멍하니 올려다본 채 바닥에 누워 있었다. 자물쇠 여는 소리가 들렸다. 끼익 하고 옥문 열리는 소리가 나더니 누군가가 안으로 들어왔다. 슈지로는 반응조차 할 수 없었다. 바닥에 내던져진 손에는 피가 말라붙어 있었다.
　감옥 안으로 들어온 사람은 슈지로 옆에 부틑을 놓더니 상저 투성이 손을 가만히 쥐었다.
　"슈지로……."
　슈지로는 가까스로 목소리가 나는 쪽으로 고개를 움직였다. 한페이타가 눈물을 글썽이며 앉아 있었다.
　"다, 다케치 선생님……. 어째서…… 여기로 돌아오신 겁니까?"
　슈지로가 몸을 일으키려 하자 한페이타가 허겁지겁 말렸다.
　"이토록 심하게 상하다니…… 많이 힘들었겠구나, 슈지로. 얼마나 아팠느냐…… 정말 잘 견뎌 주었다."
　"그게 무슨 말씀입니까, 선생님……. 전 정말로 모릅니다. 누가 요시다 도요를 죽였는지…… 선생님 입에서 그런 말을 들은 적은 한 번도 없으니까요……. 그러니까 알고서 참은 게 아닙니다."

한페이타는 도요 암살을 결심하면서 그 일에 죽마고우들을 관여시키고 싶지 않았다. 그래서 슈지로에게도 알리지 않았던 것이다.

"이제 더 이상 고문을 당하지 않을 것이다."

"그럼 전 용서받았나요……? 이제 집으로 돌아갈 수 있는 겁니까?"

슈지로의 흐릿한 눈에서 작은 희망의 빛을 발견하고 한페이타는 참을 수가 없어 눈물을 흘렸다.

"오토노께서는…… 네가 조정에 무단으로 출입했던 일만을 처벌하신다고 했다. 오토노는…… 너에게…… 할복을 명하셨다!"

한페이타는 어깨를 떨며 흐느꼈다. 눈물이 끝도 없이 흘렀다.

"할복……."

"미안하다…… 미안하다, 슈지로! 모든 것이 내 잘못이다. 내가 근왕당을 만들지 않았더라면……, 너를 끌어들이지 않았더라면…… 이런 일은 생기지 않았을 것을. 나를 용서해 다오, 슈지로!"

"……그게 무슨 말씀입니까, 선생님. 도사근왕당이 없었다면 제가 어떻게 되었을지……. 다케치 선생님을 따랐기에 양이의 기수가 될 수 있었지요. 천황 폐하의 사신도 될 수 있었고요……. 정말 꿈만 같았습니다."

슈지로는 근왕당이 결성된 때부터 교토 상경까지, 일본을 짊어지고 갈 정도로 기개 넘치던 시절이 자랑스러워 눈물을 주르르 흘렀다.

"슈지로! 이제는 선생님이라고 부르지 않아도 된다. 아니, 제발 그렇게 부르지 마라!"

"다케치 선생님은…… 260년 동안이나 학대당하고 천대받아 왔던 하급무사를 당당한 자리로 끌어올려 주셨지요……. 모든 게 다케치 선생님 덕분입니다."

"슈지로!"

"할복은…… 사무라이의 명예 아닙니까……. 감사한 일입니다. 가오에게 전해 주세요. 오라비는 틀리지 않았다고…… 오라비는 행복했다고……."

슈지로는 눈물로 얼굴을 적시면서 자신의 운명을 받아들였다.

한페이타는 슈지로의 몸을 끌어안고 통곡했다. 언제나 존경해 마지않았던 한페이타의 가슴에서 슈지로 또한 마음껏 울었다.

—히라이 슈지로에게 정식으로 할복 명령이 내려진 것은 1863년 6월 8일이었다네. 매미가 울기 시작한 초여름이었지.

곤페이는 해군조련소 시험을 쳤다.

"전속 전진!"

요노스케의 구령에 따라 곤페이가 줄에 깃발을 달았다.

"좋아! 다음, 속도 늦추며 왼쪽으로 회두!"

요노스케의 지시가 복잡해졌다. 곤페이는 열심히 깃발을 달아 갔다.

조지로를 비롯한 훈련생들이 지켜보며 성원을 보내는 가운데 곤페이가 네 장의 깃발을 세로로 줄지어 봉에 걸었다.

"좋다, 합격!"

훈련생들이 환성을 질렀다.

"고맙습니다! 고맙습니다!"

곤페이는 무언가 달성했다는 희열을 만끽하며 훈련생들과 일체감에 젖었다.

"뭐야, 왜 이렇게 야단법석이야?"

에치젠에서 돌아온 료마는 야단법석 한가운데 어째서 자기 형 곤페이가 있는지 몰라 눈만 끔벅거렸다.

"형님? 어째서 여기에……?"

여독을 풀 새도 없이 료마는 절 한편의 방에서 곤페이와 마주 앉았다.

"너를 데리러 여기까지 온 거다. 이제 탈번의 죄도 용서받지 않았느냐? 가족들 모두 네 얼굴을 보고 싶어 견딜 수가 없다고 난리다. 네가 도사에서 뛰쳐나간 지 벌써 1년도 더 지났으니 말이야."

료마는 대답을 할 수가 없었다. 일본 해군을 만드는 일은 이제부터가 진짜 시작이었다.

"하지만 이제 됐다. 너희가 만들려고 하는 서양식 해군이 어떤 것인지 아직도 잘 모르겠지만……. 그래도 다들 열심히 하고 있다는 사실만큼은 알게 되었으니까. 도사로 돌아오는 건 언제가 되든 상관없다. 네가 정한 길을 열심히 가도록 해라.”

“형님…….”

료마는 그저 형에게 고마울 따름이었다. 돌이켜 생각해 보면 두 번씩이나 검술 수련을 위해 에도로 보내 주었고, 그다음에는 탈번까지 해서 가족에게 폐가 되는 등 곤페이에게 심려만 끼치고 살았다.

복도에서 귀를 곤두세워 엿듣고 있던 소노조가 “좋았어!” 하며 주먹을 불끈 쥐었고, 조지로는 안도의 한숨을 내쉬면서 어깨의 힘을 풀었다.

“다만…….”

곤페이가 말을 잇자 소노조와 조지로는 서로 얼굴을 마주 보았다.

“오토메에게 편지를 쓸 때에는 내가 너에게 돌아오라고 했다고 써라. 지금 우리 집에서 남자는 나 혼자라 다들 나만 들볶으면 견뎌 낼 수가 없으니까. 알았지? 하하하…….”

“고맙습니다, 형님. 10년 후…… 10년 후에는 반드시 당당하게 도사로 돌아갈 수 있는 남자가 되겠습니다. 반드시…….”

“몸 잘 챙기거라, 료마. 뜻을 이루지도 못하고 도중에 목숨을 잃어서는 절대 안 된다.”

“예…… 예……!”

료마의 두 눈에서 감격의 눈물이 흘러넘쳤다.

─료마가 그 편지를 받은 것은 곤페이가 도사로 돌아가고서
얼마 안 되었을 때였지.

편지는 료마가 머물고 있는 '야마토야'로 왔다. 보낸 사람은
히라이 가오였다.

'료마 씨, 건강하게 잘 지내시는지요? 저는 고향에서 조용히
살고 있습니다.'

"가오……."

료마는 그리움과 가슴 아픔을 느끼면서 편지를 읽어 나갔다.

'어제 슈지로 오라버니가 할복을 했습니다.'

"뭐……!"

료마는 떨리는 손으로 다음을 읽었다.

'……오라버니는 마지막까지 사무라이답게, 훌륭하게 죽음을
맞았다고 다케치 씨를 통해 전해 들었습니다. 다케치 씨는 오라
버니가 아무런 잘못도 하지 않았다고, 그러니 부모님과 저 모두
오라버니를 자랑스럽게 생각해도 된다고 말씀해 주셨지요. 하
지만 저는 도저히 이해할 수가 없습니다. 아무런 잘못도 하지 않
았다는 오라버니가 어째서 할복을 해야만 했는지 저에게 가르
쳐 주세요. 료마 씨, 제발 가르쳐 주세요…….'

가오의 슬픔을 생각하자 료마의 가슴은 찢어질 것만 같았다.
슈지로의 원통함을 생각하면 더욱 눈물을 참을 수가 없었다.

"가오…… 네 말이 맞다. ……이건 말도 안 되는 일이야!"

분하고 원통해서 우는 료마의 머리에 쇼난의 말이 떠올랐다.

(지금까지는 가치가 있었던 것이 너무 낡아서 쓸모없게 되었을 뿐이다.)

"사람의 목숨이 그것밖에 안 된단 말이냐!"

료마는 납득할 수가 없었다.

쇼난은 이런 말도 했다.

(세상의 커다란 흐름 속에서 보면 사람 하나 정도는 좁쌀만도 못한 존재다.)

료마는 도저히 납득할 수 없었다.

"모르겠다! 아무리 그래도 난 도저히 모르겠단 말이다! 슈자로 씨…… 슈시로 씨!"

솟구쳐 오르는 분노를 어디로 발산해야 할지 몰라 료마는 주먹으로 방바닥을 치면서 슈지로의 이름을 부르며 통곡했다.

제21장
고향의 벗이여

　가쓰 사숙에서 배우는 것은 이론만이 아니었다. 요노스케는 체력 훈련도 혹독하게 시켰다.

　"배를 몰고 큰 바다로 나가면 풍랑 속을 뚫고 가야 할 경우도 생긴다. 거친 파도를 이기면서 배를 제대로 조종하려면 무엇보다도 강한 체력이 필요하다."

　료마는 지나치다 싶을 정도로 엄청난 기백으로 훈련에 매진했다.

　훈련이 끝나자 료마는 센쇼지의 뒤뜰에서 땀에 흠뻑 젖은 몸을 깨끗이 씻었다. 본당에서 훈련 도구들을 치우던 소노조와 다른 사람들은 료마가 자리에 없음을 확인하더니 소리를 낮춰 속삭였다.

　"료마는 아직도 마음에 걸리나 봐. 히라이 슈지로의 죽음이 머리에서 떠나지 않는 모양이야."

소노조 또한 큰 충격을 받았다. 하물며 가메야타는 슈지로와 죽마고우였고, 가쓰 사숙으로 들어올 때까지 도사근왕당에서 행동을 같이했던 사이였다.

"나도 마찬가지야……. 설마 슈지로 씨가 할복하게 될 줄이야……."

도라노스케와 다로도 같은 심정이었다. 한페이타가 도사로 돌아갔는데도 어째서 슈지로가 할복하도록 그냥 내버려 두었을까? 그 정도로 요도의 노여움이 대단했다면 이유는 무엇일까? 도무지 알 수가 없었다. 도사에서 무슨 일이 벌어지고 있는지 조지로와 소노조의 불안은 눈덩이처럼 불어날 뿐이었다.

뒤뜰에서 몸을 씻은 료마는 친구의 얼굴이 뇌리에 떠올라 동작을 멈췄다. 슈지로는 얼마나 원통했을까?

(모두 제 잘못입니다! 다케치 선생님을 배신할 생각은 없었습니다. 하물며 오토노를 거스르다니…….)

이조는 어떻게 지내고 있을까?

(더 이상 사람을 죽이고 싶지 않았단 말입니다! 아무리 양이를 위해서라고 해도 이제는 싫다고요.)

그리고 슈지로를 구하지 못한 한페이타는 어떤 생각을 하고 있을까?

(도사로 돌아가면 다케치 씨도 잡혀 버릴 거라고요.)

(난 아무런 잘못도 저지르지 않았다. 일본을 위해, 천황 폐하를 위해, 도

사를 위해, 그리고 오토노이신 야마우치 요도 공을 위해 온 힘을 다해 일
했을 뿐이다.)

　고향에서 함께 놀고, 검술 실력을 겨루며 자랐던 친구들이 하
나둘 잘못된 운명에 휘말리는 것을 료마는 그저 손 놓고 바라볼
수밖에 없는 것일까?

　1863년 7월. 슈지로가 할복한 지 한 달 정도 지난 어느 날, 료
마는 린타로를 찾아 교토로 갔다.
　"가르쳐 주십시오, 선생님."
　료마는 린타로의 얼굴만 봤다 하면 끝도 없이 질문을 쏟아 냈
다. 기왕 그럴 바에야 안마라도 받으면서 해야겠다 싶어 린타로
는 몸을 눕혔다. 료마는 린타로의 몸을 주무르면서 어지럽게 변
하는 일본의 움직임을 말로 정리해 보았다.
　양이론이 대세를 이루던 것이 바로 얼마 전이었다. 한페이타
가 이끄는 도사근왕당이 양이의 기수가 되어 외세의 위협으로
부터 일본을 지키기 위해 정력적으로 활동했다.
　"그런데 어느새 분위기가 바뀌어 버렸어요. 양이, 양이 하고
외치면서 막부는 아무것도 하지 않지요. 5월 10일에 외국 배를
공격한 번은 조슈밖에 없었어요. 도사에서는 히라이 슈지로 씨
가 지금까지의 일로 벌을 받는 것처럼 할복을 해야 했고요!"
　말하는 사이에 점점 화가 부글부글 끓어올라 린타로를 주무

르는 손에도 힘이 들어갔다.

"아이고, 아야야!"

"어? 죄송합니다! ……세상이 어떻게 돌아가는 겁니까? 도대체 무엇이 세상을 움직이는 건가요, 선생님?"

"그야 교토에 계시는 천황 폐하시지. 이 세상은 천황 폐하를 중심으로 돌고 있다. 당연한 것 아니냐?"

힘을 통해 억지로 양이를 행하려는 추세에 대해서는 처음부터 반대 의견이 있었다. 이미 일본은 여러 외국과 통상조약을 체결한 상태였다. 너무도 분명한 무력 차이 때문에 막부는 어쩔 수 없이 개국할 수밖에 없었다. 이런 마당에 지금에 와서 외국과 전쟁을 시작할 수 없다는 것은 누가 봐도 뻔한 일이었다.

"서양과 싸우게 되면 절대로 이길 수 없다고 너도 그러지 않았느냐?"

"……그야……."

료마는 생각에 잠겼다.

"손 안 움직이고 뭐 하는 거냐?"

"죄송합니다!"

"세상이 양이판이었던 건 양이파 사람들이 천황 폐하를 에워싸고 있었기 때문이다. 그런데 그 판에 양이에 반대하는 사람들도 끼어들게 된 거야. 말하자면 지금은 다들 천황 폐하를 자기 편으로 끌어들이려고 한창 줄다리기를 벌이고 있는 셈이지."

뭉친 곳이 좀 풀어졌는지 린타로는 시원하다는 표정으로 눈을 감았다.

─가쓰 린타로의 말대로 조정에서는 의견이 대립하고 있었어. 양이를 주장하는 파는 산조 사네토미를 중심으로 하는 일곱 귀족과 조슈 번이었고, 양이에 반대하는 파는 나카가와노미야를 중심으로 하는 귀족들과 사쓰마 번이었지.

사네토미는 양이를 실행하라는 칙명을 어긴 막부에 대한 분노가 풀리지 않았고, 나카가와노미야는 양이를 실행한답시고 홀로 나섰나가 외국에게 패배한 조슈 번을 공격했다. 두 진영 다 자신들의 주장만 내세울 뿐 한 치의 양보도 없었다.

사네토미의 저택에 모인 양이파 일곱 귀족을 앞에 두고 조슈 번의 구사카 겐즈이는 기염을 토했다.

"우리 조슈는 서양 놈들한테 패한 것이 아닙니다. 놈들에게도 엄청난 피해를 입혔습니다."

"천황 폐하께서는 틀림없이 기뻐하고 계시느니라. 누구보다도 양이를 바라시는 분이니."

사네토미가 강조했다.

나카가와노미야의 저택에는 양이에 반대하는 귀족들이 모였다. 그 모임을 뒤에서 받쳐 주는 세력이 사쓰마 번이었다. 사쓰마 번은 작년 요코하마에서 일어난 영국과의 실랑이가 아직도 해결되지 않아 가고시마 만에서 싸움을 치른 지 얼마 지나지 않았다.

"우리 사쓰마 번은 영국과 한판 붙고 나서 양이만으로는 어차피 이길 수 없다는 사실을 깨달았습니다."

사쓰마 번의 다카사키 마사카제가 조슈 번을 완전히 추락시키기 위해 암약한 때가 이 무렵이었다.

"천황 폐하께서는 처음부터 외국과의 전쟁을 원치 않으셨습니다."

나카가와노미야는 양이파를 견제하기 위해 움직이고 있었다.

─모두 고메이 천황의 생각을 멋대로 추측하고 해석하면서 그것을 내세워서 자기들이 옳다고 우겼지.

"그렇다면 아직 양이의 불은 꺼지지 않은 건가요?"

료마가 안마를 다 끝내자 린타로는 몸을 일으키고 벗어 두었던 겉옷을 입었다.

"아직은 그렇지."

"도사는, 야마우치 요도 공은 근왕당을 눌러 버리려 하고 있어요."

"너희 오토노는 세상 흐름을 워낙 잘 읽어 내니까."

양이의 최선봉이었던 도사 번은 요즘 들어 아무 소리도 없이 잠잠했다.

"그럼 다케치 씨는 어떻게 되는 건가요? 근왕당 사람들은, 그리고 이조는 어떻게 되고요?"

린타로는 겉옷을 다 입더니 료마를 힐끗 쳐다보았다.

"료마, 지금 네가 할 일이 무엇이냐?"

"……일본 해군을 만드는 일입니다."

"쓸데없는 생각을 하고 있을 시간이 없다."

린타로에게 꾸중을 듣자 료마는 고개를 푹 숙였다. 아무리 훈련에 매진해 해군 이외의 일들을 머릿속에서 몰아내려 해도 한페이타나 이조에 대한 생각이 뇌리를 떠나지 않았다. 옆에서 보면 훈련에 몰두하는 것처럼 보였지만 사실 료마는 어떻게 해서든 집중해 보려고 필사적으로 몸을 움직이고 있을 뿐이었다.

한페이타는 집에 틀어박혀 온종일 그림을 그리면서 지내고 있었다. 사카모토가를 찾아온 도미는 오토메의 물음에 남편 한페이타의 일상을 그렇게 묘사했다. 슈지로의 할복이 큰 타격을 주었던 것이다. 한페이타와 도미가 딱하다는 생각이 들면서 오토메는 의문을 느꼈다.

"오토노는 도대체 무슨 생각이신 걸까요?"

"아니, 오토메 씨, 오토노를 그렇게 말하면……."

도미가 고개를 저었다. 지금 한페이타는 미묘한 입장에 놓여 있었다. 요도에 반대하는 눈치는 털끝만큼도 보일 수 없었다.

"맞아요, 다케치 씨께 폐가 될 수도 있는 일이니까."

이요는 곧바로 도미의 심중을 눈치챘다. 여자들끼리 수다를

떨 때조차도 조심해야 했기에 도미는 사소한 일에도 깜짝깜짝
놀라며 마음 졸이는 나날을 보내고 있었다. 오토메는 안타까워
서 보고 있을 수가 없었다.

갑자기 부엌문이 거칠게 열려 도미가 깜짝 놀랐다.

"목재가 안 팔려! 난 어떻게 하면 되냐고?"

야타로가 소리를 지르면서 들어왔다. 여자들은 깜짝 놀랐던
만큼 야타로를 향해 마구 화를 냈다. 특히 십년감수한 것처럼 놀
란 오토메는 더욱 짜증이 났다.

"노력이 부족하겠지!"

"무슨 소리야? 내가 얼마나 노력했는데! 우리 마누라가 말이
지 덤을 붙이면 팔릴지도 모른다고 그러더라고. 그래서 목재에
곶감이나 생선포를 덤으로 얹어 보기도 했단 말이지. 그런데도
아무도 사지 않는 거야!"

한바탕 떠들어 대더니 야타로는 바닥에 주저앉았다.

"아니, 그렇다고 일부러 우리 집까지 와서 버럭버럭 소리를
지를 건 또 뭐람?"

오토메를 비롯해서 사카모토 집안의 여자들은 보통내기가 아
니었다. 물론 야타로도 그냥 물러날 위인이 아니었다.

"목재를 사 들일 돈을 내 준 것이 이 집이잖아. 그러니 장사가
어떻게 돌아가는지 알리는 건 당연한 일 아닌가?"

"그럼 다 팔고 나서 오면 되지."

곤페이의 아내 지노도 야무진 여인네였다. 야타로는 뻔뻔스

럽게도 그 자리에서 좀 더 버티기로 했다.

"게다가 우리 집이 좀 멀어야 말이지. 여긴 잠시 쉬러 들르기에 안성맞춤이거든. 차나 한 잔 주쇼."

"차 한 잔 내 드려라, 하루이."

이요가 시키자 하루이는 불만스러운 표정으로 일어났다. 거기에 대고 야타로가 "미지근한 건 안 마신다" 하고 한마디 보탰다.

오토메를 비롯한 사카모토 집안 여자들과 야타로가 옥신각신하고 있는 사이에 도미는 어찌할 바를 모르고 당혹스러워하고 있었다. 오토메가 그걸 보더니 나서서 도미에게는 야타로를 료마의 친구라고 소개시키고, 야타로에게는 도미를 다케치 한페이타 씨의 부인이라고 소개했다.

"아이고, 그 고지식한 양반의 안방마님이 이렇게 미인일 줄은 몰랐네. 다케치 씨가 교토에서는 잘나간다고 유세 꽤나 부리고 다니다가 도사로 돌아와서는 바람 빠진 풍선처럼 기를 못 펴고 지낸다던데."

"무슨 말을 그렇게 해요?"

오토메는 야타로에게 눈을 흘겼다. 야타로는 그러거나 말거나 상관하지 않았다.

"하루빨리 사무라이 짓 그만두고 나랑 같이 목재나 팔러 다니지 않겠냐고 물어봐 줘요."

"시끄럽다니까!"

오토메의 박력 어린 일갈은 '사카모토 집안의 도깨비'라는 예전 별명을 떠올리게 할 정도였다. 야타로가 그 기세에 눌려 입을 다문 사이에 이요와 지노는 도미를 위해 준비해 두었던 채소 등을 싸 주었다.

도미가 꾸러미를 안고 사카모토가를 떠나는 모습을 야타로는 아직도 뭔가 할 말이 남은 듯한 눈길로 쳐다보았다. 오토메, 지노, 이요가 어떻게 말을 그렇게 할 수 있냐며 따지고 들자 야타로는 허세를 부리며 도리어 큰소리를 쳤다.

"왜들 그래? 난 이래 봬도 뭐 좀 도움이 될까 싶어서 그렇게 말한 거야."

하루이가 녹차를 들고 나오더니 무뚝뚝하게 쟁반째 야타로 앞에 내밀었다. 야타로는 하루이를 보면서 무심결에 찻잔을 들었다.

"너도 어른이 되면 알게 될 거야. 내가 얼마나 정이 많은 사람인지……. 앗, 뜨거!"

한페이타는 마음을 비우고 그림을 그리고 있는 것처럼 보였다. 그런데 문득 붓이 멈췄다.

슈지로의 사면을 청하는 한페이타 앞에서 요도는 여유롭게 술을 마셨고, 술잔을 비우고는 아무렇지도 않게 슈지로의 할복을 명령했다.

(다케치 씨! 오토노는 다케치 씨가 생각하는 그런 분이 아니라니까요.)

료마는 도사로 돌아오겠다고 결심한 한페이타를 온갖 말로 설득하며 어떻게 해서든지 말리려고 했다.

아내가 오는 기척을 느끼자 한페이타는 다시금 붓을 놀렸다. 방으로 들어온 도미는 한페이타의 신경이 흐트러지지 않도록 조심하면서 겉옷을 장롱 안에 개어 넣었다. 한페이타는 때마침 잠시 휴식을 취하는 척했다.

"사카모토 집안 분들은 모두 건강히 잘 계시던가?"

"예……. 오늘은 무슨 그림을 그리고 계시는 건가요?"

"참새야. 이조는 이걸 그려 주면 참 좋아했는데……. 녀석…… 어떻게 지내고 있는지 궁금하네."

한페이타, 이조, 료마는 어린 시절에 강에서 물놀이도 하고, 참새를 잡기도 하며 많은 시간을 함께 어울려 즐겁게 보냈다. 도미는 남편이 그린 참새 그림을 보며 그 심정을 헤아렸다.

료마 또한 이조를 걱정하며 행방을 수소문하고 있었다. 한페이타가 교토를 떠난 이후로 이조는 소식이 완전히 끊겨 버렸다. 료마가 제일 먼저 찾아간 곳은 이조가 마음을 두고 있던 소녀 나쓰가 일하는 교토의 밥집이었다. 가게로 들어서자 나쓰는 료마의 얼굴을 보더니 숨이 멎을 것처럼 놀랐다.

"혹시 이조가 네게 오지 않았느냐?"

나쓰가 고개를 저었다.

"붙잡히면 도사로 끌려가잖아요? 그럼 이조 씨는 어떻게 되는 거예요?"

"그 녀석은 잡히지 않을 거야. 혹시라도 너를 보러 오면 곧바로 나한테 알려 줘야 해."

료마는 나쓰를 안심시키려는 듯이 미소를 지었다.

이조는 그때까지도 교토에 몸을 숨기고 있었다. 남의 눈에 잘 띄지 않는 후미진 곳에 숨어 지내면서 지장보살 앞에 놓인 음식 등을 훔쳐 먹으며 간신히 연명했다. 도망 생활을 하다 보니 머리는 봉두난발이었고, 옷이고 몸이고 모두 지저분했다.

거리로 나서려던 이조는 맞은편에서 오는 도사 번사 두 명을 보고는 날렵하게 몸을 감췄다.

"그놈은 벌써 한참 전에 교토를 뜬 것 같은데."

"그건 모르는 일이지. 아무튼 닥치는 대로 찾아봐야 해."

도사 번사들이 주고받는 말소리가 멀어지기를 이조는 숨을 죽이고 기다렸다.

"붙잡히기 싫어……. 체포되는 건 죽어도 싫다고."

─오카다 이조는 야마우치 요도 공의 명령을 받은 도사의 관리들에게 쫓기고 있었지. 하지만 이윽고 이조는 막부에서도 쫓기는 신세가 되었다네. 고메이 천황의 한마디 때문이었지.

양이냐 아니냐. 조정에서는 귀족들의 대립이 심각해지고 있었다. 이날 천황의 어전에서 산조 사네토미와 나카가와노미야가 나란히 얼굴을 마주했다. 고메이 천황은 어렴 뒤에 앉은 채 관백에게 자신의 뜻을 전했다.

"폐하께서는 이렇게 말씀하셨습니다. 물론 양이를 실행하라는 칙령을 내리기는 했으나 폐하는 다만 개, 고양이를 싫어하듯이 외인들이 싫으셨을 뿐 진정으로 전쟁을 바라지는 않으셨다고 하십니다."

사네토미는 그 말에 실의에 빠져 어깨를 떨어뜨렸고, 나카가와노미야는 그러면 그렇지 하는 표정으로 희색만면이 되었다.

조정의 양이파 실각이 확정되는 순간이었다.

1863년 8월 18일. 사쓰마 번은 뜻을 같이하는 아이즈 번 등과 손을 잡고 천황이 사는 궁궐의 사카이마치 문으로 무사들을 집결시켰다. 그 수는 6천 명에 달했다. 그에 대항하는 조슈 번의 무사는 천 명에 불과했다.

사카이마치 문은 원래 조슈 번이 경호를 맡고 있었다. 그러나 사쓰마 번, 아이즈 번 등 반양이파는 조슈 번을 비롯한 양이파의 움직임을 경계해 선수를 쳤다. 전날 밤 다른 문을 통해 궁궐로 들어갔던 것이다. 두 대립 세력이 사카이마치 문 앞에서 대치하는 일촉즉발의 사태가 일어나고 말았다.

"조슈는 임무가 박탈되었다. 지금 당장 교토에서 물러나라!"

마사카제가 큰 소리로 외치자 사쓰마 번사들이 앞다퉈 "조슈로 돌아가라!", "너희는 이제 끝났다!" 등 과격한 말을 조슈 번사들에게 던졌다.

조슈 번도 시끌시끌해졌다.

"이런, 망할 사쓰마 놈들!"

겐즈이는 화를 내며 펄펄 뛰었고, 조슈 번사들은 전투도 불사하겠다며 총을 겨누었다.

"할 수 있으면 어디 해 봐라. 황궁을 향해 총을 쏘았다가는 그 순간부터 너희는 역적이 될 테니!"

마사카제는 조슈 번이 총을 겨누어도 끄떡도 하지 않았다. 사쓰마, 아이즈 등은 궁궐을 등지고 서 있었다. 이에 반해 조슈 번은 궁궐을 마주 보는 방향으로 서 있었다.

"발포 금지! 쏘지 마라! 여기서 쏘면 사쓰마의 계략에 휘말리는 것이다!"

가쓰라 고고로가 나서서 허겁지겁 말려야만 했다.

이 사건 이후 조슈 번은 공식적으로 황궁 경호 임무에서 해직되어 철수할 수밖에 없었다. 조슈는 사쓰마에 대한 원한을 뼛속 깊숙이 새기며 돌아섰다.

—이 사건이 바로 나중에 말하는 8월 18일의 정변이라네. 교토에서 쫓겨난 양이파 귀족들은 조슈로 도망칠 수밖에 없었지. 이때부터 사쓰마와 조슈는 서로 증오하며 죽고 죽이는 철천지원

수지간이 되어 버렸다네. 그래, 그로부터 2년 후 료마가 삿초동 맹(사쓰마와 조슈가 맺은 동맹—옮긴이)을 실현시킬 때까지 말이야.

비를 맞으며 겐즈이와 고고로 등 조슈의 무사들이 산조 사네토미와 산조 니시스에토모, 시조 다카우타, 히가시쿠제 미치토미, 미부 모토나가, 니시키코지 요리노리, 사와 노부요시 등 일곱 귀족과 더불어 교토 밖으로 난 길을 따라 조슈로 낙향했다.

교토 시내에서는 낭인들로 보이는 사무라이들이 막부 관리들에게 줄줄이 잡혀갔다.

—8월 18일의 정변을 기점으로 교토에서는 도사 번과 더불어 막부도 가세해 양이파 잔당 수색을 시작했다네.

여기저기서 소란이 일어났고, 사스마타를 손에 든 막부 관리들은 양이파로 보이는 사무라이들을 쫓아다녔다. 사스마타란 긴 막대기 끝에 두 갈래로 갈라진 쇠창 같은 것이 달린 체포 도구였다. 이것으로 목을 땅바닥에 내리눌러서 움직임을 봉쇄하는 것이다. 저항하려고 칼을 휘둘러 봤자 무사들 몇이 한꺼번에 에워싸서 칼을 빼앗고 사스마타로 목을 죄어 버리기 일쑤였다. 그렇게 붙잡혀 가는 무사들의 모습은 처량해 보이기까지 했다.

료마는 잔당 수색 때문에 시끌시끌한 소리만 들리면 곧장 달려가서 체포된 사람이 이조가 아닌가 확인하곤 했다. 그렇게 이

번에도 이조가 아니라는 사실이 확인되면 안도감과 함께 피로
움과 안타까움으로 기분이 가라앉곤 했다.

"이제야 때가 왔구나."

고치 성에 있는 요도는 술을 들이키면서 크게 웃었다.

"오토노께서는 양이파가 무너지리라는 것을 이미 알고 계셨
습니까?"

모리시타의 질문에는 답하지 않은 채 요도는 사정거리 안에
있는 먹잇감을 발견한 맹수처럼 눈을 날카롭게 번뜩였다.

"도사 밖에 나가 있는 근왕당 사람들에게 명령을 전하라. 당
장 돌아오라고!"

요도의 갑작스러운 귀국 명령은 근왕당 당원을 통해 한페이
타의 귀에 들어갔다.

"오토노께서는 이 명령을 어긴 자는 모조리 탈번한 것으로 간
주하겠다고 하셨습니다. 다케치 선생님, 도사근왕당은 앞으로
어떻게 되는 겁니까?"

한페이타는 숨이 멎을 정도로 큰 충격을 받았다.

요도의 명령은 여기저기에 큰 파문을 일으켰다. 그중에서도
린타로가 이끄는 가쓰 사숙에는 도사근왕당이었던 사람들이

여러 명 있었다.

"가쓰 사숙에는 양이파였던 자들이 적지 않다고 들었네. 이참에 전부 내쫓아 버리는 편이 좋지 않겠는가?"

린타로에게 충고한 사람은 막부 중신으로 있는 비추 마쓰야마(지금의 오카야마 현)의 번주인 이타쿠라 가쓰키요였다. 이타쿠라는 두고 보겠다는 듯이 능글맞은 웃음을 흘려 린타로를 불쾌하게 만들었다.

오사카로 달려간 린타로는 센쇼지 본당으로 훈련생들을 불러 모았다.

"너희 중에는 고향에서 돌아오라는 명령을 받은 사람도 있을 것이다. 하지만 지금 돌아가면 무사하기 힘들다. 아니, 돌아간다고 해도 내가 허락하지 않겠다. 너희는 일본을 위한 해군이 되기 위해 여기 모였다. 특정 번을 위해서가 아니다. 잘 들어라. 절대로 돌아가면 안 된다. 나는 그 말을 하기 위해 이렇게 오사카까지 달려온 것이다."

린타로의 말에서 강하고 속 깊은 애정이 뿜어져 나와 나와 요노스케와 다른 번에서 온 훈련생들까지도 마음이 훈훈해졌다.

문제가 되는 번의 무사들인 료마, 소노조, 가메야타, 다로, 도라노스케는 야마토야에 모여 서로 머리를 맞대고 앞으로의 거취에 대해 의논했다.

요도가 내린 명령에 대해서 들은 다로, 도라노스케는 귀향하는 쪽으로 마음이 많이 기울었다. 번사는 자기 번, 그리고 나아

가서는 번주를 위해 존재한다는 뿌리 깊은 의식으로부터 헤어

나오기란 쉬운 일이 아니었다.

"이 바보야! 슈지로 씨는 도사로 돌아가는 바람에 할복하게

되었잖아!"

소노조가 강한 어조로 말렸다. 물론 가메야타도 그 점은 충분

히 감안하고 있었다.

"교토에 있던 근왕당원들은 모두 다 돌아가 버렸잖아요."

교토의 도사 번저에 남아 있던 세이헤이, 에키치, 모타로는 비

장한 각오를 다지고 도사를 향해 출발했다. 양이의 기치를 내걸

고 동고동락한 동지들이 도사로 돌아가는 것을 방관한 채 가쓰

사숙에 있는 자기들만 가만히 있을 수는 없는 일 아닌가? 무엇

보다도 한페이타가 먼저 돌아가 있었다. 따지고 보면 처음부터

한페이타의 지시를 받았기에 가메야타, 다로, 도라노스케는 가

쓰 사숙에 오게 되었다.

"안 돼, 안 된다고. 가쓰 선생님께서 하신 말씀을 잊어버린

거냐?"

돌아가는 쪽으로 마음이 기운 가메야타 일행의 생각을 소노

조는 어떻게든 바꿔 보려 했다.

소노조와 가메야타가 서로 자기 생각을 내놓는 것을 들으면

서도 료마는 마음을 정하지 못하고 있었다. 료마는 한 번 탈번

했지만 그 죄를 용서받았다. 따라서 귀환 명령을 받은 도사의 번

사 중 하나가 된 셈이었다.

도쿠는 안절부절못하면서 상황이 돌아가는 형국을 살피고
있었다.

"조지로 씨는 어떻게 할 거에요?"

"난 안 돌아가."

조지로가 미소 지었다. 조지로는 자기 나름대로 각오한 바
가 있었다.

밤의 장막이 내린 뒤뜰에서 칼날이 바람을 가르는 예리한 소
리가 퍼졌다. 료마가 검을 휘두르고 있었다. 좀처럼 집중할 수가
없어 다시 한 번 휘두르려다 료마는 인기척을 느끼고 칼을 내렸
다. 달빛 속에 조지로의 모습이 나타났다.

"다케치 씨와 다른 분들이 걱정되어서 그래요? 사카모토 씨
도 도사로 돌아가고 싶은 건가요?"

료마와 조지로는 말없이 서로 바라보다가 료마가 먼저 시선
을 돌리더니 칼을 칼집에 넣었다.

"에치젠에서 만난 요코이 쇼난 선생님이 나에게 이런 말을
했어. 세상의 큰 흐름 속에서 보면 사람 한 명의 목숨은 좁쌀만
도 못하다고 말이야. 요코이 선생님의 말씀이 옳을지도 모르지.
하지만…… 난 도저히 참을 수가 없어. 양이의 불씨가 꺼졌다
고 해도 어떻게 다케치 씨와 근왕당 사람들을 모조리 죄인 취급
할 수가 있는 거야? 이건 말도 안 돼. 너도 그렇게 생각하지 않

아, 조지로?"

"……저는 일본을 위해 일하고 싶은 마음에 도사도, 장사도 다 버리고 사무라이가 되었습니다. 이제는 무슨 일이 있어도 도사로 돌아가지는 않을 겁니다. 다케치 씨도, 다른 분들도 태어날 때부터 사무라이였습니다. 무슨 일이 생기건 각오는 되어 있지 않을까요?"

조지로야말로 번을 초월한 사무라이인지도 모른다는 생각이 들었다.

"네 말이 맞다……. 정말 그 말이 맞기는 하다만……."

조지로의 눈앞에서 흰 칼날이 번뜩였다. 료마의 칼놀림이 흐트러져 있었다.

막부와 조정, 그리고 도사가 들썩이고 있을 때에도 야타로는 여전히 예전에 사 들인 목재를 처분하지 못한 채 골치를 썩이고 있었다. 큰 수레에 목재를 싣고 농가를 돌아다니며 어떻게 해서든 팔아 보려고 안간힘을 쓰고 있었다.

그날 야타로는 어느 농가 벽에 구멍이 뚫려 있는 것을 발견하고는 재빨리 큰 수레를 세워 놓고 문간에 섰다. 안에서는 부부가 분주하게 일하고 있었다.

"구멍이 크게 났네. 비바람이 집 안으로 다 들이쳐서 난감하겠군. 이걸로 막는 게 좋겠어."

야타로는 손에 든 판자를 보였다. 부부는 미심쩍은 표정으로 흘깃 보더니 다시 바삐 움직였다.

"한 다발에 100푼, 어떤가? 내가 덤으로 불상도 같이 주지. 내가 만든 불상인데 잘 모시면 큰 복을 받을 거야."

야타로가 내민 것은 울퉁불퉁 엉성하게 조각되어 도무지 복이라고는 내릴 것 같지 않게 생긴 불상이었다.

"됐소."

단호하게 거절당하자 야타로는 판자 값을 100푼에서 80푼, 60푼으로 깎아 주었고, 불상도 두 개를 얹어 주겠다고 했다. 그런데도 "필요없소" 하고 퉁명스럽게 거절당하고 말았다.

"이런 천벌을 받을 인간들 같으니! 나중에 와서 제발 팔아 달라고 애걸복걸해도 내가 절대로 파나 봐라!"

욕을 하면서 농가에서 나온 야타로는 너무 비참해서 눈물이 나올 것만 같았다.

"기세…… 이제 도저히 안 되겠어. 도대체 뭘 덤으로 얹어 줘야 될지 아무래도 모르겠다고……."

(당신이라면 틀림없이 생각해 낼 거예요.)

"모르겠다니까! 도저히 못 하겠어! 무리라고……."

자포자기하기 직전에 머릿속에서 뭔가 번득이는 것이 있었다. 궁리를 하다 보니 점점 명료해졌다. 야타로는 뒤로 휙 돌아서서 다시 한 번 농가로 뛰어들어 갔다.

"이 집은 내가 수리해 주지! 재료로 쓸 목재 값만 내면 구멍 뚫린 곳은 내가 전부 고쳐 주겠다고!"

무슨 일인가 싶어 야타로를 노려보던 부부가 깜짝 놀라며 얼굴을 마주 보았다. 벽에 뚫린 구멍에서 바깥의 햇빛이 들어오고 있었다.

농가에서 나온 야타로는 다시 큰 수레를 끌고 목재가 팔릴 듯한 농가를 찾아다니기 시작했다. 우는 것 같기도 하고 화가 난 것처럼 보이는 얼굴에서 조금 전까지 깊게 새겨져 있던 험상궂은 인상이 희미해졌다. 야타로는 눈을 가늘게 뜨고 앞을 쳐다보았다.

한페이타가 먼 곳을 바라보며 생각에 잠겨 있었다. 야타로는 한페이타가 무엇을 바라보나 싶어 그 시선을 따라가 보았다. 저 멀리에 고치 성의 천수각(성 한가운데에 3층 혹은 5층으로 제일 높게 만든 망루 모양의 건물—옮긴이)이 하늘 높이 솟아올라 있었다.

야타로는 수레를 끌고 한페이타에게로 다가갔다.

"역시 다케치 씨는 대단하네. 성을 바라보면서 주군께 충성이라도 맹세하고 있었나요?"

정신을 차린 한페이타는 이상하다는 표정으로 야타로가 끄는 큰 수레를 보았다.

"야타로……. 어째서 목재를 싣고 다니는 거냐?"

"그야 이걸 팔러 다니고 있으니까. 난 장사로 입신양명하겠다고 결심했거든."

한페이타가 수레에서 야타로 쪽으로 시선을 옮기자 야타로는 한페이타가 입을 열기도 전에 기선을 제압했다.

"말하지 않아도 다 알고 있어. 사무라이의 자부심도 없냐고 설교하려고 그러지? 난 그런 것 없어. 난 칼보다 주판을 믿으니까. 난 장사로 출세할 거라고!"

"……너에게는 양이도 개국도 아무 상관없다는 말이냐?"

"상관없어. 난 말이야, 나와 우리 마누라, 그리고 부모 형제에 대한 것만 생각하니까. 다케치 씨처럼 이 세상을 어떻게 해 보겠다는 생각 따위는 요만큼도 없다고."

"……그래. 난 지금까지 너를 업신여기고 있었다. 하지만 너같이 사는 것도 괜찮은 일인지도 모르겠다."

야타로는 기세가 꺾였다. 한페이타를 도발할 셈으로 약을 올렸는데 반응이 영 이상했다.

"넌 장가를 잘 가서 좋은 부인을 얻었다고 들었다. 어서 자식을 낳아라."

그렇게 말하더니 한페이타는 야타로에게 등을 돌리고 가 버리려 했다.

"다케치 씨, 난 당신이 싫어. 난 오늘 겨우 목재를 팔 수 있었어. 처음으로 60냥을 벌었다고. 덤은 물건이 아니라 사람의 마음이라는 걸 알게 되었지."

품속에서 주머니를 꺼내 짤랑거리는 동전 소리를 들려주는 야타로를 한페이타는 신기한 듯이 바라보았다.

"무슨 뜻인지 몰라도 상관없어. 아무튼 오늘은 나에게는 아주 특별한 날이란 말이야."

야타로는 일단 말을 끊더니 잠시 한페이타를 쳐다보았다.

"히라이 슈지로한테 할복을 명령한 사람은 오토노였지? 분하지도 않아? 억울하다는 생각은 안 들어? 그런데도 아직 오토노를 우러르고 따른다는 말이야? 아까 다케치 씨는 괴로운 눈빛으로 바라보고 있던데."

야타로는 멀리 보이는 천수각 쪽으로 눈길을 주었다.

"나같이 사는 것도 괜찮다고 생각하면 다케치 씨도 자기가 하고 싶은 대로 살면 되잖아. 그냥 마음 가는 대로 정직하게 살면 되는 일인데."

한페이타는 다시 한 번 천수각을 바라보았다.

"난 정직하게 살고 있다. 오토노께 충성을 다하는 것은 사무라이로서 당연히 해야 할 일이야."

다시금 등을 돌리고 걸어가기 시작하는 한페이타에게 야타로가 한마디 던졌다.

"그렇다면 슈지로의 할복은……."

한페이타가 발걸음을 멈추더니 험악한 표정으로 돌아보았다.

"그 녀석이 잘못했기 때문이다! 더 이상 쓸데없는 소리를 지껄이면 당장 이 자리에서 칼로 베어 버리겠다."

야타로는 그 기세에 질세라 소리를 질렀다.

"아이고, 그러셔? 그래, 당신이 어떻게 되건 말건 나와는 아무런 상관이 없으니까. 마음대로 하라고!"

한페이타는 이제 뒤를 돌아보지도 않았다.

"에이, 이게 뭐야! 젠장! 괜히 동정했잖아!"

야타로는 발을 동동 굴렀다.

한페이타는 자기 혼자만을 위해서 살 수 없었다. 다케치 도장으로 간 한페이타는 교토에서 돌아온 세이헤이, 에키치, 모타로를 맞이했다.

"세이헤이, 에키치, 모타로, 잘 돌아왔다!"

도장에는 다른 근왕당원들도 집결해 있었다. 일동의 주목을 한 몸에 받으며 한페이타는 모두에게 기운을 내라고 격려했다.

"잘 들어라, 양이의 불은 아직 꺼지지 않았다! 우리는 아무 잘못도 하지 않았다. 오토노를 믿어라. 우리 근왕당은 야마우치 요도 공을 위해 목숨을 버리는 한이 있어도 외세를 쳐부숴야 한다!"

도장 벽에는 '도사근왕당'이라고 적힌 종이가 붙어 있었다. 한페이타가 가르치고 이끌어 왔던 양이의 뜻을 상징하고 있었다.

교토 시내는 표면적인 평온함과는 반대로 날이 갈수록 살벌해지고 있었다. 외출했다가 돌아온 린타로는 큰일이라고 중얼거리며 복도를 지나 방문을 열었다가 한 남자가 안에 있는 것을 보고 순간적으로 움찔하며 놀랐다.

"료마, 어째서 여기 있는 거냐? 가쓰 사숙은 어떻게 하고?"

료마는 자세를 고쳐 앉고 방바닥을 두 손으로 짚었다.

"선생님, 저에게 잠시 휴가를 주시면 안 되겠습니까? 가쓰 사숙의 훈련이 얼마나 중요한지는 저도 잘 알고 있습니다. 하지만 지금만큼은…… 이조를 찾게 해 주십시오."

"아직도 그 소리냐?"

린타로는 상대하려고 하지도 않은 채 외출복을 벗기 시작했다.

"이조는 선생님의 경호원으로 있던 남자 아닙니까? 그러다가 지금은 도사 번과 막부에서도 쫓기는 몸이 되어 도망 다니고 있습니다. 이조가 도와 달라고 하고 있어요. 저한테는 녀석의 목소리가 들린다고요."

료마는 간절히 매달렸다. 린타로는 료마의 마음에 동조해 이조의 목소리를 들어 보려 했다. 멀리서 뎅 하고 범종이 울리고 있었다.

"종소리밖에 안 들리는데."

"선생님!"

다시 뎅 하고 울렸다. 린타로는 잠깐 종소리에 몸을 맡겼다.

"교토는 참으로 평온해 보이는구나……. 싸움이 시작되었다는 게 믿어지지 않을 만큼."

"싸움이요?"

"천황 폐하의 한마디로 양이파는 입지를 빼앗겼고, 조슈는 사쓰마에 밀려 쫓겨났다. 조슈 사람들은 천황 폐하가 사쓰마에 속고 계시다고 생각하지. 이제는 사쓰마를 철천지원수로 여기고 있어."

역사를 아로새기는 종소리가 평온하게 울려 퍼지는 이 도시는 언제 죽고 죽이는 싸움이 벌어질지 모르는 위험을 품고 있었다. 어디 한 군데에서라도 싸움이 일어나면 온 도시가 피로 물들 것이다.

"전쟁터에서 도망 다니는 친구를 구한다는 건 불가능한 일이다. 오사카로 돌아가거라."

"그렇다면……."

료마는 목이 메었다. 구해 줄 방도조차 없는 이조가 너무 불쌍했다.

"그렇다면 저를 도사로 돌아가게 해 주십시오. 야마우치 요도 공은 틀림없이 다케치 씨를 투옥할 겁니다. 그렇게 되면 슈지로 씨와 같은 운명이 기다리고 있을 뿐이지요. 이조를 구하는 게 불가능하다면 다케치 씨라도! 우리는 죽마고우였습니다. 생각은 서로 달라도 친구라고요."

"무슨 일이 있어도 고향으로 돌아갈 생각은 말라고 경고했을 텐데."

"부탁합니다! 제발 허락해 주십시오, 선생님!"

료마는 눈물을 글썽였다. 죽마고우가 차례차례 비참한 운명을 맞으려 하고 있었다.

"저는 견딜 수가 없습니다. 다들 죽임을 당할 판인데 저 혼자만…… 저 혼자서만……."

"네가 돌아간들 뭘 어떻게 할 수 있다고! 도사에서 도망치라고 다케치한테 말하려느냐? 아니면 '제가 잘못했습니다, 양이 운동은 어리석은 잘못이었습니다' 하고 오토노께 사죄시킬 생각이냐? 그걸 다케치가 좋아할 거라고 생각하느냔 말이다!"

료마는 자신의 무력함을 처절하게 깨닫고 어깨를 떨어뜨린 채 아무 말도 하지 못했다.

"다케치는 이미 각오하고 있다. 네가 친구라면 다케치가 자기 신념대로 밀고 나가도록 지켜보는 수밖에 없당."

눈물이 료마의 볼을 타고 흘러 방바닥에 뚝뚝 떨어졌다.

"도사로 돌아가면 너 또한 무사하지 못하다. 그걸 뻔히 알면서 내가 다녀오라고 할 것 같으냐? 넌 내가 알아보고 제자 삼은 놈이다. 일본을 위해, 일본의 장래를 위해 일하게 하려고 제자로 삼은 거야. 그런 너를 죽게 내버려 두라고? 어림도 없지. 사카모토 료마에게는 앞으로 해야 할 일이 산더미처럼 쌓여 있단 말이다!"

오열을 참지 못하는 료마를 린타로는 조곤조곤 타일렀다.

아침밥을 먹던 한페이타의 젓가락이 멈췄다.

"왜 그러세요?"

아내 도미가 물었다. 도사근왕당이 위기에 처했다는 사실은 허둥거리면서 다케치 도장에 드나드는 근왕당 사람들이나 여기저기서 들려오는 말들을 통해 짐작하고 있었다.

"응, 아니야……. 그냥 잠깐 료마 생각이 나서. 그 녀석이 여기 있었다면 어떻게 말했을까 싶어서 말이야. 난 양이의 불씨는 꺼지지 않았다고 말했어. 나를 믿으라며 말이지. 만약 그 자리에 료마가 있었다면 다케치 씨는 아직도 그런 소리를 하느냐면서 나를 야단쳤겠지?"

한페이타는 쓸쓸하게 미소 지었다. 격동하는 시대의 흐름에서 도사근왕당은 뒤처져 버렸다. 그래도 한페이타를 믿고 여기까지 따라온 근왕당 사람들에게 약한 모습을 보일 수는 없었다. 전대받는 하급무사 신세를 감수할 수밖에 없었던 젊은이들에게 양이를 설파해 삶의 목표를 제시했던 사람은 한페이타였다. 지금 와서 한페이타 자신의 손으로 그 목표를 빼앗아 버리면 모두 마음의 갈피를 잡지 못하고 방황하게 될 뿐이다.

"양이의 기운이 사라진다 해도 우리는 외국으로부터 일본을 지켜 내야 하니까. 오토노의 마음은 알 수 없게 되었어도 사무라이는 주군께 충성을 다하기 위해 살아가는 거야. 난 내 삶의 방식을 관철할 수밖에 없어. 료마나 야타로처럼 살 수는 없다고."

눈물을 흘리며 털어놓는 한페이타를 향해 도미는 고개를 크게 끄덕였다.

"그러면 되는 거예요. 제 서방님은 원래 그런 분이니까요."

한페이타는 신념을 관철시킨 자신의 삶의 방식에는 후회가 없었다. 다만 양이에 몰두한 이후로는 아내를 계속 외로움 속에 내버려 둔 것이 마음에 걸렸다. 자식도 없는 부부이기에 아내는 그동안 홀로 많이 외롭고 힘들었을 것이다. 도미에게는 아무리 사죄해도 모자라다고 생각했다.

"그동안 정말 미안했어."

"전 서방님의 아내예요. 서방님을 내조하는 게 제 일이지요. 밖에서 힘들다는 말씀을 하시지 못하면 언제든 저한테 말씀하세요. 저에게만큼은 서방님의 속내를 보여 주셔도 괜찮아요."

도미의 젖은 눈에서 눈물이 흘렀다.

한페이타는 몇 번이고 고개를 끄덕이며 아내를 부드러운 눈길로 바라보았다.

"앞으로는 당신과 둘이서 느긋하게 살아갈 거야. 여름이 다 가기 전에 가쓰라하마에 가 봅시다. 바닷물이 반짝반짝 빛나서 아름다울 거야."

"예."

"가을이 되면……."

집 밖에서 "다케치 한페이타, 안에 있느냐?" 하고 외치는 소리가 들렸다. 집 밖에 관리 몇 명이 서서 "오토노의 명이다. 순순히 밖으로 나와라!" 하고 목청을 높여 한페이타를 불렀다.

한페이타는 조용히 말을 이었고, 도미는 눈물이 잔뜩 고인 눈으로 한페이타를 바라보고 있었다.

"……가을이 되면 단풍놀이를 가야지. 둘이서 오붓하게 온천 여행을 다녀오는 것도 좋겠군. 당신도 좋지?"

“예.”

복도를 따라 남자들의 발소리가 다가왔다.

“겨울이 되면…… 뭘 하지?”

“아무 데도 가지 않고 그냥 여기서 둘이 지냈으면 좋겠어요.”

“그래……. 그럼 그렇게 하지.”

방문이 거칠게 열리면서 관리들이 우르르 들어왔다.

“다케치, 내 목소리가 안 들렸느냐?”

한페이타는 아내에게서 눈길을 떼지 않았다.

“들렸습니다. 허나 아내와 함께 아침을 먹고 있었지요.”

“일어서라. 칼은 우리가 맡아 두겠다.”

“여보. 내 잠시 다녀오리다.”

도미도 흔들림 없이 미소를 짓더니 무릎 앞에서 손가락으로
바닥을 짚으며 고개를 숙였다.

“……예. 안녕히 다녀오세요.”

한페이타가 관리들에게 에워싸여 등을 떠밀리다시피 가 버리
자 도미는 팽팽했던 긴장이 단숨에 풀리면서 흐느끼기 시작했다.

“여보…… 여보……!”

한페이타가 먹던 아침밥은 당장이라도 한페이타가 돌아와서
다시 수저를 들 것처럼 고스란히 남아 있었다.

─다케치 한페이타가 투옥된 것은 1863년 9월 21일이었네.
그리고 도사근왕당에 속한 모든 자를 향해 요도는 날카로운 이

빨을 내보이며 공격하기 시작했지.

관리들이 다케치 도장으로 쳐들어왔다.
"관아에서 왔다. 꼼짝들 마라!"
에키치를 비롯해 그곳에 있던 사람들은 어찌할 도리 없이 그
자리에 서 있을 뿐이었다. 도장 벽에 붙어 있던 '도사근왕당'이
라 적힌 종이를 관리들은 난폭한 손길로 뜯어냈다.

—어린 시절부터 함께 놀고 싸우며 자란 친구들이 각자의 운
명에 끌려다니기 시작했다네.

야타로는 가벼워진 수레를 덜그럭덜그럭 끌고서 서둘러 집
으로 돌아갔다. 집에 들어서자마자 야타로는 돈주머니 속에 있
던 동전들을 우르르 쏟아냈다.
"이게 다 뭐냐?"
야지로는 눈이 휘둥그레졌고, 기세는 기쁜 표정으로 함박웃
음을 지었다.
"목재가 전부 다 팔렸어!"
웃고 있는 야타로의 얼굴이 울상처럼 보였다.

이조는 교토 시내의 골목골목으로 도망 다니고 있었다. 숨

이 끊어질 것처럼 허덕이며 골목 안쪽으로 뛰어들어 갔더니 갑자기 시야가 트이면서 료마가 밝은 빛 속을 가로지르는 모습이 보였다.

"료마…… 료마!"

그 모습을 향해 달려가려던 이조는 눈앞을 가로막고선 세 남자 앞에서 발걸음을 멈췄다. 남자들은 살기를 띤 무시무시한 눈길로 이조를 노려보고 있었다. 역광이어서 얼굴은 분명치 않았지만 모두 같은 웃옷을 입고 있고, 소매에는 산 모양의 문양이 새겨져 있었다.

남자들이 칼을 뽑았다. 그 순간 이조는 잽싸게 뒤로 돌았다. 달아나는 이조를 남자들이 뒤쫓았다.

"료마!"

이조는 앞을 보지도 않은 채 정신없이 달려갔다.

료마는 오사카의 가쓰 사숙으로 돌아가기 위해 교토 시내를 걸어가고 있었다. 아무것도 생각하지 않으려고 앞만 노려보듯 바라보며 걷던 료마가 갑자기 발을 멈추더니 뒤를 돌아보았다. 방금 어디선가 이조의 목소리가 들린 것만 같았다.

제22장
오료와 이조

—다케치 한페이타가 투옥되었다는 소식을 료마가 접한 것은 1863년 9월 말이 다 되어서였지. 8월 18일에 일어난 정변을 기점으로 도사는 번 내외에 있는 근왕당원들에 대한 탄압을 시작했고, 교토에서는 막부가 양이파 잔당 수색을 시작했다네. 료마는 한페이타와 이조에 대한 걱정을 접어 둔 채 그저 열심히 배우는 데 몰두하는 수밖에 없었지.

료마는 해도를 읽는 방법에 대한 요노스케의 강의를 열심히 들었다. 바다의 깊이, 조류의 방향, 암초의 위치, 항로 표지 등 배워야 할 것이 산더미였다.

료마를 비롯한 훈련생들이 공부에 집중하고 요노스케가 강의하는 목소리만이 울리는 본당에 당황해서 허둥대는 절 관계자의 목소리와 낯선 남자들의 목소리가 섞여서 들려왔다.

료마와 훈련생들은 무슨 일인가 싶어 입구 쪽으로 눈길을 돌렸다. 막아서려는 사찰 관계자를 뿌리치고 사무라이 몇 명이 짚신도 벗지 않고서 본당으로 들어왔다.

"도사 번의 감찰관이다. 여기 도사 번사들이 있지?"

"어서 나와라. 도사 번사들에게 귀환 명령이 내려졌다!"

도사 번의 감찰관들이 훈련생들을 둘러보자 도사 번사들은 긴장해서 얼굴이 새파랗게 질렸다.

"뭐냐, 네놈들은? 여기가 막부 군함대신이신 가쓰 린타로 선생님의 사숙이라는 걸 알고서도 이러는 게냐!"

요노스케가 린타로의 이름을 언급하며 야단쳤다.

"우리는 도사 번의 오토노이신 야마우치 요도 님께서 직접 내리신 명령을 받자와…….."

도사 번의 감찰관들은 요도의 지위가 린타로보다 더 높다느니 큰소리를 치기 시작했는데 훈련생들의 성난 목소리에 묻혀 말꼬리가 흐지부지 흐려지고 말았다.

"그게 무슨 헛소리야?"

"그런 걸 우리가 알게 뭐야!"

훈련생들이 잇달아 거칠게 항의했다. 제각기 다른 번에서 모여들었지만 다들 사무라이였다. 도사 번의 감찰관들이 멈칫거리며 주저하는 틈에 요노스케가 료마를 비롯한 도사 번 출신들에게 작은 소리로 말했다.

"너희는 뒤로 물러나 있어."

도사의 감찰관들은 요노스케가 그렇게 말하는 모습을 뻔히 보면서도 훈련생들의 기세에 눌려 어쩌지 못하고 있었다.

"우리는 일본 해군을 만들기 위해 여기서 훈련받고 있다!"

"어디서 함부로 날뛰는 거냐!"

모두 도사의 관리들에게 한마디씩 퍼부었다. 료마와 동료들을 지키려는 훈련생들은 각자의 번을 초월해 일본을 위해 일하려고 마음을 하나로 모으고 있었다. 료마, 소노조, 모두가 가슴이 뜨거워졌다.

"당장 나가지 못해! 어디 강의하는 곳에 들어와 훼방을 놓고 있어?"

요노스케의 한마디는 엄격한 교관의 기운이 더해져서 박력이 넘쳤다. "나가라!", "꺼져 버려!" 하고 여러 지방 사투리가 섞인 고함에 눌려 도사의 관리들은 슬금슬금 뒤로 물러났다.

"도사 번사들은 잘 들어라! 귀환 명령을 거역한 네놈들은 지금부터 탈번한 것으로 간주한다!"

그 말을 내뱉더니 도사의 관리들은 본당에서 나가 버렸다. 당면한 위기는 무사히 넘겼지만 '탈번'이라는 두 글자가 무거운 짐이 되어 도사 번사들을 내리눌렀다.

"다들 고마워요! 선생님도 감사합니다."

료마가 함박웃음을 지으면서 요노스케와 훈련생들에게 머리를 숙여 인사했다.

"우리에게는 해군 동지들이 있잖아."

고향 사람들에 대한 격려도 잊지 않았다. 동료들이 웃는 얼굴로 주위를 둘러싸자 도사 번사들의 얼굴에도 그제야 안도하는 기색이 떠올랐다. 료마도 한껏 웃음을 뿌리고 있었다. 그러나 내심 앞으로 겪어야 할 수많은 난관에 자꾸만 마음이 가라앉았다.

훈련을 끝마치고 저녁이 되어 야마토야로 돌아오자 오토메의 편지가 맞아 주었다. 방 안에는 꼬리를 길게 끌기 시작한 석양이 비쳐 들고 있었다. 저녁 햇살 속에서 료마는 오토메가 보낸 편지를 펼쳤다.

'……실은 어제 네가 다시 탈번했다고 전해 들었다. 하지만 우리는 그게 다행이라고 생각하고 있단다.'

뜻을 이룰 때까지 어떻게 해서든 료마가 무사하게 지냈으면 하는 것이 오토메를 비롯한 곤페이, 이요, 지노, 하루이까지 가족 모두의 간절한 바람이었다.

편지에는 종이로 돌돌 말린 물건이 동봉되어 있었다.

'이 편지와 함께 다섯 냥을 보낸다. 필요할 때 쓰도록 해. 건강하게 지내라, 료마.'

료마는 편지와 다섯 냥의 돈을 앞에 두고 고개를 숙였다.

"누나, 형님, 정말 미안해요……. 난 아직 아무것도 이루지 못했어요……. 다케치 씨나 슈지로 씨를 위해서도…… 난 아무것도 해 주지 못했는데……. 미안하고, 답답해서…… 정말 미치겠어요."

료마의 눈에서는 끝도 없이 눈물이 흘러나왔다.

어디서 방울벌레 우는 소리가 들려왔다. 벌레는 쉬지 않고 울며 나쓰의 집에 울음소리를 보내고 있었다. 나쓰는 깊이 잠들어 있었다. 갑자기 벌레 소리가 멎더니 낮게 속삭이는 목소리가 "나쓰…… 나쓰" 하고 불렀다.

"나야……. 이조라고."

나쓰는 이부자리에서 벌떡 일어나 잠시 망설였다. 이조는 절박한 목소리로 나쓰를 계속 불러 대고 있었다. 나쓰는 문가로 가서 덧대 놓은 막대기를 빼고 문을 열었다.

"나쓰! 보고 싶었다……. 정말 보고 싶었어……."

이조가 눈물을 머금고 서 있었다. 머리는 헝클어졌고, 얼굴도 지저분하고, 입은 옷은 걸레 조각처럼 너덜너덜했다. 놀라서 당황한 나쓰를 있는 힘껏 끌어안자마자 이조는 심한 고통에 신음하면서 무릎을 꺾었다. 이조가 왼손으로 감싸고 있는 오른팔은 소매가 갈가리 찢긴 채 피로 물들어 있었다.

"왜 그래요?"

나쓰는 누가 볼까 겁이 나서 이조를 안으로 들였다.

이조는 아직도 칼싸움을 벌였을 때의 흥분이 가라앉지 않은 상태였다.

"엄청나게 강한 놈들에게 포위당했어. 놈들은 한마디 소리도 없이 칼만 번득이면서 죽이려고 달려들더라고."

나쓰가 팔에 난 상처를 닦아 주자 습격을 당했을 때의 공포가 다시 떠올랐다.

골목길 안쪽으로 도망쳐 들어간 이조는 갑자기 비쳐 오는 빛에 눈이 부셔서 앞을 볼 수가 없었다. 정신을 차리고 보니 세 명의 남자가 이조를 둘러싸고 있었다. 소매에 산 모양의 문양이 새겨진 웃옷을 입은 남자들이었다.

(너희는 누구냐?)

세 명의 남자들이 잇달아 칼을 휘둘렀고, 그중 한 명의 칼이 이조의 오른팔을 스쳤다. 상처에서 흘러나온 피가 찢긴 옷소매를 붉게 물들였다.

이조는 재빨리 몸을 돌려서 도망쳤다. 손에 잡히는 물건들을 닥치는 대로 넘어뜨리며 추격하는 자들의 발소리가 들리지 않게 될 때까지 정신없이 뛰고 또 뛰었다. 남자들은 시종일관 말이 없었다.

"그놈들은 도대체 뭐야? 어째서 내가 이런 꼴을 당해야 하는 거냐고?"

이조가 탄식했다. 나쓰는 상처에 약을 바른 다음 이조의 팔을 손수건으로 꽉 묶었다.

"이조 씨, 어째서 교토 밖으로 도망가지 않는 거예요?"

이조는 뜻밖이라는 표정을 지으며 나쓰의 손을 잡았다.

"나에게는 너밖에 없으니까 그렇지. 같이 도망치자, 나쓰. 항상 내 곁에 있어 줘!”

나쓰는 이조에게 한 손을 잡힌 채 이조를 바라보며 떨고 있었다.

“어제 막부 관리들이 찾아왔어요. 이조 씨는 사람들을 많이 죽였기 때문에 도사 번에서도, 막부 사람들한테도 쫓겨 다니는 거라면서……. 무서워요……. 난 무서워요!”

울음을 터뜨린 나쓰의 어깨를 이조가 잡았다.

“그런 말 하지 마……, 나쓰!”

나쓰는 어깨를 떨면서 흐느껴 울었다. 눈물에 젖은 목소리로 그저 미안하다는 말만 계속했다. 이조는 나쓰의 어깨를 잡았던 손을 살며시 놓았다.

“……그래. ……맞아, 너한테 폐를 끼칠 수는 없어……. 나에 대한 건 이제 다 잊어버려.”

이조가 나쓰의 집에서 나갔다. 나쓰는 실의에 빠져 어깨가 축 처진 이조의 뒷모습을 눈물을 흘리면서 떠나보냈다.

료마, 소노조, 가메야타 등은 가쓰 사숙의 훈련을 마치고 야마토야로 돌아온 뒤 머리를 맞대고 도무지 예측할 수 없는 앞날에 대한 불안을 서로 털어놓았다.

“지금 가쓰 선생님이 도사 번에 요청해 두신 상태래. 가쓰 사숙에 있는 사람들은 막부가 인정해서 보낸 것이니 귀환하라는 명령을 거둬 달라고 말이야."

료마는 다른 사람들을 안심시키고 싶었지만 소노조는 결코 낙관할 수 없다며 우려했다.

"교토에서는 막부에 고용된 놈들이 양이파 잔당을 무지막지하게 살해하며 돌아다닌다고 하더라."

도사 번이 가쓰의 요청을 인정하느냐 마느냐를 따지기 이전에 막부가 나서서 양이지사들을 소탕하려 하고 있었다. 료마 일행은 앞으로 하루하루 살얼음을 밟는 심정으로 지내게 될 것 같았다.

야마토야의 부엌에서는 도쿠가 료마 일행의 식사를 준비하고 있었다. 대충 사정을 알고 있는 도쿠는 만에 하나 조지로에게 위험이 닥치면 어쩌나 하는 불안감에 사로잡혔다. 도쿠 옆에서는 조지로가 식사 준비를 거들고 있었다. 조지로는 도쿠의 걱정을 알아차리고는 미소를 지었다.

"난 괜찮아. 만두 가게 아들을 죽이겠다고 덤벼드는 사람은 없으니까."

"그야 그렇지만……. 그래도 조심해야 돼요."

"……도쿠는 어째서 내 걱정을 그렇게 하는 거야?"

도쿠는 그 말에 심장이 덜컹했다. 마음속으로야 몇 번이고 "사랑해요"라고 말할 수 있었지만 여자의 입에서 쉽게 나올 수 있는 말은 아니었다. 부끄러워하면서도 작정을 하고 고백하려는 찰나에 똑똑 하고 문 두드리는 소리가 들렸다.

"숨어요."

도쿠가 속삭였고, 조지로는 그늘에 몸을 숨겼다. 다시 누군가 똑똑 하고 문을 두드렸고, 도쿠는 조심조심 문으로 다가갔다.

"죄송하지만 오늘은 가게 문을 이미 닫았는데요."

"혹시 여기 사카모토 씨라고 계신가요?"

젊은 여자의 교토 말씨에 도쿠는 당혹스러워했다.

"중요한 볼일이 있어서 그래요. 이 문 좀 열어 주세요."

여자 목소리가 절박하게 들렸다. 어떻게 해야 할지 몰라서 도쿠는 조지로에게 눈짓으로 물어보았다. 조지로가 숨어 있던 그늘에서 나오더니 문가로 다가가 결심했다는 듯이 문을 열었다.

그곳에는 너무 울어서 얼굴이 잔뜩 부은 나쓰가 서 있었다.

"이조가……!"

료마는 말문을 잇지 못했다. 나쓰는 자신의 행동이 너무 후회되어 울음을 멈추지 못했다.

"제가 내쫓아 버리고 말았어요. 너무 무서워서, 어떻게 해야 할지 몰라서……."

"어디로 갔는지는 모르고?"

소노조가 묻자 나쓰는 눈물에 젖은 얼굴로 고개를 저었다.

이조가 아무리 도망을 다닌다 해도 숨겨 줄 만한 사람도 없으니 조만간에 발각되고 말 것이다. 가메야타와 다른 사람들이 주고받는 이야기를 듣자 나쓰는 정말 몸 둘 바를 몰랐다.

“죄송합니다…… 죄송합니다…….”

“울지 마, 나쓰. 우리한테 알려 주러 오사카까지 오느라 정말 수고했어. 넌 참 착하구나.”

나쓰를 부드럽게 달래던 료마가 느닷없이 벌떡 일어섰다. 손에는 칼을 들고 있었다.

“이조를 찾으려고?”

“그러다간 료마 씨까지 붙잡힐 거예요!”

소노조와 조지로가 허겁지겁 말리려 들었지만 료마는 이미 마음을 정했다.

“이조가 도움을 청하고 있어.”

방에서 나가는 료마는 아무도 말리지 못할 정도로 결의에 차 있었다.

도사에서는 한페이타에 대한 취조가 시작되었다. 한페이타는 취조실로 끌려가 바닥에 무릎을 꿇었다. 면도할 수가 없어 수염이 무성하게 자라기는 했어도 한페이타의 얼굴은 평온해 보였다. 심문관은 쇼지로였다. 쇼지로는 상석에 앉아 한페이타를 내려다보았다.

“요시다 도요 님께서는 작년 4월 8일, 빗속에서 암살당하셨다. 무참한 최후였다.”

말이 없는 도요의 시신에 매달려 쇼지로는 통곡했다. 그때를 떠올리면서 쇼지로는 증오를 더욱 불태웠다.

"사건 전후로 도사근왕당에서 몇 명이 자취를 감췄더군."

"요시무라 도라타로, 사카모토 료마, 사와무라 소노조, 오이시 단조, 나스 신고, 야스오카 가스케."

쇼지로 옆에 있는 이시카와 이시노스케가 보고서에 눈길을 떨어뜨린 채 이름을 읽었다. 쇼지로와 함께 이시카와가 한페이타의 심문을 맡고 있었다.

이시카와가 부른 이름을 한페이타는 눈 하나 깜짝하지 않고 들었다.

"이 중의 누군가가 요시다 님을 습격한 짓이 아니냐? 내 명령을 받고 말이다."

매섭게 노려보는 쇼지로를 한페이타는 온화한 얼굴로 쳐다보았다.

"모릅니다. 도사근왕당은 그저 도사 번을 위해, 번주이신 도요노리 님을 위해, 그리고 오토노이신 야마우치 요도 님을 위해 열심히 일해 왔을 뿐입니다."

한페이타가 요시다 도요 암살에 관여한 사실을 계속 부인하고 있다는 보고가 모리시타를 통해 요도에게도 전달되었다.

"자기는 그 누구보다도 오토노께 충성을 다하는 사무라이이며 아무런 잘못도 없다고 했습니다."

요도는 그 말에 책장을 넘기던 손을 우뚝 멈췄다.

"사무라이? 도사에서 사무라이는 상급무사들 뿐이다."

요도는 하급무사에 대한 뿌리 깊은 차별을 노골적으로 드러냈다.

한페이타가 투옥되었으니 그 아내인 도미는 얼마나 근심이 많을까 싶어 오토메는 다케치의 집을 찾아가 도미를 위로했다.

"다들 화를 내고 있어요. 우리 가족들이나 사이타니야 사람들 모두 다케치 씨 같은 분이 사람을 죽였을 리가 없다면서 말이예요. 오토노께서는 도대체 무슨 생각으로 그러시는 건지 모르겠네. 괜찮을 거예요, 도미 씨. 다케치 씨는 금방 돌아오실 테니까."

"고맙습니다, 오토메 씨."

바느질을 하던 도미는 고개를 들고 오토메에게 미소 지어 보이더니 다시 바늘을 움직이기 시작했다. 불안으로 마음이 흔들리고 있을 텐데도 도미의 바늘땀은 가지런했다. 본심을 애써 숨기려는 듯한 모습을 보고 오토메는 더욱 불안해졌다.

오토메가 돌아가자 바느질을 하고 있던 도미의 손이 멈췄다.

작년 봄, 한페이타는 상처투성이가 된 몸으로 집으로 돌아왔고, 걱정이 되어 달려온 료마의 멱살을 잡으며 외쳤다.

(료마, 도요를 죽여라!)

도미는 복도에 서서 방 안의 분위기를 살피다가 너무도 무시무시한 남편의 말에 심장이 졸아드는 것 같았다. 그때의 일이 머릿속에 떠오르자 도미는 바늘이 떨릴 정도로 엄청난 공포에 휩싸였다.

감옥으로 돌아온 한페이타 역시 눈을 감고 그날의 일을 떠올리고 있었다. 도장 안으로 봄 햇살이 비쳐 들고 있었다.

(오이시, 나스, 야스오카. 너희에게 큰일을 부탁해야겠다.)

세 사람이 임무를 완수한 것은 비가 거세게 내리던 날 밤이었다.

한페이타가 눈을 떴다.

"나는 도사 번을 위해서…… 그리고 오토노를 위해서 도요를 없앤 것이야. 그러니 아무 잘못도 하지 않았어."

혼잣말을 중얼거리고 있는데 취조실 쪽에서 "으아아익!"하고 소름 끼치는 비명이 들려왔다. 무슨 일인가 싶어 한페이타가 소리 나는 쪽으로 고개를 돌리자 쇼지로가 옥문 앞으로 다가왔다.

"안타깝게도 도사 번의 규정에 따르면 상급무사는 고문할 수가 없지. 하지만 하급무사에겐 무슨 짓을 하건 상관이 없다. 근왕당의 시마무라 에키치라는 놈이 네 친척이라지? 네가 입을 열지 않으니 그놈이 대신 입을 열게 해야지."

쇼지로가 차갑게 웃으면서 말하는 동안에도 에키치의 비명소리가 간헐적으로 들려왔다.

"에키치!"

"저놈이 죽어도 다른 놈들이 있으니 얼마든지 계속할 수 있다. 오카다 이조를 붙잡아 오면 그놈이 털어놓겠지. 이제 이조는 우리 도사 번뿐만 아니라 막부로부터도 쫓기고 있는 몸이니까."

쇼지로는 크게 웃으면서 감옥 앞을 떠났다. 귀를 막고 싶을 정도로 처절한 에키치의 비명에 한페이타는 자기 몸이 찢겨져 나가는 고통을 느꼈다. 차라리 이조만이라도 끝까지 잡히지 않았으면 하고 바랐다. 한페이타는 요행을 바라면서 가만히 있을 수밖에 없었다.

료마는 자기 몸의 위험도 돌보지 않은 채 이조를 찾아서 교토를 여기저기 헤매고 다녔다. 장사치들, 지나가는 사람들을 닥치는 대로 붙들고서 이조의 행색을 설명하며 비슷하게 생긴 남자를 본 적이 없는지 묻고 다녔다. 그러나 좀처럼 이조의 행방을 찾지 못하자 료마는 초조함에 사로잡혔다.

마침 그때 골목에서 누군가가 칼에 맞아 죽은 채로 발견되었다면서 사람들이 떠들어 댔다. 그 소리를 듣자마자 료마는 그곳을 향해 달려갔다.

골목을 가득 채운 구경꾼들을 헤치고 료마는 죽은 남자 가까이 다가갔다. 얼굴은 자세히 볼 수 없었지만 체격이 이조와 비슷했다. 무참하게도 등 뒤에 칼을 맞아 누더기 같은 옷이 피에 젖어 있었다. 료마는 떨리는 마음으로 조심스레 남자의 얼굴을 확인했다. 이조가 아니었다. 순간적으로 안심이 됨과 동시에 더욱 초조하고 안타까워졌다.

등 뒤에서는 구경꾼들이 웅성거리며 떠들고 있었다. 대화 속에 "틀림없이 신센구미에게 당한 거야"라는 소리가 들려서 료마는 무심결에 돌아보았다.

"신센구미……?"

양이파 잔당을 모조리 없애 버리기 위해 막부가 낭인들을 모아서 결성한 조직인 모양이었다.

그날 밤, 료마는 어떤 정보를 바탕으로 교토 후시미에 있는 '오기와'라는 여관을 찾았다. 료마는 손님을 맞는 여관 주인 다케조에게 작은 소리로 속삭였다.

"여기서는 양이지사들을 숨겨 준다고 들었는데?"

"설마 그럴 리가요."

다케조는 마치 처음 듣는 소리인 양 놀라는 척하며 웃었다.

"난 도사의 탈번 낭인이오. 막부 관리가 아니란 말이오. 오카다 이조라는 도사의 무사가 여기로 오지 않았는가? 어쩌면 이름은 바꿨을 수도 있고."

"오늘은 손님이 한 분도 오시지 않았습니다."

"……그렇군."

한숨을 쉬며 실망해서 어깨가 축 처진 료마에게 다케조는 신중하게 말을 이었다.

"하지만 최근에 묵고 가신 분이 이런 말씀을 하셨습니다. 살인마 이조가 아직도 교토에서 숨어 다니고 있다고."

"뭐라?"

"교토의 밤길은 위험합니다. 오늘은 저희 여관에서 묵고 가시지요."

료마는 안내를 받아 방으로 들어갔다. 피곤한 몸을 이부자리에 눕히고 한가로운 풀벌레 소리를 들으며 마음을 비우려 해도 눈만 말똥말똥해질 뿐 도무지 잠이 오지 않았다. 창호지 문을 통해 비쳐 드는 달빛을 아무 생각 없이 보고 있으려니까 교토에서 우연히 이조와 재회했을 때 울상이 되어 웃던 이조의 얼굴이 생생하게 떠올랐다.

(료마! 여태껏 어디에 있었던 거야!)

도사를 탈번해 쫓기는 몸이 되고, 한페이타와도 서먹해진 료마에게 이조는 예전과 변함없는 친근함을 보이며 스스럼없이 덥석 안겼다.

이조는 대체 어디에서 어떻게 지내고 있는 것일까?

갑자기 여관 안이 시끌시끌해졌다. "기다려!", "안 돼!" 하는 절박한 목소리가 들렸고, 쿵쿵거리며 여러 명이 지나가는 소리가 들렸다. 목소리의 느낌으로 보아 나이 든 남녀와 젊은 여자 한 명인 듯했다. 손님 눈치를 살피는 바람에 소리를 많이 낮추기는 했어도 상당히 긴박한 말투였다.

"무리한 짓은 제발 하지 말거라."

"말리지 마세요."

"그럴 수는 없다!"

마지막에 들린 남자 목소리는 여관 주인 다케조인 듯했다. 료마는 이부자리에서 일어나 소동이 벌어진 주방 쪽으로 가 보았다. 쪽문 근처에서 바깥으로 나가려고 몸부림치는 젊은 여자를 다케조와 그의 아내로 보이는 여자가 애써 붙들고 있었다.

"지금 무슨 짓을 하려는 건지 네가 잘 몰라서 그래!"

"알고 있다니까요!"

다케조의 꾸중을 들은 젊은 여자가 반박했다.

"무슨 일이오?"

료마가 말을 걸었다. 젊은 여자가 흠칫 놀라며 뒤를 돌아보자 료마와 눈길이 마주쳤다. 흥분해서 거친 숨을 내쉬고 있었다. 나이는 스물 서넛 정도로 보였다.

깜짝 놀라며 움직임을 멈추었던 다케조와 부인 세이는 말을 건 사람이 료마인 걸 보고 일단 안심했다. 소란스럽게 군 점을 사과하고 방으로 들어가시라고 권하는데 그 말만 듣고 돌아갈 수 있는 분위기가 아니었다.

"보아하니 분위기가 심상치 않은데, 도대체 무슨 일이 있는 거요?"

"손님과는 상관없는 일입니다."

젊은 여자가 딱 잘라 말했다. 말투에서 강한 성격이 드러났지만 료마는 아랑곳하지 않고 바닥에 앉았다.

"그래도 어디 한번 이야기해 봐. 주인장, 무슨 일인지 얘기해 보시오."

"예에……."

다케조가 어물거렸다. 그런 말을 주고받는 동안에도 여자는 틈만 나면 어떻게 해서든 밖으로 뛰쳐나갈 것처럼 보였다. 료마는 혹시나 싶어 세이에게 여자의 옷자락을 단단히 잡고 있으라고 말했다. 세이가 그 말을 듣고 옷자락을 쥐고 있던 손에 힘을 주자 젊은 여자는 쏘는 듯한 눈길로 료마를 노려보았다. 다케조가 겨우 무거운 입을 열었다.

"이 아이 이름은 오료라 합니다, 저희 여관에서 밥을 하고 있습니다."

료마의 얼굴에 웃음이 번졌다.

"오료? 나도 이름에 료자가 들어가는데. 난 사카모토 료마다!"

오료라고 불리는 나라사키 료는 그게 뭐 어쨌다는 표정을 짓고 있었다. 료마는 그 반응에 머쓱해져서 다케조에게 이야기를 계속해 보라고 했다. 오료는 이날 일을 마치고 집으로 돌아갔는데 웬일인지 금세 여관으로 다시 돌아왔고, 자기 옷가지를 들고 와서 다케조에게 전부 사 달라고 부탁했다는 것이다.

"무슨 일이 있느냐고 캐물었더니 지금부터 여동생을 되찾으러 가야 한다면서……."

"동생이 나쁜 폭력배들한테 끌려갔단 말이에요!"

오료는 옷자락을 잡고 있는 세이의 손을 뿌리치려고 했다. 오료의 여동생은 빚 담보로 억지로 끌려간 모양이었다.

"제발 부탁이니까 보내 주세요."

"안 된다."

오료가 빠져나가려고 몸부림쳤지만 세이는 옷자락을 꽉 잡고서 놔주지 않았다.

"잠깐만 기다려 봐."

진정시키려는 료마에게 오료가 쏘아붙였다.

"사무라이님은 가만히 계세요!"

"돈은 마련된 거냐? 동생이 끌려갈 정도면 빚진 돈이 만만치 않을 텐데 옷가지를 판 돈으로 동생을 찾아올 수나 있는 거야?"

"턱도 없이 모자랍니다."

다케조가 고개를 저으며 말했다. 빚진 돈은 다섯 냥인데 다케조와 오료가 마련할 수 있는 금액은 기껏해야 한 냥밖에 안 된다며 난처해했다.

"그것 가지고는 안 되지. 한 냥으로 어떻게 동생을 찾아오겠다고 그래?"

느닷없이 오료가 설거지통 쪽으로 뛰어갔다.

"안 되면…… 놈들을 죽일 거야!"

오료는 손에 식칼을 쥐었다.

"인간 같지도 않은 나쁜 놈들이에요. 죽어도 싸다고요. 동생을 찾아오기 위해서라면 무슨 짓이라도 할 거예요!"

오료가 식칼을 내밀었다. 다케조와 세이는 오료의 기세에 눌려 꼼짝도 못하고 멍하니 보고만 있었다.

료마는 어이가 없었다.

"거참, 기가 센 계집일세."

"제발 부탁이니까 보내 주세요. 빨리 가지 않으면 동생이 어디론가 팔려 가 버린다고요!”

거침없이 쏘아붙이는 말투와는 달리 오료의 볼은 눈물로 젖어 있었다. 그러나 폭력배를 상대로 식칼을 휘둘러 봤자 아무 소용도 없고 오히려 더 위험해질 뿐이다. 자칫 잘못하면 네가 죽게 된다면서 다케조 부부는 오료를 타일렀다.

오료를 동정하는 것은 인지상정이었다. 하지만 료마가 객관적으로 생각해 볼 때 상대방에게도 나름대로 할 말은 있을 것이라 여겨졌다.

“네 말대로 다섯 냥 빚졌다고 여동생을 끌고 갔다면 정말 나쁜 놈들이다. 네가 그렇게 화를 내는 것도 충분히 이해한다. 그래도 빚은 빚이야. 돈을 돌려주지 않고 여동생만 내놔라, 내놓지 않으면 죽여 버리겠다는 소리는 아무리 상대방이 극악무도한 폭력배라 해도 이치에 맞지 않는 말이지.”

“그럼 저더러 어쩌란 말이에요!”

자리에 주저앉으며 울부짖는 오료를 료마는 자기 방으로 데리고 갔다.

“나한테 마침 다섯 냥이 있다. 이걸 쓰도록 해.”

료마가 방바닥에 내 놓은 돈을 보더니 오료는 눈이 휘둥그레졌다.

“어째서 당신이……? 혹시 이 돈으로 날 사려는 거예요?”

문간에 서 있던 오료는 경계심을 드러내면서 료마를 노려보았다.

“그런 생각으로 주는 게 아니야.”

다섯 냥은 다시 탈번자가 된 료마를 걱정해서 오토메가 편지와 함께 보내 준 돈이었다. 넉넉한 사카모토가에서는 그리 부담스러운 금액이 아니었다.

“그렇지만 난 너무 힘들다. 일본을 지킨다고 큰소리치면서 도사를 뛰쳐나왔는데 아직 아무것도 이룬 게 없어. 게다가 이 나이가 되도록 아직 가족들의 도움을 받아 살아가고 있으니…….. 난 이 돈을 쓸 수가 없다. 그러니 네가 나 대신 쓰거라. 동생을 되찾아서 이 돈을 살아 있는 돈으로 만들어 줘.”

두 자매의 목숨을 살릴 수 있다면 다섯 냥은 그 이상의 가치를 가진 살아 있는 돈이 된다. 그런 료마의 마음이 과연 어느 정도나 통했는지는 모르는 일이었다. 오료는 그저 어안이 벙벙한 얼굴로 료마와 다섯 냥을 번갈아 볼 뿐이었다.

도사에서는 오토메가 신사에 가서 두 손 모아 기도하고 있었다.

“료마가 무사히 지낼 수 있게 해 주세요. 다케치 씨가 빨리 감옥에서 나올 수 있게 해 주세요…….”

간절히 기도한 다음 오토메는 신사에서 내려왔다. 한숨 돌리고 집으로 돌아가려는데 야타로가 목재를 실은 수레를 끌며 다가왔다. 오토메와 야타로는 거의 동시에 상대방의 모습을 알아보았다.

"야타로 씨, 아직도 목재를 팔러 다녀요?"

"당연하지. 얼마 전부터 얼마나 잘 팔리는데. 조만간 사카모토가에서 빌린 돈도 이자까지 넉넉히 쳐서 갚을 테니까 두고 보라고."

기세 좋게 떵떵거리더니 야타로는 신사를 향해 짝짝 손뼉을 치고 두 손을 모았다.

"장사가 잘되게 꼭 좀 부탁합니다."

허술하기 짝이 없는 참배였다.

"누구는 참 속 편해서 좋겠어요. 다케치 씨는 지금 얼마나 고생하고 있는지도 모르는 판인데."

"난 말이야, 다케치 씨를 봐도 동정하는 마음이 요만큼도 생기지 않아. 오히려 우스워 보일 뿐이지. 히라이 슈지로한테 배를 가르게 한 사람이 누구야? 오토노잖아. 다케치 한페이타를 감옥에 처넣은 사람도 오토노지. 그런데 아직도 정신을 못 차리고 오토노만 우러르고 있으니……."

"사무라이가 주군에게 충성을 다하는 건 당연한 일이지요."

"오토노는 다케치 씨를 싫어한단 말이야."

"네?"

"도사에서는 하급무사가 잘났다고 나서면 안 돼. 오토노를 위해서라는 말도 쓰면 쓸수록 듣는 쪽에서는 짜증만 나게 되어있어. 인간이라는 게 원래 그렇거든. 그런데도 오토노를 따른다

면 그건 다케치 씨가 자기 좋아서 하는 짓이지. 그걸 내가 말리
겠어, 누가 말리겠어?”

떠드는 시간조차 아깝다는 듯이 야타로는 수레를 끌고서 바
쁘게 가 버렸다.

“으아아아악!”

취조실에서 고문을 받는 에키치의 절규가 감옥 안에 있는 한
페이타를 괴롭혔다.

“우리 숙부님을 죽인 놈이 다케치 한페이타지? 바른 대로 빨
리 불어!”

쇼지로가 가차 없이 에키치를 추궁했다.

“모른다! 난 모른다!”

에키치는 울부짖으며 고통을 견뎠다. 사실 에키치는 알고 있
었다. 도요 암살을 명령한 사람이 누구인지를. 모진 고문에 몸
부림치면서도 에키치는 절대로 한페이타의 이름을 입에 올리
지 않으려고 버텼다.

한페이타도 감옥 창살을 움켜잡고서 울부짖었다.

“그만! 제발 그만해!”

도사로 돌아가려는 한페이타를 료마는 어떻게 해서든 말리
려고 했다.

(다케치 씨! 오토노는 다케치 씨가 생각하는 그런 분이 아니라니까

요……. 그분은…… 다케치 씨를 싫어해요.)

사무라이로 살아가기 위해서는 오토노를 믿는 수밖에 없었다. 그런데 에키치는 지금 요도의 명령으로 고문을 당하고 있지 않은가?

(제발 정신 좀 차리세요.)

그때 료마는 필사적으로 호소했다.

"정신을 차리면 도대체 무엇이 있단 말이냐…… 무엇이 보인단 말이야! 료마…… 난 보기 싫다…… 아무것도 알기도 보기도 싫단 말이다!"

한페이타는 바닥에 엎드려서 목을 놓아 울었다.

오기와에서 하룻밤을 보낸 료마는 이튿날부터 다시 이조를 찾아다녔다. 닥치는 대로 물어보다가 어느 길거리를 지나치는 직공에게 이조의 얼굴을 그린 초상화를 보여 주었다.

"이 남자를 모르시오? 오카다 이조라는 도사의 낭인인데."

"글쎄, 잘 모르겠네요."

그대로 가 버리는 직공의 뒷모습을 바라보며 어찌할 바를 모르고 서 있는데 아까 그 직공에게 또 다른 직공이 말을 걸었다.

"이봐, 저쪽 골목에서 신센구미가 누군가를 뒤쫓고 있던데."

"그럼 또 사람이 죽는 거야?"

료마는 또 다른 직공에게 이조의 초상화를 보여 주었다.

"쫓기고 있는 남자가 누구요? 혹시 이렇게 생긴 사람 아니오?"

"맞아요, 비슷하게 생긴 사람이었어요!"

료마는 번개처럼 달려가 골목으로 뛰어들었다. 이조처럼 생겼다는 도망자도, 그 뒤를 쫓는 사람도 보이지 않았다. 료마는 골목 사이를 무작정 뛰어다니면서 이조를 찾았다. 네거리가 나오자 료마는 사방을 둘러보았다.

"이조! 이조!"

이조의 모습은 어디에도 없었다. 료마는 직감을 따라 네거리에서 오른쪽으로 꺾었다. 어두컴컴한 그늘을 막 지나가려는 찰나에 갑자기 허연 칼날이 번뜩였다. 반사적으로 료마는 몸을 피했지만 상대는 다시 덤벼들었다.

"이조!"

이조는 흥분해서 눈에 핏발이 서 있었다. 상대가 누구인지 분간도 못 하는지 죽을힘을 다해 료마를 향해 칼을 휘둘렀다.

"이조, 나야! 료마라고!"

료마는 이조에게 달려들어 몸을 꽉 잡았다. 하지만 이조는 료마가 자기를 잡으러 온 사람이라고 생각해 도망치려고 안간힘을 다했다.

"이조, 내 얼굴을 봐. 사카모토 료마라고!"

"료마……?"

"그래, 료마다. 내가 너를 얼마나 찾아다녔는지 알아?"

"료마…… 료마!"

이조가 료마에게 매달렸다. 추격자에게서 도망치느라 계속 뛰어다녔던 이조는 거친 숨을 내쉬면서 울어 댔다.

"료마, 내가 사람을 죽인 게 어째서 잘못이라는 거야? 다케치 선생님은 옳은 일이라고 하셨는데. 난 그저 선생님한테 칭찬을 받고 싶어서, 잘했다는 말을 듣고 싶어서……."

"그래, 알아! 다 알고 있어, 이조."

"다케치 선생님은 어디 계신 거야? 선생님께 돌아가고 싶어……. 돌아가고 싶단 말이야!"

"이조……."

그 자리에서 무너지려는 이조를 꽉 잡아 주던 료마는 정면에 칼을 뽑은 남자 두 명이 있는 것을 알아차렸다. 양쪽 모두 소매에 산 모양의 문양이 새겨진 웃옷을 입고 있었다.

"아앗!"

이조가 외치더니 낮은 신음소리를 내며 칼을 겨누었다.

료마가 돌아보자 또 한 사람, 칼을 손에 든 남자가 있었다. 한눈에 봐도 상당한 실력자임을 알 수 있었다.

신센구미 국장인 곤도 이사미였다.

"비켜라."

"이조를 내줄 수는 없다."

곤도가 눈으로 신호를 보내자 다른 두 남자가 슬금슬금 간격을 좁혀 왔다. 곤도 또한 칼을 겨누며 조금씩 다가오고 있었다.

료마는 세 사람과의 간격을 가늠하면서 재빨리 주위로 시선을 돌렸다. 옆에 있는 여닫이문이 살짝 열려 있었다. 그 문을 당겨 열면서 그와 동시에 이조를 안으로 밀어 넣었다.

"도망쳐, 이조!"

료마는 칼을 뽑자마자 곤도를 비롯한 세 명이 잇달아 공격하는 것을 막아 냈고, 그중 한 명에게는 부상을 입혔다. 료마는 곤도에게 눈길을 고정했고, 곤도 또한 료마를 노려보았다.

멀리서 우당탕탕 하며 무언가가 넘어지는 소리가 들렸다. 이조가 낸 소리였을 것이다. 곤도가 턱으로 신호를 보내자 두 남자는 몸을 날려서 소리 나는 쪽을 향해 뛰어가 버렸다.

"넌 나음에 보사."

그 말을 남기더니 곤도도 두 남자의 뒤를 따랐다.

이조는 골목에 놓여 있던 나무통을 쓰러뜨리며 도망쳤다. 필사적으로 골목을 달려 길가로 나와 뒤를 돌아보았다. 뒤쫓아 오던 남자들은 보이지 않았다. 언젠가 이조의 팔에 상처를 입힌, 같은 문양의 웃옷을 입은 남자들이었다. 이조는 숨을 헐떡거리며 그 자리에 서 있다가 갑자기 위험을 느껴 오른쪽으로 고개를 돌렸다.

"오카다 이조다!"

도사 번의 관리들이 이조를 발견하고 달려오고 있었다. 왼쪽으로 도망치려 했지만, 그쪽에서도 도사 번사들이 뛰어왔다.

이조는 칼을 겨누고 관리들을 향해 휘두르며 뛰어갔다. 그러나 관리들은 이조를 사스마타로 내리눌러 붙잡았다. 꼼짝 못하게 된 이조가 허무하게 칼을 휘둘렀지만 허연 칼날은 빈 허공을 가를 뿐이었다.

밤의 장막이 내리자 교토 시내의 길가에는 불빛이 켜졌다. 오료는 저녁 식사를 쟁반에 얹어 료마의 방으로 들고 갔다. 복도에서 말을 걸었지만, 안에서 분명 불빛이 새어 나오는데도 료마는 대답이 없었다. 오료는 방문을 열고 안을 살폈다.

료마는 등을 돌린 채 책상다리로 앉아 있었다. 오료는 쟁반을 바닥에 놓고는 말을 걸어도 될지 망설였다.

"돈을 빌려 주셔서 정말 감사합니다. 덕분에 동생이 무사히 돌아왔어요."

"그래……. 잘됐구나."

료마는 돌아보지도 않고 대답했다.

"하지만 그 다섯 냥은 반드시 갚겠습니다. 저희에게 사카모토 씨는 생판 남입니다. 모르는 분께 돈을 그냥 받을 수는 없으니까요."

"……냄새가 좋네. 네가 만든 거냐?"

국이 든 그릇에서 김이 모락모락 피어올랐다.

"……그런데요."

"하지만…… 미안한데 그냥 가지고 나가거라. 난 지금 아무것도 넘기지 못할 것 같으니까. 소중한 친구가…… 또 붙잡혀 버렸어. 또…… 난 아무것도 할 수 없었고…….”

료마가 떨리는 목소리로 말하며, 어깨를 들먹였다. 뚝뚝 떨어지는 눈물이 료마의 바지 자락을 적셨다. 오료의 가슴이 찡해졌다.

“사카모토 씨……!”

“이조…… 이조……!”

료마는 이조의 이름을 부르며 흐느껴 울었다.

제23장
이케다야로 달려라

—1863년 가을. 곤도 조지로는 야마토야의 딸인 도쿠를 아내로 맞아들였다네.

야마토야에서 열린 피로연에는 료마를 비롯한 가쓰 사숙의 훈련생들이 대거 참석했다. 도쿠의 친척들도 다들 얼굴을 보였다. 모두 술잔을 주고받으며 한껏 흥에 취해 있었다.

평소에는 무섭기로 유명한 교관인 요노스케도 샤미센에 맞춰 즐겁게 축가를 불러 주었다.

조지로와 도쿠는 혼례복 차림으로 상석에 앉아 있었다. 료마의 눈에는 조지로와 나란히 앉은 새색시 도쿠가 사랑스럽고 순진하게만 보였다.

"정말 축하해. 너희가 부부의 연을 맺다니 얼마나 기쁜지 모르겠다."

"감사합니다."

쑥스러워하는 조지로 옆에서 도쿠의 볼도 발그스레 물들었다.

"이야, 이거 잔치가 한창이네."

가쓰 린타로가 불쑥 나타나자 료마와 다른 훈련생들은 다들 자세를 고쳐 앉느라 허둥댔다.

"괜찮다. 경사스런 잔치 자리에서 뭘 그리 격식을 차리려고 그래."

린타로는 조지로를 위해 일부러 교토에서 오사카까지 달려 왔던 것이다.

"당연히 와야지. 소중한 훈련생이 혼인을 하는 중요한 자리 인데. 조지로와 도쿠 모두 축하한다. 앞으로도 둘이 사이좋게 잘 살도록 해."

조지로와 도쿠는 모두 감격해서 얼굴이 붉어졌다.

린타로는 만족스러운 표정으로 고개를 끄덕이고는 자리에 있 는 일동을 둘러보았다.

"그리고 말이야, 또 한 가지 기쁜 소식이 있지. 고베 마을의 해 군조련소가 완성되었다! 오사카 훈련은 이제 끝났다. 이제 드디 어 고베로 가는 거야!"

훈련생들이 환성을 질렀다. 이날을 얼마나 고대했는지 몰랐 다. 조지로도 다른 사람들과 함께 기뻐하다가 갑자기 현실로 돌 아왔다. 갓 혼인한 새 색시 도쿠를 오사카에 남겨두고 조지로 혼자 고베 마을에서 훈련하는 나날을 보내야만 하는 것이다.

료마는 물론 의욕으로 가득 차서 한껏 기대하고 있었다.

해군조련소는 바다에 인접한 고베(효고 현)에 건설되었다. 가쓰의 염원, 즉 서양과 어깨를 견줄 수 있는 해군 창설이라는 광대한 구상을 실현하기 위해 드디어 첫발을 내딛는 셈이었다.

"여기가 해군조련소……."

료마는 흥분과 의욕으로 가득 찬 마음으로 해군조련소에 발을 들여놓았다. 넓은 부지에 다양한 훈련 도구가 비치되어 있었고, 그것을 본 훈련생들의 의욕이 모두 하늘을 찌를 듯했다.

"너희는 여기서 선박 조종술, 항해술, 포격술을 인이 박힐 만큼 익혀야 한다. 그러고 나서 저 바다로 일본 해군이 진출하는 것이다."

린타로가 손가락으로 가리키는 곳 너머에는 훈련생들을 환영하듯이 바다가 반짝이고 있었다.

―해군조련소에 모여든 젊은이들은 전국의 여러 번에서 보낸 자들로 200명 가까이 되었다네. 그중에는 료마와 친구들처럼 탈번한 자도 있었지만 다들 새로운 지식과 기술을 배우려는 의욕이 넘치는 자들이었지. 이 훈련생 중에 무쓰 요노스케(나중에 무네미쓰로 개명)가 있었다네.

훈련생 중에는 오사카의 센쇼지에서 기초 훈련을 받고 온 사람도 있었고, 새롭게 들어온 사람도 있었다. 먼저 배운 사람들은 신입생들을 도와주며 서로 협력해서 화기애애한 분위기 속에서 훈련에 임했다.

모치즈키 가메야타가 스무 살인 무쓰와 함께 강의를 듣던 어느 날이었다. 무쓰는 해군조련소가 완성된 후에 새로 들어온 사람으로 강의 중인데도 다른 훈련생들의 얼굴을 둘러보며 중얼거렸다.

"사쓰마 번사는 스물한 명이나 있는데 조슈 번사는 한 사람도 없는 걸 보면 여기도 시류를 타나 보네."

"이봐, 선생님 말씀 좀 들어."

가메야타가 노려보아도 무쓰는 아랑곳하지 않았다.

"양이파는 모조리 튕겨져 나간 셈이군."

자기 할 말을 다하고서야 만족했는지 무쓰는 교수 쪽으로 얼굴을 돌리고 강의에 귀를 기울였다. 가메야타는 무쓰의 말에 상당히 동요했다. 자기 말고도 무쓰의 말에 반응을 보인 사람이 없는지 살짝 주위를 둘러보았다.

8월 18일의 정변 이후로 존왕양이파는 조슈로 모두 돌아갈 수밖에 없었다. 이날 구사카 겐즈이의 저택으로 몇 명의 조슈 번사들이 모였다.

"우리 조슈는 아직 지지 않았다! 막부는 천황 폐하를 끌어들여서 자기들에게 유리한 쪽으로 일을 진행하려 하는 것이다. 사쓰마와 아이즈는 그것을 이용하고 있다.”

겐즈이의 사기는 여전히 높았다.

“젠장, 죽일 놈의 사쓰마!”

무사 중 하나가 분노를 터뜨렸다. 조슈의 존왕양이파는 사쓰마에 대한 원한을 골수에 새겨 넣고 있었다. 세상을 양이로 되돌리고 조슈가 다시금 힘을 되찾으려면 어떻게 해야 할까?

“그 방법을 모색하기 위해 지금 교토에 가쓰라 씨가 몰래 잠입해 있다.”

겐즈이가 모두를 고무했다.

교토에는 아직도 조슈 번사들을 비롯한 양이지사들이 잠복해 있었다. 고고로는 비밀리에 그들을 오기와로 불러 모았다.

“과감한 방법을 쓰지 않으면 조슈의 재기도, 양이의 성취도 불가능하다. 강제로라도 천황 폐하를 사쓰마의 손에서 구해 내야 한다.”

요시다 도시마로, 미야베 데이조가 고고로의 말을 듣고 의욕을 보였다. 요시다 도시마로는 요시다 쇼인의 문하생으로 구사카 겐즈이, 다카스기 신사쿠 등과 함께 손꼽히는 활동가였다. 미야베 데이조는 구마모토의 번사였는데 요시다 쇼인과 가깝게 교류해 존왕양이에 대한 신념이 강했다.

밖에서 인기척이 느껴지자 고고로가 "조용!" 하고 모두의 입을 다물게 했다.

"술을 가지고 왔습니다."

오료가 방문을 열고서 술병과 술잔을 담은 쟁반을 들고 안으로 들어왔다.

"너, 조금 전 이야기를 바깥에서 엿듣고 있었던 것은 아니겠지?"

요시다가 찔러 보았지만 오료는 대답하지 않고 쟁반을 사람들 옆에 놓았다. 미야베는 그런 오료의 태도가 마음에 들지 않았다.

"대답해."

"손님이 하시는 이야기를 엿듣는 일은 없습니다."

문간까지 물러난 오료를 고고로가 꿰뚫어 보려는 듯이 날카로운 시선으로 쏘아보았다.

"넌 언제 봐도 참 애교도 없고 퉁명스럽구나. 이 여관은 양이지사들이 많이 이용하지 않느냐."

"전 양이지사들이…… 싫습니다."

그 말을 듣자마자 조슈 번사들이 벌떡 일어섰다. 만약에 막부 쪽에서 보낸 여자라면 절대로 가만두지 않겠다는 기세였다. 오료는 억지웃음을 지었다.

"그냥 무섭다는 뜻이에요. 가녀린 여자니까요."

"겁먹은 것처럼 보이지 않는데. 우리는 나라를 지키기 위해 동분서주하고 있다. 이러한 뜻을 가진 사람은 우리 말고도 수 없이 많아.”

고고로는 오료에게 시선을 고정시켰다. 오료는 지사들의 시선을 따가울 정도로 받으면서 말없이 고개를 숙이더니 방문을 닫고 나갔다.

복도를 걸어가면서 오료는 일본을 위해 무언가를 하고 싶다며 몸부림치던 남자를 떠올렸다.

(일본을 지킨다고 큰소리치면서 도사를 뛰쳐나왔는데 아직 아무것도 이룬 게 없어.)

그 사실이 마음을 괴롭힌다면서 료마는 가족이 보내 준 다섯 냥을 빌려 주었다.

(소중한 친구가…… 또 붙잡혀 버렸어.)

그때 흐느껴 우는 료마의 뒷모습을 보며 가슴이 미어졌다. 오료는 갑자기 제정신이 들면서 자기가 료마를 생각하고 있었다는 사실에 당혹스러워했다.

한페이타는 감옥에 갇혀서도 마치 그보다 편한 자세는 없는 양 정좌를 무너뜨리지 않았다. 한곳만 응시하며 고문을 당하는 시마무라 에키치를 걱정하고 있었다.

간수가 식사를 가지고 와서 감옥 문틈으로 넣어 주었다. 감자와 물 한 잔뿐이었다. 간수의 굳은 표정과 심상치 않은 분위기가 자꾸만 마음에 걸렸다.

"오늘 아침에는 에키치의 목소리가 들리지 않는데……, 혹시 죽은 것인가?"

"……고문은 그만한답니다."

한페이타는 안도의 한숨을 크게 내쉬었다.

"그렇구나, 그랬어……. 그럼 이제 내 차례군."

"그럴 일은 없습니다! 다케치 님은 이제 상급무사이시기 때문에 고문당하실 일은 없을 겁니다."

간수가 처음으로 감정을 드러냈다. 한페이타가 놀라서 간수를 보자 한번 말을 주고받은 것으로 마음이 풀어졌는지 표정이 한결 부드러웠다.

"뭐든 원하는 게 있으면 말씀해 주세요. 누군가에게 말씀 전하실 일이 있으면 제가 전해 드릴 테니까."

간수 또한 하급무사였다. 신분이 낮은 하급무사를 이끌고 도사를 움직였던 한페이타를 존경한다는 말을 주위에 들리지 않도록 눈치를 보며 조심스럽게 털어놓았다.

"……넌 이름이 뭐냐?"

"와스케라고 합니다."

"고맙다, 와스케. 꼭 지옥에서 부처님을 만난 기분이 드는구나."

감옥에 들어온 이후 처음으로 따뜻한 마음씨를 접했다. 한페이타는 고마운 기분으로 잔에 든 물을 마셨다. 한페이타에게 감사 인사를 듣자 와스케도 기뻤다.

"아…… 그런데 다케치 님, 근왕당에 있던 오카다 이조가 얼마 전에 도사로 붙들려 왔습니다."

"이조가…… 붙잡혔어? 이번에는 그 녀석을…… 이조를 그 힘든 지경에 내몰게 되었단 말이냐!"

한페이타의 손에서 잔이 굴러 떨어졌다.

이조는 취조실로 연행되어 쇼지로에게 심문을 받았다.

"요시다 도요 님을 암살한 자가 너냐?"

"아닙니다!"

이조는 떨면서 고개를 저었다.

"그럼 근왕당에 있던 다른 자냐? 다케치 한페이타가 지시했느냐? 솔직하게 털어놓지 않으면 목숨을 부지하지 못할 것이다."

"다케치 선생님을 만나게 해 주세요. 부탁입니다. 다케치 선생님이 보고 싶어요!"

이조가 애원하자 쇼지로는 분노를 참기 위해 이를 악물었다. 이조는 잔뜩 겁에 질려서 당장이라도 울음을 터뜨릴 것처럼 보였다. 조금만 손보면 입을 열 것 같았다. 그런데 요도가 고문을 금지시켰다. 이유는 분명치 않았지만 쇼지로는 이대로 물러날 수 없었다.

"고토 쇼지로가 취조를 엄하게 할 수 있도록 허락해 주십사 계속 청을 올리고 있습니다."

모리시타가 쇼지로의 요청을 전했을 때 요도는 바닥에 책상다리를 하고 앉아 병풍 그림을 바라보고 있었다.

"모리시타, 너도 참 멋을 모르는 놈이구나. 내가 히토쓰바시 요시노부 공으로부터 이렇게나 좋은 선물을 받아 감상하고 있는 중인데."

요도가 바라보고 있는 것은 극락정토가 그려진 병풍이었다.

"극락정토라는 곳은 참 좋아 보이는구나. 너희는 잠시 입 다물고 있어라. 지금 난 기분이 아주 좋단 말이다."

요도는 만족스러운 얼굴로 병풍 그림을 바라보았다.

─극락정토가 세상에 정말로 존재한다면 그건 바로 그 무렵의 이와사키 집안이었을 게야.

야타로의 아내 기세는 사랑스러운 딸 하루지를 낳았다. 하루지는 엄마의 품속에서 새근새근 잠들어 있었다. 야타로는 눈에 넣어도 아프지 않을 만큼 딸에게 푹 빠져 있었다.

"아아아, 어쩌면 이렇게 예쁘게 생길 수 있지. 사랑스러운 것에도 정도가 있어야지!"

야지로와 미와도 기다리던 첫 손주가 귀여워서 어쩔 줄을 몰랐다. 작은 아빠인 야노스케도 아기를 예뻐했다. 남편 야지로 때문에 이제껏 온갖 고생을 했던 미와는 감회가 남달랐다.

"목재도 잘 팔리지, 예쁜 아기도 태어났지. 이제야 팔자가 좀 피려나 보다, 아들아."

"그럼요! 내 인생은 이제부터가 시작이라고요!"

이와사키 집안에서는 하루지를 둘러싸고 웃음꽃이 피는 화목한 광경이 자주 목격되었다.

고베 마을에 있는 해군조련소에서는 포술 연습, 천문 항해법 학습 등 훈련이 충실하게 이루어지고 있었다. 식당도 마련되어 훈련생들이 친목을 다질 수 있는 장소도 생겼다.

가메야타는 선배로서 다른 번의 훈련생들에게 충고를 해 주고 있었다.

"매듭을 제대로 배우려면 아무리 빨라도 열흘은 걸리게 되어 있다. 그러니 너무 조급해할 필요 없다."

가메야타를 둘러싼 훈련생들이 "그렇구나" 하며 고개를 끄덕이는데 무쓰가 혼자서 낄낄 웃어 댔다.

"난 하루 만에 다 익혔는데. 그렇게 쉬운 걸 익히는 데 무슨 열흘씩이나 걸려?"

"지금 나한테 시비를 거는 거냐?"

"난 그냥 사실을 말했을 뿐인데."

무쓰는 아무렇지도 않게 말했다. 가메야타가 화를 내면서 무쓰의 멱살을 잡았다.

"잠깐만, 잠깐만!"

료마가 사이에 끼어들었고, 소노조와 조지로도 말리러 왔다.

"저놈 때문에 속이 뒤집어지겠어!"

가메야타가 씩씩거렸다. 료마가 가메야타와 무쓰를 떨어뜨려 놓았고, 조지로가 가메야타의 팔을 잡았다.

"싸우면 안 된다니까요!"

"이거 놔! 가짜 사무라이 주제에!"

가메야타가 조지로의 손을 뿌리쳤다. 조지로의 얼굴에서 순식간에 핏기가 사라졌다.

"가메야타. 조지로는 우리 동료야."

료마는 그렇게 타이르면서도 속으로는 한심하고 우울했다. 같은 뜻을 지니고 한솥밥을 먹는 동료라지만 할 수 있는 말이 있고 해서는 안 되는 말이 있기 마련이다. 소노조에게까지 꾸중을 듣자 가메야타는 폭발할 것만 같은 감정을 간신히 내리눌렀다.

"무쓰, 너 가메야타에게 무슨 말을 한 거냐?"

료마가 묻자 무쓰는 흐트러진 옷매무새를 고치면서 귀찮다는 듯이 입을 열었다.

"난 그냥……."

"지금 이러고 있어도 되는 거야?"

갑자기 가메야타가 소리를 질렀다.

"다케치 선생님과 이조가 감옥에 붙잡혀 들어갔는데! 슈지로 씨는 할복을 했는데! 함께 싸웠던 동지들이 그 지경에 빠져 있는데…… 이런 짓이나 하고!"

가메야타가 화를 내면서 식당에서 나가 버렸다.

식당 분위기가 날카롭게 곤두서 있었다. 료마는 마음을 고쳐 먹고 일부러 명랑한 목소리로 말했다.

"다들, 빨리 먹자고. 이러다가 훈련에 늦겠다."

훈련생들은 그제야 생각 난 것처럼 다시 밥을 먹기 시작했다.

"난 다 먹었어."

조지로가 수저를 놓고 일어섰다.

"조지로" 하고 불러 세운 료마와 뒤를 돌아본 조지로의 눈길이 마주쳤다.

"넌 이제 어엿한 사무라이야. 다들 그렇게 생각하고 있다. 그러니 가메야타의 말에 너무 신경 쓰지 마라."

"신경 쓰기는요."

조지로는 억지웃음을 남기고 자리에서 일어났다.

"참 힘들겠네요. 이쪽저쪽 눈치를 다 봐야 하니."

놀리는 듯한 말투로 무쓰가 우물우물 음식을 씹으며 료마에게 말을 걸었다.

"너!" 하고 달려드는 소노조를 료마가 말렸다.

"무쓰, 넌 기슈 번의 중신 가문 출신이라면서? 뭐 때문에 여기 온 거냐?"

"재미있을 것 같다는 생각이 들어서요. 증기선 조종하는 게 말이죠."

겨우 그 정도 이유로 중신 가문에서 아들을 해군조련소로 보내 줄 리가 없었다.

"난 탈번했거든요."

무쓰는 냉소를 띠며 식사를 마치고는 자리에서 일어나 떠나
버렸다.

"저놈도 뭔가 뜻하는 바가 있는 거야."

료마는 무쓰의 뒷모습을 지켜보았다.

가메야타는 바닷가에 주저앉아 흐트러진 감정을 어떻게든 가
라앉히려 애쓰고 있었다. 자기 이름을 부르는 소리가 들릴 때까
지 료마가 왔다는 것도 알지 못했다.

"가메야타, 나도 다케치 씨와 도사에 있는 다른 사람들 생각
을 하면 안절부절못하게 된다. 하지만 말이야, 우리는 이미 새로
운 길을 걷기 시작했어. 해군을 만들어서 일본을 지키는 길을."

"……잊어버린 거냐, 료마? 도사에서 우리 하급무사는 짐승
이나 다름없는 천대를 받았다. 나에게는 살아갈 희망조차 없었
단 말이다."

천대받는 하급무사 처지였던 가메야타와 다른 이들을 구해 준
것이 바로 한페이타였다. 가메야타를 비롯한 하급무사들에게 검
술과 학문을 가르쳐서 존왕양이의 뜻을 품게 하고 함께 교토로
상경하기까지 했다. 일본을 움직이는 위치에 설 수 있도록 이끌
어 주었고, 살아 있음에 자부심을 느끼게 해 주었다.

"그때 품은 뜻은 하나도 변함없이 여기 그대로 있다!"

가메야타는 자기 가슴을 치며 뜨겁게 불타는 마음을 료마에

게 호소했다.

료마도 가메야타의 심정을 충분히 헤아리고도 남았다.

"그런데 천황 폐하는 이제 힘으로 하는 양이를 바라시지 않는다. 눈을 떠라, 가메야타! 시대는 쉬지 않고 앞으로 나아가고 있어. 지금에 와서 양이네 개국이네 하며 우리끼리 싸우고 있을 때가 아니잖아. 일본을 지키기 위해서는 지금보다 훨씬 더 많이 힘을 길러야 한다는 것도, 그것을 위해 해군을 만들려고 한다는 것도 잘 알잖아! 그것 때문에 네가 그렇게 열심히 훈련에 몰두한 것 아니냐."

"료마……."

가메야타의 눈에서 눈물이 솟았다. 한때는 한페이타로부터 벗어나 가쓰 사숙에 들어오길 잘했다고 생각하며 료마나 다른 사람들과 함께 훈련에 몰두했던 것도 틀림없는 사실이었다.

"다케치 씨와 다른 사람들에게 미안한 마음은 잘 알겠지만, 이제 와서 돌아가면 안 된다, 가메야타. 후회하면 안 된다고."

료마는 절절하게 설득했다. 해군이냐, 한페이타의 뜻을 이어 받느냐. 가메야타는 두 가지 길을 앞에 두고 고민하고 있었다.

오토메는 도미가 어떻게 지내는지 보려고 다케치의 집을 찾아갔다.

"가만히 있으면 자꾸 불안해져서요."

도미는 무엇이든 집안일을 찾아서 끊임없이 몸을 움직였다. 방 안에는 먼지 한 톨 보이지 않았고, 정원의 나무들도 정성 들여 가꾸고 돌본 흔적이 보였다. 그 정원을 통해 야타로가 인사도 없이 불쑥 들어왔다.

"이야, 구석구석 손질이 잘된 게 우리 집과는 딴판이네. 고지식한 다케치 씨에게 딱 어울리는 집일세. 하지만 그래도 어디 쥐구멍 한두 개쯤은 있겠지. 목재 좀 사시오. 구멍 난 곳은 수리해 줄 테니까."

야타로의 무신경함을 참다 못해 오토메가 드디어 폭발했다.

"작작 좀 해요! 지금 다케치 씨가 얼마나 고생하고 있는지 몰라서 그래요!"

"그럼 목재 값을 좀 깎아 줘야겠군."

"도미 씨의 심정도 좀 헤아려 보라고요!"

"할 수 없네. 그럼 공짜로 해 주지."

"내 얘기를 듣고…… 뭐요?"

"비가 새는 곳이 있으면 내가 지붕에 올라가서 고쳐 줄 테니까 말해 봐요."

"……도미 씨를 걱정하는 거예요?"

"걱정은 무슨……. 요즘 들어 우리 집안에는 좋은 일만 계속 생기거든. 하지만 행운을 끌어안고만 있으면 다음에는 불행이 온다고 하니까, 집이나 손봐 줄까 싶어서."

너무도 뜻밖의 제안에 오토메와 도미는 서로 얼굴을 마주 보왔다. 마음을 쓰면서도 솔직하게 말하지 못하는 야타로도 참 손 해 보는 성격이었다. 오토메는 감동하면서도 야타로의 영향을 받아 덩달아 비꼬는 투로 말했다.

"그쪽한테도 사람다운 면이 조금은 있었네요."

"고맙습니다."

도미는 순순하게 고맙다는 인사를 했다.

뜰 앞에서 이러쿵저러쿵 말하는 사이에 정원으로 또 한 명의 남자가 들어왔다. 야타로가 먼저 알아차리고 막 따졌다.

"당신 뭐야? 어디 남의 집 정원에 함부로 들어오는 거야?"

"몇 번씩 불렀는데도 아무 대답이 없기에 들어왔습니다. 저는 관아에서 간수로 일하는 사람입니다. 이 댁 부인께 보내는 다케 치 님의 편지를 가져 왔습니다."

도미가 방에 있다가 정원으로 뛰어 내려갔다.

"제가 다케치의 안사람입니다! 저에게 주세요!"

와스케가 품속에서 꺼내 건네기가 바쁘게 도미는 한페이타 의 편지를 펼쳤다.

'여보, 오랫동안 혼자 있게 해서 미안하오. 내 걱정은 하지 말 고, 당신이나 감기 걸리지 않게 몸조심하시오.'

도미는 눈물이 앞을 가려 너덜너덜한 종이에 묵으로 쓴 편지 마지막에 적힌 '한페이타'라는 글씨가 희미하게 번져 보였다.

한페이타는 애써 평정을 유지하고 있었다. 앞으로 무슨 일이 일어날지 모르기에 아내의 일이 무엇보다도 걱정되었다.

"많이 야위었구나, 다케치. 그래서 어떻게 하려고? 너에게 손님을 데리고 왔다."

쇼지로가 감옥 문 앞에서 말하자 이조가 손을 뒤로 포박당한 채 끌려왔다.

"이조……!"

"다케치 선생님!"

쇼지로가 감옥 자물쇠를 열어 주자 이조는 안으로 뛰어들어가 한페이타의 무릎에 얼굴을 묻고 엉엉 울었다.

"이조! 살아 있었구나! 다행이다, 정말 다행이야!"

"너희에게 잠깐 시간을 주겠다. 짧게 끝내라. 알겠느냐?"

그 말만 하고서 쇼지로는 이조를 끌고 온 관리들을 데리고 나가 버렸다. 한페이타는 쇼지로의 그런 태도가 영 부자연스럽게 느껴졌다.

"어째서 선생님께서 이런 대접을 받으셔야 하는 건가요?"

이조의 감정이 격해졌다. 한페이타는 이조의 귓가에 가까이 대고 속삭였다.

"큰 소리 내지 마라. 아마 어딘가에서 엿듣고 있을 것이다. 놈들은 요시다 도요를 죽인 하수인을 찾고 있다. 그 증거를 찾아내서 근왕당을 없애 버릴 생각이야."

그 말을 듣고서야 이조도 한페이타가 투옥된 이유를 알았다.

교토에 있을 때 암살하는 것이 너무 괴로워진 이조에게 한페이타는 도사근왕당 안에서도 몇 명만 알고 있던 비밀을 털어놓았다.

(지금 우리가 존재하는 것도 요시다 도요를 죽였기 때문이야.)

(요시다 님을……. 그럼 선생님이……!)

이조도 목소리를 낮췄다.

"선생님…… 우리는 아무런 잘못도……."

"사실대로 말하면 근왕당 사람들은 모조리 참수를 당하게 된다."

두 사람이 작은 소리로 주고받는 대화는 벽 뒤에서 엿듣고 있던 쇼지로와 관리에게는 들리지 않았다.

"입 다물고 있어라, 이조. 아무 말도 해서는 안 된다. 알겠지?"

"예!"

이조가 분명하게 대답한 직후에 쇼지로와 관리가 돌아왔다.

"이놈들, 내가 듣지 못하게 일부러 쑥덕쑥덕 귓속말을 해? 무슨 얘기를 한 거냐!"

쇼지로가 펄쩍 뛰면서 화를 냈고, 관리들이 들어와 이조를 한페이타에게서 억지로 떨어뜨려 끌고 나갔다.

"놔라! 난 선생님과 같이 있을 거야! 선생님!"

겁에 질려서 외치는 이조의 목소리가 멀어졌다.

"이조!"

쇼지로는 쇠창살에 매달려 이조를 부르는 한페이타를 증오에 불타는 눈으로 노려보았다.

"무슨 일이 있어도 저놈의 입을 열고야 말겠다. 숙부님을 죽인 놈을 난 결코 용서하지 않을 것이다!"

—이때 한페이타는 깨달았겠지. 자기가 다시는 그 감옥에서 나갈 수 없으리라는 것을……. 같은 무렵 료마에게도 커다란 사건이 벌어지고 있었네.

"가메야타! 가메야타가 없어졌다!"

도라노스케가 입에 거품을 물고 바닷가로 뛰어갔다. 그날 아침 료마와 다른 사람들은 훈련 준비를 하고 있었다.

"다로, 네가 가메야타와 같은 방을 썼지? 가메야타는 어디 간 거야?"

료마가 다그쳐 물었지만 다카마쓰 다로는 입을 다물기로 작정한 모양이었다.

"도망쳤겠지."

무쓰가 이죽거리며 다로 대신 대답했다. "도망쳤다고!" 하며 동요하는 훈련생도 있었다.

"가메야타는 도망치지 않았어!"

순간적으로 화가 나서 대꾸해 버린 다로는 가메야타가 사라진 사실을 알고 있었음을 자백한 것이나 다름없었다.

"그럼 도대체 어디로 간 거야?"

소노조가 추궁하자 다로도 이제는 숨길 수 없겠구나 싶어 포기하고 입을 열었다.

"……교토로 갔어요."

"교토……?"

료마가 이상해하면서 되물었다.

"조슈 번사들이 뭔가 일을 벌일 모양이라면서 어젯밤에 떠났어요."

가메야타는 조슈 무리에 껴서 같이 행동할 모양이라며 바닷가에 있던 훈련생들이 웅성거렸다.

료마는 칼을 들어 허리춤에 찼다.

"내가 가서 데리고 올 테니까 모두들 훈련 잘 받고 있어."

"왜 그렇게까지 하는 건가요, 료마 씨?"

료마는 바쁘게 자리를 뜨다가 발걸음을 멈추고 무쓰를 돌아보았다.

"그 사람은 해군보다도 양이파를 선택한 거잖아요."

무쓰의 발언에 다른 번의 무사 몇 명이 동조했다. 다른 번의 무사들만이 아니었다.

"뜻이 다른 사람을 억지로 붙잡고 있어 봐야 아무 소용도 없잖아요?"

조지로까지 가메야타를 데리고 돌아온다는 료마의 말에 반대하고 나섰다.

"한 사람쯤 있으나 없으나"라는 식의 의견이 잇달아 나왔고, 훈련생들은 결국 과제 준비로 돌아갔다. 다로, 도라노스케, 무쓰, 조지로도 약간 망설이는 듯하다가 그냥 다른 사람들 뒤를 쫓아갔다.

"가메야타도 나름대로 고민하다가 내린 결론이겠지. 하고 싶은 대로 하게 내버려 둬."

소노조가 그렇게 말하고는 료마에게서 떨어졌다.

이날은 배를 바깥 바다로 몰고 나가는 중요한 훈련이 예정되어 있어 지금까지 이론으로 배웠던 지식을 실천으로 옮겨 보는 날이었다. 그런 만큼 모두 사기도 높았고, 의욕적으로 출범 준비를 갖췄다.

"모두들 잘못 생각하고 있어!"

료마의 목소리에 공기를 떨게 하는 울림이 있어 다들 열심히 놀리던 손을 일제히 멈췄다.

"여기 모인 사람은 겨우 200명뿐이야. 겨우 200명이 모여서 일본의 해군을 만들려고 하는 거라고. 미국, 영국, 프랑스, 독일. 외국의 모든 나라가 일본이 뿔뿔이 흩어지기를 기다리고 있다. 호시탐탐 언제든지 우리 일본을 잡아먹을 기회를 엿보면서 말이야. 하지만 그렇게 내버려 두지 않겠다고 결심한 사람들이 해군조련소에 모여든 거잖아. 있으나 없으나 상관없는 사람은 이 중에 한 명도 없단 말이다!"

료마를 비롯한 훈련생들은 검은 배와 맞먹는 수준의 배를 움직일 수 있도록 훈련에 매진하고 있었다. 한 사람 한 사람이 자기 역할을 맡아 책임져야 했다. 돛을 올리고, 밧줄을 당기고, 바람과 해도를 읽고, 보초를 서고, 깃발을 걸고, 불을 피우고, 밥을 짓고, 수리를 하고……. 모두들 하나가 되어 힘을 모아야만 배를 움직일 수 있었다.

"우리 모두 하나가 되어서 해군이라는 커다란 배를 움직여야지. 가메야타는 소중하고 귀한 우리 동료야! 새로운 길을 걸어야 한다는 걸 알면서도 예전의 동지를 저버릴 수 없고, 그때의 뜻을 잊기 싫다는 마음은 우리도 충분히 이해하잖아? 가메야타는 정직하고 착한 녀석이야. 그렇게 좋은 사람을 죽게 내버려 둘 수는 없다고."

료마는 압도적인 설득력으로 모두의 관심을 끌었다.

"내가 가서 그 녀석을 데리고 올게."

그 말을 남기고 떠나는 료마를 눈으로 따라가며 조지로는 자신이 부끄러워졌다. 소노조, 다로, 도라노스케는 감동을 받아 눈물을 글썽이고 있었다. 무쓰는 료마의 사람됨에 두 손을 들었다.

어느새 훈련생들은 모두 의욕과 긴장으로 얼굴이 팽팽해졌다.

오기와의 부엌에서 오료는 창문으로 비쳐 드는 저녁 햇살을 받으며 밥을 하고 있었다. 세이와 다케조는 저녁 식사 준비를 시작했는데 세이는 조슈 번사들의 긴박한 분위기 때문에 불안해서 안절부절못하고 있었다.

"조슈 무사님들은 도대체 무슨 일을 벌이려고 저러는 걸까요?

다들 무서운 얼굴로 나가던데."

"우리 여관에 오는 손님들은 다 나름대로 각오가 있는 분들이
야. 우리는 그저 아무 말 않고 잠자리만 내 드리면 돼."

오료는 두 사람의 대화를 못 듣는 척 묵묵히 일했다.

현관에서 "실례합니다!" 하고 부르는 소리가 들렸다. 숙박객
인 모양인데 세이는 지금 손을 놓을 수가 없었다. 오료는 밥하던
것을 멈추고 손님을 맞기 위해 현관으로 서둘러 나갔다.

"어서 오세요."

오료가 손님을 맞아들이려고 문을 열자 그곳에는 료마가 숨
을 헐떡이며 서 있었다. 6월의 찜통더위에 비 오듯 쏟아지는 땀
을 닦을 생각도 않고 있었다.

"도사의 모치즈키 가메야타라고 안에 없는가? 어쩌면 다른 이
름을 쓰고 있을지도 몰라. 키는 이 정도고, 얼굴은 험상궂은 게
넙치처럼 생겼는데……."

"그런 분은 없는데요."

"이 여관에 양이파 놈들이 모여들지?"

"손님에 대해서는 말씀드릴 수 없어요."

오료는 료마의 코앞에서 문을 닫으려고 했지만, 문틈으로 료
마가 손을 넣어서 막았다.

"가메야타를 죽게 하고 싶지 않단 말이다! 8월 18일의 그 사
건으로 양이파가 쫓겨난 이후 교토는 사쓰마와 아이즈, 그리고
막부가 장악하고 있어. 지금 조슈가 무슨 일을 꾸미건 절대로 성

공할 수가 없다고. 제발 부탁이다! 가메야타가 어디로 갔는지 가
르쳐 줘! 부탁한다!"

절박한 료마의 어조에 오료가 압도당하는 사이에 료마는 땅
바닥에 무릎을 꿇고 머리를 숙였다.

"그만하세요! 지금 무슨 짓을 하시는 거예요?"

"가메야타는 소중한 내 친구이자 동지야! 부탁이니까 제발
가르쳐 줘."

료마와 오료의 시선이 마주쳤다.

"그 손님은…… 아마 산조코바시에 있는 이케다야로 갔을 거
예요. 오늘 밤에 양이파 사람들이 그곳에 모인다고 조슈 손님이
하는 말을 들었어요."

"산조코바시의 이케다야. 고맙다. 정말 고마워!"

오료의 어깨를 잡고 고맙다고 하더니, 료마는 촌각을 다투는
양 단숨에 뛰어나갔다.

해가 져서 밤이 깊어갔다. 교토의 산조에 있는 여관 이케다
야에 등이 켜지면서 집 안의 빛이 길가로 새어 나갔다. 이 여관
2층에 20명 가량의 사무라이가 모여 있었다. 그중에 가메야타
의 얼굴도 보였다.

고고로가 아직 도착하지 않아서 요시다 도시마로와 미야베
데이조가 모의를 주도하며 진행했다. 하지만 자기들의 사명이

일본을 외국의 마수로부터 지키는 양이임을 내세우는 점에서
는 여전히 변함이 없었다. 그 사명을 이루기 위해서는 해야 할
일이 있었다.

"막부와 사쓰마에 둘러싸여 미혹되신 천황 폐하를 구해 내
는 일이다."

요시다의 말에 가메야타가 고개를 끄덕였다. 이어서 미야베
가 그 방법을 설명했다.

"우선 교토 시내에 불을 지르고, 궁궐에도 불을 지른 다음 혼
란이 일어난 틈에 천황 폐하를 구출한다."

너무도 대담한 계획에 가메야타의 눈이 휘둥그레졌고, 같이
있던 사무라이들도 웅성거렸다.

천황 폐하를 양이파 곁으로 모셔 와서 다시 일본을 양이로 물
들인다. 그를 위한 계략은 이제 곧 이 자리에 올 고고로가 짜 놓
았다고 했다. 여기 모인 사무라이들이 일본을 본래의 올바른 모
습으로 돌려놓게 된다.

가메야타는 계획에 감탄하며 오랜만에 몸속 깊은 곳에서 솟
아나는 흥분을 느꼈다.

퉁퉁퉁 하고 계단을 올라오는 발소리가 들렸다. 고고로일 것
이다. 기다리던 사람의 소리에 모인 사람 모두가 기쁜 표정을
지었다.

료마는 숨 쉴 틈도 없이 교토 시내를 달리고 또 달렸다. 산조 근처에 이르러 달빛에 의지해 이케다야를 찾으며 두리번거리다가 남자 하나가 몸을 앞으로 숙인 채 쭈그리고 있는 것을 보았다. 거친 숨을 몰아쉬면서 가까이 다가가 보니 남자의 옷은 여기저기 찢겨서 피로 물들어 있었다.

“이봐요, 무슨 일이에요? 정신 좀 차려 봐요.”

료마는 남자를 안아 일으키고 얼굴을 들여다보았다.

“가메야타! 가메야타 맞지?”

피투성이였지만 틀림없는 가메야타였다. 가메야타는 간신히 숨을 내쉬면서 촛점 없는 눈을 돌렸다.

“윽…… 료마…….”

“너…….”

어떻게 된 일이냐고 물으려던 료마는 말을 잇지 못했다. 가메야타는 자기 배를 칼로 찌른 상태였다.

“도망…… 쳤어…….”

가메야타는 온 힘을 쥐어짜서 료마의 옷을 움켜잡았다.

“난…… 사무라이니까…… 저런 놈들 손에…… 죽을 수는 없잖아.”

“저런 놈들이라니…… 누구 말이야? 이케다야에서 무슨 일이 있었던 거야!”

“아아, 료마…… 네 말을 들었더라면 좋았을 텐데…….”

가메야타의 의식이 점점 흐려졌다. 료마는 필사적으로 정신을 차리게 하려고 했다.

"안 돼, 가메야타! 눈을 떠, 눈을 뜨라고!"

"역시…… 뒤돌아가는 건…… 뒤돌아가면 안 되는…… 거였는데……."

가메야타의 숨이 조용히 끊어졌다.

가메야타가 온 방향에 이케다야가 있을 것이다. 료마가 뛰어가자 여관으로 보이는 건물 앞에 구경꾼들이 모여서 자기들끼리 무섭다는 소리를 주고받으며 웅성거렸다. 건물의 불이 모두 꺼져 있었고, 위를 올려다보니 2층 창문이 난폭하게 뜯겨나가 있었다. 료마는 엄청나게 무시무시한 일이 일어났음을 피부로 느낄 수 있었다.

료마가 더 가까이 다가가자 '여관 이케다야'라고 쓰인 간판이 보였고, 구경꾼들 사이로 현관이 보였다. 검문을 하고 있는 아이즈 번사들이 손에 든 등불의 희미한 빛 속에 칼을 든 사무라이가 쓰러져 있는 모습이 보였다. 등에 칼을 맞아 피투성이가 되어 있었다.

료마는 여관 안으로 눈을 돌렸다. 구름 사이로 드러난 달빛과 흔들리는 등불의 불빛이 처참한 광경을 비추었다. 시체가 여기저기 널린 채 바닥에는 흥건히 피가 고여 강을 이루었고, 2층으로 이어지는 계단에도 몇 사람이 쓰러져 있어 처절한 살육전이 벌어졌음을 말해 주고 있었다. 요시다와 미야베의 참혹한 시신도 보였다.

료마는 필사적으로 감정을 억눌렀다. 분노와 슬픔으로 미칠
것만 같았다. 료마 주위에서 구경꾼들이 쑥덕거리는 소리가 들
렸다.

"누가 이런 짓을 한 거야?"

"누군 누구겠어, 당연히 신센구미지."

료마의 몸이 움찔했다.

교토의 밤길을 10여 명의 남자들이 활보하고 있었다. 선두에
서서 걸어가는 남자는 곤도 이사미였다. 누군가가 기분 좋게 콧
노래를 흥얼거렸다. 곤도 옆에서 걸어가는 남자, 오키타 소지
였다. 하나같이 죽은 자들의 피를 온몸에 뒤집어쓰고 있었다.

"신센구미……!"

솟구쳐 오르는 분노를 억누르지 못한 채 료마는 중얼거렸다.

제24장
사랑의 반딧불이

　─1864년 6월 5일. 교토의 여관 이케다야에 모여서 비밀리에 고메이 천황 탈환 계획을 모의하던 양이지사들은 갑자기 들이닥친 신센구미의 칼에 몰살당했다네. 신센구미란 아이즈 번에 고용되어 교토의 치안을 담당했던 낭인 조직이었지. 이것이 소위 말하는 이케다야 사건이라네.

　신센구미 본부는 교토의 미부 마을에 위치한 야기 저택 안에 마련되어 있었다. 한밤중에 온몸에 피를 뒤집어쓴 신센구미 대원들이 돌아왔다. 대원들은 뒤뜰로 가서 피에 젖은 몸을 씻기 시작했다. 무서울 정도로 무덤덤한 표정이었다.

　본부의 바깥문이 잠겼다. 어둠 속 고요히 가라앉은 길에 달려오는 발소리가 울렸다. 료마였다. 거친 숨을 고르면서 불빛이 희미하게 새어 나오는 본부를 노려보며 다가갔다. 왼손 엄지가 칼을 살짝 들어 올렸다. 바로 그 순간 고고로가 료마의 팔을 잡았다.

"지금은 안 돼, 사카모토 군! 아무리 자네가 호쿠신 잇토류의 실력자라 해도 신센구미 본영에 혼자 뛰어들어 가는 건 무모한 짓이야."

"조슈 번사들이 저렇게 무참하게 죽임을 당했는데도 그런 말이 나옵니까?"

"나도 지금 속이 뒤집힐 지경이야! 하지만 화가 난다고 무턱대고 움직여 봤자 아무 일도 안 되니 그러지."

고고로는 분노의 눈물을 글썽이며 말했다.

이튿날 아침, 오기와에 묵으러 온 남자 장사꾼이 현관 마루에 앉자마자 이케다야에서 일어난 사건을 화제에 올렸다.

"양이파가 모여 있는데 신센구미가 기습해 모조리 죽여 버린 모양이더라고."

다케조와 세이가 고고로의 안부를 걱정하며 장사꾼과 주고받는 이야기에 오료는 아연실색했다. 오료는 어제 저녁 찾아온 료마가 하도 간곡히 청하는 바람에 가메야타가 이케다야에 있다고 가르쳐 주었다.

"당신들도 조심하는 게 좋을 거야. 여기서도 양이지사들을 숨겨 주는 경우가 많잖아."

그런 말을 하며 짚신을 벗는 장사꾼에게 오료는 도저히 참을 수가 없어 물어보았다.

"정말로 거기 있는 사람들 다 죽었대요? 살아남은 사람은 아무도 없나요?"

"글쎄, 잘 모르겠네. 나도 그냥 들은 이야기라서."

장사꾼은 오료의 갑작스러운 질문에 깜짝 놀라며 대답했다. 오료는 불안해서 어쩔 줄 몰랐다. 어젯밤에 달려 나가던 료마의 뒷모습 위로 처참하고 무서운 상상이 겹쳤다.

누군가가 문을 쿵쿵 두드리는 바람 안에 있던 사람들이 모두 겁에 질렸다.

"가쓰라요, 문 좀 열어 주시오. 가쓰라 고고로란 말이오."

그 소리에 다케조가 쏜살같이 문간으로 뛰어갔다. 다케조가 열어 준 문으로 험악한 얼굴을 한 고고로에 이어 료마가 심각한 표정으로 들어왔다. 오료는 그 모습을 보고 안도와 불안이 엇갈렸다.

료마와 고고로는 방에 틀어박혀 양쪽 다 험악한 표정으로 마주 보았다. 료마는 죽마고우인 가메야타를 잃었고, 고고로 또한 많은 동지를 한꺼번에 잃었다.

"사람 운명이라는 건 언제 어떻게 될지 모르는 것 같군. 나도 조금만 일찍 도착했더라면 다른 사람들처럼 죽었을지도 모르는데."

어디에서 정보가 새어 나간 것일까? 이케다야에 있던 양이지사들은 다가오는 발소리의 주인이 고고로일 것이라 믿었기에 마음 놓고 있었을 것이다. 그러다 신센구미의 급습에 당황한 나머지 칼도 제대로 잡아보지 못한 채 참살당했다.

"……이 나라가 도대체 어떻게 되려고 이러나?"

료마의 입에서 절로 탄식이 흘렀다. 일본 해군을 만들기 위해 매진하고 있던 참인데 정작 일본이라는 나라 자체가 갈피를 잡지 못하는 것 같았다. 일본이 나아갈 방향을 제시하고 앞장서서 이끌어 나가야 할 막부를 고고로가 격렬하게 비난했다.

"막부는 사쓰마와 결탁해서 천황 폐하를 자기들 마음대로 휘두르고 있다. 이제 외국의 침입을 막을 사람은 아무도 없어. 놈들은 그저 자기들 안위에만 급급할 뿐이야. 이 나라가 망해 버려도 막부와 사쓰마만 살아남는다면 상관없다고 생각하겠지. 하지만 조슈는 맞서 싸운다. 무모하다는 소리를 듣더라도 끝까지 싸울 것이다! 어리석은 막부의 손에서, 가증스러운 사쓰마의 손에서 천황 폐하를 구해 낼 것이다! 이케다야에서 죽은 동지들의 뜻을, 모치즈키 가메야타 군의 마음을 결코 헛되이 하지 않을 것이다!"

피비린내 나는 방법으로 탄압을 당하자 고고로는 투지를 한층 더 불태우며 방에서 나갔다.

홀로 남은 료마는 격동하는 세상으로부터 뒤처진 것 같은 기분이 들었다.

"난 어떻게 하면 되는 거야? 마냥 이러고 있어도 되는 건가?"

그렇게 스스로에게 묻고 있는데 활짝 열린 방문 밖에서 다케조와 세이가 걱정스러운 목소리로 말했다.

"지금 교토 시내에는 신센구미가 활개를 치고 있습니다. 날이 저물 때까지 오료의 집에 숨어 계십시오."

세이의 제안은 료마를 놀라게 했다. 오기와에는 언제 막부 쪽 사람들이 들이닥쳐 수색할지도 모르는 일이라 다케조 부부는 료마의 안전을 위해 오료에게 부탁해 승낙을 얻어 낸 것이다.

―이 무렵, 도사의 야마우치 요도 공은 한 통의 편지를 받았다네. 막부의 히토쓰바시 요시노부 공이 막부의 정사에 대해 요도 공의 의견을 청하는 내용이었지.

편지를 다 읽은 요도는 흥미 없다는 표정으로 옆에 툭 던져 놓더니 그 대신에 술잔을 입으로 가져갔다. 모리시타는 무언가 지시가 있으리라는 생각에 대기하고 있었지만 요도는 교토로 상경할 생각도, 에도로 갈 생각도 없었다.

보나 마나 사쓰마의 시마즈 히사미쓰, 에치젠의 마쓰다이라 슌가쿠, 우와지마의 다테 무네나리 또한 요시노부의 편지를 받았을 것이다.

"그런 놈들이 멋대로 떠들어 대는 소리를 나더러 듣고 있으라니, 턱도 없지. 하나같이 쓸모없고 하찮은 것들."

요도는 불만스럽게 중얼거리더니 마음을 약간은 달래 줄 일을 떠올렸다.

"다케치는 어떻게 하고 있느냐? 도요 암살을 자백했다더냐?"

"아닙니다. 취조에는 진척이 없습니다."

"어째서? 오카다인지 뭔지 하는 놈을 잡아들였다고 하지 않았느냐? 그놈이 고문에도 입을 열지 않는다더냐?"

"고문은 오토노께서 그만하라고 명하셨습니다. 흥이 나지 않는다고 하시면서……."

"……그래? 내가 그런 말을 했단 말이지."

요도는 술잔을 손에 든 채 기억을 더듬어 보았다.

이조에 대한 가혹한 고문이 시작되었다.

취조실에서 들려오는 이조의 비명에 한페이타는 눈물을 글썽이며 스스로를 괴롭히려는 듯 옷자락을 비틀었다.

"이조…… 미안하다…… 미안해."

"하지만…… 끝까지 견뎌 줘야 할 텐데 말이야."

감옥 한쪽 구석에서 목소리가 들렸다. 또 하나의 한페이타가 어둠 속에 앉아 있었다.

"이조가 사실대로 말해 버리면 네가 난처해지지 않겠어? 아니면 그래, 내가 명했다, 그건 올바른 판단이었다고 하면서 억지를 부릴 텐가? 어차피 넌 너 자신이 제일 소중한 거야. 전부 오토노를 위한 일이었다고 말하지만 실상은 너 자신을 위해 한 일이잖아.”

“닥쳐!”

와스케가 소리를 듣고 들어왔다. 무슨 일인가 싶어 안쪽을 살피자 한페이타는 감옥의 어두운 구석을 노려보고 있었다.

“네게는 이제 기댈 곳이 없단 말이다.”

또 하나의 한페이타에게 우롱당한 한페이타는 귀를 틀어막으며 몸을 웅크렸다.

“그만해! 제발 그만하라고…….”

“왜 그러세요, 다케치 님!”

심상치 않은 분위기를 느낀 와스케가 감옥 앞으로 달려갔다. 안에서는 한페이타가 혼자 소리 내어 울고 있었다.

도미는 볼일을 마치고 집으로 돌아가는 참이었다. 길을 걷고 있어도, 집에 있을 때에도 도미의 머리는 한페이타 생각으로 가득 차 있었다. 집을 향해 가고 있는데 길가에 큰 수레를 세워두고 도시락을 먹는 야타로의 모습이 보였다.

“맛있다……. 진짜 맛있어, 여보!”

행복에 잠겨서 우걱우걱 먹고 있는데 “야타로 씨” 하고 부르는 도미의 목소리가 들렸다.

“지난번에 지붕을 고쳐 주셔서 정말 고맙습니다.”

야타로는 입안의 음식을 우물우물 씹으면서 눈을 끔벅거렸다.

이렇게 정중하게 인사를 받는 일은 흔치 않았다.

"이제 비는 안 새는가?"

"예. 덕분에 괜찮습니다. 부인께서 만들어 주신 도시락인가 봐요?"

"그렇소. 우리 마누라는 음식 솜씨가 아주 좋거든. 매일 하루지를 등에 업고 도시락을 만들어 주지."

야타로는 쑥스럽지도 않은지 거침없이 부인 자랑을 늘어놓았다.

"하루지……?"

"얼마 전에 태어난 내 딸이오. 이와사키 하루지. 좋은 이름 아니오?"

"정말 축하합니다. 잘 자라고 있겠지요?"

"그럼. 하루가 다르게 무럭무럭 자란다니까. 예쁘기는 또 얼마나 예쁘다고!"

야타로는 헤벌쭉 자식 자랑에 여념이 없다가 도미에게는 아이가 없다는 생각이 불쑥 떠올랐다. 도미는 별로 마음에 두지 않는 것 같았지만 야타로는 갑자기 좀 미안해져서 허둥지둥 사과했다.

"미안하오. 내가 쓸데없는 소리를 늘어놓았군."

"야타로 씨는 정말 좋은 분이세요. 남들이 말하는 것과 실제로 제가 아는 분과는 전혀 다른 사람 같아요. 이와사키네 큰아들은 제멋대로에 남의 사정 따위 전혀 생각하지 않는 이기적인 남자라고 다들 떠드는데 그건 사람을 영 잘못 보고 하는 말이네요."

"……그만하슈. 난 정말 내 생각밖에 안 하는 놈이니까."

여태껏 남에게 칭찬이라고는 받아 본 적이 없던 야타로는 마음에도 없는 말로 퉁명스럽게 대답했다. 도미는 그런 야타로를 감싸듯이 부드럽게 미소 지었다.

"저희 바깥양반이 돌아오면 꼭 한번 놀러 오세요. 그럼, 이만."

도미는 쓸쓸한 미소만 남겨 두고 가 버렸다. 야타로는 도시락 먹는 것도 잊은 채 도미의 뒷모습을 멍하니 바라보았다. 애절한 모습에 목이 메었다.

흰 밥으로 만든 주먹밥 두 개가 대나무 껍질 위에 가지런히 놓여 있었다. 오료는 하나 더 만들려고 밥에 손을 뻗었다. 그때 쿵쿵 하고 부엌문을 난폭하게 두드리는 소리가 들려서 오료는 움찔해 뻗었던 손을 움츠렸다.

"신센구미다! 이 집을 수색해야겠다. 당장 문을 열어라!"

남자가 밖에서 소리를 질렀다. 다케조와 세이의 얼굴이 딱딱하게 굳었다. 다케조가 태연한 척 문을 열기 위해 일어섰고, 오료는 대나무 껍질로 싼 주먹밥을 가까운 곳에 재빨리 숨겼다.

문이 열리기가 무섭게 곤도를 선두로 오키타 소지, 히지카타 도시조 등 신센구미 대원 여러 명이 들어왔다. 대원들은 서로 눈짓을 하더니 곤도만 남겨 두고 여관방들을 뒤지러 흩어졌다.

"무슨 일이십니까?"

쭈뼛거리며 물어보는 다케조에게 곤도는 날카로운 시선을 돌렸다.

"이 여관에서 양이파를 숨겨 주고 있다고 들었다."

"아이고, 그게 무슨 큰일 날 말씀입니까? 절대로 그런 일 없습니다. 게다가 오늘은 손님이 한 분도 오시지 않았습니다."

이렇게 이야기하고 있는 사이에도 오키타와 히지카타를 비롯한 대원들은 각방을 조사하고 있었다.

곤도는 주방으로 들어와 오료가 있는 것을 확인했다. 오료는 강한 눈길로 곤도를 쳐다보고 있었다.

"어째서 나를 노려보느냐?"

"노려본 적 없습니다. 그냥 무서워서 그럽니다."

"그렇게 보이지 않는데."

누가 숨어 있지 않나 살피기 위해 곤도가 오료 뒤쪽으로 갔다. 문을 열고 사람이 숨어 있을 법한 곳을 샅샅이 뒤져보았다. 오료는 살그머니 시선을 옮기다가 아까 숨겨 두었던 대나무 껍질이 살짝 보이는 걸 깨닫고 흠칫 놀랐다. 들키지 않기를 기도하는 수밖에 없었다.

"곤도 씨, 아무도 없는데요."

히지카타가 주방으로 와서 말했다. 바로 뒤따라온 오키타도 "없네요" 하고 보고했다. 곤도는 아직도 의심을 하고 있는지 주위를 쭈욱 둘러보다가 다시 오료에게 눈길을 주었다.

"이름이 뭐냐?"

"……오료라고 합니다."

"오료……. 마음에 들었다."

곤도는 오료의 턱을 손가락으로 추어올리더니 히지카타와 다른 대원들을 이끌고 돌아갔다.

오료는 한참 시간을 두고 안전해지기를 기다렸다가 주먹밥 꾸러미를 들고 집으로 돌아갔다. 현관을 열자 명랑한 노랫소리가 들려왔다. 오료의 동생인 미쓰에, 기미에, 다이치로, 지로에게 둘러싸인 료마가 월금을 켜면서 '요코사이 타령'을 부르고 있었다. 월금이란 동그란 몸통에 4현으로 된 악기다.

'도사 고치의 하리마야 다리에서 스님이 여자 비녀 사는 것을 보았다네, 요코사이 요코사이'

료마는 즐겁게 노래를 맺었다.

"이게 도사의 노래야."

기미에와 다이치로가 "한 번 더" 하고 조르자 료마는 싫지 않은지 기분 좋게 웃었다. 미쓰에가 집에 돌아온 언니를 발견했다.

"언니, 지금 왔어?"

"어, 왔군. 미안하지만 이걸 잠시 빌렸다. 역시 샤미센과는 다르네. 이 월금이라는 악기는 내 마음대로 소리를 낼 수가 없더라고."

아슬아슬하게 위기를 피했다는 사실을 몰라서인지 오료의 눈에는 료마가 아주 태평스러워 보였다.

"너희들 배고프지? 잠깐만 기다려."

오료는 두 여동생에게 심부름을 시켜서 부엌으로 내보냈다.

"사카모토 씨는 이걸 드세요."

오료는 웃지도 않고 료마 앞에 대나무 껍질로 싼 꾸러미를 내밀더니 안쪽 방으로 들어가 버렸다. 료마가 꾸러미를 열어 보니 흰쌀로 만든 주먹밥이 세 개 들어 있었다. 다이치로와 지로의 눈이 주먹밥에서 떨어지지 않았다. 쌀밥은 좀처럼 먹지 못하는지 꿀꺽 목구멍으로 침 넘어가는 소리가 들릴 것만 같은 표정들이었다.

"이건……?"

료마는 오료를 눈으로 찾았다. 안쪽 방에는 오료의 어머니인 사다가 앓아누워 있었다. 오료는 어머니 옆에 앉았다.

"오늘은 좀 어떠세요, 어머니?"

"사카모토 씨의 노래를 들으니까 기분이 좋아지는 것 같구나."

사다는 쿨룩쿨룩 잔기침을 했다. 반년 전부터 폐병을 앓고 있었다. 오료가 약을 준비하려고 일어서서 부엌으로 가는데 료마가 주먹밥 꾸러미를 들고 기다리고 있었다.

"이건 내가 못 먹겠는데. 동생들에게 먹이지 그래."

"오기와 주인아저씨가 가져다 드리라고 해서 가져온 거예요."

"상관없어. 자, 같이 먹자."

료마가 주먹밥을 내밀었다. 두 남동생이 신 나서 달려들었고, 여동생 둘의 얼굴에도 화색이 돌았다. 오료는 그 상황에서 안 된다는 말을 할 수 없었다.

　—바로 이때 니조 성에는 호출을 받은 가쓰 린타로가 등성해 있었지.

　"확인해 두고 싶은 것이 있다."
　막부 중신인 이타쿠라 가쓰키요는 보고서를 가리키며 번에 소속된 무사에 한정하기로 했던 해군조련소에서 탈번 낭인들이 훈련받고 있는 까닭을 물었다.
　린타로는 호출을 받았을 때부터 탈번 낭인에 대한 주궁을 받으리라고 예상하고 있었다.
　"참으로 면목이 없는 일입니다. 물론 훈련생 중에는 도사, 기슈의 탈번 낭인들이 있습니다. 그러나 소속 번에 탈번의 죄를 용서해 주십사 요청해 둔 상태이기에 잠시만 기다려 주시기를 부탁드리는 바입니다."
　린타로는 당당하게 해명했다. 기다렸다는 듯이 이타쿠라의 추궁이 시작되었다.
　"문제는 탈번 낭인에 대한 것만이 아니다. 지난밤 이케다야에서 일어난 일에 대해서는 알고 있겠지? 그곳에 모여 있던 양이파 중에 도사의 모치즈키 가메야타라는 자의 이름이 있다. 이 자도 해군조련소에 소속되어 있다고 하던데. 막부에 거역하는 발칙한 역적이 조련소에 소속되어 있다니, 이는 참으로 큰 문제가 아닌가, 가쓰?"

린타로의 얼굴에 당황한 빛이 떠올랐다. 린타로는 가메야타가 사건에 연루되었다는 보고를 아직 받지 못한 상태였다.

―그때 이케다야에 모치즈키 가메야타가 있었다는 사실, 이것이 나중에 해군조련소와 료마의 운명을 크게 바꿔 버리고 말았다네. 내 신상에도 말도 못하게 큰 재앙이 닥쳤지.

야타로는 갑자기 부교소로 불려 갔다. 호출을 받을 만한 일이 무엇인지 도저히 짐작할 수 없어 긴장과 두려움을 감추지 못한 채 엎드려 기다리고 있었더니 쇼지로가 들어와 상석에 앉았다.

"오랜만이구나, 야타로. 어떻게 지냈느냐?"

"아, 예. 올 3월에 딸이 태어났습니다. 목재도 조금씩 팔려서 이제야 가족들이 제대로 생활하게 되었습니다."

야타로는 신중하게 대답했다.

"가족들을 위해 장사를 하다니 참으로 고생이 많구나."

뜻하지 않은 칭찬에 야타로가 안심하려는데 쇼지로가 말을 계속했다.

"하지만 원래 넌 고마와리다. 나쁜 놈들을 잡아들이는 것이 네 일 아니더냐."

"하지만 그건 이제……."

야타로는 임무를 내팽개치고 목숨만 간신히 부지한 채 오사카에서 도망쳐 돌아왔다. 이노우에 사이치로처럼 양이파에게 암살을 당하지는 않았지만 사무라이로서의 체면은 잃고 말았다. 이제 와서 그 체면을 되찾을 생각도 없었다.

"고마와리로 다시 복직하라는 뜻은 아니다. 나를 위해 일해라. 나의 숙부님, 요시다 도요 님을 죽인 것이 다케치였다는 증거를 찾아내야 한다."

"저로서는 그렇게 막중한 임무를 감당할 수가 없습니다!"

"네놈 혼자 편하게 잘 살겠다는 거냐?"

"고토 님……."

야타로는 망연자실했다. 힘들고 괴로운 나날을 견디고 버텨내다가 장사가 자리 잡으며 이제야 간신히 얻은 행복이었다. 편하게 잘 산다는 말이 터무니없게 들렸지만 그렇다고 야타로가 쇼지로를 거역할 수 있을 리가 없었다.

여름 해가 서쪽으로 질 무렵 한페이타는 작은 목소리로 와스케를 불렀다.

"이조는 어찌 지내고 있지? 고문 때문에 몸이 많이 상하지 않았는가?"

와스케는 주위에 아무도 없음을 확인했다.

"예. 하지만…… 다케치 님에 대해서는 한마디도 하지 않았다고 합니다."

모질게 고문당한 모습을 상상하는 것만으로도 한페이타는 자기 팔다리가 잘려 나가는 것처럼 고통스러웠다.

"누구냐?"

와스케가 날카로운 목소리로 물었다. 그러자 야타로가 아무렇지도 않게 불쑥 들어와서 와스케를 옆으로 밀어냈다.

"난 고토 쇼지로 님의 심부름으로 왔소. 다케치 씨, 당신 때문에 내가 공연히 큰 피해를 입고 있어. 이제야 운이 좀 따르나 싶었는데 또 뒷걸음질하게 생겼다고."

야타로는 창살 앞에 서서 한페이타를 노려보며 불평을 늘어놓았다. 요시다 도요의 암살범이 누구인가 하는 것 따위는 야타로에게 중요하지 않았다. 그러나 한페이타가 관여했다는 사실이 판명될 때까지 쇼지로가 야타로의 장사를 금지시켜 버렸다. 그 사실에 화가 났다.

"제가 했습니다, 하고 솔직히 말씀드리고 사죄하면 용서해 주겠다고 고토 님께서 말씀하셨다. 다케치 씨, 당신이 저지른 거야? 누군가 다른 사람에게 시켰지? 제발 부탁이니 솔직히 말 좀 해 봐."

"내가 그런 말을 할 거라고 생각하느냐? 솔직히 자백하고 사죄하면 고토 님이 용서한다고? 어린애라도 그따위 감언이설에는 넘어가지 않는다."

"……이조가 죽어도 괜찮아?"

야타로는 한페이타의 가장 아픈 곳을 찔렀다. 물론 야타로도 한페이타가 털어놓으리라고는 생각지 않았다. 쇼지로가 절대로 가만히 두지 않을 것이라는 점도 짐작하고 있었다. 하지만 이제부터 야타로가 한페이타에게 할 말은 결코 이기심에서 나온 것이 아니었다.

"언제까지 부인을 고생시키려고 그래? 다케치 씨는 모든 사람의 사랑을 받고 있어. 당신을 손가락질할 사람은 아무도 없다고. 고토 님 한 분밖에 없지. 당신이 당당하게 인정하면 다들 당신 편을 들 거야. 저렇게 일편단심 남편만 학수고대하는 부인을 위해서라도……. 나도 당신 편을 들어 줄게. 이대로 감옥에 계속 갇혀 있어 봤자 무슨 수가 나는 것도 아니잖아. 차라리 당당하게 진실을 밝히라고, 다케치 씨."

야타로의 얼굴에서 안하무인의 뻔뻔함이 가시며 남을 생각하는 인정이 배어 나왔다.

도요 암살을 자백할 생각 따위 조금도 없는 한페이타조차 적지 않게 마음이 흔들렸다.

"그렇게 쉬운 일인 줄 아느냐, 야타로? 나를 추궁하고 비난하는 사람은 고토 님만이 아니다. 오토노께서도 그러신다."

사무라이는 주군을 위해 존재한다. 한페이타가 양이를 실현하려고 그토록 애쓴 이유는 크게는 일본을 위해서였지만 그것이 도사의 번영으로 이어져서 요도에게 충성을 바치는 길이라고 믿었기 때문이다.

"그랬는데…… 오토노를 거역한 역적으로 몰리다니…… 사무라이로서…… 이토록 억울하고 분한 일이 어디 있겠느냐! 이 대로 끝낼 수는 없다. 그토록 믿었던 남편이 제대로 된 사무라이가 아니었다고 손가락질을 당해서 아내를 슬프게 하는 짓은 결단코 할 수 없단 말이다!"

한페이타는 자꾸만 솟아나는 눈물을 애써 참았다.

요도는 극락정토가 그려진 병풍 앞에 우두커니 앉아 있었다. 요도가 뚫어지게 바라보는 것은 그림 속에서 미소 짓는 석가모니의 모습이었다. 그러나 아무리 깨달음을 얻은 석가모니를 동경해도 현실은 어디를 가나 번뇌로 가득 차 있었다.

이날 다도 종가의 당주인 미야마 소린이 일부러 도사까지 걸음해 고치 성으로 요도를 방문했다. 요도가 마음의 평온함을 얻을 수 있는 것은 권모술수와는 전혀 상관없이 취미 속 세계에서 살아가는 소린 같은 인물과 함께 시간을 보낼 때뿐이었다.

소린은 차를 만들면서 느긋한 미소를 지었다.

"요도 님께서는 천천히 차를 즐기시는 경우가 좀처럼 없지 않을까 하는 생각이 들어서 찾아뵈었습니다."

"맞네. 정말 이런 시간은 참으로 오랜만인 것 같군. 이 세상은 하찮으면서도 골치 아픈 일들로 가득 차 있어."

"요도 님 같은 분께서 별 말씀을 다 하십니다."

소린이 내민 아름다운 찻잔에서는 따뜻한 김이 피어오르며 향긋한 차향이 풍겼다. 요도는 한숨을 쉬더니 찻잔을 입가로 가져갔다. 차를 마시면 마음이 맑아져야 할 텐데, 어찌 된 일인지 한 모금 마실 때마다 구름 낀 것처럼 마음이 점점 흐려졌다.

요도의 생각은 존왕 사상과 멀지 않았다. 그러나 은혜를 입은 도쿠가와 가문에 칼을 들이댈 수는 없었다. 한편으로 세키가하라 전투 이후 도사 지방을 하사받은 지 200여 년이 지나도록 도쿠가와 막부에 충성을 다했는데도 야마우치 가문은 여전히 반막부 성향의 도자마 쪽으로 분류되어 있었다. 그렇다고 시마즈와 손을 잡고 국정에 진출하는 것도 마음이 내키지 않았다. 같은 도자마 번이라고는 해도 사쓰마는 시골 촌것들이라고 생각해 경멸했다.

도요 암살범을 찾는 일에도 열중할 수가 없게 된 요도는 이제 아무런 삶의 목표가 없었다. 앞으로 무엇을 즐거움으로 삼아 살아가야 할지 모르는 상태였다.

"맛있군."

요도가 찻잔을 내려놓았다.

"감사합니다. 저는 한동안 성내 마을에 머무를 예정이니 언제든 말 상대가 필요하시면 불러 주십시오."

소린은 요도가 삶을 체념했음을 느낄 수 있었다.

"그래. 그것 참 반가운 소리군…… 그래……."

그제야 마음이 맑아졌는지 요도는 권력자의 가면을 벗고 삶에 지친 한 남자의 얼굴로 돌아가 있었다.

오료는 어린 나이에도 가족을 부양하고 있었다. 아버지를 여의고, 와병 중인 어머니와 폭력배로부터 되찾은 여동생 미쓰에 외에도 기미에, 다이치로, 지로까지 네 동생들의 생활이 오료의 가녀린 어깨에 달려 있었다.

"아버님은 무슨 일을 하셨지?"

"사카모토 씨와는 아무 상관없는 일입니다."

료마의 물음에 오료는 자기도 모르게 쌀쌀맞게 대답을 해 버렸다. 하지만 생각해 보니 가족이 지금 함께 모여 살 수 있는 것은 료마가 미쓰에를 구하는 데 돈을 빌려 준 덕분이었다.

"아버지는 의사였습니다. 그런데 양이파 사무라이를 도와준 일 때문에 안세이의 대옥 때……."

"뭐……? 그럼 그때 돌아가신 거냐?"

"그래서 저는…… 양이지사들이 싫어요. 양이가 아니더라도 사쓰마 사람이나 신센구미 모두 싫어요. 가족들을 내팽개치고 자기가 하고 싶은 일만 하고 사는 사람들은 딱 질색이에요."

오료의 말에 료마는 눈이 휘둥그레지면서 자기 자신을 돌아보았다.

"그랬구나……. 그래서 나를 그렇게 싫어했던 거구나."

자기가 하고 싶은 일을 위해 두 번씩이나 탈번을 하면서 그동안 가족들에게 얼마나 많은 걱정을 끼쳤던가.

"나도 9년 전에 아버지를 여의었다. 낳아 주신 어머니는 내가 열두 살 때 돌아가셨지. 어머니는 나를 정말 사랑해 주시는 다정한 분이었는데……. 하지만 원래부터 몸이 약하셨거든.”

돌아가신 지 벌써 20년이 지난 어머니의 모습이 료마의 머릿속에 생생하게 떠올랐다.

료마는 어머니에게 효도 한번 하지 못했다는 아쉬움이 있었다. 그래서인지 오료의 어머니 사다를 보고 있으면 도저히 남의 일 같지 않았다. 사다를 기쁘게 해 주고 싶은 마음에 월금을 켜며 노래까지 불렀다.

“살아가기 힘들겠지만 그래도 어떻게 해서든 어머니 병은 낫게 해 드려야지.”

소년처럼 천진무구한 표정으로 말하는 료마를 오료는 어느새 넋을 잃고 바라보았다. 그러나 료마가 건넨 약값은 끝내 받지 않았다.

“오료, 사람의 마음이라는 건 돈만 가지고 되는 게 아니다. 빌리고 갚고를 떠나서 그냥 받아도 되는 때가 있단 말이야. 사무라이를 싫어하는 마음은 알겠지만 그래도 가끔씩은 웃는 얼굴도 좀 보여 줘.”

료마의 뜻은 고맙지만 오료는 이미 료마의 돈으로 도움을 받은 바 있었다.

“조금 있으면 해가 집니다. 이제 슬슬 출발하셔야 할 거예요.”

“그래……. 그런데…… 가메야타의 시신을 남겨 두고 돌아가야 한다니 마음이 너무 아프군.”

“그분은 돌아가실 때까지 자기 뜻을 관철하셨잖아요. 그럼 사카모토 씨는 그분을 칭찬해야 하는 것 아닌가요? 정말 잘했다고, 너는 사무라이답게 장렬한 죽음을 맞았다고 말이에요. 교토에 남아 있다가는 언제 신센구미에게 잡힐지 모릅니다. 어서 고베 마을로 돌아가 주세요.”

오료는 딱 부러지게 료마를 설득했다.

료마가 여장을 갖추고 집 밖으로 나서자 주위는 벌써 어둑어둑해져 있었다. 갑자기 창백한 빛이 눈앞을 가로질렀다. 반딧불이 한 마리가 꼬리에 빛을 달고서 날아갔다.

“이야…… 벌써 반딧불이가 날아다니네.”

료마는 눈으로 잠시 반딧불이를 좇더니 마음을 다잡았는지 씩씩한 발걸음으로 걸어 나갔다.

정원에서 반딧불이가 빛을 내고 있었다. 도미는 그 빛에 이끌리듯이 툇마루로 나갔다.

(앞으로는 당신과 둘이서 느긋하게 살아갈 거야.)

한페이타는 여름이 끝나기 전에 햇빛 속에 반짝이는 바다를 보러 가쓰라하마에 가자고 약속했다. 그때까지 돌아올 수 있을까? 그런 생각에 잠겨 있는데 바깥에서 남자 목소리가 들렸다. 이런 한밤중에 누구일까 싶어 도미는 이상하게 여기면서도 현관으로 나가 보았다.

문을 연 순간 도미는 놀란 나머지 “앗……” 하고 작은 소리를 냈다. 와스케가 서 있었다.

"다케치 님의 전언입니다. 당신에게 마음고생을 시켜서 미안해, 정말 미안해. 그렇게 전해 달라고 하셨습니다."

도미는 감격에 겨워 대꾸도 하지 못했다.

같은 날 밤, 사카모토 집안에는 시집간 곤페이의 여동생 지즈가 친정 나들이를 왔다. 지즈는 한페이타의 투옥도, 도미에 대한 이야기도 처음 들었다.

"오토메, 넌 옛날에 다케치 씨를 사모했었지?"

지즈가 회상하듯이 옛날 일을 폭로하자 깜짝 놀란 곤페이는 마시던 녹차를 내뿜었다.

오토메가 한페이타를 동경했던 것은 남편에게 시집가기 전, 그야말로 옛날 일이었다. 물론 도미는 오토메가 자기 남편을 남몰래 연모했던 것도 모른 채 언제였는지 오토메에게 이런 이야기를 털어놓은 적이 있었다.

"결혼한 지 3년쯤 지났을 무렵에 친구가 바깥양반에게 이런 말을 했다고 하네요. 다케치 씨는 훌륭한 사람인데 자식이 없으면 얼마나 아까운 일이냐고. 도미 씨가 잠시만 집을 비워 주면 다른 여자를 데리고 와서 다케치 씨와 살게 할 테니 그 여자한테서 자식을 보라고 말이에요."

여자가 시집을 가서 3년이 지나도록 자식을 낳지 못하면 남편에게 쫓겨나도 할 말이 없었다. 한페이타는 아무 말도 하지 않았지만 도미는 다케치 가문을 위해 애써 참으며 집을 비워 주었다. 그런데 한페이타는 친구가 데리고 온 여자를 털끝 하나 건드리지 않았다. 친구가 또 다른 여자를 보냈지만 한페이타는 마찬가지로 손대지 않았다.

"그 후에 집으로 돌아온 도미 씨는 다케치 씨한테 이런 말을 들었다고 하더라고요. '쓸데없는 짓일랑 하지 마시오'라고요. 자식 없이도 두 사람의 마음은 정말 굳게 맺어져 있어요."

오토메는 열띤 목소리로 이야기했다. 그 얘기를 들은 사카모토 집안 사람들은 모두 다케치 부부의 깊은 애정에 감명을 받았다.

기세가 낮은 목소리로 자장가를 부르며 하루지를 재우고 있었다. 야타로는 옆에 드러누워 사랑하는 아내와 딸의 모습을 뿌듯한 마음으로 바라보다가 문득 외롭게 지낼 도미가 떠올랐다. 자식이라도 있으면 얼마나 든든할까 싶어 안쓰러운 마음이 들었다.

밤늦게 한페이타의 감옥 안으로 와스케가 손수건을 내밀었다.

"부인께서 이걸 다케치 님께 드리라고 했습니다."

"이건……?"

한페이타가 손수건을 펼쳐 보니 반딧불이 세 마리가 빛을 내고 있었다. 반딧불이는 손수건에서 날아올라 어둠 속으로 가라앉은 감옥에 빛의 선을 그렸다.

"여보……!"

아내에 대한 그리움이 한페이타의 가슴에 밀려들었다.

도미도 그 시간에 정원에서 날아다니는 반딧불이를 바라보고 있었다. 도미의 눈에서 흘러내리는 눈물이 반딧불이가 내는 빛을 얼룩져 보이게 했다.

료마는 밤새도록 걸어갈 작정으로 후시미 강가로 난 길을 잰걸음으로 걷고 있었다. 눈앞에 난무하는 반딧불이의 빛이 아름다웠다. 그 모습을 바라보며 걷고 있는데 문득 가메야타의 목소리가 들린 것 같은 느낌이 들어 걸음을 멈췄다.

(네 말을 들었더라면 좋았을 텐데…….)

왔던 길을 뒤돌아 뚫어지게 쳐다보아도 반딧불이가 어지럽게 날며 빛의 향연을 벌이고 있을 뿐이었다. 가던 길을 멈춘 료마를 오료의 목소리가 꾸짖었다.

(사카모토 씨는 그분을 칭찬해야 하는 것 아닌가요? 정말 잘했다고, 너는 사무라이답게 장렬한 죽음을 맞았다고 말이에요.)

"가메야타, 네가 바친 목숨을 결코 헛되이 하지 않겠다."

날아다니는 반딧불이를 향해 선언한 료마는 다시 힘차게 걷기 시작했다.

한참 가다 보니 등불이 켜진 선박 주선 업소가 보였다. 눈앞에 있는 선착장에서 업소 사람들이 "영차!", "그건 이쪽으로 놓고" 따위의 말을 주고받으며 짐들을 뭍으로 내리고 있는 모습이 보였다. 간판에는 '데라다야'라는 이름이 새겨져 있었다.

"데라다야…… 배를 주선해 주는 여인숙인가 보지?"

료마가 별생각 없이 쳐다보고 있는데 안에서 주인으로 보이는 여자가 나왔다. 나이는 서른두셋 정도로 보였다. 일하는 사람들을 격려하며 척척 지시를 내리는 모습에서 수완이 상당하다는 것을 짐작할 수 있었다.

그러다가 달빛에 드러난 여주인의 얼굴을 본 료마는 너무 놀라서 심장이 멎는 줄 알았다. 여자의 얼굴이 돌아가신 어머니와 똑같았던 것이다.

제25장
데라다야의 어머니

충동적으로 데라다야에서 묵기로 결정한 료마는 1층에 있는 마루에 혼자 앉았다. 대부분 뱃사람인 손님들은 자기들끼리 떠들썩하게 이야기를 나누었고, 여자들은 바쁘게 돌아다녔다. 료마는 분위기가 낯설 뿐더러 여주인이 신경 쓰여서 밥도 제대로 먹지 못한 채 술만 마셨다.

"어머! 식사에 전혀 손대지 않았네요. 음식이 입에 안 맞으셨나요?"

빈 그릇을 치우던 여주인이 갑자기 료마에게 말을 걸었다.

료마는 너무 놀라서 마시던 술을 뿜을 뻔했다. 그러고는 허겁지겁 젓가락을 들어 생선회를 입으로 던져 넣었다.

"이 집 안주인 도세라고 합니다. 잘 부탁해요."

인사한 다음 일어나려는 도세를 료마가 급하게 불러 세웠다.

"저기요! 혹시 저를 본 적 없습니까?"

"……아니요."

"예전에 도사에 살았던 적은? 18년 전에 도사에서 죽을 뻔한 적이 있었다거나? 죽었다고 생각했는데 죽지 않았다거나?"

"도사에는 아예 가 본 적이 없습니다."

도세는 웃으며 그냥 넘겼다.

"아니, 그렇다면 혹시 나이 차이가 많이 나는 언니가 있지는 않은지? 당신과 똑같이 생겼고, 도사로 시집을 갔다가…… 18년 전에 죽은 사람인데."

"무슨 말씀을 하시는지 모르겠네요."

상냥하던 도세가 료마를 경계하는 표정을 지었다.

"……아무것도 아닙니다. 아무것도 아니에요."

료마는 눈길을 떨어뜨리고서 회를 집어 먹었다. 도세는 바쁘게 일하고 있었다. 료마는 슬며시 얼굴을 들어서 다른 손님과 웃으며 이야기하는 도세를 보았다.

"내가 여우에게 홀린 건가……?"

료마의 잠자리는 2층에 있는 방에 마련되었다. 그러나 자리에 누워서 눈을 감아도 머릿속에 도세의 얼굴이 자꾸 떠올랐다. 료마는 자리에서 벌떡 일어나 살금살금 아래층으로 내려갔다.

1층에 불이 켜진 방이 있었다. 안을 들여다보니 도세가 발을 뻗고 앉아 있었다. 일을 마친 피로감에 나른해져서 장죽으로 담배를 피우며 술잔에 술을 따르려다가 인기척을 느끼고 고개를 들었다.

깜짝 놀란 것은 료마 쪽이었다.

"아니…… 난 그냥……" 하며 우물쭈물했다.

"같이 한잔하실래요?"

도세는 다른 술잔을 꺼내더니 료마에게 앉으라고 권했다. 료마는 머쓱했지만 뭔가에 이끌린 것처럼 도세 앞에 앉았다.

"누군가 저랑 많이 닮은 분을 아시나 봐요?"

"실은 제 어머니하고…… 많이 닮으셨어요. 세상에 이렇게 닮은 사람이 있을 수 있을까 싶을 정도로 똑같이 생겼어요. 아직도 난 심장이 벌렁벌렁해서 도세 씨 얼굴을 제대로 쳐다볼 수가 없습니다."

"어머님은 돌아가셨나요?"

"18년 전에요, 내가 열두 살 때 돌아가셨습니다."

도세는 숙박부에 적혀 있던 료마의 이름을 기억해 내려고 했다.

"료마입니다. 용 용 자에 말 마 자를 써서 료마라고 읽지요."

"료마……. 이름의 울림이 아주 좋네요."

돌아가신 아버지 하치헤이가 지어 준 이름이었다.

"난 해군조련소라는 곳에서 선박 조종술과 전술을 배우고 있습니다. 군함대신인 가쓰 린타로 님께서 일본을 지키기 위해 해군을 건설 중입니다. 거기 훈련생이지요."

"어머나, 믿음직스러워라. 훌륭한 사무라이님이네요."

"하지만 난 탈번 낭인입니다. 이제 도사로는 돌아갈 수가 없어요. 아버지와 어머니의 산소에 가 보지도 못합니다."

"두 분 다 료마 씨를 보고 계실 거예요. 일본을 위해 열심히 일하라고 응원하시면서요."

도세가 료마의 술잔에 술을 따랐다. 료마는 돌아가신 어머니에게 격려를 받은 것처럼 신기한 기분이 들었다.

"도세 씨와 이야기하고 있으니까 왠지 힘이 솟는 것 같네요. 후시미에 들를 일이 있으면 여기 와서 묵어도 될까요?"

"물론이지요."

기분이 무척 좋아진 료마는 단숨에 술잔을 비웠다. 이제는 푹 잘 수 있을 것 같았다. 료마는 자리에서 일어나다 말고 갑자기 응석을 부리고 싶은 마음이 생겼다.

"딱 한 번만, 어머니라고 불러 보면 안 될까요?"

"네에……?"

"그리고 저에겐 '료마야' 하고 대답해 주셨으면 좋겠는데. 딱 한 번만요."

"……그래요."

료마는 쑥스러운 표정으로 불렀다.

"어머니."

"료마야."

도세는 나름대로 다정한 어머니가 하듯이 료마를 대하려고 부드럽게 대답했다.

료마가 지긋이 도세를 바라보았다. 도세는 어머니와 같은 미소를 지어 주었다.

"역시 전혀 다르네. 이제 됐어요. 안녕히 주무세요."

료마는 발걸음도 가볍게 계단을 올라가 버렸고, 혼자 남은 도세는 그 말에 분개했다.

─료마는 마음속에 불이 켜진 것 같은 기분이었을 것이야. 하지만 료마가 모르는 곳에서 세상은 다시금 크게 움직이려 하고 있었지. 8월 18일의 정변 때문에 교토에서 쫓겨났고, 이케다야 사건으로 많은 동지를 잃었음에도 조슈 번은 아직도 재기를 포기하지 않고 있었다네.

겐즈이는 역경 속에서도 열화와 같은 열정을 불태우고 있었다.

"이렇게 된 이상 이제는 병력을 이끌고 교토로 쳐들어가는 방법밖에 없다. 죽일 놈의 사쓰마와 아이즈, 막부까지 모조리 쳐부수고, 천황 폐하를 우리 쪽으로 다시 모셔 오자!"

고고로는 정면으로 반대했다.

"천황 폐하가 계시는 궁궐로 쳐들어갈 셈인가? 그런 짓을 했다가는 조슈 번은 그날로 역적이 되고 말아!"

고고로는 평화롭게 일을 해결할 방법을 모색했지만, 8월 18일의 정변 이후로 급진적인 존왕양이파인 기지마 마타베와 행동을 같이 하고 있는 구루메 번(지금의 후쿠오카 현) 출신의 마키 이즈미 등과 같은 장년의 지사들까지도 천황이 막부와 사쓰마에 속고 있다는 주장을 굽히지 않았다.

"이는 천황 폐하를 지키기 위한 싸움이다!"

겐즈이가 '천황 폐하를 지킨다'는 명분을 강조하면서 내세우자 고고로도 더 이상은 반론할 수 없었다.

—그리하여 1864년 7월, 드디어 조슈군이 교토로 쳐들어갔다네. 조슈에 맞선 것은 사쓰마 번을 중심으로 아이즈, 히코네 등으로 구성된 막부군이었지.

조슈군은 궁궐의 하마구리고몬 대문 앞으로 밀려들어 문을 지키는 아이즈 병사를 향해 포격을 시작했다. 포탄은 대문 근처에 떨어져 아이즈 병사들을 날려 보냈다. 연이어 총이 연속으로 발사되었고, 총알을 맞은 궐문이 무참하게 패였다.

포성과 전쟁의 함성은 궁궐 안까지 쩌렁쩌렁 울렸고, 안에 있던 귀족들은 당황해서 이리저리 도망 다녔다.

요시노부는 니조 성에서 가신으로부터 급보를 받았다.

"조슈가 궁궐을 향해 발포했습니다!"

"드디어 시작했군!"

요시노부의 예상이 적중했다.

해군조련소로 돌아간 료마는 소노조를 비롯한 훈련생들과 함께 밤낮으로 훈련에 몰두하는 나날을 보내고 있었다.

"조슈가 막부와 전쟁을 시작했대! 교토는 완전히 불바다가 되어 버렸다는데."

조지로가 하마구리고몬에서 시작된 전투 소식을 알리러 뛰어 들어왔다.

료마를 비롯한 모든 훈련생이 그 소식에 자기 귀를 의심할 정도로 놀랐다.

─궁궐을 공격해도 천황 폐하의 신병만 확보하면 관군이 될 수 있다. 조슈는 그렇게 믿고 있었지. 하지만 그 바람을 꺾어 버린 것은 이번에도 사쓰마였다네.

하마구리고몬에 사쓰마 번의 시마즈 가문의 문장을 새긴 깃발이 밀려들었다. 우르르 몰려든 사쓰마군이 퍼부어 대는 총탄에 조슈 병사들은 잇달아 쓰러졌고, 점점 대열이 무너졌다.

─조슈의 꿈은 무참히 깨져 버렸지. 불꽃처럼 정열적으로 조슈를 이끌어 온 구사카 겐즈이도 스스로 목숨을 끊고 말았어. 이것이 나중에 하마구리고몬의 변이라고 불리게 된 전투였다네.

한밤중 료마가 교토 거리에 서 보니 온 시내가 불타 폐허만 남은 것처럼 보였다. 여기저기서 아직도 연기가 피어오르는 가운데 집을 잃은 사람들이 정처 없이 거리를 헤매고 있었다.

"어째서 이런 일이……."

료마의 마음이 암담하게 가라앉았다. 머리를 수건으로 싸맨 초라한 남자가 우는지 어깨를 떨면서 돌돌 만 거적을 안고 서 있었다. 료마가 남자에게 동정심을 느끼고 있는데 거적 속으로 살짝 칼이 엿보였다.

"사무라이……?"

마침 그때 그을음으로 얼룩진 남자의 얼굴에 모닥불 불빛이 비쳤다.

"앗!"

료마가 작게 외치자 남자는 얼굴을 가리며 그 자리에서 도망 치려 했다.

"가쓰라 씨!"

고고로는 깜짝 놀라며 돌아보더니 료마를 알아보고 발걸음 을 멈췄다.

"무사하셨군요, 가쓰라 씨!"

"쉿! 목소리를 낮춰."

고고로는 손가락을 입에 갖다 대면서 주위를 둘러보았다.

"어째서 여기 계시는 거예요? 조슈군은 교토에서 완전히 와 해되었다고 들었는데."

료마가 소리를 낮추어 묻자 순식간에 고고로의 눈에서 눈물 이 흘렀다.

"분하다! 이렇게 분하고 원통한 일이 또 어디 있겠는가!"

"이번에도 사쓰마에게 당한 겁니까?"

"사쓰마 놈들이 불을 붙인 거야!"

"예?"

"하지만 우리는 포기하지 않았어. 조슈는 반드시 다시 일어날 것이야. 이제 내 얼굴을 보더라도 아는 척하지 말게. 잘 살게나, 사카모토 군."

고고로는 몸을 휙 돌리더니 연기 속으로 사라져 버렸다.

—사실 교토 시내에 불을 붙인 것은 믹부군이었지 사쓰미 번이 독단으로 저지른 일은 아니었다네. 하지만 모든 것을 사쓰마 탓으로 돌리고 싶을 정도로 조슈의 원한이 사무쳐 있다는 사실을 료마는 이때 깨달았을 것이야.

예전 모습이라고는 조금도 찾아볼 수 없을 정도로 변해 버린 교토 시내를 료마는 직감에 의지해 걸어서 타다 남은 장소까지 왔다. 이웃들끼리 다치거나 화상을 입은 사람들을 격려하고, 가재도구를 집 안으로 들여놓는 등 서로 돕고 있었다. 그 속에서 물을 나르는 오료, 미쓰에, 다이치로의 모습을 발견했다.

"오료!"

료마는 세 사람에게 뛰어갔다.

오료의 집은 간신히 화재를 면해서 가족들 모두 무사했는데,

집을 잃고 거리로 나앉은 사람들이 집단 폭도로 변하기라도 하면 언제 약탈을 당할지 모르는 일이었다. 오기와도 불타 없어져서 앞으로 살 길이 막막했다. 이런저런 걱정 때문에 오료의 마음은 황폐해져 있었다.

"사무라이들은 어쩌면 그렇게 자기 생각밖에 안 하는지 모르겠어요. 일본을 지키네, 외국을 무찌르네, 잘난 척들은 다하면서……. 어째서 우리가 이런 꼴을 당해야 하는 거냐고요?"

"……미안하다!"

료마는 자기도 모르게 오료에게 사과했다.

료마 역시 지금까지 일본을 외세로부터 지키고 싶다고 생각했다. 그러나 교토의 참상을 직접 목격하고 나니 뭔가 크게 잘못되어 있다는 생각이 들었다. 막부나 조슈, 사쓰마도 바탕에는 다 똑같이 일본을 지키려는 의식이 있을 텐데 서로 적대시하면서 싸우고, 교토를 불태워 버리고, 많은 사람을 길거리로 내몰아서 괴롭히고 있었다.

자기의 무력함이 안타까운 한편으로 이런 결과를 초래한 무사들의 독선에 화가 치밀었다. 료마는 주먹을 쥐고 신음하며 폭발하려는 분노를 가까스로 억눌렀다.

"너희를 여기 그대로 둘 수 없다. 내가 무슨 수를 찾아보마."

료마가 부탁하러 간 곳은 선박을 주선하는 여인숙 데라다야었다.

"부탁합니다! 살 곳을 구할 때까지만이라도 괜찮으니 제발 이 사람들을 여기 머물게 해 주십시오."

두 손으로 바닥을 짚고 고개를 숙이는 료마 뒤에는 오료, 사다, 미쓰에, 기미에, 다이치로, 지로가 바짝 긴장한 얼굴로 서 있었다. 오료는 어쩔 수 없다고 생각하면서도 마음이 불편하기 짝이 없었다. 자기 혼자 같았으면 남의 도움 따위는 절대로 받지 않겠지만 편찮으신 어머니, 그리고 동생들의 안전을 생각하면 료마의 호의에 기대는 수밖에 없었다.

"교토에서 조금 벗어난 후시미라면, 그리고 이 데라다야에서라면 안심하고 지낼 수 있으니까요."

도세는 너무 어이가 없어 말이 나오지 않았다. 료마가 데라다야에 묵은 건 단 하루뿐이었다. 힘든 처지에 있는 사람을 돕는 일이야 못 할 것도 없지만 그렇다고 갑자기 여섯 명이나 되는 가족들을 맡아 달라는 건 너무 뻔뻔스럽지 않은가?

"아무리 제가 그쪽 어머니를 닮았다고는 해도 이런 응석까지 받아 줘야 할 의무는 없는 것 같은데요."

"이건 응석을 부리는 게 절대 아닙니다. 도세 씨가 생판 남이라는 건 나도 잘 알고 있습니다."

오료는 놀랐다. 보아하니 료마와 도세는 그다지 잘 아는 사이도 아닌 모양이었다.

"됐으니까 그만하세요. 남한테 도움을 받는 건 아무래도 성미에 맞지 않아요."

"무슨 소리야? 어머니와 동생들 생각도 해야지."

"당신도 생판 남이잖아요."

"생판 남을 의지해야 할 때도 있는 법이라고."

료마는 남을 위해 머리를 숙였고, 오료는 남이라면서 료마의 호의를 뿌리치려 했다. 오료의 가족들은 어찌할 바를 몰라 잔뜩 주눅이 들어 있었다.

본의 아니게 옆에서 대화를 듣게 된 도세는 점점 짜증이 났다.

"이제 그만하세요. 그렇게 남남이라는 소리를 자꾸 하니까 눈앞에 있는 제가 피도 눈물도 없는 사람 같잖아요. 알았으니까 그만해요. 가까운 곳에 빈집을 찾아봐 줄 테니까."

"도세 씨!"

"그렇게까지 신세를 질 수는……."

료마의 반기는 목소리와 오료의 당혹스러워하는 목소리가 겹쳤다.

"그 대신! 오료라고 했나? 아가씨는 우리 집에서 일해 줘야겠어. 내가 아주 단단히 부려 먹을 테니 각오하라고."

도세는 이제 되었냐는 표정으로 료마 쪽을 바라보았다.

"물론이죠! 정말 고맙습니다!"

료마가 머리를 꾸벅 숙였다. 사다는 감사하는 마음으로, 미쓰에, 기미에, 다이치로, 지로는 우렁차게 "정말 감사합니다!" 하고 한 목소리로 인사했다.

오료는 속으로 안심하면서 도세에게 감사했지만 료마가 "너도 인사해야지" 하고 재촉하자 순순히 고마운 마음을 표현하지 못하고 하는 수 없다는 표정으로 고개를 숙일 뿐이었다.

반면에 료마는 좋아서 어쩔 줄 모르는 표정이었다.

"역시 도세 씨는 정말 좋은 사람이네요. 우리 어머니와 똑같이 생긴 사람답다니까!"

"무슨 말도 안 되는 소리를……."

도세는 입을 삐죽 내밀었다.

─하마구리고몬의 변으로 사쓰마를 숭심으로 한 박부군이 소슈를 무찔렀다는 소식은 곧바로 요도 공의 귀에까지 들어갔지.

"오토노, 지금이야말로 도사가 일어설 때입니다! 이대로 가다가는 사쓰마가 도쿠가와 막부와 맞먹을 정도로 세력을 키우게 됩니다."

모리시타는 요도를 다그쳤지만 정작 요도는 만취한 상태였다. 요도의 마음에는 사쓰마에 대한 경멸이 뿌리 깊게 박혀 있어서 사쓰마와 세력을 견주는 자체가 화가 나는 것을 넘어서서 허무할 지경이었다.

쇼지로가 알현을 청해 왔다.

"요시다 도요 님의 암살에 대해 다케치 한페이타가 지시한 일이 아니냐고 연일 오카다 이조를 고문하고 있으나 도무지 입을 열 기미가 보이지 않습니다. 이렇게 된 이상 다케치 본인을 엄하게 문초하심이 마땅한 줄로 압니다! 아무쪼록 제게 그리할 것을 하명해 주십시오!"

쇼지로는 안달 났으나 요도로서는 이미 시큰둥해진 화제였다.

"다케치는 이제 상급무사다. 상급무사를 고문하는 것은 용납되지 않는 일이야."

"그렇다면 오토노의 권한으로 다케치의 급을 내리시면……."

"닥쳐라!"

요도가 한페이타를 상급무사로 승급시킨 것은 세상에 양이의 뜨거운 바람이 불고 있을 때였다. 요도는 양이에 대해 비판적이면서도 세태를 거스르지 않기 위해 귀족들의 신뢰를 받고 있던 한페이타가 마음대로 움직이도록 내버려 두었다. 그러나 조정에 만연했던 양이의 열기는 겨우 1년 만에 사그라져 세력 판도가 완전히 뒤집히고 말았다.

"다케치, 다케치 떠들어 대기는……. 어째서 내가 그따위 놈에 대해 생각해야 하느냐는 말이다. 오카다인지 뭔지 하는 놈이 자백하면 되는 일 아니냐!"

"예에!"

요도가 호통을 치자 쇼지로는 방바닥에 이마를 비비면서 송구스러워했다.

이조에 대한 고문은 가혹하기 이를 데 없었다.

"다케치…… 선생님은…… 훌륭한 분입니다."

이조는 온몸에서 피를 흘리고 숨도 제대로 쉬지 못할 지경이 되어서도 한페이타를 옹호했다. 그것이 쇼지로의 증오를 더욱 키웠다. 야타로는 한쪽에서 지켜보고 있으라는 명령을 받았는데 너무도 참혹한 모습에 차마 눈 뜨고 볼 수 없을 정도였다.

이조의 비명이 들려올 때마다 한페이타는 괴로움에 몸부림쳤다.

"그만해! 제발 그만하라고. 그러다 이조가 죽겠다."

창살에 매달려서 울부짖는 한페이타를 감옥 구석에서 또 하나의 한페이타가 싸늘한 눈으로 바라보고 있었다.

"그렇게 난리를 칠 거면 차라리 구해 주지 그래. 도요를 죽이라고 한 건 나다. 야스오카, 오이시, 나스에게 내가 명령을 내렸다. 그 한마디면 이조를 살릴 수 있을 텐데."

한페이타는 또 하나의 한페이타가 하는 말을 못 들은 척하며 창살 너머로 소리쳤다.

"오토노를 만나게 해 주시오! 우리는 번을 위해 일했을 뿐이라고 전해 주시오."

"오토노는 너를 싫어하잖아."

눈물에 젖은 얼굴로 한페이타는 감옥 구석에 있는 또 하나의 한페이타를 돌아보았다.

"그만해! 그만하라고!"

"이조는 너를 감싸고 있어. 저렇게 괴로워하는 이조를 그냥 내버려 둘 셈이냐?”

이조의 비명이 단속적으로 들려왔다.

“이조…….”

“이조를 편하게 만들어 줄 수 있는 것은 너뿐이다.”

한페이타는 또 하나의 자신과 마주 보았다. 이제는 눈물을 흘리고 있지 않았다.

한페이타가 지옥에서 몸부림치고 있던 그날 밤, 고치 성에 있는 요도는 극락정토를 바라보고 있었다. 잔뜩 취해 몸을 휘청거리면서 술로 인해 흐려진 눈으로 극락정토가 그려진 병풍을 하염없이 쳐다보고 있었다.

─아름다운 풍경은 어차피 저세상의 것이고…… 우리가 살고 있는 이 세상은 참을 수 없을 정도로 살벌한 곳이 아닌가. 다케치 한페이타는 몸 바쳐서 충성을 다했던 주군에게 미움을 샀고, 조슈는 일편단심으로 지키려 했던 천황으로부터 무정하게 버림받고 말았으니 말이야.

하마구리고몬의 변에서 구사카 겐즈이는 격렬한 전투 끝에 자진했다. 기지마 마타베는 하마구리고몬에서 전사했다. 완패한 조슈군은 교토의 나가오카쿄에 있는 덴노잔으로 도망쳤다.

덴노잔에서 고고로는 울면서 마키 이즈미의 시신을 대면했다.

조슈의 세력을 등에 업고 양이파 귀족들이 늘어서 있던 천황 앞에 지금은 요시노부가 엎드려 있었다. 어렴 안쪽에서 고메이 천황의 그림자가 살짝 흔들리더니 관백을 통해 천황의 뜻이 전달되었다.

"황궁까지 쳐들어온 조슈는 조정의 적이다. 막부는 당장 군사를 동원해 조슈를 정벌하라."

"황공하옵니다!"

요시노부는 희색이 만면했다.

―그 탁류는 가쓰 린타로까지도 집어삼키려 하고 있었지.

요시노부는 니조 성으로 신하들을 불러 모아 천황의 뜻을 받들어 조슈 정벌에 나서겠다고 선언했다.

"이 기회에 조슈를 완전히 박살 내고 영토를 빼앗아 버리면 이제 우리를 거역할 자는 모두 사라지고 막부의 미래는 탄탄대로에 설 것이다."

모두가 흥분해서 "오오!" 하고 탄성을 질렀다. 린타로는 손을 들어 발언 허가를 구했다.

"황공하오나 그것은 에도에 계시는 쇼군 이에모치 님의 판단이온지요."

린타로의 질문에 아이즈 번주인 마쓰다이라 가타모리가 '칙명'임을 강조했고, 이타쿠라 가쓰키요가 말을 덧붙였다.

"천황 폐하의 뜻이라면 쇼군의 판단을 여쭐 것도 없이 실행에 옮겨야 한다."

이타쿠라가 궤변을 늘어놓자 린타로는 쓴웃음을 지었다.

"그러나 작년 5월 10일의 양이 실행에 대한 칙명은……."

"그건 조슈의 강압 때문에 억지로 말씀하신 것이다. 천황 폐하의 뜻은 아니었다."

"참으로 이상한 말씀을 하십니다. 그 말씀대로라면 칙명에는 진짜 칙명과 가짜 칙명이 있다는 뜻이 되지 않겠습니까?"

명백히 비꼬는 린타로의 말에 중신들의 안색이 바뀌었다.

조슈를 공격하면 그들은 틀림없이 반격해 올 것이다. 하마구리고몬 싸움에서 패했다고는 하나 조슈는 덩치가 큰 번이었고, 무사들도 기골이 있어 쉽게 무너뜨릴 수 있는 상대가 아니었다. 이타쿠라와 마쓰다이라 가타모리는 사쓰마를 비롯해 여러 번에서 병력을 모으면 틀림없이 쳐부술 수 있다고 장담했으나 그렇게 되면 그야말로 린타로가 가장 우려하는 사태가 발생하고 말 것이다.

"그것은 다시 말해 일본 전국을 전쟁에 빠트리는 싸움이 벌어진다는 뜻입니다!"

린타로가 일갈하자 자리에 있던 신하들이 움찔했다.

"요시노부 님, 지금 일본은 쇄국의 문을 강제로 열게 한 외세에 어떻게 대항하느냐 하는 난제를 눈앞에 둔 상황입니다. 이처럼 중요한 시기에 우리끼리 내전을 벌이면 어떻게 되겠습니까? 아무쪼록 다시 한 번 생각해 주시옵소서!"

린타로의 말에는 박력이 넘쳤다. 신하들은 도저히 나설 엄두를 내지 못하고 요시노부의 판단에 일임했다.

"감히 이의를 제기하다니, 넌 여전히 배짱이 두둑한 사내로구나. 하지만 말이다, 그 지나치게 나대는 행동거지가 요즘 들어 영 눈에 거슬리는구나."

린타로는 불길한 예감이 들었다.

"너에게 맡긴 해군조련소에 각 번의 탈번 낭인들이 여럿 있다는 점, 그중 하나는 일전에 이케다야에서 조슈 번사들과 함께 반역을 꾀했다는 점, 그 외에도 짐작 가는 것이 여럿 있으렷다."

"요시노부 님, 저희는 일본이라는 나라를 위해⋯⋯"

"시끄럽다! 네가 한 행동은 막부의 군함대신으로 용납할 수 없는 것이다!"

요시노부가 단정했다.

료마를 비롯한 훈련생들은 해군조련소 마루에 모여서 전에 없이 침울한 표정으로 고개를 폭 숙인 채 앉아 있는 린타로의 눈치를 살피며 바라보았다. 린타로가 흘리는 무거운 공기가 사람들을 불안하게 만들었다.

린타로는 애써 고개를 들더니 훈련생들을 죽 돌아보았다.

"난 군함대신 자리에서 물러나게 되었다. 물론 이곳의 소장직도 그만두고 에도에서 칩거 근신하도록 명령받았다."

장내가 소란스러워졌다. 다들 무슨 일이 일어났는지 이해하지 못했다.

"이유 말이냐? 그야 여러 가지가 있지만……. 사실 처음부터 나를 싫어하는 사람들이 많았다. 일본의 해군이네 뭐네 하면서 해군조련소라는 알 수 없는 조직을 만들고, 막부의 돈으로 각 번의 무사들에게 선박 조종술이나 전술 같은 것을 가르치다니 도저히 용납할 수 없는 일이라고 생각하는 사람들 말이다. 결국 그런 인간들에게 일본을 지키려는 생각 따위는 없다는 뜻이지. 그저 막부만 지키면 된다고 생각하는 거야."

전에 한 번 린타로는 료마에게 막부 신료들의 생각이 너무 편협하다고 불평을 늘어놓은 적이 있었다.

"그럼, 가쓰 선생님께서 그만두시게 되면…… 여기는 어떻게 되는 겁니까?"

"해군조련소 또한 폐쇄된다."

너무도 큰 충격에 한순간 마루는 쥐 죽은 듯이 조용해졌다. 그러다가 아까보다도 더욱 소란스러워졌다. "말도 안 돼", "어째서 폐쇄한다는 거야?", "그럼 여태껏 훈련한 우리는 어떻게 하라고?" 등등 소노조, 다로 등 분개한 훈련생들이 앞다투어 불만을 쏟아 냈다.

사전에 알고 있었던 사람은 요노스케뿐이었다.

"조용히 해라, 조용히 해! 너희 마음은 가쓰 선생님께서도 잘 알고 계신다. 하지만 이건 이미 결정된 일이란 말이다."

요노스케가 소란을 가라앉히려 했다. 그러나 다들 흥분해서 말을 듣지 않았고, 료마도 마찬가지로 납득이 되지 않았다.

"잠깐만요, 선생님. 해군조련소가 폐쇄된다니 그럼 일본의 해군은 어떻게 되는 겁니까? 외세로부터 일본을 지키기 위한 해군은 어떻게 된다는 말씀입니까?"

"……모르겠다. 막부 윗사람들은 이제 내가 무슨 말을 해도 들은 척도 하지 않으니 말이다."

"어떻게 이런 일이 있을 수 있습니까!"

료마는 억울하고 분한 나머지 눈물이 쏟아질 듯한 눈으로 린타로를 노려보았다. 린타로도 눈물이 글썽거리는 눈으로 료마를 마주 보았다.

"나도 분하다, 료마. 분하고 억울해서 세상이 일그러져 보일 정도다. 하지만 난 막부의 직속 신하다. 아무리 바보 같은 놈들이라 생각해도 위에서 내린 명령에는 따를 수밖에 없다. 너희에게는 미안해서 할 말이 없다. 이렇게 된 것은 모두 내 힘이 부족했기 때문이다. 다들 미안하다! 정말로 미안하다!"

린타로는 두 손으로 바닥을 짚고 울면서 훈련생들에게 머리를 숙였다.

료마로서는 그야말로 마른하늘에 날벼락이었다.

도세는 데라다야에서 일하기 시작한 오료를 손님들 눈에 띄지 않는 장소로 손짓해서 불렀다.

"우리 집은 손님을 상대로 장사하는 집이야. 좀 더 친절하고 상냥하게 대해야지. 자, 한번 웃어 봐."

"전 그런 거 잘 못해요. 하지만 일은 열심히 할게요. 주인아주머니께 폐를 끼치는 일은 없을 겁니다."

오료는 일로 돌아가 가게 앞에 놓인 짐을 옮기려 했다. 그러나 짐이 너무 무거워 꼼짝도 하지 않았다.

"그건 네 힘으로는 무리야."

료마가 와서 한 손으로 번쩍 들어 올리더니 가게 안까지 옮겨 주었다.

"어때, 열심히 일하고 있었어?"

료마의 웃는 얼굴에 오료는 가슴이 두근거렸다.

료마는 도세와 함께 방으로 들어가 앉았고 오료가 차를 내왔다.

"오료는 열심히 잘하고 있어요. 덕분에 아주 큰 도움이 되고 있지요."

도세는 몸을 아끼지 않고 일하는 오료를 빈말이 아니라 진심으로 칭찬했다. 오료는 쑥스러웠다.

"오료, 한번 '우미(일본어로 바다라는 뜻-옮긴이)'라고 해 봐."

료마는 입을 크게 움직이며 '우-미' 하고 본을 보였다.

"우-미."

오료는 영문을 모른 채 료마를 흉내 내서 입을 크게 움직였다.

"바로 그 얼굴이야. 그렇게만 해도 웃는 것처럼 보인단 말이야."

오료는 "미"라고 말한 얼굴 그대로 굳어져 있었다.

"그렇게 항상 웃는 얼굴로 있으면 도세 씨도 훨씬 더 좋아할 거야. 오료, 네가 웃으면 얼마나 예쁜데, 넌 그걸 모르지?"

오료는 부끄러워서 얼굴을 붉히더니 도망치듯이 방에서 나가 버렸다.

도세는 자기도 모르게 웃었다.

"말씀 잘하셨어요. 료마 씨 말이 맞아요. 료마 씨는 장사를 해도 되겠어요. 눈치도 빠르고 남들 치켜세우는 것도 잘할 것 같은데."

세 살 버릇이 여든까지 간다고 했던가. 사이다니야에서 장사하는 모습을 보면서 자란 경험은 이럴 때 유용했다.

"그나저나 왜 하필 우미예요? 역시 해군을 만들려는 분은 머릿속에 바다가 한가득 펼쳐져 있어서 그런가?"

도세가 무심코 한 말을 들은 료마의 웃음에 그림자가 드리워졌다.

"무슨 일 있었어요?"

"아무것도 아닙니다. 아무것도 아니에요."

도세는 참견할 생각은 없었지만 무슨 일이 있었던 것만은 틀림없다고 짐작했다.

여인숙 바깥으로 뛰쳐나간 오료는 두근거림이 도무지 가라앉지 않았다. 간신히 마음을 다잡고 다시 일을 시작하려는 참에 돌아가려던 료마와 다시 마주쳤다. 료마는 온 지 얼마 되지도 않았다.

"너를 잘 봐달라고 부탁하고 왔다. 상냥한 태도로 일해서 도세 씨한테 귀여움받도록 노력해. 잊지 마. 우미야, 우미!"

료마는 싱긋 웃고는 걸어 나갔다.

"저기…… 다음에는, 언제……?"

"……그건 나도 모르겠다. 오료, 너는 강한 아이다. 내가 옆에 없어도 잘 지낼 수 있을 거야. 그럼, 잘 있어라."

료마는 가벼운 발걸음으로 떠나 버렸다. 그 모습을 바라보던 오료는 료마의 뒷모습에서 일말의 외로움을 느꼈다.

—정말이지 그때 료마는 알지 못했다네. 앞으로 자기가 어떻게 될지 말이야. 해군조련소가 없어진다는 것은 료마가 있을 자리가 없어진다는 뜻이었으니까. 그리고 나의 신변에도…….

감옥으로 다시 찾아온 야타로를 보고 와스케는 깜짝 놀랐다. 야타로는 와스케를 노려본 다음 옥 안에 있는 한페이타를 보았다. 한페이타는 야타로에게 등을 돌린 자세로 언제나처럼 정좌하고 있었다.

"다케치 씨, 이제 그만 좀 포기하지. 저러다가 이조가 정말 죽게 생겼다고."

"이번에도 고토 쇼지로의 심부름으로 온 거냐, 야타로?"

"그래, 맞아. 내가 아무리 입 아프게 떠들어 봤자 다케치가 꺾

일 리가 없다고 그렇게 말했는데도……. 왜 하필이면 내가 이런 역할을 맡아야 하는 거야! 난 매일 같이 이조가 고문당하는 모습을 지켜봐야 한다고. 그놈과 사이가 좋았던 적은 한 번도 없지만 그래도 그렇게 괴로워하는 모습을 차마 눈 뜨고 볼 수가 없어.”

야타로는 불만을 한꺼번에 모조리 쏟아놓았다.

“그래……. 너도 그런 마음이 든단 말이지?”

“그러니까 다케치 씨…….”

“야타로, 너에게 부탁이 있다.”

한페이타가 돌아보자 와스케가 덜덜 떨었다.

한페이타는 무릎 위에 대나무 껍질로 된 꾸러미를 올려놓고 두 손으로 소중하게 감싸 쥐었다.

“이조가 이걸 먹게 해 줄 수 있겠나? 이조를 도와주는 일이다.”

한페이타가 꾸러미를 펼치자 떡 하나가 나타났다.

“아니, 지금까지 내가 한 말을 어떻게 들은 거야! 난 말이지, 다케치 씨 당신이 사실대로 털어놓으라고 하는 거잖아.”

야타로는 너무 화가 나서 펄펄 뛰며 소리를 지르다가 도중에 한페이타의 분위기가 이상하다는 것을 느꼈다. 한페이타는 지나칠 정도로 거칠게 숨을 몰아쉬면서 눈물을 글썽이고 있었다.

“이건 독이 든 떡이다.”

“뭐라고!”

“와스케에게 부탁해서 아는 의사한테 천상환을 받아오게 했다. 아편으로 만든 독약이지.”

야타로가 처다보자 와스케는 바들바들 떨면서 독이 든 떡을 애써 외면하고 있었다.

"야타로!"

느닷없이 한페이타가 창살 너머로 독이 든 떡을 불쑥 내밀었다. 야타로는 깜짝 놀라며 머리를 뒤로 뺐다.

"난 이조가 너무 불쌍해서 견딜 수가 없다. 너도 같은 마음이라면 제발 이조를 편하게 만들어 줘라. 부탁이다, 야타로!"

한페이타가 눈물을 흘리면서 애원했다. 야타로는 혼비백산하며 뒤에 있던 벽에 들러붙었다.

제26장
사쓰마의 괴물

료마는 홀로 해군조련소를 바라보았다. 훈련 시설과 도구들은 그 자리 그대로 남아 훈련생들을 기다리고 있었다. 해군을 창설한다는 구상이 와해되면서 료마의 원대한 꿈 역시 깨져 버렸다.

"나 원, 참" 하는 목소리에 뒤를 돌아보자 린타로가 료마 뒤에서 시설을 바라보고 있었다.

"몇 년이나 걸려서 겨우 만들어 놓았는데 일이 안 되려니까 이리도 싱겁게 끝나 버리네."

린타로는 훈련생들을 보내 준 여러 번으로 보낼 사과 서신 작성을 막 끝낸 참이었다. 막부의 견식이 너무 부족해 해군조련소는 폐쇄되지만 여기서 배운 훈련생들은 높이 평가해 주었으면 했다. 린타로는 아버지 같은 마음으로 일부러 서신까지 써 보냈던 것이다. 그리고 료마를 비롯해 탈번한 훈련생들의 앞날도 소홀히 하지 않고 받아들여 줄 만한 번이 없는지 물색하는 중이었다.

"사쓰마 군의 참모를 알고 있느냐? 사쓰마의 번주는 시마즈 모치히사 님인데 번주로부터 정사를 위임받아 실행하고 있는 사람은 가신인 고마쓰 다테와키다. 군 참모는 사이고 기치노스케(사이고 다카모리)이고."

"사이고 기치노스케……."

"한번 만나 볼 테냐, 료마?"

린타로의 갑작스런 제안에 료마는 곧바로 대답하기가 망설여졌다.

그러나 결국 얼마 후에 료마는 린타로의 권유를 받아들여 오사카에 있는 사쓰마 번저를 찾았다.

안내인을 따라 바깥 복도를 걷고 있던 료마는 정원에서 사격 훈련을 하고 있는 사쓰마 병사들의 모습에 깜짝 놀랐다. 강사의 지도 아래 일렬로 늘어선 병사들은 한 치의 흐트러짐도 없이 과녁을 쏘았다. 모두 상당한 훈련을 거쳤음을 알 수 있었다.

료마가 안내된 방에도 총들이 벽을 따라 죽 놓여 있었다. 감탄하며 보고 있으려니까 가신 몇 명을 앞장세우고 오른발을 질질 끌며 한 남자가 싱글벙글 웃는 낯으로 들어왔다.

"아이고, 이거 기다리게 해서 미안하오. 내가 사이고 기치노스케요."

사이고는 오른발이 불편한 기색이 역력한 채로 자리에 앉았다.

"도사의 낭인인 사카모토 료마라고 합니다."

엎드려 고개를 숙이는 료마에게 사이고는 고개를 들라며 허물없이 말했다.

"가쓰 린타로 선생님은 전에 뵌 적이 있소. 그분은 막부 중신 중에서 시대의 흐름을 가장 잘 읽고 있지. 가쓰 선생님의 으뜸가는 제자가 사카모토 씨라고 들었소. 참으로 대단하오."

사이고는 린타로를 칭찬하는 말로 료마의 기분을 좋게 해 주었다.

료마가 사이고를 만나 봐야겠다는 생각을 하게 된 이유는 사이고가 하마구리고몬의 전투에서 사쓰마군을 이끌고 조슈를 물리친 자라는 말에 흥미를 느꼈기 때문이었다. 사이고의 오른발 부상은 그때 생긴 것이었다. 그런 이야기까지도 사이고는 웃으면서 했다.

"사이고 씨는 살찐 여인을 좋아하신다고 들었습니다. 참말입니까?"

료마의 무례한 질문에도 사이고는 호쾌하게 웃으며 대답했다.

"그렇소. 통통하니 살집이 있는 여자가 좋소이다. 사카모토 씨는 어떤 여자를 좋아하시오?"

"저는 아직 잘 모르지만 교토에 마음에 걸리는 여인이 둘 있습니다. 한 사람은 돌아가신 어머니와 똑같이 생긴 여인숙 여주인이고, 또 한 사람은 기가 세고 애교를 부릴 줄 모르는 의사의 딸이지요."

"애교도 부릴 줄 모르는 여자가 어째서 좋은 거요?"

"부모 형제에겐 생긋 잘 웃습니다. 그 얼굴을 보면 있는 힘껏 살아가고 있구나, 어떻게든 도와주고 싶다는 마음이 들지요. 그 여인의 가족은 하마구리고몬의 전투 때 일어난 화재 때문에 집을 잃고 다른 곳으로 옮겨 가야 했습니다. 교토에 불을 지른 막부와 사쓰마군을 원망하고 있지요."

가신들이 날카로운 시선으로 료마를 노려보았지만 사이고는 여전히 웃는 얼굴로 찻잔을 손에 들었다.

"사이고 님, 막부와 사쓰마가 곧 조슈로 쳐들어갈 예정이라고 들었습니다만 정말 그런 짓을 해도 되는 겁니까? 지금 일본 사람들끼리 전쟁을 시작하면 외국에게 틈을 내주게 되고 그럼 이 나라는 어딘가의 속국이 되어 버릴지도 모릅니다. 부탁합니다! 조슈 정벌은 단념해 주십시오, 사이고 님!"

료마는 단숨에 말을 토해 낸 다음 두 손으로 방바닥을 짚고 고개를 깊이 숙였다.

사이고는 아픈 다리를 끌고 일어서서 방 안에 세워두었던 총 하나를 료마에게 건네주었다. 150간 앞에 있는 과녁까지도 격파할 수 있는 최신식 총이라고 설명한 다음 자기도 총 하나를 손에 들었다.

"조슈도 이런 총을 가지고 있소. 그것도 아마 몇백 정은 될 거요. 조슈는 아주 강하고 끈질기지. 지금 확실히 밟아 놓지 않으면 놈들은 반드시 다시 일어나 우리를 공격해 올 것이오."

사이고는 싱글벙글 웃으면서 총을 들더니 총구를 료마에게 들이댔다.

"사카모토 씨는 조슈 편이오?"

사이고는 이제 웃고 있지 않았다. 뚫어져라 쳐다보는 눈동자를 료마도 지지 않고 마주 보았다.

"전 일본 백성들 편입니다."

역시 린타로의 제자다운 대답이라며 사이고는 다시 표정을 풀고 웃었지만, 눈만은 웃고 있지 않았다.

"하지만 나에게는 사쓰마가 제일 소중하오. 사쓰마 사람이니까. 사쓰마에게는 조슈나 도사, 나아가서는 도쿠가와까지도 마음을 놓을 수 없는 적이오. 일본이라는 말 하나로 묶어 버리는 가쓰 선생님의 생각은 내 보기에 현실과 지나치게 동떨어져 있지. 그분이 군함대신 자리에서 물러나고 해군조련소가 와해된 것은 어쩌면 당연한 결과라고 생각하오."

사이고는 처음에 린타로를 칭찬했던 일 따위는 완전히 잊어버린 사람처럼 혹독하게 비판했다.

"사카모토 씨, 당신은 이제 아무런 뒷받침도 없는 탈번 낭인이오. 사쓰마군의 참모에게 이래라저래라 할 수 있는 입장이 아니란 말이오."

료마는 대꾸할 말이 없었다. 사이고의 가신이 료마의 손에서 총을 빼앗았다.

"하지만 난 그런 걸 마음에 두지 않소. 사쓰마엔 뱃사람이 필요하오. 지금 우리는 군함을 열 몇 척이나 가지고 있는데 그걸 다룰 선원이 부족한 실정이오. 증기선을 다룰 수 있는 사카모토 씨 같은 사람들이 와 준다면 우리로서야 고마운 일 아니겠소?"

사이고의 이야기가 급진전을 보였다.

"잠깐만 기다려 주세요. 도대체 무슨 말씀입니까?"

"가쓰 선생님께 부탁을 받았소. 사카모토 씨와 다른 훈련생들을 받아 달라고 말이오."

선박 조종술이 필요한 사쓰마 번에서 훈련생들을 받아들인다. 사이고는 그 제안을 진행시킬 셈으로 료마를 만났던 것이다.

"그런데 왠지 사카모토 씨는 사쓰마 번을 싫어하는 것 같군. 그쪽에 그럴 마음이 없다면 이 이야기는 없었던 일로 합시다. 모든 것은 사카모토 씨의 결정에 달렸소."

사이고는 "영차" 하며 자리에서 일어서더니 가신들을 이끌고 싱글벙글 웃는 표정 그대로 방에서 나가 버렸다.

─료마는 처음 만난 사이고 기치노스케에게 압도당했다네. 겉보기와는 딴판으로는 참으로 만만치 않은 남자였던 것이지.

료마를 남겨 두고 방에서 나온 사이고는 웃음기를 지운 얼굴로 복도를 지나 다른 방으로 들어갔다. 그 방에는 사쓰마 번의 중신인 고마쓰 다테와키가 있었다.

"조슈 정벌을 단념하라고?"

다테와키가 무슨 소리냐는 표정으로 사이고를 쳐다보았다.

"조슈를 처리하고 나면 막부는 그다음으로 사쓰마를 없애 버리려고 할지도 모릅니다. 지금은 병력을 잘 보전하면서 사쓰마의 힘을 기르는 것이 우선 과제가 아닐까 합니다."

다테와키가 "그렇군" 하고 고개를 끄덕이자 사이고가 미소를 지었다.

요시노부 등 도쿠가와 측에서는 사쓰마 번으로부터 조슈 정벌에서 손을 떼겠다는 통보를 받자 배신에 가까운 행위에 열화처럼 화를 냈다. 그러나 막부는 사쓰마의 병력 없이 싸움을 벌일 힘이 더 이상 남아 있지 않았다.

해군조련소의 마지막 날이 찾아왔다. 훈련생들은 모두 분하고 슬펐지만 억지로 울분을 삭이고 있었다.

"짧은 기간이었지만 너희는 참으로 열심히 잘해 주었다. 정말 고맙다."

린타로가 치하하자 감정이 북받쳐서 울음을 터뜨리는 사람도 있었다. 린타로가 막부의 관직을 내놓는다면 어디든 따라가겠다. 료마를 비롯한 훈련생 대부분이 그렇게 생각했다.

"정말 고마운 말이다. 그렇지만 탈번을 하기에는 내가 너무 늙은 것 같구나."

간린마루를 타고 미국과 일본을 왕복한 것은 1860년, 지금으로부터 수년 전의 일이었다. 린타로가 위업을 이루었다는 사실에 일본인으로서 자부심을 느낀 동시에 세월의 한계를 절감한 것 또한 그때였다.

"그 뒤로 나는 사람을 키우는 데 심혈을 기울였다. 서둘지 않으면 일본이 위험하다. 빨리하지 않으면 내 수명이 다해 버린다. 그런 생각 때문에 마음이 급했지. 하지만 너희에게는 아직 시간이 얼마든지 있다. 내가 할 일은 이제 끝났다. 이제부터는 너희의 무대가 막을 올린 것이다."

감개무량한 표정을 짓고 있는 훈련생들을 린타로는 자애로운 말로 격려했다.

"잘 들어라. 예전에는 바다가 일본과 세계를 격리하고 있었지만 지금은 다르다. 바다가 일본과 세계를 이어주고 있다. 너희는 어디든 갈 수 있다. 무슨 일이든 할 수 있다. 너희 힘으로 일본을 변화시켜라. 일본을 세계와 어깨를 나란히 견줄 수 있는 나라로 만들어 봐라!"

린타로의 한마디, 한마디에 훈련생들은 진지하게 귀를 기울였고 그 말을 가슴에 새겼다.

"너희는 내 희망이다."

린타로는 강한 눈빛으로 일동을 돌아보았다. 그 눈은 기대와 신뢰로 가득 차 있었다.

"선생님 말씀이 맞다. 우리는 무엇이든 할 수 있어!"

료마의 목소리가 조용하게 가라앉아 있던 훈련생들 사이로 울려 퍼졌다.

"……그래. 무엇이든 할 수 있다!"

곧바로 호응한 사람은 조지로였다. 훈련생들은 현실을 받아들이고 서로가 서로를 격려하는 사이에 가슴속에서 뜨거운 열정이 솟아올랐다.

"해군조련소는 오늘 이 시간 이후로 막을 내린다! 그러나 너희는 이제부터 세상을 향해 출항하는 것이다!"

"고맙습니다!"

료마가 린타로에게 감사하는 마음은 아무리 머리를 깊이 숙여도 모자랄 정도였다. 다들 마찬가지여서 우는지 웃는지 분간이 안 되는 얼굴로 저마다 린타로에게 감사의 마음을 전했다.

료마는 눈물을 글썽이며 린타로를 바라보았고, 린타로도 젖은 눈에 웃음을 띠며 료마를 마주 보았다.

─이것이 사카모토 료마와 가쓰 린타로의 이별이었지. 만약 료마가 가쓰 린타로를 만나지 않았다면 일본의 역사를 바꿔 버린 큰 위업은 이루지 못했을 걸세.

고향으로 돌아가는 훈련생들이 서로 건투를 빌며 해군조련소를 떠나자 료마, 조지로, 소노조, 도라노스케, 다로 등 도사의 탈번자들을 중심으로 한 열두 명만 남게 되었다.

"무쓰, 넌 어째서 남아 있는 거냐?"

소노조가 묻자 평소에 그렇게 기가 세던 무쓰가 풀이 죽은 목소리로 대답했다.

"나도 탈번 낭인이니까요. 돌아갈 곳이 있어야 말이지요."

안 그래도 허탈한데 침울한 표정의 무쓰까지 보니 다들 더욱 불안해졌다.

"다들, 힘을 내자! 앞으로 어떻게 할지 우리 같이 생각해 보자고!"

료마는 힘껏 명랑한 목소리로 격려했다.

하루지가 엄마 무릎에서 깔깔거리며 즐겁게 웃고 있었다. 하루지가 태어난 후로 이와사키 집안의 분위기는 봄날의 햇살처럼 따스했다.

야타로는 혼자 떨어져 앉아 한페이타의 무서운 부탁에 대해 생각하고 있었다.

(난 이조가 너무 불쌍해서 견딜 수가 없다. 너도 같은 마음이라면 제발 이조를 편하게 만들어 줘라. 부탁이다, 야타로!)

한페이타가 건넨 독이 든 떡을 보고 야타로는 다리에 힘이 풀려 그 자리에 주저앉고 말았다.

(지금 무슨 소리를 하는 거야…… . 나보고 이조를 죽이라는 말이야?)

(이조는 지금 생지옥에 있다. 제발 극락정토로 가도록…… 녀석을 구해 줘!)

야타로는 두려움에 떨면서도 독이 든 떡에서 눈길을 뗄 수가

없었다. 그 떡을 와스케가 느닷없이 한페이타의 손에서 낚아채
더니 야타로의 손에 쥐어 주었다.

야타로는 "헉!" 하고 소리 없는 비명만 질렀을 뿐 그것을 내팽
개칠 수가 없었다. 바들바들 떠는 야타로에게 한페이타가 울면
서 손을 모아 합장했고, 와스케까지 눈물을 흘리며 손을 모았다.

그때의 감촉이 되살아나자 야타로의 손이 다시 떨렸다.

"여보, 하루지가 아빠하고 놀고 싶어 하는 것 같은데요."

아내의 말을 듣고 하루지에게 눈길을 주자 사랑스러운 딸은
순진무구한 표정으로 웃고 있었다. 그 얼굴을 보며 야타로는 한
순간 무서운 현실을 잊어버릴 뻔했는데 아버지가 무심결에 던
진 말에 온몸에 소름이 돋았다.

"어! 여기 웬 떡이 있네."

야지로는 마룻바닥 밑에서 꺼낸 단지를 들여다보더니 야타로
가 숨겨 두었던 떡을 먹으려고 했다. 그 떡을 빼앗으려고 야타로
가 야지로에게 달려들었다.

"안 돼요! 먹지 마!"

"네가 숨겨 둔 거냐?"

야지로는 빼앗기지 않으려고 몸을 비틀면서 어떻게든 떡을
입에 넣으려고 했다. 야타로는 간발의 차이로 떡을 빼앗았다. 그
런 실랑이를 본 어머니와 동생이 먹을 것으로 너무 인색하게 구
는 것 아니냐며 야타로에게 따졌고, 어른들 싸움에 놀란 하루지
가 울음을 터뜨리자 아내까지 야타로를 야단치면서 노려보았다.

"아니야! 이 떡을 먹으면 죽는단 말이야!"

가족들 모두가 입을 다물었고, 하루지의 울음소리만 집안에 울렸다. 야타로가 내민 떡에 가족들의 수상쩍은 눈길이 집중 되었다.

"이건 말이야, 이건…… 독이 든 떡이라고! 거짓말이 아니야. 정말이라니까. 그놈이, 다케치 한페이타가 이조를 죽여 달라고 하면서 나한테 독이 든 떡을 맡긴 거야."

야타로는 가족들에게 변명하기 위해 한페이타에게 부탁받게 된 사연을 어쩔 수 없이 모조리 털어놓았다.

"나도! 나도…… 이조가 너무 불쌍하다고 여기니까. 나라면 그런 꼴을 당할 바에야 차라리 죽는 편이 나을 거야."

이조가 고문당하는 모습은 차마 눈뜨고 볼 수 없을 정도로 참 혹했다. 하지만 그렇다고 독이 든 떡을 먹이는 것도 가엾은 일 이었다.

"난 어떻게 하면 되지……? 이 떡을 어떻게 하면 되냐고?"

"안 돼요! 사람을 죽이는 일은 절대로 하지 말아요!"

아내는 간곡하게 말렸고, 어머니는 화가 난 것처럼, 동생은 눈 물을 흘리면서 반대했다.

"아니다. 먹게 해라."

아버지 야지로만 찬성하며 미와 쪽을 보았다.

"우리는 여기서 편안하게 살고 있기 때문에 그런 말을 할 수 있는 거다. 다케치 씨나 이조의 괴로움을 우리는 알 수가 없어.

난 다케치 씨와 다른 사람들이 나쁜 짓을 했을 거라고는 생각하
지 않는다. 그 사람들이 요시다 도요 님을 죽였다고 해도 거기
에는 나름대로 이유가 있었겠지."

"아버지!"

야타로는 자기도 모르게 언성을 높였다. 야타로는 도요 덕분
에 고마와리라는 직분을 받을 수 있었다. 할 일을 찾지 못해 방
황하던 야타로를 인정해 준 오직 한 사람의 상급무사가 바로
도요였다.

그 무렵 야지로는 여전히 술과 도박에서 손을 떼지 못하고 있
었지만 하급무사 중에서도 지하낭인이라고 멸시받는 삶 속에
서 나름대로 생각한 바가 있었던 모양이다.

"아무리 오토노가 그 사람을 싫어해도 다케치 씨는 하급무사
가 번을 움직인다는 엄청난 꿈을 실현시켰다. 상급무사들에게
고통당해 왔던 하급무사라면 모두 다케치 씨를 훌륭하다고 생
각한다. 물론 나도 그렇고."

조곤조곤 타이르는 야지로의 모습에 야타로나 기세, 미와, 야
노스케까지 모두 놀라움을 금치 못했다.

"야타로, 네가 이 떡을 받아 든 건 다케치 씨의 마음을 이해할
수 있었기 때문 아니냐? 이조를 편하게 해 주고 싶은 마음이 네
게도 있어서가 아니냐? 그러니 이조에게 그 떡을 먹여라."

야지로 나름의 자비였다.

이조는 힘없이 발을 뻗은 채 감옥 벽에 기대어 앉아 넋을 놓고 있었다. 온몸에 매를 맞아 성한 곳이 없었고, 왼쪽 눈꺼풀은 심하게 부어올라 시야를 가리고 있었다. 한 줄기 희망조차 보이지 않는 날들 속에서 추억만이 이조의 목숨을 이어 주고 있었다.

(울지 마라, 이조. 넌 아무런 잘못도 없다.)

홀로 술을 마시며 울고 있을 때 한페이타는 이조만이 마음을 터놓을 수 있는 동지라고 말해 주었다.

천황 폐하의 칙명을 받들어 에도를 향해 출발할 때도 한페이타는 이조만 가까이 오게 했다.

(넌 내 옆에 있어야지.)

그때의 기쁨이 떠오르자 이조의 얼굴에 희미한 미소가 번졌다.

(이조! 살아 있었구나! 다행이다, 정말 다행이야!)

울면서 얼굴을 파묻은 한페이타의 무릎은 따스했다.

"다케치 선생님……."

이조의 입에서 힘없는 목소리가 새어 나왔다. 탈번한 료마를 우연히 만난 곳은 교토 시내였다.

(료마! 여태껏 어디에 있었던 거야!)

(……이조!)

와락 달려든 이조를 료마가 든든하게 안아 주었다.

(넌 심성이 착한 남자야. 싸움은 하지 마.)

지시받은 대로 사람을 죽이며 다녔던 이조를 진정으로 걱정해 주었다. 그런 료마가 어렸을 때는 약해 빠지고 항상 징징 울고 다녔다는 사실을 알고 있는 것도 죽마고우만의 특권이었다.

"그때는 정말 즐거웠는데……."

다 꺼져 가는 목소리로 중얼거렸을 때 낮게 깔린 목소리가 이조를 불렀다. 야타로가 팔짱을 끼고 살금살금 다가왔다.

"다케치 씨가 말이야, 너에게 주라면서 이 떡을 맡겼어."

야타로가 품에서 독이 든 떡을 꺼내자 이조는 아픔을 참으며 몸을 비틀어 일어나 앉았다.

"다케치…… 선생님께서……?"

"그래. 자……, 머, 먹어."

떡을 내미는 야타로의 손이 바들바들 떨리고 있었다.

"왜 그렇게 떠는 거야?"

"수, 술을 너무 마셔서 그래. 빠, 빨리, 빨리 받아."

야타로는 떡을 든 팔을 잡고 떨리는 것을 막으려 했지만 몸이 말을 듣지 않았다.

이조가 야타로의 눈을 보았다. 순간적으로 야타로가 눈길을 피했다. 이조는 떡을 가만히 바라보았다.

"다케치 선생님이 나에게 이걸 주셨다고……? 선생님은 참 좋은 분이야……."

이조는 모든 것을 알아차린 듯 온화한 얼굴이었다.

"고맙습니다, 선생님. ……고맙습니다."

이조가 눈치챘음을 깨닫고 야타로가 마른침을 삼키며 지켜보고 있으려니까 이조는 힘없는 손을 애써 올려 미소 띤 얼굴에 눈물을 글썽이면서 떡을 입으로 가져갔다.

야타로가 그런 이조의 손목을 붙잡고 떡을 빼앗아 버렸다.

"난 못하겠다. 네가 죽는 것을 나보고 어떻게 보라고!"

"내가 스스로 먹겠다고 하잖아……. 이리 내, 야타로……."

이조는 혼신의 힘을 다해 창살에 매달려서 목소리를 쥐어짰다.

"싫어! 네가 이렇게 죽으면 꿈자리가 사나워질 것 같단 말이야. 난…… 난……."

"내가 널 왜 원망하겠어……? 난 이미 혀를 깨물어서 자진할 힘도 없단 말이다……. 그러니 그걸 줘, 야타로……."

이조는 더 이상 버틸 수가 없어 그 자리에 무너지듯 쓰러지면서 흐느껴 울었다.

이조의 비통한 목소리를 뒤로 한 채 야타로는 도망치듯이 그 자리에서 뛰쳐나와 정신없이 강가까지 뛰었다.

"난 못하겠어! 난 못한다고!"

야타로는 독이 든 떡을 강물에 던져 버렸다.

이조는 그날도 어김없이 채찍으로 맞았다.

"살아 있다니……!"

와스케의 보고에 한페이타는 깜짝 놀랐다.

"어째서……? 어째서냐, 야타로!"

요도는 차를 마련했다. 말차가 고운 거품이 되며 그윽한 향기를 내뿜었다. 요도의 눈에는 궁지에 몰린 사람 같은 고독이 가득 차 있었다.

소린은 그런 요도를 조용히 바라보았다. 풍부한 지식과 교양이 있기에 모든 일의 결과를 미리 알아차리고, 자신이 가진 한계를 깨달아 마음속에 체념만 남은 남자. 마음대로 주위를 움직일 수 있는 커다란 권력을 쥐고 있으면서도 자기 자신을 어쩌지 못해 힘들어하는 요도가 안쓰럽게 느껴졌다.

요도가 마련한 차를 마신 다음 소린은 "잘 마셨습니다" 하며 찻잔을 내려놓았다.

"지난번 오토노께서는 이 세상에 온통 하찮은 일들만 가득하다고 말씀하셨는데 다도를 즐길 마음의 여유를 가지시면 행복한 일도 보이게 됩니다. 신하들은 모두 오토노를 경애하고 목숨을 바쳐서 충성을 다하려고 합니다. 당연한 일 같아도 이런 행복이 또 어디 있겠습니까?"

소린은 무언가를 암시하듯이 미소 지었다.

소린이 성에서 나간 후 요도는 술잔과 술병을 손에 들고 극락정토를 그린 병풍이 놓인 방으로 들어갔다. 취하도록 술을 마셔도 우울함은 가시지 않았고, 눈앞에 놓인 극락정토를 바라보아도 마음의 평온을 찾을 수 없었다.

손에 들어오지 않는 저세상 것을 바라기보다는 바로 곁에 요도의 눈을 뜨게 할 무언가가 있지 않겠느냐는 소린의 말은 아직 요도의 마음에 와 닿지 않았다.

해군조련소가 폐쇄된 이후로 료마 일행은 오사카의 야마토야에 머물렀다. 아무리 배를 다루는 기술을 가지고 있다 해도 막부가 요주의 인물로 주시하고 있는 탈번 낭인을 받아들여 줄 번이 있을 리가 없었다. 술기운이 들어가자 다들 가시 돋힌 것처럼 신경이 더욱 날카로워졌다.

료마는 고민하다가 작정을 하고 털어놓았다.

"실은…… 사이고 기치노스케를 만났다. 사쓰마 군의 총대장 말이야."

"뭐어?" 하고 모두 일제히 놀라는 기색이었다.

"사쓰마는 막부와 결탁해 일본을 자기 마음대로 휘두르려 하고 있잖아요."

무쓰가 화를 내면서 말하자 소노조는 노골적으로 비난하는 눈총을 주었다.

"넌 그런 놈을 만나러 간 거냐?"

"가쓰 선생님께서 권하시기에 갔지. 사쓰마의 신세를 지는 것도 하나의 길이라면서."

린타로의 권유였다는 말에 비난하려던 사람들도 할 말이 없어졌다.

"그래서 어떤 사람이었어요, 사이고 기치노스케는?"

무쓰가 관심을 보이자 료마는 웃음을 잃지 않았던 사이고의 모습을 떠올렸다.

(그쪽에 그럴 마음이 없다면 이 이야기는 없었던 일로 합시다. 모든 것

은 사카모토 씨의 결정에 달렸소.)

사이고는 일어서서 그대로 방을 나가 버렸다. 얼굴은 웃고 있었지만 머릿속에서는 여러 생각이 오가고 있었을 것이다.

"작게 두드리면 작게 울리고, 크게 두드리면 크게 울리는 사람이더라."

한 번 만나서는 그 그릇의 크기를 파악할 수 없는 사이고를 료마는 그렇게 표현했다.

그런데 동료들은 그 말을 어떻게 해석해야 할지 몰라서 입을 다물어 버렸다.

"보기에는 사람 좋아 보이지만 상대에 따라서 어떤 식으로든 변할 수 있는 무서운 사람이야."

보충 설명을 마치자마자 사람들이 반발했다.

"안 돼, 그런 놈은 안 돼!"

"역시 사쓰마는 믿을 수가 없어!"

소노조와 다로가 잇달아 부정하는 바람에 모두들 사이고는 방심할 수 없는 능구렁이 같은 인물이라는 인상을 강하게 갖게 되었다.

"하지만 말이야, 그 후에 사쓰마는 조슈 정벌을 그만뒀어. 그러니까 사이고는 무조건 싸우고 보자는 인물이 아니라는 거지."

"료마 씨는 사이고에게 속고 있는 것 아닌가요?"

무쓰는 료마가 사쓰마 쪽으로 기울고 있는 것이 아닌지 조심스럽게 의심하는 말을 꺼냈다. 소노조는 불안과 짜증이 극에 달했는지 료마의 멱살을 잡았다.

"난 양이의 뜻을 가지고 탈번했어. 하지만 네가 앞으로는 해군이 일본의 수호신이 된다고 하기에 그 말을 믿고 조련소로 들어왔다. 그런데 지금 이 꼴이 뭐냐? 결국 우리는 단순한 뱃사람으로 전락하고 말았다. 너에게 완전히 속은 거야! 이런 젠장!"

소노조는 료마를 밀쳐 내고는 술을 퍼 마셨다.

소노조에게 밀려서 휘청거리다 엉덩방아를 찧은 료마는 갈 곳을 잃은 동료들의 초조한 모습에 망연자실했다.

료마는 살벌한 분위기를 견딜 수가 없어 방에서 나왔다. 주방 근처를 지나려니까 안에서 조지로가 갓 태어난 장남 햐쿠타로를 안고 황홀한 표정을 짓고 있었다.

"자는 얼굴이 어쩌면 이렇게 귀여울까?"

도쿠와 혼례식을 마치자마자 곧바로 고베 마을로 떠났던 조지로는 좀처럼 아내와 아기를 볼 수 없었다.

화목한 조지로 가족의 모습을 보고 위안을 받은 료마는 아기 얼굴을 들여다보면서 미소를 지었다.

"건강하게 자라라, 햐쿠타로."

"그런데" 하고 조지로가 조금 전과는 전혀 딴판으로 어두운 소리를 냈다.

"나중에 이 아이는 아버지를 어떤 사람이라고 생각하게 될까요? 전 일본을 지키고 싶다는 뜻을 가지고 도사를 뛰쳐나와 사무라이가 되었습니다.”

조지로 또한 고뇌하고 있었다. 상인으로 돌아가 야마토야를 물려받으면 가족끼리 행복하게 살 수 있었다.

“하지만…… 하지만, 난 큰 뜻을 품고 있었는데…… 그 뜻을…….”

조지로가 햐쿠타로를 안고 흐느껴 울자 도쿠는 갈등하는 남편을 안쓰러워하며 위로했다.

료마는 어쩌지도 못하고 그저 멍하니 서 있었다.

쿵쿵 하고 문을 두드리는 소리가 들려 료마, 조지로, 도쿠 모두가 기겁한 표정으로 문쪽을 쳐다보았다. 야마토야에는 해군 조련소 출신의 탈번 낭인들이 모여 있었다.

“수상한 자가 아니니 빨리 열어 주시오.”

남자 목소리가 들렸다. 료마는 만일의 사태에 대비해서 칼에 손을 대고는 도쿠에게 눈짓으로 들여보내라는 신호를 보냈다.

도쿠가 조심스럽게 문을 열자 한 남자가 미끄러지듯이 들어왔다. 두건 밖으로 겨우 내놓은 두 눈이 료마와 조지로를 이리저리 쳐다보고 있었다.

“나다, 료마! 와하하하!”

획 하고 두건을 벗더니 미조부치 히로노조가 유쾌하게 웃어댔다. 료마가 검술 수련을 위해 처음 에도로 떠날 때 동행했고, 그 후로도 여러모로 힘이 되어 주었던 사람 좋은 남자였다.

"미조부치 씨, 제가 여기 있는 줄 어떻게 아셨어요?"

미조부치는 자기 머리를 손가락으로 가리키며 다시 크게 웃었다.

"직감이지, 직감. 조지로와 이 집 딸이 부부가 되었다고 들었거든, 와하하하!"

방으로 안내받은 미조부치는 료마에게 한 통의 편지를 건네더니 지친 다리를 뻗고 앉았다.

"그게 번저로 왔더라고. 그나마 내가 제일 먼저 봤으니 망정이지, 다른 사람이 발견했으면 그대로 버려졌을 거다."

"야타로……?"

료마는 너무 뜻밖이어서 편지를 이리저리 훑어보았다. 받는 사람은 '사카모토 료마', 보내는 사람은 '이와사키 야타로'였다. 탈번 낭인인 료마에게 번저로 편지를 보낸 것을 보면 무슨 깊은 속사정이 있는 모양이었다.

편지를 펼치자마자 료마는 야타로의 분노를 직접 접한 것 같은 느낌이 들었다. 이조가 당하고 있는 고문의 참혹함, 다케치가 맡긴 독이 든 떡 이야기 등 감정이 가는 대로 휘갈긴 글 속에서 미칠 것만 같은 야타로의 분노가 그대로 느껴졌다.

'그 사람들과 제일 사이가 좋았던 건 바로 너잖아. 네가 독이 든 떡을 먹여라! 도사로 돌아와, 료마. 네 눈으로 이 지옥 같은

광경을 한번 보란 말이다!'

료마는 눈앞이 캄캄해지며 온몸이 부들부들 떨렸다. 야타로가 멱살을 잡고 흔들어 대는 듯한 착각에 빠질 것 같았다.

미조부치가 미심쩍은 표정으로 료마를 보았다.

"왜 그러냐, 료마?"

"아아아아악!"

"야타로가 편지에 뭐라고 쓴 거야?"

"난, 난 도사로 돌아가야겠어요."

"뭐라고?"

"모든 게 다 내 탓이에요! 내가 모두를 길거리에 나앉게 만들었어요. 다케치 씨와 이조를 포기해 버렸기 때문이라고요."

"잠깐 기다려 봐. 넌 탈번자잖아."

"다케치 씨와 이조가 죽게 생겼단 말이에요! 부탁이에요, 제발 부탁합니다, 미조부치 씨. 날 도사로 들어가게 해 주세요!"

료마는 미조부치의 옷자락을 붙들고 떼를 썼다.

제27장
다케치의 꿈

밤하늘에 초승달이 선명하게 떠 있었다.

한페이타는 지친 얼굴로 감옥 바닥에 누워 작은 창으로 보이는 초승달을 바라보면서 아내를 생각했다.

같은 초승달을 도미는 이부자리도 깔지 않은 딱딱한 마룻바닥에 누워서 남편을 그리며 쳐다보고 있었다.

"도미 씨는 매일같이 거실에서 잔대요. 남편은 차디찬 맨바닥에서 잠드는데 자기 혼자 따스한 이부자리에 눕기가 미안하다면서 말이에요."

오토메가 도미의 심정을 전하자 이요와 지노, 하루이는 도미가 저러다가 몸이라도 상하지 않을까 하며 걱정했다. 도미를 위해서라도 한페이타가 하루빨리 감옥에서 나오기를 간절히 바랄 뿐이었다.

"하지만 그것만큼은 영……."

곤페이가 심각한 표정을 짓고 있을 때 딱 하는 소리가 들리며 딱딱한 물건이 날아와서 곤페이의 머리에 명중했다. "아얏!" 하고 곤페이가 맞은 곳을 잡고 아픔을 참으며 살펴보니까 조약돌에 묶인 쪽지가 방바닥에 떨어져 있었다. 방문에 발라 놓은 창호지에 구멍이 뚫려 있었다.

지노가 돌을 주워서 쪽지를 풀어 적혀 있는 글을 읽었다.

"이웃집에서 알아차리지 못하게 뒷문을 열어 주십시오. 미조부치 히로노조."

"미조부치 씨?"

현관으로 찾아오면 될 텐데 왜 이러는지 이상하게 여기며 곤페이는 아픈 머리를 쓰다듬으면서 주방 뒷문을 열었다.

"쉬잇! 큰 소리 내지 마세요. 안에 가족분들 말고 다른 사람은 없지요?"

미조부치는 묘하게 경계하면서 곤페이의 뒤를 따라온 가족들 얼굴을 확인했다.

"됐다, 료마."

미조부치의 신호에 료마가 그늘 속에서 나타났다. 가족들 모두 놀라움과 기쁨이 섞인 목소리로 료마의 이름을 외쳤다. 미조부치는 시끄러워지면 곤란하다며 조용히 시키려고 했지만 그런 미조부치를 난폭하게 밀치면서 오토메가 료마 앞으로 뛰어갔다.

"료마! 정말로 료마 맞지?"

곤페이와 지노와 하루이도 눈시울을 붉히며 료마와 재회를
기뻐했다.

"오랜만에 뵙습니다."

료마의 눈에서 눈물이 흘렀다.

이튿날 아침 료마는 햇빛이 비쳐 드는 툇마루로 나가 정원에
서 참새들이 지저귀는 소리와 아침 식사를 준비하는 가족들의
목소리에 귀를 기울였다. 거침없이 주고받는 대화 속에 가족의
따스함이 느껴졌다.

맛있는 냄새가 풍겨 왔다. 반찬은 평소보다 가짓수가 많았다.
료마는 거실로 들어가 가족들과 함께 식사하는 행복을 맛보면
서 된장국을 마셨다.

"음! 우리 집 된장 맛이다."

가족들은 료마가 건강하게 돌아왔다는 사실에 기뻐하고 있
었다.

"하지만 오늘 하루만 머물 거야. 오늘 밤에는 도사를 떠나
야 해."

오토메와 다른 가족들은 흠칫 놀라며 료마를 보았고 곤페이
는 수저를 놓았다.

"료마, 어젯밤에는 아무것도 물어보지 않았는데…… 돌아온
이유를 말해 봐라."

오토메, 이요, 지노, 하루이도 궁금해 죽을 지경인 것을 여태 껏 간신히 참고 있었다.

"다케치 씨를 구하기 위해서예요."

가족들이 웅성거렸다. 무모한 짓이라고 야단맞을 각오를 하고 료마는 곤페이 앞에서 자세를 바로잡고 앉았다.

"형님, 부탁이 있습니다. 사카모토 집안에서 저를 내쳐 주십시오."

"뭐야?"

곤페이를 비롯해 가족 모두가 말을 잃었다.

야타로는 억지로 부교소로 출근하고 있었다. 이날 야타로가 나가려는데 야지로가 안에서 나오더니 다그치듯이 물었다.

"너, 이조의 고문을 옆에서 돕고 있는 거냐?"

"난 그냥 지켜볼 뿐이에요."

뜻밖의 질문에 야타로는 마음이 많이 상했다. 하지만 어머니와 동생은 옆에서 감싸 줄 생각을 하지 않았다.

"나도요, 나도 힘들다고요. 하지만 내가 뭘 할 수 있겠어요! 나보고 어떻게 하란 말이에요!"

야타로는 울음보를 터뜨렸다. 야타로가 통곡하는 모습을 처음 본 야지로도 깜짝 놀라 자기가 너무 심하게 굴었나 생각했다. 기세가 위로하듯이 야타로의 어깨를 감싸 주었다.

그런데 미와는 오히려 야타로를 크게 꾸짖었다.

"울긴 왜 울어? 네가 사람답지 못한 일을 하고 있다고 생각한다면 고토 쇼지로 님께 부탁드려 그 자리에서 잘라 달라고 하면 될 것 아니냐?"

"그게 될 법이나 한 소리에요?"

"그걸로 고토 님의 미움을 사게 된다 해도 난 상관없다. 넌 원래 심성이 착한 아이야. 그건 네 아버지도 잘 알고 계신다. 하루지 어미도 점쟁이 말만 믿고 무턱대고 너한테 시집온 게 아니란 말이다."

야타로가 아내를 쳐다보자 기세는 애정이 담긴 눈으로 남편을 보았다.

전에 촌장과 부교소의 유착으로 고생했을 때도 미와는 대담한 면을 보여 준 적이 있었다.

"네가 하고 싶은 대로 하거라. 난 각오가 되어 있으니까."

기세, 야노스케, 그리고 야지로도 일이 잘못되었을 때에 대한 각오를 다지며 고개를 끄덕였다.

야타로는 마음을 정하지 못한 채 집을 나섰다. 쇼지로에게 어떤 처벌을 받을지도 모르는데, 어른들이야 그렇다 쳐도 어린 하루지만은 고생을 시키고 싶지 않아서 자꾸만 마음이 흔들렸다.

갑자기 누군가가 야타로의 팔을 잡아서 그늘로 끌고 들어갔다. 씨익 웃는 한 남자, 미조부치의 얼굴을 보고 "으악!" 하고 외치려는 야타로의 입을 커다란 손이 틀어막았다.

"료마?"

"뭘 그렇게 놀라? 돌아오라고 편지까지 쓴 건 바로 너잖아."

"넌 지금 탈번한 상태잖아. 참 황당한 놈이네. 어떻게 진짜로 돌아올 생각을 하냐!"

야타로는 다른 사람에게는 털어놓을 수 없는 처참한 상황을 편지에 쓰기는 했지만, 설마 료마가 붙잡힐 위험을 무릅쓰면서까지 한페이타를 구하러 오리라고는 생각도 못했다.

"조서 좀 보여 줘. 취조 과정이 상세하게 기록된 조서여야 해."

부교소에 출입하는 야타로라면 얼마든지 조서를 들고 나올 수 있지만 그것을 원하는 료마의 의도를 알 수 없었다.

"요시다 도요 님이 암살당한 건 내가 탈번한 이후다. 도요 님이 언제 어떤 식으로 암살당했고, 누가 어떤 조사를 했는지를 모르고서는 아무것도 할 수 없잖아."

료마와 미조부치의 요구를 듣고 야타로는 부교소의 서고에서 도요 암살 사건에 대한 조서를 들고 나왔다.

남의 눈을 피해 염불당에서 료마와 미조부치는 조서를 찬찬히 읽어 보았다. 몰래 들고 나온 것을 들키면 어쩌나 싶어 야타로는 안절부절못했다. 그저 빨리 읽고 돌려주었으면 하고 발을 동동 굴렀다.

야타로가 재촉하자 료마는 조서에서 눈도 떼지 않고 대답했다.

"넌 앞으로 크게 출세할 사람이잖아. 그런 사람이 고작 이런 일로 소심하게 안절부절못하면 어떻게 하려고?"

"누가 소심하게 안절부절못한다고 그래!"

야타로가 어쩔 줄 몰라 하면서도 우기는 동안 료마는 조서를 다 읽었다.

자기 집으로 돌아간 료마는 '절연장'이라고 적힌 봉투를 손에 들고 잠시 눈길을 주더니 곤페이 앞으로 내밀었다.

"그럼 이걸 제출해 주십시오."

곤페이로서는 정말 내키지 않는 일이었다. 하지만 한페이타를 구하고 싶다는 료마의 의지를 존중해 주는 수밖에 없어 마지못해 받아들였다. 옆에 있는 오토메, 지노, 하루이도 이것으로 료마와 영영 이별이라는 생각은 하고 싶지 않았다.

료마가 처음 탈번을 계획했을 때 가족들은 살아생전 다시는 보지 못하리라 각오를 하고도 아무것도 모르는 척 료마를 보냈다. 뜻하지 않게 다시 만나게 되니 됨됨이가 더욱 커지고 깊어진 료마와 또다시 이별해야 하는 것이 너무도 괴롭게 느껴졌다.

"형님, 어머니, 누님들, 하루이……. 부디, 부디 건강하게 안녕히 계세요."

료마는 만감이 오가는 마음을 억누르며 진심을 담아 인사했다. 곤페이는 감정을 억제하고 있었고, 오토메, 이요, 지노, 하루이는 울지 않으리라 다짐하면서도 쏟아지는 눈물을 어찌하지 못했다.

료마는 차마 떨어지지 않는 발걸음을 억지로 떼어서 사카모토가를 떠났다.

인적이 없는 길을 쇼지로가 하인을 거느리고 걸어오고 있었다. "고토 님" 하고 부르는 소리에 쇼지로가 돌아보자 료마가 오만불손한 표정으로 서 있었다.

"사카모토……?"

"아이고, 이거 우리 번의 중신께서 저를 다 기억해 주시다니 영광입니다."

"네놈은 탈번자 주제에 도사로 돌아온 거냐?"

쇼지로는 하인에게 집에 있는 가신들을 불러오라고 시켰다. 쇼지로가 선 곳에서는 보이지 않는 그늘에 숨어 미조부치와 야타로가 일이 돌아가는 상황을 지켜보고 있었다.

"무슨 이유로 내 앞에 나타난 것이냐?"

쇼지로가 경계하며 칼에 손을 얹었다.

료마는 전혀 동요하는 기색 없이 쇼지로를 상전으로 여기지도 않는 건방진 말투로 대답했다.

"내가 도사근왕당을 뛰쳐나간 것은 다케치 씨의 생각이 너무 느슨해서였어. 자기는 주군의 가신이라는 생각에서 벗어나지 못하는 그 구닥다리 같은 사고방식이 너무 답답해서 아주 미치겠더라고. 그래서 내가 진짜 양이는 바로 이런 거라고 다케치 씨한테 가르쳐 주었지.”

“넌 도대체 무슨 말을 하고 싶은 게냐?”

“요시다 도요를 죽인 건 바로 나다.”

료마의 자백에 야타로는 너무 놀라 큰 소리를 낼 뻔하다 가까스로 참았다.

“그날 밤은 비가 많이 왔지. 성에서 나온 도요를 난 계속 뒤따라갔어⋯⋯.”

료마는 당시 상황을 정확히 그려 냈다. 조서에 쓰여 있는 대로 묘사한 것이다.

“허튼소리 마라! 등불을 들고 숙부님을 모시던 하인이 말하기를 공격해 온 건 세 놈이라고 했다.”

“아아, 그 둘은 돈을 주고 산 깡패들이야. 도요도 신카게류의 검술을 배웠으니, 이왕 일을 벌이려면 확실하게 해야 할 것 같아서 말이지.”

료마가 미리 준비해 둔 줄거리였다. 쇼지로가 모순을 찌를 것도 이미 예상하고 있었다.

“먼저 내가 뒤쪽에서 칼을 내리쳤는데, 도요가 몸을 피하는 걸 보고 놈의 오른쪽 다리부터 못 쓰게 만들었지⋯⋯.”

료마는 어떤 식으로 도요를 죽였는지 자세하게 설명했다.

자기가 직접 죽였다고 주장하는 남자를 눈앞에 두고 쇼지로는 아직도 믿을 수 없다는 생각과 격렬한 분노 사이에서 혼란을 겪고 있었다.

"도요에게 천벌을 내린 사람은 바로 나야. 다케치 씨와 도사 근왕당이 오토노를 위해서네 뭐네 하면서 떠드는 것 같은데, 놈들이 내 공을 고스란히 가로채고 멋지게 할복이라도 해서 다케치는 역시 대단하다고 박수갈채를 받기라도 하면 너무 분하고 억울해 잠이 안 올 것 같아서 말이야."

"사카모토!"

쇼지로가 칼을 뽑자 료마는 가볍게 뒤로 물러나서 간격을 두었다.

"숙부님은 네놈을 인정해 주셨는데, 네가 감히!"

쇼지로가 질투로 살의를 품을 만큼 도요는 료마를 높이 평가했다. 료마는 그 사실에 대해서도 코웃음을 쳐서 쇼지로를 더욱 분노케 했다.

"네 이놈, 그러고도 네가 사무라이냐! 어떻게, 네놈이 감히 숙부님을!"

쇼지로는 불끈해서 앞뒤 가리지 않고 칼을 마구 휘둘러 댔다. 료마는 가볍게 그것을 피했다.

"넌 나를 벨 수 없어. 나를 붙잡을 수 있는 사람은 아무도 없다고."

그 말을 남기고 료마가 도망치는 것을 확인한 다음, 미조부치는 다른 길로 빠져나가기 위해 야타로를 잡아끌었다. 그런데 야타로는 쇼지로를 쳐다보느라 정신이 없었다. 쇼지로는 망연자실한 채 그 자리에 넋을 놓고 서 있었다.

미조부치는 미리 작전을 짜둔 대로 약속 장소로 먼저 가서 숨겨 두었던 료마의 도주용 옷을 꺼냈다. 곧바로 료마가 달려왔다.

"잘했다, 료마. 일생일대의 대단한 연기였어."

미조부치가 옷을 건네자 료마는 거친 숨을 고르지도 않고 곧바로 갈아입기 시작했다.

조금 늦게 야타로가 뛰어왔다.

"료마, 너…… 정말 그래도 되는 거냐? 네가 도요 님을 죽인 것이 되어 버리잖아. 너는 도망쳐도 형님이나 오토메 누님, 그리고 다른 가족들까지 모두 벌을 받게 된단 말이야."

"형님께는 절연장을 써 달라고 했어. 난 이제 사카모토 집안 사람이 아니야."

간신히 호흡이 진정되자 료마는 미조부치에게 고개를 깊이 숙였다.

"정말 고맙습니다, 미조부치 씨. 도와주신 이 은혜는 죽을 때까지 잊지 않겠습니다."

"나도 평생 잊지 못할 거다. 이렇게 어마어마한 일에 끼어들고 말았으니."

료마는 야타로에게도 고맙다고 인사한 다음 절대로 입 밖에 내면 안 된다고 못을 박았다.

"넌 그렇게까지 해서라도 다케치 씨와 이조를……."

"이제 갈게."

료마는 허리에 칼을 차고 뛰어갔다. 사람들이 쫓아오기 전에 조금이라도 멀리 도망쳐야 했다.

실제로 쇼지로는 제정신이 돌아오기가 무섭게 곧장 도사의 경계로 추격조를 보냈고, 고치 성으로 등성해 일의 자초지종을 요도에게 보고했다.

야타로가 조서를 몰래 빼간 것과 같은 시각, 한페이타는 감옥 안이 너무 조용한 것에 불안해하고 있었다. 고문당하는 이조의 처절한 비명이 들려오지 않았다. 와스케에게 물어보자 이조가 죽을 지경이 되어 고문이 중지되었다고 했다.

"우리가 이렇게 심한 고초를 겪는 것도 모두 오토노의 명령일까?"

와스케는 묵묵부답이었다. 그렇다고 생각은 하지만 그 말을 입 밖에 내 봤자 한페이타를 괴롭게 만들 뿐이었다.

기어이 한페이타에게도 체념이 생겨났다. 무너뜨리지 않았던 정좌가 책상다리로 풀어졌고, 흐트러진 옷매무새를 고칠 생각도 않은 채 산송장처럼 멍하니 앉아 있었다.

옥사 밖에서 경악하며 허둥대는 목소리가 들려왔다. 바깥 상황을 알아보려고 나가려던 와스케가 소리 없는 비명을 지르더니 그 자리에 무너지듯이 엉덩방아를 찧었다. 그러고는 화들짝 놀라 땅바닥에 납작 엎드려 머리를 조아렸다.

무슨 일인가 싶어 한페이타가 얼굴을 들자 어두컴컴한 옥사 안에 적동색으로 눈부시게 반짝이는 무언가가 눈앞에서 하늘거리는 것이 보였다.

"오토노……!"

화려한 웃옷을 걸친 요도가 술에 취해 비틀거리는 걸음으로 감옥 앞에 섰다. 너무도 황송해 한페이타는 안쪽 벽까지 뒤로 물러나 땅바닥에 머리를 대고 비볐다.

요도는 취한 눈으로 한페이타를 보더니 와스케를 밖으로 쫓아내고 한페이타와 단둘이 되었다.

"사카모토 료마라는 자가 말이다, 도요를 죽인 건 자기라고 했다더구나."

한페이타는 요도가 무슨 소리를 하는 건지 도통 알아들을 수 없었지만, 요도는 한페이타가 알아듣건 말건 상관 않고 말을 이었다.

"하지만 난 그따위 거짓말을 믿지 않는다. 도요를 죽인 건 다케치, 너다."

요도가 땅바닥에 책상다리를 하고 앉는 바람에 창살을 사이에 두고 똑같이 땅바닥에 엎드려 있던 한페이타는 경악했다.

"다케치! 넌 정말이지 보고만 있어도 화가 나는 놈이다. 하급 무사들을 모아서 도사를 양이의 선봉으로 내세우고, 천황의 사신까지 되어서 막부에 양이 실행을 촉구하다니, 잘난 척 나대는 것도 분수가 있지!"

"전 모든 일을 오로지 오토노를 위해서……!"

"닥쳐라! 도쿠가와 님께 도사 땅을 영토로 받은 야마우치 가문이, 내가 막부에 반기를 든다는 게 가당키나 한 일이라 여겼느냐!"

그러더니 요도는 한숨을 푹 내쉬었다.

"그런데 사실, 너와 나는…… 많이 닮았다. 난 도쿠가와에 실망하면서도 충성심을 버릴 수가 없다. 나도 말이다, 마음속으로는 오로지 천황 폐하만을 받들고 있어. 이 일본이라는 나라가 도쿠가와 막부의 것은 아니지 않느냐?"

"오토노."

"쓸데없는 짓이야…… 만사가 다……!"

"오토노께서는 천하제일의 명군이십니다!"

"……넌 참 좋은 신하로구나. 네가 조소카베 쪽 인간이 아니라 야마우치 가문의 인간이었더라면 참 아꼈을 텐데."

그랬더라면 요도는 한페이타의 능력을 충분히 살렸을 것이다.

한페이타는 감격의 눈물을 폭포처럼 쏟아 냈다.

"감사합니다! 오토노께서 그토록 황송한 말씀을…… 저는, 저는 참으로 복 받은 놈입니다!"

요도는 힘없이 한페이타를 보았다. 빨갛게 충혈된 눈이 술 때문인지 눈물 때문인지 분간할 수 없었다.

한페이타는 자세를 고쳤다.

"요시다 도요 님을 암살한 것은 바로 접니다. 제가 명령을 내려 근왕당에 있던 자들에게 실행토록 했습니다. 오카다 이조는 이 일에 일체 관여하지 않았습니다. 그러나 저는 이조에게 명해 양이를 방해하는 자들을 죽이게 했습니다. 이 모두가 천황 폐하를 위하고, 일본을 위하고, 도사를 위하고, 야마우치 요도 공을 위한 일이라 믿었습니다."

"……그만 됐다, 다케치. 넌 어떻게 하고 싶으냐……? 내가 어떻게 해 주었으면 하는지 말해 봐라."

요도는 자비로운 눈으로 한페이타를 바라보았다.

"바라옵건대 오카다 이조를 편히 쉬게 해 주십시오. 저 또한 마찬가지로……."

"아니지. 너를 다른 자들과 똑같은 방법으로 죽게 할 수는 없다. 배를 갈라라. 다케치 한페이타는 나의 가신이 아니더냐."

요도는 휘청거리며 일어서서 나가 버렸다.

"감사합니다, 오토노! 참으로 감사합니다."

한페이타는 꿈에도 바랄 수 없던 기쁨에 큰 소리로 울었다. 요도가 직접 한페이타에게 사무라이의 명예를 허락해 주었다. 이 기쁨을 함께 나눌 수 있는 동무는 이조밖에 없었다.

"이조, 기뻐해라. 오토노께서 우리가 좋은 신하라 인정하셨다. 잘 견뎠다, 정말 훌륭하게 잘 견뎠다, 이조."

와스케가 전해 준 한페이타의 편지를 읽으면서 이조 또한 감격의 눈물을 끝없이 흘렸다.

　도사 번은 혈안이 되어 료마를 찾고 있었다. 야타로도 수색에 동원되어 온 가족의 비난을 한몸에 받으면서 집을 나섰다. 아무리 찾는 척만 하는 것뿐이라고 설명해도 믿어 주지 않았다. 야타로에게 료마를 잡을 마음 따위 있을 리가 없었다. 그는 료마가 저지른 이번 일의 공범이었다. 그러니 료마를 잡는 것은 자승자박이나 다름없었다.
　투덜투덜 불평하면서 걸어가고 있는데 느닷없이 누가 팔을 잡고 그늘로 끌어들였다. "료마!" 하고 외치려던 야타로의 입을 료마는 큰 손바닥으로 틀어막았다.
　"어쩌자고 아직도 여기 있는 거야!"
　"다케치 씨를 만나게 해 줘. 너라면 할 수 있잖아."
　료마는 수색하는 자들의 생각을 역으로 이용해 대담하게 부교소로 찾아온 것이었다. 야타로는 이번에도 료마의 작전에 휘말렸다.

　한페이타는 등을 곧추세우고 단정하게 정좌해 명상에 잠겨 있었다. 인기척을 느끼고 눈을 떠 보니 야타로 뒤로 료마가 들어왔다.

"료마……?"

"그래요, 사카모토 료마입니다. 다케치 씨."

야타로는 "쉬잇!" 하고 두 사람을 조심시킨 다음 낮은 목소리로 속삭였다.

"료마는 말이야, 다케치 씨를 도와주었다고. 자기가 죄를 다 뒤집어썼다니까."

눈이 휘둥그레지는 한페이타에게 료마는 안심시키려는 듯 살짝 웃어 주었다.

"이제 괜찮을 거예요, 다케치 씨. 이조도 감옥에서 내보내 줄 거예요."

"……료마, 고맙다…… 고마워! 하지만 말이다, 난 내 입으로 고했다. 오토노께 직접 말이다. 요시다 도요를 죽인 사람은 바로 나라고."

한발 늦었구나 싶어 료마는 망연자실했다. 그런데 한페이타는 맑고 후련한 표정을 짓고 있었다.

"난 할복을 허락받았다. 오토노께서 직접 여기까지 찾아오셨다. 너희가 지금 있는 바로 그 자리에 말이지. 야마우치 요도 님께서 나와 같은 땅바닥에 앉으셔서 나에게 직접 말을 걸어 주셨단 말이다."

료마는 자기가 앉은 자리를 내려다 보았다. 정말로 여기 요도가 앉아 있었다니 믿을 수 없었다.

한페이타는 어떤 일이 생각났다.

"료마, 10년도 더 된 일이지만 네가 야타로에게 이런 말을 한 적이 있었다. 언젠가 도사는 상급무사도 하급무사도 없는 곳이 될 거라고."

상급무사와 시비가 붙은 야타로를 구해 준 료마가 야타로 대신 심하게 얻어맞았을 때의 일이었다.

(하급무사가 상급무사에게 멸시당하는 이 땅은 결코 변하는 일 없을거라고 다들 말하지만 나는 그렇게 생각하지 않아. …… 도사도 언젠가는 바뀔 날이 올지도 모른다.)

(하급무사가 상급무사를 이길 날이 온다는 말이냐?)

(아니……. 상급무사입네 하급무사입네 하는 구분 자체가 없어지겠지.)

그런 날이 올 리가 있겠냐며 야타로는 료마를 비웃었다.

한페이타는 근처에서 료마의 이야기를 듣고 있었다. 그런데 정말 그때 그 말처럼 요도와 같이 땅바닥에 앉는 날이 올 줄은 꿈에도 생각하지 못했다.

"이건 기적이다…… 네가 일으킨 기적이야, 료마. 너에게 내 죄를 대신 뒤집어쓰게 할 수는 없다. 네가 해야 할 일은 훨씬 더 큰일이니까. 외국의 침략으로부터 일본을 지켜 내고 독립국으로 만드는 것이 너의 임무다."

료마는 눈물로 볼을 적시면서 한페이타의 손을 잡았다.

"다케치 씨도 같이해요! 함께 일본을 바꾸면 되잖아요. 살아서, 같이요! 다케치 씨!"

한페이타는 고개를 크게 저었다.

아직도 할 말이 남은 료마의 어깨에 야타로가 손을 얹었다.

"다케치 씨는 너에게 맡긴 거야. 자기가 품었던 뜻을 네가 이루어 달라고 부탁하는 거라고."

한페이타가 료마의 손을 꽉 잡았다.

"난 일본에서 제일 행복한 남자다. 료마, 네 덕분이다. 사카모토 료마가 일본을 어떻게 바꾸어 놓을지 정말 기대된다. 너는 틀림없이 내가 상상하지도 못한 방법을 생각해 내겠지."

울음을 그치지 못하는 료마에게 고개를 끄덕여 보이고 한페이타는 야타로에게 눈길을 돌렸다.

"야타로, 너도 훌륭해져라. 누구보다도 높은 사람으로 출세하도록 해."

"당연하지. 다케치 씨도 무덤 속에서 꼭 지켜보고 있어야 해."

야타로의 눈에서도 눈물이 쏟아졌다.

─다케치 한페이타와 오카다 이조가 짧은 생을 마친 것은 그로부터 얼마 후의 일이었다네.

한페이타가 새하얀 옷차림으로 앉아 있었고, 그 앞에 있는 쟁반에는 곧은 칼집에 든 단도가 놓여 있었다. 쇼지로가 큰 소리로 낭독하는 선고문을 한페이타는 눈을 감고 해맑은 마음으로 들었다.

"다케치 한페이타. 이자는 지난해 이래 천하의 혼란을 틈타……."

한페이타에게 남은 미련이라면 아내를 홀로 남겨 두고 가야 한다는 것뿐이었다.

쇼지로가 선고문 낭독을 마쳤다. 눈을 뜬 한페이타의 마음속에는 그늘 한 점 남아 있지 않았다.

한페이타는 옷의 앞섶을 벌리고 단도를 잡아 배에 갖다 대더니 단숨에 일자로 그었다.

이조는 강가로 끌려 나갔다. 이시카와 이시노스케가 낭독하는 선고문을 시원스런 눈매로 듣고 있었다. 이조의 눈이 담고 있는 광경은 이조의 팔에 안겨 웃고 있는 나쓰의 모습이었다.

(언제나 내 곁에 있어 줘, 나쓰.)

(네……. 네.)

목을 베는 담당 무사가 칼을 들었다.

"너와 언제나 함께할 거야, 나쓰……."

마음속으로 나쓰를 불렀다. 그것이 이조가 마지막으로 떠올린 말이었다.

도미는 한페이타가 보낸 마지막 편지를 받았다. 편지를 손에 든 도미 옆에 오토메가 같이 있었고, 와스케도 조심스레 뒤에 서 있었다.

도미는 무릎을 꿇고 앉아 눈물을 꾹 참고 편지를 펼쳤다.

'여보, 도미…… 당신에게 거짓말을 해 버렸구려. 앞으로는 둘이서 느긋하게 살자고 약속했는데……. 결국 그 약속을 지키지 못했소.'

도미의 심정을 헤아려서 오토메는 필사적으로 눈물을 흘리지 않으려고 애썼다. 그 옆에서 와스케가 오열을 참지 못해 흐느끼고 있었다.

'그렇지만 여보, 만약 내세라는 게 있다면 다시 당신을 만나서 부부가 되고 싶구려. 그때는…… 끝까지 당신 곁을 지키겠소. 여보, 도미…….'

도미의 눈에서 눈물이 넘쳐흘러 볼을 타고 떨어졌다.

뜰에서 지저귀던 종다리가 도미가 편지를 다 읽자 날개를 파닥이며 하늘 높이 날아올랐다.

"……제 남편은 훌륭한 최후를 맞았습니다. 전 행복해요……. 앞으로는 남편의 몫까지…… 제가 열심히 살 겁니다."

도미의 눈에서 하염없이 눈물이 흘러나와 기모노의 무릎을 적셨다.

오토메는 "그래요, 그래" 하고 고개를 끄덕이며 눈물 젖은 얼굴로 미소를 지었다.

도미도 눈물 젖은 얼굴에 웃음을 띠며 종다리가 날아간 하늘 저편을 바라보았다.

−다케치 한페이타, 향년 37세. 오카다 이조, 향년 28세. 파란

만장한 시대의 흐름 속에서 장렬하게 스러져 간 목숨들이었지.

오사카로 돌아온 료마는 야마토야에 모인 다로, 도라노스케, 무쓰, 소노조, 조지로 등에게 결심한 바를 선언했다.

"우리는 사쓰마로 간다."

료마의 결단을 들은 훈련생들은 모두 큰 충격을 받았다.

"내가 말했지. 사이고 기치노스케는 작게 치면 작게 울리고 크게 치면 크게 울린다고. 말도 못하게 대단한 인물이다."

"그렇다면 더더욱 사쓰마의 신세를 지면 안 되잖아!"

"우리는 그냥 이용만 당하다 마는 것 아닌가요?"

소노조, 무쓰가 우려되는 점을 말했다.

"크게 치면 되는 거야. 사이고가 우리에게 놀라 나자빠질 정도로 크게 쳐 버리면 되는 일이라고."

료마는 일동을 둘러보며 해군조련소에서 훈련에 매진했던 나날에 대한 자신감을 불어 넣었다.

"우리는 어떤 배라도 다룰 수 있다. 검은 배라 해도 자유자재로 조종할 수 있을 것이다. 이런 실력이 있는 한 우리는 아무에게도 얽매이지 않고 우리의 길을 나아갈 수 있을 거야."

"우리의 길……?"

조지로가 읊조렸다.

료마는 동료들의 시선을 한 몸에 받으며 린타로의 뜻을 이어받을 커다란 목표를 내걸었다.

"그건…… 이 나라를 세탁하는 일이다."

다로와 도라노스케가 "세탁……?" 하며 미심쩍은 표정으로 서로를 쳐다보았다.

"도쿠가와 막부가 260년 동안이나 지배해 온 이 나라에는 이 끼처럼 때가 잔뜩 끼어 있다. 그걸 전부 벗겨 내서 새하얗게 만드는 일, 그것이야말로 우리가 해야 할 일이다!"

료마는 일본 개혁에 도전하겠다고 마음속으로 맹세했다.

―이때부터 료마의 눈은 저 멀리 높은 곳을 바라보기 시작했던 것이지.

도사에서는 도사근왕당 소속이었던 모치즈키 세이헤이와 가와라즈카 모타로가 다케치의 집으로 조문을 가서 한페이타의 위패를 향해 손을 모았다. 큰 기둥을 잃어버린 허탈함에 눈물을 참을 수가 없었다.

도미는 뒤에서 두 사람을 지켜보았다. 한페이타는 사무라이로 살다가 사무라이답게 죽었다. 남편에 대한 자부심이 앞으로 도미가 살아가는 데 버팀목이 되어 줄 것이다.

사카모토 집안에서는 곤페이, 오토메, 이요, 지노, 하루이가 함께 모여 밥을 먹는 평소와 다름없는 광경이 펼쳐졌다. 모두 마음속 어딘가에서 료마가 돌아올 날을 기다리고 있었다.

고치 성에서는 요도가 극락정토 병풍 앞에 가만히 앉아 있었

다. 그런데 요도가 항상 손에서 놓지 않던 술병과 술잔이 보이
지 않았다.

야타로는 집에서 장사를 준비하며 료마를 생각했다. 료마는
반드시 새로운 삶의 목표를 발견할 것이다.

교토 후시미에서는 데라다야에 배가 도착해 뭍으로 짐을 내
렸다. 여인숙에 묵을 손님이 들어오자 오료는 입을 크게 움직여
서 "우–미" 하고 연습하더니 생긋 웃는 얼굴로 손님을 맞이했다.

—생의 덧없음을 깨닫고, 의지의 고귀함을 배우고, 슬픔과 이
별, 허무, 분노, 두려움, 사람의 정과 어리석음까지도 깨닫게 되
면서 료마는 이때부터 우리가 아는 사카모토 료마가 되기 시작
했다네.

배 한 척이 세토내해를 가로질렀다. 사쓰마 번의 선박인 고초
마루였다. 갑판에 씩씩하게 서 있는 료마의 모습이 보였다. 앞
으로 무슨 일이 기다리고 있다 해도 자신의 길을 당당하게 나
아갈 뿐이었다.

바닷바람을 맞으며 료마는 앞만 바라보았다.

〈3권에 계속〉

료마전 2
ⓒ 후쿠다 야스시, 아오키 구니코, 2010

2013년 2월 25일 초판 1쇄 발행

원 작 후쿠다 야스시
지은이 아오키 구니코
옮긴이 임희선
펴낸이 우찬규
기 획 우중건
펴낸곳 도서출판 학고재

주소 서울시 종로구 계동 101-12번지 신영빌딩 1층
전화 편집 (02)745-1722 영업 (02)745-1770
팩스 (02)764-8592
홈페이지 www.hakgojae.com

ISBN 978-89-5625-200-1 (세트)
      978-89-5625-202-5 04830